W0349671

LES COMBATTANTS DU PETIT BONHEUR

Alphonse Boudard est né à Paris le 17 décembre 1925. Apprenti dans une fonderie typographique durant l'Occupation, il rejoint la Résistance en 1943, puis combat avec les Commandos de France de la 1re Armée. De 1944 à 1962, il traverse une période ingrate, entre prisons et sanatoriums.
La Métamorphose des cloportes, *en 1962, marque son irruption en littérature. C'est le début d'une carrière éclatante, que le Prix Renaudot consacre lorsqu'il couronne, en 1977,* Les Combattants du petit bonheur. *Romancier, mémorialiste, scénariste, auteur dramatique, Alphonse Boudard nous a également donné un ouvrage d'historien :* La Fermeture, *témoignant ainsi de l'ampleur de son registre.*

Gobelins 38-44. Composez ce numéro sur votre cadran et vous reconnaîtrez aussitôt la voix d'Alphonse Boudard racontant une histoire banale et superbe : comment un jeune garçon apprend le goût de l'indépendance, et le courage que cette passion réclame entre les années 1938 et 1944. Comment? Rien n'est plus simple : par l'usage, qui ne s'apprend pas, de l'ironie. Des romanciers naturalistes, épiques ou photographes nous donneraient un tout autre récit de ces années noires où Paris manquait de tout sauf de soldats allemands.
Rois de la débrouille, ces combattants du petit bonheur, Phonphonse, Musique, Neunœil, Milo, nouveaux Pieds-Nickelés, traversent ce temps monotone et cruel armés de cet esprit de drôlerie qui en fera des héros malgré eux. Voici le vol de la bicyclette d'un feldgendarme, larcin bien encombrant. Voici de méchantes explications nocturnes dans la rue, avec des copains passés de l'autre côté. Voici aussi le coup de projecteur inattendu sur l'enfance abandonnée du petit garçon, confié pendant sept ans à des fermiers du Loiret; plus tard la silhouette merveilleuse de la grand-mère à qui il voue une fière gratitude. Voici les roueries du marché noir, les grandes vacances au maquis et la libération de Paris vécue rue Saint-André-des-Arts et place Saint-Michel, et racontées en évitant d'enfler le ton.
1977... Trente-trois ans ont passé. C'est par le petit bout de la lorgnette qu'Alphonse Boudard regarde son mai 68 de 1944. Le sceptique, le dérisoire de cette langue parisienne authentique, garantie pur argot du XIIIe arrondissement, l'empêchent de parler en ancien combattant. Les idéologies volent en éclats. Il reste un livre dru, où le rire masque la tragédie.

Paru dans Le Livre de Poche :

LE CAFÉ DU PAUVRE.
L'HÔPITAL.
CINOCHE.
LA MÉTAMORPHOSE DES CLOPORTES.
LA MÉTHODE À MIMILE.
(En collaboration avec Luc Étienne.)
LA FERMETURE.
LA CERISE.

ALPHONSE BOUDARD

Les Combattants du petit bonheur

ROMAN

LA TABLE RONDE

© La Table Ronde, 1977.

Pour Didier qui a l'âge maintenant des Combattants du petit bonheur !

1977

« Tout homme a dans le cœur un orgue de Barbarie qui ne veut pas se taire. »

Jules RENARD

« Il y a six mois, je me serais fait tuer pour mes idées ; aujourd'hui si je me fais tuer, ce sera pour mon plaisir. »

Jean GIONO, *Le Bonheur fou.*

Comment s'appelait-il autrefois ce cinéma? Je me gratte... n'arrive plus à me souvenir. Il fait l'angle de la rue du Moulin-de-la-Pointe et de la rue du Docteur-Laurent. J'y allais souvent le samedi soir, comme dans la chanson, après le turbin. J'y ai vu *Fièvres* avec Tino... Danielle Darrieux, Tarzan, James Cagney! Je me rappelle encore des films et puis plus du tout de l'enseigne. En tout cas il a changé... repeint frais moulu neuf et il annonce *Furie porno... un film entièrement porno de la première à la dernière image.* Je suis là, je regarde l'affiche... j'ai le temps, je suis pris à mon volant dans un de ces bouchons de six heures... un embouteillage encore! Bien du mal à se prévoir l'avenir ainsi en 1942. Avec mes potes, on se retournait le fond des fouilles pour s'offrir une toile... on roulait sur bicyclette pas sur l'or. Cet embouteillage a du bon, il me plonge en des rêveries... en promenade rétro. On peut aujourd'hui s'offrir d'énormes braquemarts, des vagins ouverts béants plein écran panoramique. On passe sans plus s'épater, se scandaliser que devant Pur Inodore, Blanches Dents super dentifrice Malgate... la vaisselle de plaisir avec Savolux! Il nous avait pourtant prévenus, le Maréchal, que nous allions sombrer dans l'abîme...

Sodome et Gomorrhe et pandémonium! Les curetons s'emmanchent à la grand-messe. On mesure mieux l'évolution à ces détails qu'en voyant sur les télévises les cosmonautes dans la lune. Où sont, je vous le demande, nos communiantes de jadis en voile blanc? On se prend à regretter la vertu... ne serait-ce, papa satyre, que pour aller la trousser à l'orée du bout du bois.

Avant de repartir... que ma guimbarde puisse avancer, je voudrais me souvenir du nom de cette salle? Ça m'énerve... si je ne le trouve pas ça risque de m'empêcher de dormir, m'alimenter les insomnies... « Le Fontainebleau »... c'est ça... il s'appelait! A présent... il a la façade à la suédoise... « Galaxie » il s'intitule. Et il passe, je lis la pub... *enfin de la pornographie à l'état pur!... Dans la chaleur de la chatte de Julie!... Hard pénétration... Le paroxysme du délire sexuel...* même pas le temps de respirer un peu, se sortir la verge de la bouche!

On allait là avec Musique, Milo, le Fernand Neunœil voir Viviane Romance... *La Carthacalla!... La Vénus aveugle!...* en bas de soie et porte-jarretelles... On s'en contentait la pognette nocturne. Côté furie porno... c'était le Pérou, Cythère et son train de plaisir! Aux Actualités on avait aussi le Führer qui nous protégeait du bolchevisme. Aujourd'hui, on n'a plus personne de sérieux pour nous protéger... Un coup de téléphone... les chars soviétiques arrivent à votre porte comme un radio-taxi.

En face, sur l'avenue, c'était la boutique à Déat... la permanence du R.N.P... son Rassemblement National et Populaire. Je me demande si c'est le marchand de chaussures à la place où... et puis n'importe! Déat, y a plus que les historiens pour s'intéresser à Déat. Il aurait mieux fait de jouer de la clarinette... on en aurait des repiquages de

78 tours. Il ferait danser encore les quinquagénaires nostalgiques au réveillon du Jour de l'An !... Hélas ! monsieur Déat ne savait pas jouer de la clarinette !

Ça se débouchonne rue de Tolbiac, la R 16 derrière moi me rappelle aux réalités, d'un furieux coup de phare... avance, tordu ! pédé ! fasciste ! je devine ses aménités. Je remonte l'avenue... Oh, elle s'est élargie et là je reconnais plus rien ! Ça s'élève et ça buildingue... les tours infernales ! Charlot le bouif qui réparait les tatanes, les ribouis, les pompes, les targettes, les lattes, les grolles, les chaussettes à clous et les écrase-merde... il a disparu. C'était son enseigne... un Charlot en bois et la liste, sur le ventre, des mots d'argot pour désigner les chaussures. Il a tourné les coins, dévissé son billard, fermé son pébroque... De quoi est-il mort le bouif ? On ne sait plus s'il a existé... qu'il a fait rire les passants avec son enseigne... s'il était moustachu, grognon, ivrogne ? Peut-être une viocarde au fond d'un asile se souvient encore de joyeuses parties de jambes en l'air au fond de l'échoppe. Comment tringlait-il... savoir ? Furieux porno ?... tout le monde s'en rince, comme de Déat et bientôt de votre serviteur plumitif laborieux contribuable gaudrioleur.

Alors maintenant j'ai passé le cap. Il me faut vieillir... m'organiser la décrépitude peu à peu. C'est trop tard pour beaucoup de choses... que je me résigne à rengainer la petite romance. Vous chevrotez pendant la déclaration d'amour, comme le Maréchal ses allocutions radiodiffusées, le risque alors de prendre en pleine poire le rire cristallin de la mignonne ! On n'a plus qu'à se mâchonner les occases perdues. Certains jours le toc, l'audace vous a manqué. Il fallait placer sa botte, culbuter la belle enfant dans les bégonias.

En ce temps-là nous ne risquions pas la surprenante d'un tour de rein douloureux. Enfin il nous reste à rire encore quelques années, j'espère... De plus en plus interne la rigolade... des gloussements... la main devant la bouche. Quand les ratiches se font la paire, montrez vos chicots, vous n'engendrez certes pas la joie!

Mais puisque je n'égrotte pas encore, que je peux tenir encore ferme mon feutre ou mon bic, j'ai plus qu'à revenir dans le quartier de mon enfance pour que ça se branche et je vous raconte. Certains coins j'ai du mal à m'y reconnaître. C'était le Paris d'Eugène Sue par là... Totor le Hugo... Gaboriau... rue du Château-des-Rentiers... impasse Nationale! Et nous voici au XXIe siècle parachutés brusque. Dire que c'est les folies goguettes... qu'on se piaffe d'aller badiner dans ces hauteurs de béton... excessif, je pense! On regarde, on est fasciné un instant. On n'a pas été éduqué pour, voilà tout. On est en pleine scène sous les projecteurs... aucun public, ni chat, ni chien. Ça n'applaudira pas si vous débitez du Rostand, du Déroulède, du *Lac* ou du *Soulier de Satin*... si vous chantez, ne nous déplaise. Le pétomane de retour... un miracle, il serait là avec son instrument... il pèterait pour plus personne. Il serait maintenant poète maudit.

Des automobiles passent, se croisent, se dépassent. Il n'y a plus non plus de crémerie, ni de crémière accorte, les doudounes coincées dans son grand tablier blanc. Elle servait le lait à la mesure. J'y allais avec ma timbale. Je la faisais tourner sans que le lait tombe... zip, en moulinets! Il me semble ici que c'était l'emplacement d'un troquet bougnat. On était dans une toile d'Utrillo, de Gen Paul... maintenant c'est devenu tout Vasarely! Quand on avançait dans cette rue... les panards se tordaient sur les pavés ronds. La nuit, on s'enfonçait dans des flaques d'eau sale... on glissait... on tâtonnait pour atteindre le trottoir... et bing badaboum ! on se butait dans une poubelle. Un chat se cavalait dans l'ombre... ça se répercutait le bruit métallique de la poubelle... badabing ! L'écho me revient de combien ?... trente-six, trente-sept piges... badabing ! D'écho en écho... d'année en année, ça va s'étouffer en bruit mat... le couvercle de ma poubelle se métamorphoser en planche de cercueil... floum, recouvrir le cloporte ! Je suis pourtant, j'avoue, plutôt nature gaie... luron pince-miche... toute plaisanterie belge pavoisante ! N'allez pas croire, nouveaux lecteurs, que je me délecte morose. Ça va finir et puis après. Il n'y avait rien, n'y aura plus rien. A moins que ça soit vrai l'histoire du bon Jésus barbu éternel. Ça m'étonnerait et de toute façon n'importe quel paradis à la longue ça serait, deviendrait l'enfer. Trente-six, trente-sept piges d'une certaine façon c'est un rien, on y est encore, on y reste. Le couvercle de la poubelle avec ce greffier de malheur qui vous l'a envoyé rouler... badabing ! ça peut vous ramener *Achtung !* la patrouille casquée... les feldgendarmes avec leur plaque sur la poitrine... leurs bottes qui martèlent l'asphalte. Ils sont là... ils font la ronde pour la rédemption de nos péchés. Ce bruit du pas des Boches on l'a mérité, nous serine-t-on. Nous avons trop joui... trop écouté Tino Rossi... trop folâtré sous les charmilles du Front Popu. A ce compte-là, dans un proche avenir, ce qui nous attend nous fera regretter la Luftwaffe... les délicatessen de la Gestapo... si on considère, n'est-ce pas... furie porno... le lucre et tout stupre qui s'étale... la bacchanale permanente... le foutre qu'éclabousse nos écrans... les fumeries de hasch... les performances gastronomiques de nos contemporains ! Pour se faire pardonner tout ça, on va se farcir Amin Dada roy de France et d'Occident et Pape pourquoi pas!

Toujours est-il que ces feldgendarmes patrouilleurs ils étaient pas venus tout seuls jusque dans nos bras... on les avait aidés à cause de nos branlettes. C'était notre faute, notre très grande faute. Au patronage, c'est ce que nous expliquait l'abbé Daviel... qu'en supplément on clouait le fils de Dieu sur sa croix... on lui glaviotait sur sa tronche couronnée d'épines... qu'on était vraiment des moins que rien, pécheurs dégueulasses pervers onanistes! Lui, ça l'empêchait pas de biberonner l'abbé Daviel. La descente alors... ses flacons de calva... derrière sa barbouse rouquine! Il les recevait de sa famille normande. De trogne il pavoisait... ce qu'on apercevait entre les poils... son tarin turgescent rouge veiné de bleu... l'œil injecté! Ses prêches, il se donnait de temps en temps l'air d'y croire un peu. Il devait suivre les consignes de l'Archevêché. Au début de l'Occupation, les autorités ecclésiastiques, c'était le Maréchal qu'elles encensaient. Il nous sauvait des abîmes. Pour nous racheter fallait qu'on en bave des rutabagas, des topinambours à la tonne! Par la suite ils sont devenus plus résistants, les curetons, au fur et à mesure des victoires anglo-saxonnes! Bien suivre l'Église, on sait qui va gagner, qui règne, régnera très bientôt. Enfin lui, l'abbé Daviel, il marinait plutôt dans son calva... il suivait le mouvement, il récitait ses leçons. Il était pas si rigoureux inquisiteur question péchés. Une branlette... un *Ave Maria*, c'était son tarif au confessionnal. « Vous pouvez en dire quelques-uns d'avance », il nous conseillait. Ce qui compliquait un peu la faute... nos pognes, on se les faisait faire par Marguerite... la frangine à Grenouillard. Dans un terrain vague, ça se passait, au-delà de la Porte d'Ivry. Grenouillard, il s'arrangeait pour nous l'amener sa sœurette en échange de quelques tablettes de chewing-gum... quelques Globo où nous trouvions la photographie en couleurs d'un géant de la route... Leducq, Antonin Magne, Lapébie, Le Grevès! Donc, je me gourre en chronologie... Le Grevès, c'était avant les feldgendarmes. Même les *Ave* de l'abbé Daviel, c'était aussi avant le viol de notre mère Patrie. Marguerite nous paluchait déjà dans l'entre-deux-guerres. De tronche c'était toute une famille d'anthropopithèques... sinanthropes, que sais-je, les Grenouillard... Le père, la maman, les deux petits... leur face simiesque, l'allure générale évoquait. Marguerite, là-dessus ses lunettes, ses petites nattes blondasses de cheveux pauvres... le prix de Diane, passez cascade! On se la serait embourbée quand même, on avait l'appétit féroce juvénile. Seulement Raoul, là, il était plus partant! Tous les *Globo*, les réglisses-menthe, les albums de *Pieds Nickelés* de la terre n'y auraient pas suffi. Le berlingue à Marguerite... on avait juste le droit de le regarder... la petite fente merveilleuse... les poipoils! Par la suite, on a su, qu'il se l'était réservé le fieffé affreux maquereau! On a eu des regrets... on aurait dû le dérouiller à mort... la singeresse ensuite elle se serait laissée sabrer sans trop d'histoires... elle aurait protesté mollement, ricané. « Oh! vous alors, les gars, vous êtes vraiment des dégueulasses! » On s'en serait tiré ensuite avec cinq six *Ave*... peut-être trois *Patenôtre*, pas de quoi se laisser morfondre la bistouflette dans le fond de nos braguettes pisseuses!

Les Grenouillard, ils perchaient juste en face de chez moi, rue Paul-Dérot...au sixième. Raoul, en dehors de sa frangine branleuse, il m'intéressait pas autant qu'aujourd'hui les pensées philosophiques de Raymond Aron. Sur la jactance, le vif de la saillie, on pouvait attendre... ça correspondait à sa frime... bornée prognathe... les petits yeux qui vous scrutent uniquement, vous soupèsent le larfeuille... combien il peut vous soutirer sans risquer de représailles. Il rêvait à rien, il me semble, tel il était là à quatorze ans, tel il serait nonagénaire.

Moi, mon pote c'était Musique, Pierrot Cauchois, le fils à Tatahouine. Musique, son sobriquet bien sûr, parce qu'il tâtait déjà d'un vieil accordéon acheté à la scaille... qu'il nous jouait de l'harmonica, du pipeau... les airs à la mode, le folklore musette... *Les Nocturnes... Le Dénicheur... Le Tango des Fauvettes!* Ça c'était un don du ciel, il prenait n'importe quel instrument minable... il tâtonnait... hop ! il partait, il improvisait. Au milieu de toute la zonerie, nos terrains vagues, la chtourbe, les odeurs de rouille, d'égout, de cambouis... il passait... ses frocs trop grands, rapiécés... la veste de je ne sais qui sur les endosses... il avait une aisance à lui ! Question débagoule c'était le contraire de Grenouillard... le quolibet barrait sec. Des opinions bien à lui... des histoires qu'il s'inventait au fur et à mesure... en quelque sorte c'était un poète à l'état brut. Seulement pour bien que vous entraviez Musique, je me rends compte qu'il me faut d'abord, politesse d'auteur oblige, que je vous présente son papa. C'est de toute façon plus courtois. Pour la bonne marche de mon récit qui a tendance, vous vous rendez compte, à divaguer, voltiger droite à gauche... porno furie, les feldgendarmes, l'abbé Daviel et son calva... il est préférable que je me discipline minimum. Voici donc M'sieur Arthur Cauchois... père de famille et travailleur... ancien des Bataillons d'Afrique, dit Tatahouine pour cette raison. « Mireille Balin, moi, j'y boufferais tout le trou du cul. » A voix haute et nette il déclare, au milieu de la clientèle chez Anatole Lecoin « Vins et Spiritueux ». Ça provoque la rigolade de tous les soiffards... les pompe-vinasse... les joyeux brindezingues accrochés au zinc! La réprobation tout de même de la patronne, madame Henriette. Elle groume que c'est pas des façons de dire. Des choses comme ça, des cochonneries, ça se garde pour soi, si on se respecte. Elle a le souci des convenances, madame Henriette... que son établissement c'est tout de même pas une maison de tolérance, un bar à putains! Elle admet que l'ouvrier se désaltère à sa claire fontaine dix degrés, mais des saletés pareilles proférées par le dab, ça la révulse... et puis ça n'a ni queue ni tête... elle le dit tout net. Il argougne la vanne, Tatahouine... il rétorque. Précisément, de queue il en est question... « Elle est raide celle-là! » Il fait le geste de l'avant-bras, le poing fermé... qui signifie très évocateur l'érection. La marrade alors redouble... gorge déployée... aux larmes, citoyens! Il attend calme que ça s'apaise le bon papa à Musique! Il va l'achever la Henriette derrière sa caisse... l'estocade. Il écarte les amis, il lève le bras... qu'on fasse silence, il va donner le mot de la fin. « Bourreau, quand tu me l'auras coupée, tu montreras ma bête à ces dames, elle en vaut la pine! » Le délire...on l'applaudit... s'ils sont amateurs les clients... ça c'est de l'esprit parisien! Ça fuse et ça pète... Henriette, on s'aperçoit bien qu'elle est de son Cantal... là-bas ils comprennent que le fromage et le charbon! L'irrévérence... dire qui l'a mise sur orbite? Mais la taulière a l'ouïe fine. Cantal, elle a bien entendu. « Il vous emmerde le Cantal... l'Aveyron et même le Puy-de-Dôme en plus, si vous voulez savoir! » Ça se dégrade, ça respire la corrida. C'est là que Arthur Cauchois, dit Tatahouine, montre toute son autorité, son savoir-faire, son réel pouvoir auprès des personnes du sexe. D'abord il va se faire pardonner. Il réclame un peu de silence... l'obtient. Solennel, il se dirige vers la caisse... Henriette, il lui cloque une bise. « A moi l'Auvergne et les Auvergnates! »

Il est pas midi encore... quasiment il est à jeun Tatahouine. Il s'est juste humecté la dalle au cafégnole. Il va poursuivre son bonhomme de chemin à l'aramon... la tournée de toutes les chapelles! Il désignait ainsi les bistrots où il s'arrêtait. Mais saoul pas saoul, il débagoule... le torrent de jactance... accapare toute la scène à lui tout seul... le troquet, le trottoir, la rue. Il est quoi au juste... Mythomane? Prophète?... Tragédien? Tout à la fois. Il déblatère tu et à toi... cor et à cri. Il avertit, harangue, vaticine, sermonne, pérore, tartine... persuasif, ricaneur, protecteur ou conseiller selon l'auditoire... les rencontres! Menaçant hoqueteux sur le tard. Il sortait, au physique... sa tenue... des *Mystères de Paris*... tout droit! Chourineur, avec la deffe à viscope en cuir sur le trognon matin au soir, les bénards pattes d'éléphant, sa ceinture de flanelle rouge... les rouflaquettes... ses bacchantes effilées en croc... la veste courte... maillot de corps... un mouchoir à carreaux noué autour du cou! Il étonnait tout de même un peu en 1939, on n'en voyait plus des masses de ces lascars... des anciens de l'époque de la bande à Bonnot... le style apache. Il avait... quoi? à ce moment où je vous l'amène sur ma page blanche... peut-être cinquante berges? cinquante-cinq au plus! Il restait svelte de silhouette, de loin on pouvait se le prendre pour un jeunot... un revenant, dans les rues le soir. Il était secco, vif. Le coup de boule, il prétendait que c'était son attaque préférée. « Le jour où j'ai ouvert la tête à Loulou les Grands Doigts. » Il évoquait son passé... toujours c'était des histoires de batailles sanglantes... sa lame qui avait jailli... étincelante sous la lueur du réverbère. Il mimait... les duels d'hommes... bien sûr, quand il y avait des hommes... ceux d'aujourd'hui c'est plus que des lopes ! Il nous annonçait qu'avant longtemps, on serait tous en jupe, maquillés... travelos forcés ! De ce côté-là il anticipait juste Tatahouine. Dans toutes nos furies porno, on y va sans trop discerner... dans les ténèbres de l'enfer du sexe... pile ou fesse... pas ça près ! Ça enfile ce qui se pointe sans trop s'occuper de ce qui vous pénètre, se glisse entre vos miches avec ardeur.

Difficile, à propos de Tatahouine, de démêler le vrai du faux pour vous faire sa biographie. Toute cette vie aventureuse qu'il évoquait en noir et blanc, ça s'était passé, d'après Musique, surtout aux comptoirs des bistrots. Son dab il le jugeait, jaugeait sévère, sans nuances... « Tout en jactance, en connerie et rien dans le bide... que du pinard ! »... sans appel. Tout de même il fascinait, son dab, on l'écoutait. Dans toutes ses salades, son délire, y avait des morceaux, comme on dit, de bravoure. Son service aux bataillons d'infanterie légère d'Afrique, ça c'était réel positif. On y allait facile aux d'Af... une simple condamnation pour bagarre, coups et blessures, pour un larcin... hop ! sac au dos dans la poussière. De la tarte point n'était-ce. Je vous renvoie, lecteurs lectrices, amateurs de tranches de vie vécues vraies, au livre de Julien Blanc *Joyeux, fais ton fourbi*... un chef-d'œuvre dans le genre, sorte de *Souvenirs de la maison des morts* sauce bien de chez nous. Le tombeau... la pelote sous le soleil... les sous-offs brutes sadiques, il se les était dégustés, Arthur. Curieusement c'était ce qu'il racontait le moins, ses souvenirs chez les Joyeux. La véritable souffrance le rendait pudique. Ce qui le déclenchait plutôt, alors quart de tour, c'était la politique. Ma souvenance sur lui ça démarre avec des histoires du Parti Communiste. Il s'y était inscrit dans le début des années trente. Cru, lui aussi, aux lendemains qui chantent, au grand soir... qu'on irait, tous les camarades, saigner les bourgeois dans leur XVIe, leur Auteuil. Il imaginait ça, Tatahouine, comme une sorte de vaste descente chez les riches... qu'on pourrait s'installer dans leurs lits Louis XVI... se gaver leurs victuailles... sabrer leurs bonnes femmes, leurs fillettes, leurs bonniches et surtout descendre dans les caves... s'arsouiller des jours et des jours et des nuits au Saint-Émilion... Chablis... Clos Vougeot! Toutes les roteuses... la prodigieuse enculade de la Veuve Clicquot! Il avait vibré à tous les meetings... les Bastille-Nation... « La Rocque au poteau! » Les campagnes électorales d'André Marty, notre député... encore héros, en ce temps, mutin exemplaire! Les Premier Mai, il emmenait toute sa famille au Père-Lachaise... le pèlerinage au Mur des Fédérés... Maryvonne, sa grosse avec le cabas, quelques casse-croûte... deux litrons de rouge... la petite réserve en cas de trop soif... Albert, son fils aîné, et Musique qui filait le train plutôt maussade. Il s'en tapait, lui, des fédérés glorieux autant qu'un enfant de chrétien qu'on traîne à la procession de la Vierge Marie.

Très vite il y avait eu du chtir dans le sifflard avec le Grand Parti des travailleurs. Les camarades trouvaient sa dégaine un peu trop flambante voyoute. Ça discréditait la classe laborieuse, son ivrognerie, ses tatouages aussi qu'il exhibait... *Souffre en silence* au plein de la poitrine... une tête de mort sur son avant-bras. A la permanence, les dimanches vers midi il se pointait déjà bien gelé. Il voulait les secouer un peu tous ces trouillards... « On y va alors, oui ou merde, camarades? On descend dans la rue tout de suite! Ça fait trop longtemps que ça dure le capitalisme... les deux cents familles! On va pas tergiverser encore des années! » Le soir même il voulait que ce soit le Grand, le Vrai! « Mort aux vaches! On va pas encore se déballonner! » Forcé qu'ils le virent, les permanents de la cellule. « Arthur, y'en a marre! » Ils l'ont supporté, je me rends compte à la lumière de l'Histoire, au-delà du possible... une patience incroyable! Vint l'époque de la main tendue de Thorez aux chrétiens. Nettement, un zèbre style Tatahouine, ça pouvait foutre les flubes aux catholiques. Dans la presse de droite le slogan vicelard... que tous les communistes ne sont pas des voyous, mais tous les voyous sont communistes! C'était plus le moment de tolérer les déviationnistes anarcholumpenprolétaires. Le camarade Cauchois se posait pas assez de cas de conscience de classe. Et puis ses propos divagants... certain dimanche matin il avait taillé une basane aux gens qui sortaient de la messe à Notre-Dame-de-la-Gare. Il s'était pris à pleine paluche son service trois pièces à travers son froc en proclamant « V'là ce que je leur tends, moi, aux chrétiens! » Même pas question d'autocritique sincère et résolue... démissionné d'office... déclaré traître à la classe ouvrière. Ça remontait, ça, juste avant le Front Populaire. Son regret... qu'il avait pas pu participer aux défilés... aux réjouissances... poing levé... L'Internationale! Sa dignité lui permettait pas de se glisser dans le cortège. Même pas le plaisir de se mettre en grève. Juste à ce moment il s'était mis à son propre compte chiftir. Il faisait les poubelles le matin... les chiffons, le papier, la ferraille. Probable qu'il fourguait quelques bricoles, produits d'arnaques diverses. Ça aussi, ça l'avait scié auprès de ses camarades, qu'il vive d'expédients... ils admettaient pas le principe de la récupération individuelle... c'était des sectaires!

Rejeté du Parti... il était devenu en un sens clairvoyant. Il prévoyait ensuite rien de bon à glaner du côté des Staliniens... que le Front Popu allait tourner en brioche, ça il l'avait prévu... et puis la suite. On en était là, lorsque je vous le croque sur le vif, au pacte germano... les bibises du Petit Père des Peuples à von Ribbentrop... l'*Horst Wessel Lied* joué par la fanfare de l'Armée Rouge... de quoi troubler tout de même les plus endoctrinés convaincus. Tatahouine, c'était sa revanche. La tronche qu'ils se payaient, les petits camarades de la rue du Château-des-Rentiers.

— Ils ont tous pris leur fascicule! Pas un qu'a renaudé pour rejoindre... le petit doigt sur la couture du pantalon! On les a vues, les crosses en l'air!

Il se régale, le dab à Musique... délecte joyeux son triomphe! Chez Lecoin, « Vins et Spiritueux », il est plus souvent qu'au labeur. Il y tient de vraies conférences. Henriette, son homme est parti. Il est en molletières, Anatole, en Lorraine dans une sacrée drôle de guerre paraît-il. Il tape la belote dans une triste casemate. Et il pleut, il pleut sans cesse sur l'armée française... il pleut sur la Ligne Maginot... sur le généralissime preux Gamelin dans son P.C. à Vincennes! Rien à signaler sur l'ensemble du front. Le départ en septembre, certes, ça n'a pas été fleur flingue dans les hourrah! comme la précédente. Sur les ondes courtes on nous réchauffe les ragougnasses 14-18. Les masques à gaz dans leurs boîtes grises cylindriques, on se fait des réflexions en les regardant. Le cœur n'y est pas. On s'installe peu à peu dans les joies de la Défense Passive. Elle le sera tellement passive qu'on aura pas le temps d'ouf ou de crier gare! Ça va plus tarder qu'ils nous tombent du ciel en corolles, les

Teutons gammés... qu'ils défilent sur les Champs-Elysées au son de leurs fifres, leurs petits tambours plats. Rommel sera à Cherbourg au temps des cerises... Weygand en repli stratégique à Bordeaux ! La grande panzerigolade ! En attendant on tape la brème au cantonnement... Prosper yop ! la boum... le théâtre aux armées, Joséphine Baker avec le vin chaud du soldat pour maintenir le moral des troupes... la quête pour l'acier victorieux ! Ça devient de la routine... une guéguerre traînarde, peinarde... pisseuse aussi, puisqu'il pleut toujours sur la Ligne Maginot... que Monsieur Lebrun visite nos fortifications sous un grand parapluie noir. Une guerre à la longue ennuyeuse... où c'est défendu de tirer au fusil... ça pourrait, dit-on à l'État-Major, indisposer l'ennemi... le rendre méchant et riposteur. Il en vient, Arthur, à se demander alors pourquoi on l'a déclarée. Faut tout de même qu'il aille pas trop loin dans sa déconnante. Les autres poivrades, ils lui veulent pas tous du bien. *Propos défaitistes*... on lit dans les journaux... les lourdes condamnations... trois quatre ans de taule pour avoir douté en public de notre Victoire finale ! C'est pas Musique que ça dérange qu'on puisse mettre son papa au trou. « Il y serait pas si mal, il se reposerait et nous aussi. » Il dit haut, très net ce qu'il pense. Il a pas le respect de la famille.

Quand je vais le chercher dans son impasse, j'évite plutôt de grimper jusqu'à sa piaule. Ma hantise que de me faire agrafer par Tatahouine. Tous les auditeurs lui sont bons pourvu qu'ils ne le contredisent pas. Il aime les jeunes, il a des réserves de conseils à leur prodiguer. Ça lui arrive d'être chez lui... il s'y monte du rafraîchissement, un ou deux litres. Pendant que sa femme fait la lessive, lui il discourt, il réorganise le monde, il s'enrage des injustices... liquide les deux cents familles ! Maryvonne elle écoute sans écouter. Le répertoire à son homme, elle connaît toutes les partitions. Préférable qu'elle fasse bien gaffe à ses paroles, ses vannes. De temps en temps, elle peut pas s'en empêcher, se retenir.

— Avec tout ce que tu dépenses à la boisson, tu te rends compte, Arthur, on pourrait se payer presque une maison à La Garenne-Colombes.

Ça, il aime pas, surtout devant des tiers. C'est pourtant vrai... tout ce qu'il a tututé cézig depuis les d'Af, ça ferait une belle rangée de tonneaux. Il rétorque pas immédiat. Il se roule peinard sa cigarette... il est pensif... l'allume.

— Maryvonne, t'es une conne et tu sais que ça rime.

Il la cloue. S'il est phallocrate ! On n'employait pas le terme alors... total, lui... sans rémission ! Il nous expliquait, dès que ça se présentait l'occase, que les gonzesses fallait toujours s'en méfier... que c'était inférieur en intelligence, mais qu'en vice, en vacherie, elles pouvaient nous rendre le double six. D'où qu'on devait les tenir sévère quand on serait grand... les satonner au moindre manque.

Il est bienveillant pour une fois. Il écrase. Il se trouve trop bon, se retient de ne pas aller lui servir séance une avoine. Ça le perd, la bonté. Voilà. Il m'offre de trinquer avec lui. Ça m'emballe pas lerche son qui-tache dix degrés, seulement si je lui refuse, il se vexera.

— Pierrot ? Où qu'il est barré ce putain de môme ?

Maryvonne ne sait. Il se trisse, Musique, dès qu'il a l'occase, se débine, calte volaille ! Tatahouine ça va le déclencher... merde ! elle sait pas où sont ses gosses. Un monde ! Ils font ce qu'ils veulent, ces sales vermines. Ils sont éduqués pas croyable ! Le laisser-aller de Maryvonne... à vau-l'eau! Sur ses rejetons, elle apprend tout après tout le monde. Albert, elle ne sait certainement pas avec qui il est à la colle, son aîné... un garçon de dix-sept ans, déjà rouleur de mécanique.

— Avec la Loulou Chapuzin, il couche ton fils... et j'ai des preuves de ce que je t'avance.

Elle s'arrête de savonner le linge, madame Cauchois. Elle lui demande de répéter... Loulou Chapuzin?... La Boiteuse? Eh oui... y'a qu'une Loulou Chapuzin, celle qu'a un pied bot... une chaussure orthopédique. En outre, elle a dans les soixante carats, madame Chapuzin. Elle est bien plus viocque que Maryvonne. Ça alors, elle trouve ça parfait dégueulasse qu'il s'envoye la Chapuzin, son bel enfant... monstrueux!

— C'est comme s'il couchait avec, dis donc, sa grand-mère!

Je sentais venir la vape... la castagne... me préparais à m'éclipser puisque Musique n'était pas là. Seulement, avec Tatahouinc, on sait jamais ce que ça va devenir la situasse. Il déblatère, ça tourne vinaigre ou miel, on ne peut pas prévoir. Là, tout à coup, il se bidonne. Un éclat de rire qui laisse voir tous ses chicots sous les bacchantes. Il se plie en deux... perd sa casquette... ah, merde!... va pisser dans son bénard tellement ça l'amuse la remarque de Maryvonne. Il y avait pas pensé qu'elle pourrait, la Boiteuse, être son aïeule à Albert! C'est vrai, il compte sur ses doigts...dix-huit et dix-huit... trente-six et encore dix-huit... cinquante-quatre! Y'a largement le compte.

On la connaît tous la mère Chapuzin. Elle tient, au-delà de la Porte d'Ivry, une épicerie buvette à l'entrée de la zone. On n'y va pas tellement dans sa boutique. Elle a un œil derrière la tête. Pour lui chouraver le moindre caramel faudrait la braquer.

Qu'Albert se la tape c'était du cri. A bien réfléchir aujourd'hui, il devait avoir le gourdin d'ébène. Le secret de tous les maques, les gigolpinces... qu'ils bandent quart de tour, sans motif bien évident, et qu'ils tiennent la note jusqu'à ce que leur partenaire crie grâce moult fois.

Albert, dans un sens, il était l'opposé de Musique. Question sapes, il donnait déjà dans l'élégance arsouille à la mode... un peu style Pépé le Moko... le chapeau mou, les costards rayés, chemise foncée, cravate claire... les tatanes pointues. Je ne sais pas s'il était né sous le signe des Poissons, mais on voyait déjà ses nageoires d'hareng lui pousser. Avec la Boiteuse, il faisait ses gammes, son apprentissage de julot. On a appris, ou déjà on savait... je sais plus... qu'à l'épicerie buvette il venait de temps en temps, à la surprenante, se transvaser le contenu du tiroir-caisse dans les fouilles. La viocque, il la régalait derrière son comptoir en levrette. Elle bouclait alors son commerce. Elle descendait son rideau. Le voisinage comprenait que madame allait s'offrir un peu de joie. Ça, il n'y trouvait rien à redire le Tatahouine. Il avait au moins un fils digne de lui, qui savait se défendre dans l'existence. En sus, il va se rincer gratis chez la Bocquillonne.

Mais j'anticipe... nous n'en sommes encore qu'à l'époque Daladier-Gamelin... la Défense Passive. Hitler va venir, ne vous impatientez pas, mes chéris. Pour l'instant, il s'excite devant les micros, il se parade l'Allemagne à sa botte. Il est la foudre, le diable, la tempête! On l'entend plus éructer dans nos radios, il est censuré depuis qu'on est en guerre. On devrait ne plus penser qu'à lui. Il est prévu dans nos astres... sa mèche, sa moustagache Charlot. Seulement la vie, les événements, on se les farcit à l'insouciance, au jour le jour, à l'économie de bouts de chandelle. On s'intéresse de fariboles. On s'occupe des amours de la Boiteuse avec Albert. C'est peut-être, après tout, aussi important que le cher Adolf à Nuremberg... du point de vue lumpen prolétariat où nous sommes... dans l'inconscience de classe, etc...

Tatahouine, Albert, la Boiteuse... ça devient berlificotis mon ouvrage immortel! Ça se grimpe, s'entremêle... se confond... le micmac partouze littéraire! J'oublie aussi un tas de bricoles. Je passe les descriptions... suggère juste. Le contenu, la toile de fond historique... Notre président Lebrun... ses pieds en canard... les troufions en perm avec leurs bidons de deux litres... la Grande Armée d'alcooliques, clodos bedonnants hilares... Des ombres... des tronches qui surgissent sans autre raison que mon bon plaisir.

Nous laissons un peu Tatahouine se reposer dans sa turne avec sa dame. Leur piaule, faut dire... ça n'avait pas tant évolué les habitations ouvrières depuis le Second Empire... tout ce que nous a décrit Zola dans son *Assommoir!* La famille Cauchois, son home, ça suintait la mouscaille douze volumes et dix degrés. C'était l'antre, le galetas. L'escalier, la cour intérieure de l'immeuble, les chiottes avec leurs portes de planches rafistolées... ça reniflait partout la fiente, le graillon, la pisse de chat, le gaz en fuite! Vous reconstituer exact les décors, je respire encore toutes ces odeurs. Ça serait préférable, je pense, de les chasser... seulement le passé vous taraude, il s'imbrique dans votre présent. On n'y peut plus rien, on y est voué...

Plus lerche subsiste de cette période... toutes ces rues lépreuses, cahoteuses... cette grisaille. On a embauché spécial des milliers de manœuvres algériens pour tout démolir et reconstruire. C'est devenu la cité radieuse... les buildings sur pilotis s'alignent, je vous ai montré un peu plus haut. Rien à redire... la mouscaille qui régnait ici, je vais pas vous la défendre... au nom de quoi? De mes souvenirs, ma nostalgie de poète... l'esthétique de cinéma d'avant-garde.

Tout de même en traînant mes lattes dans le quartier... dans certains secteurs on s'y retrouve. On débouche sur un carrefour, on y est. On retrouve tout, mais alors encore en plus noir qu'autrefois... plus étriqué! Ça s'est usé, on dirait. Aux souvenirs, au temps qui passe, ça se rétrécit les dimensions, tout vous paraissait plus haut, plus grand... les rues, les immeubles. On s'interroge, comment on a pu vivre là? Le printemps venait nous y réchauffer tout de même, nous cligner de l'œil... nous pousser à nous reproduire en paquets de quatre, six allocationnés familiaux. Ça vous barbouille la souvenance, vous fend le cœur. On n'arrive plus à imaginer qu'on pourrait allegretto revenir en arrière. Il est là, tel quel, le bar-tabac du carrefour. Rien n'a changé, à part une rampe de néon qui brille à l'intérieur sur cette crasse, qui vous rend les tronches blafardes, agglutinées autour du zinc. A se demander si on ne va pas retrouver la patronne telle qu'on l'a laissée. Une pénible virago qui s'étalait de la mamelle sur son tiroir-caisse. Comment qu'elle les couvait ses picaillons! A dix centimes près, elle connaissait le contenu de la recette. Sous ses jupes il y avait Galfano, un molosse sur déjà le retour, le poil terne, l'oreille basse... tout de même encore sérieux question canines. Dès qu'on s'approchait du magot, il montrait ses jolies quenottes. « Sans lui, prétendait la dabuche, on aurait été assassinés au moins dix fois avec les engeances qui rôdent par ici. » En plus de ses fonctions de gardien, Galfano, on se disait entre copains, qu'il devait lui dévorer un peu la chagatte à la grosse. Il pouvait pas rester comme ça sous ses jupes à dormir tout le temps. Ça nous réjouissait dégueulasse cette évocation! En tout cas, elle sentait le clébard la taulière... mouillé, je précise... pas le chien-chien Yorkshire chouchouté d'institut. L'homme, le patron, n'existait pas beaucoup. Il était jaune, chauve, osseux dans son gilet usagé sans manches. Il servait, essuyait les verres, suçotait un clope baveux... le regard ailleurs. Plutôt il avait une frime, une allure de sacristain. Dans la bibine, ça n'attire guère le chaland. Tatahouine, dans ses tournées quotidiennes, entre la Mouffetard, la Butte-aux-Cailles, la cité Jeanne-d'Arc... la Porte d'Ivry... fallait qu'il soye juponné à mort, ourdé à zéro pour enquiller dans ce tapis. Il prétendait que ce bedeau-bistrot, en 14-18 pendant une offensive de Nivelle en vue de maintenir le moral des troupes, il avait pris des éclats de shrapnell dans les couilles. Des choses, certes, à vous rendre triste et jaune... le regard tout à fait ailleurs.

En mai-juin, ils se fendaient tout de même, ces sordides gargotiers, de trois quatre guéridons, quelques vieilles chaises pour faire terrasse. On s'y installait parfois avec Musique, Milo, Fernand Neunœil. On y sirotait des diabolos menthe... des grenadines. On se prélassait là jusqu'à la nuit... à moins qu'un orage, une ondée nous déhotte. On regardait passer les petites mômes, on les sifflait... en groupe on n'avait plus de timidité. C'était, comme on dit, le bon temps...

Ma rue à moi existe toujours... pour combien de temps... savoir? Les promoteurs la guettent sûr certain, s'apprêtent à la ratisser, la ratatiner, me la gommer... que je sois vraiment obligé de faire appel uniquement à ma mémoire! Elle est devenue bien froide, bien triste tout de même. Elle est à sens unique, couverte de voitures... pas un espace le long du trottoir. Les parcmètres ne vont plus tarder avec leurs dames aubergines! Une police qui s'installe partout... contrôlera bientôt les cacas de nos chiens. De loin on pouvait la prendre pour une impasse... mais la ruelle s'élargissait. On a tout aligné, mis en l'air le dépôt des charbons Bernot. C'était des pavés ronds, usés par le temps, la chaussée. C'est lisse aujourd'hui, cimenté... asphalté! On ne peut plus jouer dans le ruisseau, suivre des esquifs en boîtes d'allumettes jusqu'à ce qu'ils se perdent corps et biens dans la bouche d'égout. Le plus surprenant, ce qui vous laisse sans voix... le signe d'une évolution inouïe... à l'emplacement de Lecoin, son débit « Vins et Spiritueux »... je me frotte les châsses, je n'arrive pas à y croire... une banque, bel et bien une banque... Industrielle et Commerciale! A l'endroit même où Tatahouine bonimentait des journées entières. S'il revient rôder avec sa grivelle, les moustaches en croc, ses frocs à pont...son fantôme, il doit manquer de toc... lui pourtant si prompt à la réplique de son vivant. Une banque, ça vous cloue. On devient Suisse, on boit chez soi et puis uniquement du scotch. C'est ça le progrès.. la civilisation.

Anatole le taulier, l'homme à Henriette, il est revenu vite de la guerre. Il était dans un régiment de pointe qui avait sprinté jusqu'à Marseille. A vos marques... dès que le colonel avait vu au loin un panzer... son ordre formel « Sauve qui peut ! » Il avait ramené tous ses canons sur la Canebière. Forcé alors que le général Huntziger le décore devant ses troupes... une cérémonie à Vichy, en présence du Maréchal et de l'ambassadeur des Soviets Bogomolov. C'était un homme qui savait vivre, Anatole, profiter des choses agréables de l'existence... la boisson, les dames, la tortore. Vous avez l'idéal au-dessus, je suis certain, mes bons et attentifs lecteurs, tous vous désirez la démocratie universelle, l'égalité des races, des sexes, des intelligences et des porte-monnaie. Ça sera duraille, il me semble, d'accéder à ce paradis où l'on s'aimera les uns les autres sans préjugés. Des hommes comme Anatole Lecoin il en faudra plus... il ne restera qu'à les pendre, ou bien les mettre dans des camps de rééducation, des asiles psychiatriques et tout le monde sera bien content. Toujours est-il qu'il a profité, lui, des circonstances... l'ouverture. S'il a entravé les avantages des restrictions, du rationnement, dès son retour de la grive. Il s'est pas perdu dans les scrupules, les drames de conscience aigus. Bon enfant, franc comme l'or, joyeux drille mais cependant féroce au bénef... attentif à son tiroir-caisse... impitoyable aux ventres affamés ! Nul cadeau, sauf aux ménagères girondes qui voulaient bien sucer monsieur dans son arrière-boutique. A la fin, en 43, il avait, spécial, installé là un divan entre deux barriques. Il enjambait ses conquêtes sur place, vite fait, sans fioriture aucune. Henriette fermait ses jolis yeux porcins sur les dépravations de son époux. Elle s'en donnait, disait-on, ailleurs... elle allait folâtrer avec Dieu sait qui... un Fritz peut-être... un aryen blond et brutal... C'était devenu la mode, un guerrier parfumé sang et poudre! Aujourd'hui nos mignonnes préfèrent le Zoulou afro-asiate concerné léniniste-maoïste, amateur chanteur de folk song. Elles se font des idées qu'elles ont choisi... qu'elles ont leur libre arbitre... bernique! Les mœurs... braguetteries, romances, les façons de jacter, de penser... se fabriquent, se conditionnent par le snobisme, la vogue, la vague, les professeurs. A présent, le militaire, officier valseur viennois à brandebourgs qui ravagea les cœurs et les utérus pendant près de deux siècles, il fait tapisserie... qu'il se branle, s'il existe encore, ou enfin son descendant saint-cyrien. Le Teuton tondu, SS obersturmführer, ça leur paraît à nos enfants le comble des flagdas... que leur maman ait pu succomber... ça participe des choses inimaginables! D'ailleurs les mères, elles, sont pas prêtes aux aveux... elles se sont mises dans la note, elles ont effacé de leurs souvenirs tout ce qui peut gêner la nouvelle façon d'écrire l'Histoire... celle des vainqueurs comme toujours.

De Gaulle, il est évident qu'on l'a entendu presque tout de suite sur les ondes de Londres, qu'il nous a donné lui tout seul des raisons d'espérer en la France éternelle. Qu'au fond nous étions bien d'accord, qu'il fallait chasser les Fritz, qu'ils étaient sous leur bannière à svastika le mal absolu, que nous étions tous acquis à la Résistance... l'esprit indomptable... brûlants d'aller se faire flinguer... le sacrifice suprême pour l'idéal démocratique! On voit des débats à nos chaînes de télévise, il s'agit pas de mettre en doute ces éblouissantes vérités, de les contester, ne serait-ce qu'une demi-minute. On se demande alors, si peu qu'on ait la réflexion prosaïque, pourquoi nos vaillants soldats se sont tous laissé cravater avec tant de grâce, de délicatesse, en mai-juin 40 par les affreux casqués d'Adolf. Dans certains coins, ils étaient si pressés par leur victoire, les chleus, qu'ils laissaient les prisonniers se garder entre eux. Ceux-là, ils auraient pu tout de même s'enfuir dans les bois, les collines, atteindre les montagnes pour y résister tout de suite. Si ça les démangeait tant de la gâchette, ils auraient pu user au moins toutes leurs cartouches. Certes, nos armes étaient inférieures en qualité, quantité... elles tuaient tout de même! Des questions qu'on ne doit pas se poser ni de plume, ni de bec... soulever, sous peine de passer pour l'affreux facho réac, complice d'Himmler, pourvoyeur de Buchenwald!

Ceci devient un autre sujet... je retourne à ma rue.. le bistrot d'Anatole... son canapé lascif entre les tonneaux de pinard! Pour quelques boîtes de conserve, une douzaine d'œufs, des vertus farouches succombèrent en ces lieux devenus succursale de banque! Le moment venu, je vais vous dépeindre, décrire menu... entièrement pornographique l'épisode... French érection!

J'habitais au-dessus du troquet... une des fenêtres de notre logement donnait sur la cour où il nettoyait ses cuves, notre joyeux graveleux luron tenancier. Son portrait, je vous le tirerai peut-être le moment venu, il est d'ailleurs sans importance, banal, couperosé, un petit œil porcin aigu. En tout cas, il plaisait pas à ma grand-mère, elle le trouvait pas distingué, m'sieur Anatole. Dans le secteur, je dois dire, elle avait pas souvent l'occase d'en croiser des hommes distingués, l'œillet à la boutonnière, les leggings, le col à becter de la tarte comme elle les appréciait ! Son goût pour la courtoisie, les hommes bien habillés, élégants, propres, lui était venu surtout de la période où elle avait travaillé comme nurse... chez les gens du monde... dans la fine fleur de la bourgeoisie d'Auteuil. Elle en avait connu de toutes sortes des patrons, des pingres et des loufs généreux... plus souvent les premiers que les seconds ! Après la guerre de 14-18 elle avait même servi chez un de nos glorieux généraux, père de huit enfants, ce qui ne l'empêchait pas d'en être comme une princesse de pissotière ! Il se faisait taper dans la lune, ce vainqueur de je ne sais quelle cote 112... 327, surtout par ses ordonnances qu'il choisissait parmi les plus athlétiques tirailleurs sénégalais. Elle m'a pas affranchi comme je vous le narre, mon aïeule, c'était pas son style. J'ai entravé aux sous-entendus... les confidences qu'elle faisait à ses petites amies... d'autres vieilles du voisinage qui venaient boire le café à la maison, se raconter de menus ragots pour tuer ce qui leur restait de temps. Elle leur expliquait... le général comment qu'il était sévère avec sa marmaille, près de ses ronds, si dur avec Mathilde son épouse, une sainte femme qui allait à la messe tous les matins ! Ses mœurs contre nature, elle n'en était jamais revenue. « Un héros pareil ! » On trouvait son portrait en couleurs dans les plaques de chocolat *Meunier* avec Joffre, Foch, Gallieni et déjà Pétain. A présent, on se rend plus compte... le prestige de ces militaires. Personne n'osait mettre en doute leurs mérites, leur génie stratégique, leur grandeur d'âme. Fallait être énergumène communiste comme Tatahouine pour se permettre de les glavioter. Lui, ça l'étonnait pas tant qu'un général de haut grade se fasse tarauder la bagouse par les bougnoules. En Afrique du Nord il en avait vu bien d'autres! Il prétendait même que s'il avait voulu accepter les viles propositions de son colonel, il serait maintenant lui aussi général. Seulement voilà, la brioche infernale, il en croquait pas. Il insistait souvent là-dessus. « Je suis peut-être resté deuxième pompe, mais aujourd'hui je marche la tête haute et pas les pieds en dedans! » Dire si Tatahouine plaisait à ma grand-mère... elle le trouvait encore plus abominable si possible qu'Anatole! Il représentait à ses yeux l'apache type, le rôdeur de barrière... « On a peur de lui quand on le rencontre la nuit », disait une chanson de l'époque. Elle, elle avait reçu une tout autre éducation dans son Auvergne natale où son père était employé aux chemins de fer. Ça nous remonte encore plus loin dans le passé... les débuts de la IIIe République. L'uniforme d'une compagnie ferroviaire, ça représentait en ce temps-là une promotion. On y embauchait que des gens sérieux, honnêtes. Cet arrière-grand-dab, il avait la mouche, la barbouse Badinguet avec les moustaches fines cosmétiquées. Ce que je me souviens... très vague... une photo que ma grand-mère gardait dans un petit coffret avec d'autres souvenirs, quelques paperasses et une mèche de cheveux de l'autre Alphonse... le grand, son époux devant Dieu. Celui-là, elle m'en a entretenu souventes fois... un homme alors tout à fait hors du commun... un excentrique, un singulier lascar. J'ai perdu dans toutes mes pérégrinations, mes campagnes guerrières, mes prisons, mes hôpitaux, son unique portrait. Je le confonds un peu maintenant avec d'autres photos... le frère mort à la guerre... les oncles... des barbes en pointe, en carré... des charmeuses triomphantes. « Tu tiens de lui tout craché »... L'évocation du grand-dab n'était pas exact flatteuse... qu'il était coureur de jupons, buveur, joueur de cartes, de dés, de courses, de loterie ! Un homme qui se gâchait... qui aurait pu devenir quelqu'un. Il avait embrassé en quelques années de nombreuses carrières... des entreprises qui ne duraient que le temps des roses ou des châtaignes. Il combinait, il spéculait... il avait inventé aussi un système pour empêcher l'usure des bas de pantalon... un carburant en papier mâché pour remplacer le charbon en 1917 ! Bien duraille avec des bribes, des morceaux de souvenirs de seconde main de vous raconter son existence. Il y avait de doux euphémismes dans les récits de ma grand-mère. Nul doute qu'il avait dû s'expliquer un peu avec la justice, ce bel Alphonse. Ça respirait la carambouille, les chèques en bois... de drôles d'arnaques entre les phrases ! Il était question de dettes, d'huissier, de saisies... et puis aussi de femmes qui lui avaient été fatales. « On peut dire qu'il m'a fait souffrir ! » Après la guerre il avait tout bonnement disparu Alphonse Ier... armes et bagages... avec, sans doute, une créature et peut-être un mandat du Parquet au cul. Elle avait appris sa mort des années plus tard en 30... 32... un avis de décès venant de Caracas... un pays où se réfugiaient tous les gais ruffians des quatre coins du monde. On n'avait jamais su de quoi il était mort... s'il avait craché ses éponges dans un marigot ou quoi ou qu'est-ce... si par hasard des anthropophages se l'étaient régalé... un alligator... tout était possible ! Bref, c'était pas le monsieur de tout repos, l'époux modèle. Ça me fait, dans mes chromosomes, un drôle de handicap cet original olibrius mystificateur...

Après ça, la fuite de son homme, mon aïeule était restée sans ressources avec une fillette à élever. Des années de pain noir et sec... les places chez des gens précisément très distingués mais peu prodigues de leurs deniers, si j'ai bien compris... les économies serrées sur un salaire minable pour payer la pension de la petite chez les sœurs.

Ça va devenir, mon histoire, maintenant tout à fait le mélo... qu'y puis-je? Ce fut... je vous relate, tant pis si je suis démodé... Porteur de pain... l'Orphelin des Batignolles! Voici la fille séduite de dix-sept ans et abandonnée, il va sans dire... l'infâme suborneur, mon papa... le dégueulasse... barré, natchavé, envolé! Ce qu'il pouvait être... sa dégaine... sa tronche?... le noir absolu... mon hérédité... de qui je tiens mon éventail de vices, mes rares vertus? Il me travaillait pas tellement ce daron contrairement à beaucoup de mômes dans mon cas, je dois avouer. Là, devant mon bloc correspondance en train de faire l'artiste du stylo, j'arrive fatal à ces questions. Répondre?... cette situation d'enfant naturel — je me demande comment sont les autres? — non, je ne me suis pas cogné la tête contre les parois de ma piaule... ça m'a pas trituré métaphysique. Je suis le fils de rien, de personne... je ne m'en sens que plus libre de mes mouvements... je m'en suis toujours parfaitement arrangé. Pourtant, en ce temps, c'était une sorte de tare. On était le produit de l'amour défendu. Ça me convient assez finalement d'être dès le départ un peu à l'écart, solitaire... pas tout à fait comme tout le monde. J'ai appris très vite à tricher... une bonne école pour naviguer en société. Aux interrogations mielleuses, je répondais par des mensonges... que mon père était mort, voilà tout. Au début je disais à la guerre, ça me paraissait bien d'avoir un père mort à la guerre... seulement ma grosse naïveté, ça faisait rire.

Mes premières années... je les avais passées dans le Loiret à la cambrousse, chez des paysans. On m'y avait placé à ma naissance délictueuse. Les

Chaminade y s'appelaient... de pauvres gens qui trimaient comme on n'a plus idée maintenant que tout est automatique... la lessive, la vaisselle, les semailles, la traite des vaches! On en était loin! Elle n'avait d'ailleurs que deux chèvres à traire, la mère Chaminade, quelques lapins, un poulailler... une vache, pour elle, c'était l'animal de luxe. J'ai ouvert les yeux sur le monde au milieu d'autres marmots, branleurs morveux, entre le tas de fumier, le petit jardin rempli de dahlias à la belle saison... la route de Bellegarde et un petit chemin de terre bordé de mûriers. Le réveil encore au chant du coq... l'éclairage à la bougie, la lampe à pétrole. En somme en plein XIXe siècle. Ces croquants vivaient encore, peu de choses près, comme leurs aïeux du Moyen Age. Le passage d'une auto sur la route, ça leur paraissait une intrusion des Martiens. Chez les Chaminade, j'étais tombé heureux... de braves gens sans histoires. Auguste le dab, je le revois plutôt comme les dernières fois... cassé en deux par le boulot... les betteraves, les patates à biner, à ramasser... cagneux, sec... la moustache encore bien noire à la gauloise. Il m'émeut toujours au souvenir. Il s'asseyait le soir près de la cuisinière, il se tassait sa pipe, crachotait dans le feu... toujours sa vieille casquette sur le trognon. Il nous pinçotait les joues. « Bon Dieu de merde de fi de garce de merde! » il jurait en chapelet. Ça lui revenait... des choses qu'il évoquait par bribes... les marais de Saint-Gond — Ça m'avait frappé ce nom, ça reste toujours dans ma tête un mot d'une résonance étrange... la Marne... 1914! Il y était parmi la piétaille en pantalon garance, le fusil Lebel, les grosses cartouchières. Je me l'imagine... ses bacchantes, ses yeux très noirs sous le képi, les pans de la capote relevés! Deux ans plus tard, casqué, vêtu de bleu horizon avec les molletières. « Les tranchées, fi de garce de merde ! c'était pas bien propre, les petits gars... oui, pas bien propre ! » Il citait encore des noms, de belles batailles du temps jadis... le Cabaret rouge... Souchez... la cote 119... le bois de Givenchy ! Je n'arrive pas à croire que c'est devenu de la haute couture, Givenchy ! Il ne racontait rien de bien positif, le dab, rien d'héroïque... des anecdotes de chevaux qui ne voulaient plus avancer... les charrois... les roues embourbées, saloperie de merde ! Rescapé de telles tueries, de telles misères, il se trouvait sans doute heureux, privilégié de pouvoir turbiner comme un serf dix douze heures par jour. Il se louait à la journée chez les fermiers alentour... Il n'avait que quelques lopins de terre à lui. Pas de quoi se nourrir toute l'année. Lorsqu'il affûtait sa faux, à l'ombre derrière la maison, ça devait lui paraître le bonheur. Il souriait dans ses moustaches.

Blanche, la patronne comme il l'appelait, c'était elle qui portait le bénard dans le couple. Elle qui savait écrire, qui donnait les ordres... qui comptait les sous. Les lundis, elle nous emmenait au marché à trois kilomètres. Elle mettait spécial des charentaises propres, elle se refaisait son gros chignon. Elle avait la taloche prompte... pas le temps de s'occuper de nos complexes. On n'en avait peut-être pas tellement à l'époque. On n'avait pas assez de loisirs.

Il ne me revient rien de triste, de malheureux de ma prime enfance. J'y ai emmagasiné des images plutôt fraîches de pêche à la grenouille. A l'automne je suivais le dab lorsqu'il labourait... je sens encore l'odeur de la terre qui s'ouvre sous le soc de la charrue. J'allais à l'herbe aux lapins, aux mûres, aux fraises sauvages. Surtout j'aimais le chien de la maison, Marquis, un bâtard comme moi, un petit poilu gris. Mon premier chagrin, c'est quand il est mort... qu'Auguste a été creuser un trou le long du talus... j'ai pleuré longtemps.

Sur mes faffes, mon bulletin de naissance, je me suis aperçu que ma mère m'a reconnu à sept ans. Et c'est là qu'a commencé mon éducation du bitume. Elle m'a confié à cette grand-mère...dans le XIIIe... dans ce petit deux-pièces sombre, au-dessus de chez Anatole Lecoin, « Vins, liqueurs et spiritueux ». Je vous reconstitue, je m'efforce, de mon mieux. D'abord j'ai eu du mal à m'habituer à la ville... j'étais paysan. J'ai dû, au fin fond, le rester beaucoup... une certaine gaucherie dès que je sors de ma tanière, du cercle de mes habitudes. Bien plus tard, au *Centre de Rénovation et d'Orientation* à Fresnes, lorsqu'ils ont voulu, les réformateurs pénitenciers, me réadapter, me recycler... après tous leurs tests... de niveau... prospectifs... leurs études minutieuses du bipède récidiviste, ils ont découvert que ma voie, mon avenir, c'te bonne paire! étaient dans l'agriculture. Les premières années le bonhomme se fabrique, il se fige vite... on aura beau, plus tard, vouloir se modifier, évoluer, se métamorphoser... vaine peine! Jouez pipeaux en pure perte. Éduquez donc un chat, faites-lui manger des épinards à la patience, sitôt qu'il apercevra l'oiseau sur la branche, ça serait tout à fait étonnant que sa moustache ne se raidisse pas, sa queue ne batte pas de désir... qu'il n'ait pas des petits roucoulements de guerre qui lui sortent du gosier.

Je reviens à mon roman-feuilleton. La réalité n'a pas bon goût. Je ne peux pas, uniquement pour la bonne tenue littéraire de mon ouvrage, vous raconter ce qui ne fut pas. Me voilà donc enfant du hasard, fils du suborneur, illégitime... que sais-je... le résultat d'un coup maladroit, un demi-viol. Je pousse dans les rues du XIIIe... j'ai déjà poussé un peu... je suis grand pour mon âge, échalas, ingrat, boutonneux. Je vous situe l'époque... la guerre, la deuxième mondiale qui débute. Le lever de rideau. Hitler qui se gave la Pologne avec Papa Staline... une moitié chacun... et ensuite le Danemark en entier...la Norvège... ses Panzerkampf Wagen II, III, IV... qui foncent sur les routes. Ma grand-mère suit tout ça dans *Le Petit Parisien*... et puis à la T.S.F. On a un gros poste, un Radiola style ogival. Hitler, elle le trouve moche de tête avec sa petite moustache... pas distingué du tout lui non plus. « Guillaume II, au moins, avait de l'allure. » Ce qu'elle préfère sur les ondes, la voix de Tino... *Marinella... Tchi-tchi... Chante, chante pour moi dans cette nuit de rêve!...*

Je l'ai vu Tino l'autre jour, à l'enterrement de Jean Gabin. Un Tino déplumé, ventripotent mais tout de même Tino... l'unique, la voix d'or... *Chante, chante pour moi!* On a échangé quelques mots... que c'était bien triste de se rencontrer dans de pareilles circonstances, etc. Et c'est ma grand-mère que j'ai revue tout à coup... son visage lisse... ses cheveux blancs en bandeaux. Elle était la douceur, la gentillesse même. Ça m'a fait mal à l'évoquer. Je me rends compte, inepte, jeune chien connard, que je ne l'ai pas assez regardée, assez écoutée... pour la graver très fort dans ma mémoire. C'est trop tard... toujours trop tard... le film se déroule, on n'a pas eu le temps de saisir un détail... un autre... l'essentiel peut-être. Il y a l'instinct, comme chez les animaux, qui vous tenaille, vous attire ailleurs... dans la rue où se jouent les jeux de l'amour et de la guerre...

Ma mère, c'était une apparition de temps en temps. Elle était belle et parfumée. Elle arrivait à l'improviste, elle nous ramenait du fric, des victuailles, de quoi vivre. Ce qu'elle faisait... je ne cherchais pas à le savoir, je ne posais jamais de questions. Ça a toujours été comme ça... une sorte de loi... la bouche cousue sur les choses importantes. Que dire au fond ? J'ai pigé assez vite et je n'ai pas fait de commentaire. A personne. Je crois qu'il ne faut jamais se confier, que c'est le commencement de la sagesse. La suite de ma vie était peut-être déjà tracée à cause de tout ça... mon existence en marge...le casier judiciaire... le goût des choses secrètes, interdites, dangereuses. Je n'arrive plus à situer à quel moment j'ai bien compris. Par petits morceaux sans doute. J'ai dû entraver sans heurt, ça ne m'a jamais paru ni bien, ni mal... Naturel, en quelque sorte, et j'en ai déduit qu'il fallait ruser, se défendre, ne pas s'occuper des mots surtout, de la morale... juste sauver un peu les apparences pour être à peu près tranquille.

Elle m'était plus étrangère, ma véritable mère, que ma nourrice bien sûr. Je savais pas trop ce qu'elle était, elle m'intimidait. Elle repartait vers sa vie mystérieuse. Il a fallu des années pour qu'on se rencontre. Je ne l'ai vraiment connue qu'à la fin, à l'hôpital de la Pitié, lorsqu'un cancer s'est mis à la ronger, la vieillir, la ravager jusqu'à ce qu'elle devienne un petit cadavre ratatiné, jaune, méconnaissable au fond de son cercueil. Et ceci encore est une tout autre histoire... Je n'en finirai jamais de me raconter, de raconter les uns et les autres, ceux qui j'ai aimés ou haïs, ceux que j'ai rencontrés partout... en cul de basse-fosse, dans les salles communes d'hôpitaux... les dingues, les malfrats, les épaves... pas tellement les vainqueurs, je m'aperçois... peut-être parce qu'ils ne m'intéressent pas. Ça paraît le labeur énorme de les amener tous sur le papier... que j'aurai jamais assez de temps, de courage. Il en faut pour se crever le tempérament à la plume... que ça résonne juste vos phrases, tous ces vocables qui se suivent, s'emmanchent, se conjuguent, scintillent... que tout ça vienne au bon moment dans le désordre apparent... que ça vous entraîne irrésistible, vous oblige à poursuivre. Tout ça en définitive pour une mince satisfaction personnelle. Tout le monde s'en torche le pourtour de vos efforts, vos exigences de maniaque plumitif. Ça risque pas qu'on s'en occupe dans les tables rondes, les dialogues avec le public... aux maisons de la culture, aux radios, aux télévisions. Ce qu'ils veulent, les clients... du social, des bons sentiments égalitaires et fraternels... qu'on leur donne l'occasion de se sentir généreux, humains, compatissants à toute misère...

Il me faudra encore du temps pour parler de ma mère comme je le voudrais, sans que ça me coince... je me rends compte. Vaincre une sorte de pudeur. Enfin si les petits cancers me bouffent pas trop tôt, si un infarctus mutin me cisaille pas en plein effort, j'y arriverai peut-être. Pour l'instant, dans ce récit, elle n'apparaîtra pas beaucoup, ce qui ne veut pas dire qu'elle n'avait pas d'importance. Je me sentais à cause d'elle, de sa façon de vivre ambiguë, un peu différent des autres au fond... de mes petits copains arsouilles, ceux qui m'attiraient !

Ma grand-mère, ça la tracasse mes fréquentations douteuses. Depuis le début, à la communale avenue de Choisy, je me suis toujours abouché, acoquiné avec la fine fleur du ruisseau. Mes classes je les ai suivies dans le fond, près du poêle... ce n'est pas une image, en compagnie des attrapeurs de mouches, des forcenés onanistes... les idiots, les petits vicelards, les ronfleurs, les malpropres, les malpolis, mal embouchés... ceux qui jactent l'argomuche... qui se surnomment Bébert, Dédé, Lulu, Loulou, Mimile, Roro, Riton... ça fleure déjà le sobriquet pour la Tour Pointue... la fiche anthropométrique... les galères !

Tout a commencé dans la rue, le meilleur et le pire. Le pire plus souvent. Sans la rue, les petits potes traîne-lattes, certain que je me serais pas fourvoyé guerrier de l'ombre. J'aurais eu personne à épater. On est entré dans la guerre, la vraie avec des armes à feu, pour continuer nos jeux de la rue... nos bagarres de quartier. Pas plus d'idéal là-dedans que d'orangers à Courbevoie. Mais les Fritz ne sont pas encore arrivés, je m'aperçois... j'ai déjà trop divagué de droite à gauche... je traînasse à loisir, puissiez-vous partager mes flâneries avec quelque agrément. Et il me faut encore vous brosser un peu les décors... et surtout les personnages alentour.

Au-dessous de chez nous c'était donc le café d'Anatole... son bouge plutôt... les murs qui n'avaient pas été repeints depuis le septennat de monsieur Fallières... la calbombe unique sans abat-jour qui pendait au plafond, pleine de chiures de mouches. Une peinture murale sur le côté... On distinguait tout de même sous la crasse le sujet... un jeune garçon qui pissait dans une rivière. L'inscription, au-dessus, en lettres blanches « Ne buvez jamais d'eau ». Superfétatoire le conseil... ils risquaient pas, les clients, de se pointer au rade pour s'humecter à l'eau d'Évian. Tous les jours, Anatole, il se dévouait comme une vraie petite sœur des pauvres pour faire boire un gâteux alcoolique qui n'arrivait plus à tenir son verre tant il tremblotait « Faut bien se rendre service entre Français »... Madame Henriette commentait. C'était elle qui lui sortait le porte-monnaie de la fouille à Pépère bloblote. Elle montrait bien à tout le monde... qu'elle prenait juste le compte. Les malveillants pouvaient rien trouver à redire.

Au deuxième, juste au-dessus de notre piaule, on avait le comte de Nozay... un aristocrate authentique, affirmait-on. Bien sûr décavé, sans un, puisqu'il avait échoué dans ce quartier pourri. Cependant digne, raide... un grand vieillard... le melon noir sur son crâne chauve, des guêtres blanches... une canne à pommeau d'argent. Dans l'escalier toujours plein de détritus, il laissait passer mesdames les commères... il les saluait du chapeau d'un geste large. De quoi séduire ma grand-mère... cette courtoisie... ce maintien altier! Le hic... que ça c'était la façade, toute la maison, la rue connaissaient le reste... les dessous... la vie intime du comte de Nozay. Marie Coin-coin, sa compagne, sa concubine, sa favorite se chargeait de lui faire son papelard. On entravait, en la voyant, que quelque chose ne tournait pas rond chez monsieur le comte. Édentée, échevelée, avinée... fringuée quasi clocharde... toujours les bas en saucisse... surnommée Marie Coin-coin à cause de sa façon de jacter... du nez, de la gorge... des glapissements, croassements, difficile de vous donner une idée, mais un concert épouvantable lorsqu'elle voulait s'expliquer. Elle n'avait plus de palais, on prétendait. Enfin une pauvresse qui se démenait à faire des ménages, des travaux pénibles à droite à gauche. On a même appris, par la suite, qu'elle allait à la nuit se faire les Sénégalais du bastion... les tirailleurs en garnison à la Porte d'Ivry. Dans un terrain vague, elle les épongeait... des passes à un prix défiant toute concurrence sans doute. Le comte touchait je ne sais quelle pension de blessé de guerre... pas lerche d'après madame Legras, la concierge. Pour l'essentiel c'était donc Marie Coin-coin qui assurait le pain et surtout le vin quotidien. Il sortait rarement, le comte, de sa tanière. Il s'arsouillait à domicile... au dix degrés démocratique comme Tatahouine. Parfois ça tournait à la corrida... les soirs où il avait dépassé la mesure. Il corrigeait alors la dame de son cœur. Toute la taule en profitait... les gueulements monstrueux de la Marie. Des séances atroces. Les gens d'en face profitaient un peu du spectacle. Au martinet qu'il la dérouillait! Il lui arrachait ses oripeaux! Il s'excitait le vieux sagouin... les coin-coin redoublaient... et brusque ça se calmait. Je comprenais pas, moi, cette fin subite... l'orgasme, comme disent les psychomachins, les savants du trou du cul. J'étais pas en âge d'entraver la libido... le sado-masochisme... de cet aimable couple... toutes les profondeurs insondables de la sexualité. Tout ce cinoche, cette furie porno se déroulaient devant l'enfant adultérin du comte... Gaétan, une sorte de dégénéré fin de race hérédo alcoolique qui ne sortait jamais de la piaule. Les employés du gaz l'apercevaient en venant relever le compteur. Il était prostré dans un coin, hilare, baveux, hagard... sur un vieux matelas par terre.

Marie Coin-coin, le lendemain, couverte d'ecchymoses, de zébrures, les châsses encoqueliqués... elle descendait chez Anatole se consoler sur le zinc. « Vieux maquereau! Ordure! Satyre! » On finissait par s'habituer à sa façon de jacter... par la comprendre à peu près. Elle le menaçait du commissariat de police, son bourreau... qu'elle l'enverrait au bagne ce salaud... en Guyane par le prochain convoi! Elle tenait jamais ses promesses. Lui, s'il descendait faire une petite promenade à la belle saison, il se comportait comme si de rien n'était... que personne avait ouï ses débordements. Toujours ses coups de chapeau melon cérémonieux. Il ne tutoyait pas la Marie... « Veuillez monter, je vous prie. » Tout à fait il la traitait en femme-objet... pas tellement précieux, bibelot rare... plutôt comme une poubelle, une cuvette de chiotte. Il entrouvrait la lourde de chez Anatole pour l'appeler... s'excusait de cette intrusion! Une politesse qui clouait le manant soiffard... le laissait sans réplique, verre en pogne. Ça jasait seulement lorsqu'il était loin... on évoquait la guillotine... que Robespierre avait eu raison de raccourcir tous ces aristos... La façon dont le comte traitait sa concubine, c'était bien la preuve qu'au temps des rois ces enfoirés se conduisaient pareil avec le peuple.

Autour les autres locataires faisaient moins de schproum... en dehors des samedis, les soirs de sainte paye où le travailleur s'est désaltéré sur le chemin du retour... qu'il titube dans l'escalier... *Non, tu ne sauras jamais!* Il chante, il est joisse, mais il ne faut pas que sa bonne femme s'avise d'y trouver à redire. Il se fâche alors, il bastonne, il casse tout, il devient fauve furieux. Ça se termine parfois chez les flics.

Je peux dire, l'alcoolisme je l'ai toujours vu, sous toutes ses formes... depuis ma plus petite enfance... le grand cortège des ivrognes qui tanguent, éructent, rotent, dégueulent, roulent sur les trottoirs... la chaussée. Ça chopine, ça lape, ça liche, s'humecte, siffle, pompe... les guindals, les glass, les quarts, les gobelets... au goulot, à même la barrique!... Pousse-café, pastaga, scotch, beaujolpif, blanc de blanc, calva... ourdés à mort, juponnés, pafs, pintés, défonçaresse... j'en passe... le vocabulaire dans ce domaine... d'une variété, richesse... même en français tout à fait académique! A la guerre... la campagne d'Allemagne... les héros beurrés à mort, violeurs de fillettes, incendiaires... pourtant soldats de la Liberté! S'ils s'en sont donné! Je fus témoin! Aux hostos, sanas... le bain de vinasse... toute l'activité, l'idéal du poitrinaire... faire rentrer des litres et des litres dans l'établissement! l'aperçu aussi sur les résultats, les cirrhoses... le bide monstrueux du patient... le drain qui sort... le liquide jaunâtre qui s'écoule dans un bocal... le delirium... l'horreur, la souffrance en fin de parcours. Même en cabane, au régime Château-la-pompe obligatoire... certains trouvaient les combines pour se défoncer avec l'alcool des boîtes de méta. Ça provoquait des drôles de crises, des petites séquelles peu aguichantes. N'importe pourvu qu'on ait l'ivresse. Partout je rencontre, croise, fréquente des alcooliques de plus en plus... dans les cinocheries, les journaux... parmi mes collègues de plume. Ça les dope, les génialise. J'arrive pas à leur filer le train... je manque de coffre, de résistance... ce qui me sauve!

La fameuse exception qui confirme la règle... sur notre palier, cet oiseau rare. Un immense échalas, plombier zingueur qui ne buvait, lui, que la flotte de son robinet. Seulement cézig question gaieté!... il avait l'œil morne, tristouille. Sa bonne femme aussi lugubre que lui... jaunâtre, maigrichonne, recroquevillée dans son logement. Elle astiquait toute la journée... son linoléum, ses meubles Barbès achetés à croume. Quand son homme arrivait, tout de suite elle lui faisait mettre des patins.

Au troisième, pour mon instruction sur le vif, l'augmentation de mon potentiel culturel, j'avais l'Avare chair et en os... plus os que chair d'ailleurs... Tout à fait l'Harpagon de Molière... un grigou de démonstration, le père Malgrave. Ça doit conserver la pingrerie... on savait plus exact son âge... en tout cas il approchait allègre de ses quatre-vingt-dix berges. En 1870 il avait vu, enfant, les Teutons défiler dans la capitale... les uhlans du maréchal Helmuth von Moltke! Déjà ils nous avaient filé une rouste mémorable. On est voués, pas possible. Le père Malgrave, dans sa cave, il avait encore un de leurs casques à pointe. Comme une gâterie, il le montrait aux mômes. Ça risquait pas qu'il nous offre des bonbons. Il rapiatait sur tout, l'affreux... ses fringues dataient de quelle époque?... Loubet?... Félix Faure? S'il était luisant, cradingue, puant... il achetait jamais de savon. Uniquement de pain rassis trempé dans du lait, il se nourrissait. Il s'occupait encore d'une petite fabrique de pantoufles rue Baudricourt avec sa fille... Je me pose des questions... au seuil de la tombe, se priver comme ça de tout... compter ses picaillons, lésiner sans cesse... ça étonne? L'avarice, à bien réfléchir, c'est la perversion la plus insensée. Le comte de Nozay, lui au moins à dérouiller sa Marie, il y trouvait de quoi se faire reluire.

Il passait sous les fenêtres, le vieux Malgrave, voûté, grincheux, la goutte au pif... les ménagères en profitaient, elles lui secouaient sur l'alpague leurs carpettes, leurs chiffons à poussière... Son lardeuss, son chapeau, on pouvait pas savoir au juste quelle couleur ils avaient à l'origine — noirs? verts? gris? Il n'en avait cure... il ne levait jamais la tête... poursuivait son bonhomme de chemin vers la tombe en pensant uniquement à ses sous.

Pour rétablir l'équilibre économique, en face de chez lui, c'était la famille de mon pote Fernand Neunœil, les Gabriel. Eux, alors, ils se caillaient pas tant la laitance à faire des éconocroques. Le père chomedu chronique... la daronne serveuse de restaurant intérimaire... une grand-mère allègre qui carburait au jinjin, une grosse Toulousaine avec l'accent... la petite frangine de douze ans prometteuse du valseur et puis Fernand. Il louchait, lui, ça lui améliorait pas tant son physique déjà ingrat... sa frime lame de couteau... la lèvre supérieure en avant... les tifs plantés bas sur le front. Il était toujours avec moi au fond de la classe... il se grattait pas trop en déductions, abstractions... sur le caractère transcendant de son âme. A la surprenante, il lâchait des perlouses énormes, bruyantes, fétides. C'était surtout ça sa façon de faire rire les copains... vents et marées! Question biscottos, là, il se rattrapait sur l'intellect... il comblait. Il voulait rien faire plus tard... ce qu'il répondait quand on lui posait des questions sur son avenir, la carrière qu'il désirait ardemment embrasser. Rien... ça c'était franc, ça surprenait les adultes. Nous le retrouverons plus loin Fernand Neunœil... soldat sans uniforme, héros clandestin... tout couvert de gloire, je vous promets... Dans sa famille, ils vivaient donc tous jour le jour... bectaient, buvaient selon le fric qui leur tombait... la pension de veuve de guerre de l'aïeule. Ils festoyaient alors, s'offraient du cinoche, des fringues... ils faisaient beugler leur T.S.F. Alentour, les bignoles, les médisantes, les fielleuses les accusaient des pires méfaits. On s'attendait à ce qu'ils aillent, un jour de disette, chauffer les panards au père Malgrave pour lui faire avouer où il planquait son magot... bien étonnant que ça soye pas déjà arrivé.

Notre voisine de palier, madame Céleste... je sais pas au juste... elle me foutait les jetons... une tireuse de cartes. J'arrivais pas à être poli avec elle... lui dire bonjour quand je la croisais dans la rue. Sa tronche fripée... le pif fureteur de rat d'égout... le teint pâle... toujours frisottée au petit fer... quelque chose de vicelard, malveillant au fond de ses yeux... son sourire mielmerde. Avec l'âge elle devenait doucement sorcière de Blanche-Neige. Ça ne l'empêchait pas d'avoir un amant... un brigadier de police. Il venait en uniforme la tringler, cette triste salope. Il prétextait qu'il se faisait tirer les brèmes. Le valet de carreau s'embourbait la dame de pique.

A la longue on n'ignorait rien les uns des autres dans ces immeubles... ces petites rues. On entendait tout d'une pièce l'autre, les cris... jusqu'aux chuchotements. Pas mèche de tricher... on savait ce qui se passait dans les lits, sur les tables, le fond des caves... même le pognon, on calculait les dépenses du voisin, ce qu'il gagnait à l'usine Panhard qui employait la plupart des ouvriers du secteur. Les confidences, ça grimpait les étages, ça se déformait aux mensonges, à l'aigreur, la jalmincerie, l'exagération, les omissions savantes. L'abbé Daviel, dans son confessionnal, en dehors des branlettes des mômes, il en savait moins que madame Céleste sur les turpitudes de ses paroissiens.

Le personnage alors tout à fait hors du circuit... dans un monde irréel, c'était la marchande de parapluies... la Dupontroué. On supprimait le trait d'union qu'elle avait mis sur l'enseigne de sa boutique, en face de chez Anatole, « Parapluies, Madame Dupont-Roué ». Tout le monde l'appelait la Dupontroué... Elle, elle était tout à fait louf... toute seule elle monologuait en hochant la tête. On se demandait comment elle arrivait à vivre. Des pébroques, elle en vendait pas des gerbes... elle faisait quelques réparations. Les clients fallait qu'ils aient une certaine bravoure pour enquiller dans son échoppe. L'odeur là-dedans... de crasse, de renfermé, de pisse de chat... ça vous prenait aux naseaux, tout un nuage. De quoi aller au refile séance. On apercevait, derrière sa vitrine noire de poussière, un bric-à-brac de saloperies... des chiffons... des chaises bancales... une paillasse... des cages à oiseaux... toutes sortes de pébroques, bien sûr, ouverts ou fermés. Tous les chats, les clebs du quartier venaient là, elle leur filait à bouffer dans son antre. C'était une nature généreuse, madame Dupontroué. Toujours elle avait des amours impossibles avec toutes sortes de clodos... surtout à la mauvaise saison quand ils ne pouvaient vraiment plus pieuter dans les terrains vagues. Elle les accueillait avec les matous. Ce qu'il redoutait, Anatole, qu'ils flambent tous une de ces nuits... elle faisait du feu là-dedans dans un poêle, un petit Godin, au milieu de ses guenilles, ses monceaux de hardes.

— Ça va cramer toute cette vermine!

Il clamait Anatole... poussait de la voix... c'était presque un souhait. La dingue, elle entendait rien... son hochement de tête perpétuel. Elle ne parlait que pour elle. Avec notre système, à présent, technocratique giscardien... une commerçante pareille n'est plus concevable... aucune rentabilité. Comment la classer dans les pourcentages, les ifopes? Les polyvalents pour répertorier son stock... éplucher, vérifier minutieux ses comptes dans le fond de la boutique... les plus Saint-Just contrôleurs fiscaux, ils tiendraient pas dix minutes à l'odeur. De là à conclure que des êtres pareils n'ont rien à faire dans notre société libérale avancée...

Je suis pourtant convaincu aujourd'hui qu'elle n'était pas inutile madame Dupontroué. Elle vivait dans un univers bien à elle, tout à fait sourde à tout ce qu'on pouvait lui dire, et cependant sensible à la faim des chats et des chiens, au froid des clochards. Et puis dans ce paysage de grisaille, d'usine, qui ne retenait pas tellement le soleil, faut bien dire... malgré sa crasse... je sais pas... elle égayait! Elle est, dans le souvenir de ce morceau de Paris qui s'efface, une silhouette guillerette avec ses grandes jupes noires... ses pantoufles renforcées de cuir... son chignon roulé sur le dessus du crâne comme en

1900. Elle balaie devant sa boutique... juste comme ça, par automatisme... elle remue un peu la poussière toujours en hochant du chef. Sans doute est-elle maintenant au royaume des cieux... il lui appartenait déjà sur terre...

Ça se poétise un brin le quartier au passage du rémouleur... le 'chand d'habits ferraille à vendre... le vitrier... le rempailleur de chaises... le fromager avec ses chèvres... le dresseur de chiens... et surtout les chanteurs de rucs, nos troubadours de la mouscaille... des vieux, des jeunes, des femmes parfois accompagnées d'un morveux loqueteux... des accordéonistes... le barbu avec son orgue de Barbarie... *Sois bonne ô ma belle inconnue!* Tous ils ont disparu avec les radios, les téloches. On n'ouvre plus les fenêtres pour les écouter... leur lancer la pièce! On s'intéresse maintenant qu'aux vrais problèmes... l'économie, la qualité de l'existence. On regarde Giscard... le fond de ses yeux... On dialogue avec les ministres, les écrivains, les chanteurs penseurs. On suit les débats historiques... Le maréchal Pétain aimait-il vraiment Hitler? *That is the question?*

Sur le chapitre histoire, Napoléon, César, Jeanne d'Arc, nous autres on avait Bouboule. Tout le XIIIe avant-guerre connaissait Bouboule! Infatigable, il allait partout... toutes les rues... Au Champ-de-l'Alouette... à la Croule, la Glacière... la Butte-aux-Cailles... rue Godefroy chez les putes... à la Cité Jeanne-d'Arc... le Château-des-Rentiers... le Dessous-des-Berges! Il s'entretenait, se remontait la pendule au sens unique, cuvée Bercy! Tous les troquets, les marchands de vinasse au tonneau, s'ils vivent encore, sûr qu'ils ne peuvent pas avoir oublié Bouboule. Au milieu de la rue il déclamait, mimait... nous reconstituait des scènes historiques comme aujourd'hui à la télévision Alain Decaux.

Seulement Bouboule, lui, il se projetait dans la bataille, l'événement qu'il nous relatait.

— Nous étions sur le plateau de Pratzen... L'Empereur m'appelle. Il me tend sa lorgnette... il me demande : « Bouboule, qu'est-ce que tu vois là-bas ? »

Il dialoguait avec Poléon... les demandes... les réponses. Il faisait l'Empereur... main dans le gilet : « Oui, mon Empereur ! » « Merci, Bouboule ». Il avait aussi des aventures avec Jeanne d'Arc, le chevalier Bayard... Monsieur de Turenne m'a dit : « Bouboule, il faut percer le flanc espagnol »... la bataille des Dunes. Il rappelait la date 1658... « C'est pas d'aujourd'hui, bande de blancs-becs ! » Il apostrophait les mômes. D'après ce qu'on pouvait savoir, c'était un ancien professeur d'histoire et de géographie dans un lycée. A Verdun il avait été blessé grièvement... à la tête... trépané. Il en était sorti folingue, incapable de reprendre ses cours. Ça faisait vingt ans qu'il hantait le quartier avec ses hallucinations historiques. Au deuxième verre il démarrait... s'il se faisait jeter du bistrot, il poursuivait sur le trottoir son récit mimé... la mitraille... Il se couchait, rampait, bondissait ! Fontenoy, il faisait les tambours... les fifres, toute la musique... le maréchal de Saxe sur son cheval blanc. Valmy, « Vive la République ! » Arcole, le drapeau qu'il reprend des mains du général Buonaparte... la scène suivante... Waterloo...« Wellington me crie en anglais : *Bouboule, Give it up !* En français, je lui réponds merde ! »

Sûr que c'est à cause de Bouboule que je me suis intéressé à l'histoire, par la suite... dans mes geôles, mes cures tubardes... que j'ai dévoré des livres et des tomes... des volumes qu'on n'a pas idée... que je continue d'ailleurs par plaisir... violon d'Ingres en quelque sorte. Pour les films, les scénarios, c'est plutôt un handicap les connaissances historiques... la culture... les metteurs en scène dans l'ensemble ils sont total illettrés et fiers de l'être. J'ai déjà tout dit là-dessus, il y a deux trois ans dans un ouvrage très sérieux, documenté sur le vif... depuis ça ne s'est pas amélioré.

Moi, Bouboule, je me mettais à la fenêtre pour suivre ses mimodrames historiques. D'aspect général, on pouvait douter de son érudition... une cloche, un Gugusse avec des frusques trop grandes... une barbe de Ribouldingue! Il se marchait sur le bas de ses pantalons... s'emmêlait les panards pendant la bataille des Pyramides... la prise du Trocadéro! Il fonçait vers l'échoppe de la mère Dupontroué... « A l'assaut! Vive l'Empereur! » Il y entrait en trombe... il ressortait aussi sec, chassé par l'odeur sans doute! Une fois la place prise, à quoi bon s'éterniser dans les parapluies!... la pisse de chat! Il revenait au milieu de la rue. Salut militaire... clairon de la victoire. Dupontroué sortait à son tour de sa boutique... elle comprenait pas très bien le pourquoi de l'intrusion éclair de Bouboule dans son fief. Elle hochait la tête... elle marmonnait: « Ça, mon petit! ça, mon petit! » Alors il lui ouvrait les bras... « Madame de Pompadour! » Il se précipitait à ses pieds... se métamorphosait Louis XV illico! Dupontroué tout de même elle haussait les épaules... elle retournait à ses pébroques... « Trianon! » Bouboule nous désignait le temple du pébroque! L'apothéose! Des fenêtres on l'applaudissait. Dans toute sa dinguerie, il avait des éclairs de lucidité, d'humour. Peut-être, après tout, frimait-il constamment... que c'était un refuge, ce délire. Autant que je me souvienne, vu de près, il avait des reflets de roublardise dans l'œil, Bouboule. Où créchait-il? Jamais su exact... Il n'était pas si cradingue... il ne ronflait pas dehors sur les bancs, les grilles du métro. Il vivait, buvait de sa pension de guerre, de grand blessé... On n'en savait pas davantage. Enfin côté créativité, expression corporelle... théâtre spontané... il s'assumait... s'exprimait sans complexes.

Les bignoles c'est une race qui tend à disparaître... les véritables, je veux dire... avec le balai furibond devant la lourde... chignottées, chaussées de charentaises... le sarrau bleu... fichu tricoté à grosses mailles ! Aux ragots dès les aurores... les petits airs de la calomnie. Dans ma rue on en avait une à chaque numéro... épieuse derrière le rideau de sa loge. Nul ni rien ne lui échappait. Votre nouvelle paire de pompes, les notes en classe de la petite, les chiottes bouchées, le nombre de coïts par ménage, le monsieur qui vient le mardi à quatorze heures trente. Pas besoin de statistiques... l'institut d'opinion c'était la concepige.

La mienne détonnait un peu dans le lot... le physique charcutière elle avait, madame Legras. Un énorme cul... de lourdes, d'imposantes doudounes... et puis baduc... le visage bovin... surtout son nez à la retroussette avec de larges naseaux... ça vous évoquait la génisse. A la médisance, les autres autour la distançaient. C'était d'ailleurs plutôt elle la victime... veuve, on lui attribuait des mœurs de Messaline... qu'il se glissait des ombres le soir dans sa piaule quand sa fille Marthe était endormie. Marthe, je m'intéressais à ses formes... probable qu'elles deviendraient plus tard aussi imposantes que celles de sa maman mais là, vers quatorze quinze piges, c'était encore du tendron. De frime, certes, on n'était pas chez Fragonard... n'importe... j'imaginais surtout son cul, ses roberts. J'aurais bien voulu leur causer un peu dans la cave. Quand je descendais au charbon j'essayais de l'entraîner. Crainte de sa daronne, elle voulait pas me suivre. Elle me prêtait des intentions cochonnes. Il a fallu encore qu'Hitler vienne me dépanner avec sa Luftwaffe... pendant une alerte, j'ai pu enfin la peloter un peu... glisser ma paluche libidineuse dans sa culotte *Petit bateau,* lui toucher les poils, l'humide de la fente. Le drame, n'est-ce pas, en ces temps pas si lointains... que toutes les gonzesses avaient la hantise de se faire engrosser. Hors du mariage, la tragédie, le mélo!... j'en étais l'indigne résultante... mon destin tracé malfrat! La pilule, les contraceptifs ont chanstiqué tout ça... Surtout des découvertes médicales et scientifiques que nous vient l'évolution des mœurs... la libération de ceci, des prolos, des nanas... Elles ont rien conquis du tout... pas plus que le peuple en 1789... la Bastille prise, la bourgeoisie s'est chargée de le remettre au pli... au pas cadencé de la conscription obligatoire! Ce qui nous a changés, à vrai dire... enfin dans les signes extérieurs, les coutumes, la morale, c'est plutôt le train, l'automobile, l'électricité, le butagaz... la brosse à dents... la publicité du savon purodor qui nous a poussés à nous laver le fion. Est-ce un progrès?... difficile à dire! Sans la pilule, ça serait encore un gros péché de tringler hors des liens conjugaux... sans papa Fleming, sa pénicilline, certaines maladies seraient encore honteuses, ô combien!

Toujours est-il que sa Marthe, ma concierge la laissait pas traîner dans les rues en ma tendre compagnie. Elle se gourait sans doute de nos touche-pipis dans les terrains vagues avec la demoiselle Grenouillard. Elle voulait pas qu'on lui pervertisse sa fillette...

Berthe Pohernec, ça c'était une nature... une gaillarde du Finistère... du granit de la Baie des Trépassés... la Pointe du Raz... née native, si je me souviens exact, des environs de Plouhinec... en pleine lande bretonne parmi les genêts, les fougères... mais alors au siècle dernier, encore sous Napoléon III... Dire que les us et coutumes étaient alors laxistes... libérales super-relaxes... l'orgasme à la portée de toutes les bourses... toutes les braguettes, seraient l'abus de langage énorme! Les nigousses, ils vivaient en ce temps-là de pommes de terre, de soupe à même la table, avec des muretons féroces qui les tenaient en tutelle. Ils portaient encore la dîme à leur recteur... les meilleurs morceaux de leur cochon, le cidre doux, les galettes! L'ecclésiastique, ça risquait pas qu'il aille déconner en public, se promener en bermuda à fleurs exotiques, gratter de la guitare... super cool et décontract. Il restait sérieux, attentif dans sa soutane, dans son confessionnal. Il guettait les petits péchés des pauvres... au nom du Père et du Fils et du Saint-Esprit, avec un crucifix vengeur. La mère Pohernec, elle reviendrait à la messe aujourd'hui à l'improviste, elle en claquerait une deuxième fois à la vue de ces curés mi-pédoques mi-clochards qui se dandinent pendant l'office... tortillent des noix... distribuent la communion à lurelure au son des tonitruantes musiques pop! Sur ce chapitre des rites et de la liturgie, Berthe elle badinait pas. On l'avait éduquée chrétienne farouche... elle vénérait le Sacré Cœur, la Vierge Marie... tous les saints, les saintes, les bienheureux du paradis.

Elle, elle n'était pas du quartier, c'était une amie de ma grand-mère. Elles avaient servi ensemble chez un duc. Un drôle de duc d'ailleurs...« une chenille de duc qui se déguisait en femme », disait Berthe. Que je vous la décrive... une vieille alerte, vive, le visage triangulaire... pommettes saillantes... un peu Asiate... la bouche fine. Elle avait toujours travaillé... à sept ans elle gardait les vaches, nourrie de pain et de lard. On la louait déjà dans les fermes... elle faisait les plus sales, les plus rudes travaux. A seize piges elle était déjà bonniche à Rennes puis plus tard à Paris. Des places alors d'esclave... logée dans des mansardes sans feu l'hiver, la bectance spéciale nouilles et haricots charançonnés pour les domestiques. A vous justifier toutes les guillotines révolutionnaires.

Elle venait presque toutes les semaines prendre le café ou déjeuner parfois le dimanche à la maison. Une fidèle amie de ma grand-mère... à toute épreuve, même au-delà de la mort. Tant qu'elle a pu marcher, jusqu'à plus de quatre-vingt-dix ans, elle a été au cimetière lui fleurir sa tombe à la Toussaint.

Valait mieux, quand elle parlait, racontait sa vie, pas s'aviser de l'interrompre... tôt fait de me retourner une mandale. Elle comprenait déjà plus, dès 1920, cette nouvelle façon idiote d'élever les enfants. Jamais, elle, à table, elle s'était permis de parler devant son père. Elle ne le tutoyait pas. Elle me trouvait mal élevé, mal embouché.

— T'as qu'à me le confier un peu, je vais lui apprendre les bonnes manières.

Je l'évitais plutôt... je me planquais dans la rue, à son approche... son pas de gendarme... dans une encoignure de porte... je me faisais natchave, comme disent les gitans. Elle venait de sa piaule, rue Daguerre, à pied pour économiser le métro. A soixante-dix ans elle faisait encore des ménages, elle gardait les loges de concierge pendant leur absence, elle se farcissait tous les boulots qu'elle avait la force de finir. Elle tirait aussi un peu les brèmes aux dactylos de son voisinage... elle avait d'ailleurs des yeux un peu étranges, perçants, d'un bleu changeant ! En tout cas un sacré caractère... hargneux, féroce, intraitable. Jamais elle s'était éternisée dans ses places... Les hommes non plus, elle ne les avait pas supportés longtemps. « Tous des chenilles, maquereaux et compagnie. » Avant que ça soit de mode, elle s'affirmait indépendante. Ses amants, valets de chambre, cuisiniers, flicards, elle finissait invariable par leur casser la vaisselle sur les reins. Elle frappait toujours la première... « Cette saloperie d'Albert, il a pris la lampe à pétrole dans la gueule... La maison a failli flamber mais je l'ai jamais revu cette chenille du diable ! » Des anecdotes comme ça elle les enfilait... Elle satonnait les râleurs, les indélicats, les insuffisants sexuels... au pébroque, au rouleau à pâtisserie, il va sans dire, balai O'Cédar... à coups de chaise... tout ce qui lui tombait sous la pogne ! Un sergent de la Coloniale, elle lui avait planté dans la fesse une paire de ciseaux... « Il l'avait pas volé, cette chenille ! » Ça, c'était son insulte... son plus bas que terre... Chenille ! Dans le répertoire des injures le vocable a disparu. Elle était peut-être seule à l'employer.

Elle se remémorait des souvenirs avec ma grand-mère... des histoires de patrons trop entreprenants... de madames qui pesaient le pain, qui comptaient les morceaux de sucre. Berthe, quand elle était décidée à partir, quitter une maison, elle récoltait des punaises dans sa chambre — les chambres de bonnes étaient toujours pleines de punaises — voilà, dans une boîte d'allumettes et puis elle les lâchait dans le lit de ses employeurs sordides... « Ces chenilles-là, ils verront ce que c'est que les punaises... bande de saloperies ! »

L'église, ou plutôt les églises étaient ses buts de promenades, ses seules distractions... suprêmes lieux de délices... Notre-Dame-des-Victoires... Saint-Eustache... le Sacré-Cœur... Sainte-Clotilde... Saint-Christophe-de-Javel... Notre-Dame-de-la-Consolation... du Rosaire-de-Plaisance... la Trinité! Dans tous les coins de Paris elle allait à pinces, la plupart du temps, pour vénérer des Vierges noires ou blanches... des saints dont personne n'a idée!... Elle se prenait avec des rosaires un petit acompte de paradis.

La récompense de ses misères, ses places à punaises, elle l'imaginait comme des sortes de vêpres éternelles, avec les grandes orgues, les psaumes en latin, les lumières, l'encens... les euretons tout dorés de partout. Ses maigres ressources elle les dilapidait en cierges. Une consommation phénoménale. Elle en faisait brûler pour tout le monde. « Je t'ai mis un cierge, Alphonse, à Notre-Dame-du-Perpétuel-Secours pour que tu réussisses ton certificat d'études. Tu pourrais me remercier, me faire la bise. Ton certificat, maintenant tu l'auras, je te le garantis! » Pour la pluie, le beau temps, l'arrivée du fric... d'un secours quelconque de la mairie... elle se privait du nécessaire pour cierger de la sorte. Elle était sobre d'ailleurs, elle avait appris à se contenter de très peu... de lait caillé, de lard, de patates à l'eau... de soupe au pain perdu. C'est la réussite ça des églises... de Rome, de Moscou, de Pékin... des sectes Moon... que leurs croyants, même les plus misérables, envoient la monnaie sous forme de cierges, de livres pieux, de quêtes ou de cotisations. Le maquereautage des pauvres organisé scientifique. Avec les saints, les vierges, ça participe en plus du grigri, de la superstition... ça gagne sur tous les tableaux... Alléluia!

Berthe Pohernec, parfois ses cierges, elle les faisait brûler à des intentions assez curieuses. Lorsqu'elle en voulait vraiment à mort à quelqu'un, elle avait dégauchi, je ne sais où, un saint adéquat... un vengeur au blase signifiant... Saint-Expédit, le bien nommé, qui vous expédiait le personnage exécré dans la marmite à Satan « griller comme une sale chenille qu'il est! » pour une somme relativement modique.

— Au bout de douze ou treize cierges à vingt sous, c'est rare que Saint-Expédit ne m'exauce pas.

Elle prétendait s'être débarrassée comme ça d'un de ses patrons particulièrement odieux qui lui faisait je ne sais quelle retenue injuste sur sa paye et qui couchait avec une Chinoise. Ce dernier trait surtout qui la révoltait. Elle était raciste.

— Ça n'a pas traîné... J'ai été pendant trois semaines voir mon petit Saint-Expédit... et hop!... il me l'a embarqué d'un coup au cœur, ce sale chimpanzé! Il a pas souffert... J'avais pas assez prié... il a eu de la chance...

Ma grand-mère certifiait que c'était exact... le patron en question, elle l'avait connu et elle avait suivi les détails de son exécution par la grâce de Saint-Expédit. Il y a des jours, moi, où j'irais bien lui offrir des cierges à ce saint tueur à gages... Voir un peu, on sait jamais, s'il me liquiderait pas quelques cloportes par-ci par-là... quelques bonnes fiotes de mon environnement actuel... Littéraire ou cinématographique.

Le passé... la belle époque! le joli bon temps... piège à cons lui aussi! On distille, découpe en tranches, en périodes... on dissèque, on farfouille, on se gratte, on touille, on se délecte rose ou morose! Vieilleries! âneries! guenilles! ça barre en quenouille!... le brassard mité du premier communiant! la boîte à biscuits *Petit Lu!* la médaille sportive! le numéro de *Match* avec le lieutenant Darnand sur la couverture... son béret basque... sa croix de guerre! La photo de la communale... tous les mômes du cours élémentaire deuxième année... je me retrouve en haut à droite, l'air un peu triste, il me semble. On a tous les bras croisés autour de... comment s'appelait-il ce maître?... oui... M'sieur Morel! C'était pas lui le genre à pédagogie *non directive.* Ses moyens éducatifs avaient fait leurs preuves par neuf... les taloches! son pied au cul... les coups de règle sur le bout des doigts! On se tenait peinard, sournois... on ricanait derrière son dos... il nous apprenait l'essentiel pour bien nous tenir en société... l'hypocrisie et l'accord du participe passé conjugué avec le verbe avoir.

Je vous aligne des personnages queue leu leu... faudrait qu'ils fassent maintenant quelque chose ensemble... que ça s'imbrique, se retrouve dans une intrigue... que ça couche, découche, coïte, se jalouse, se sodomise, se course en caleçon sur les toits! Sans sperme ni sang, il n'y a plus d'histoire... j'y arrive...

Voici venir du pas des Boches... leurs fifres, leurs tambours plats, leurs cymbales... la guerre. Elle se passe maintenant de dentelles... politesse... tirez les premiers! La guerre en lousdoc, en furie!... cette vieille folle maquillée de sang! Elle va nous arracher à nos bistrots, nos pantoufles, nos pêches à la ligne! Allons prends ton fusil Grégoire... ta gourde pour boire... cours, vole et nous venge! Pends ta chemise sur la Ligne Siegfried! Qu'on soye les plus forts, nul ne doute... il nous l'aboie, notre petit homme à tous les micros. Il coupe toutes les routes du fer...

Les autres ils se bidonnaient, les Fritz, se gaussaient de ses singeries à m'sieur Paul Reynaud. Ils aiguisaient leurs longs couteaux, leurs baïonnettes, astiquaient tranquilles leurs flingues sur le bord des trottoirs, révisaient le moteur de leurs tanks pour nous tankuler jusqu'au tréfonds du fouigne. L'O.K.W. en *Kriegspiel!*... von Küchler... von Rundstedt... von Kleist... von Reinhardt... tous les von et puis les autres, Gudérian, Rommel, Hoeppner, Kesselring, Sepp Dietrich! Des blases qui claquent des talons... qui sentent le cuir, la poudre, l'acier... les forêts germaniques... Wotan! les Walkyries! *Grossdeutschland über alles!*

Le joli mois de mai est revenu. C'était encore l'insouciance dans nos cantonnements. On cueillait le muguet... les primevères autour des casemates. On distribuait des pantoufles aux fantassins... des charentaises et puis ce fameux vin chaud du soldat. Le général Gamelin il lisait Proust dans son P.C... Un fin lettré, exégète de nos plus grands classiques. Il avait la conscience du juste pour lui.

Il regardait l'avenir serein. Et voilà, ça s'est dégradé en trois jours. La foudre sur nos gueules!... les stukas! Ils ont dérangé notre jardin à la française, ces enfoirés... un coup dans le Sedan, un coup dans le Namur! Échec et mat!

J'allais encore à l'école... au cours complémentaire rue du Moulin-des-Prés. La tragédie, on ne la réalisait pas très bien. C'était l'occase, dans la pagaille, de se faire la classe buissonnière... de traîner un peu dans les rues! Le Nord s'est mis à dégouliner sur le reste de la France. Vous décrire les troupeaux de réfugiés, l'exode... j'arrive après tout le monde... les bandes de vieilles actualités, les reconstitutions au cinoche... vous devez avoir une petite idée. Je vous passe... la Cinquième Colonne, les bobards... Dans Paris a circulé la rumeur que les Allemands coupaient les pognes des jeunes gens... qu'ils puissent jamais plus se servir d'un fusil. En 14, disait-on, ils avaient déjà pratiqué ce genre de rigolade en Belgique. Ça donnait pas envie de rester à les attendre avec des fleurs. Difficile à dire comment je suis parti exact. Avec un vélo, en tout cas, un clou monté de bric aux Puces à Biscaille... des pièces de la foire d'empoigne. La panique, ça ne s'explique pas... collective... tout le monde foutait le camp, les généraux en tête! Le petit Reynaud et tous ses ministres... après une ultime supplique au Sacré-Cœur... tout comme la mère Pohernec. Plus que les cierges pour sauver la patrie. On se l'est tous emmenée à la semelle de nos chaussures... dix ou douze millions de fuyards.

— On verra bien... les Boches vont tout de même pas fusiller les vieilles comme moi.

Ma grand-mère n'a pas voulu se risquer dans cette débâcle. Avec un vélo on allait plus vite que les ministres, les colonels en limousine. On se faufilait sur les départementales, les routes secondaires. A la Porte de Choisy, en partant, je m'étais trouvé un compagnon... un autre cycliste de mon âge... un vague copain de classe. Celui-là, il est devenu par la suite un héros incontestable. Mort pour la France... sur les bords du Rhin cinq ans plus tard. Un garçon vraiment né sous une étoile filante merdeuse. Raymond, il s'appelait... Raymond Beuvret. Il grattait déjà depuis longtemps... garçon de courses... groom dans un grand hôtel! On a roulé vers le sud. Le ciel était avec Adolf, pas possible!... le soleil... tout... notre chiasse, l'imbécillité de nos stratèges. L'essentiel c'était d'éviter les grands axes routiers... sur les chemins de traverse on était moins nombreux. Les stukas, on a commencé par les voir de loin... piquer avec leurs sirènes... le tac tac de leurs mitrailleuses! On croisait des grivetons en retraite-débandade... fourbus, poussiéreux, croulant sous leurs lourdes capotes, leurs sacs, musettes, masques à gaz, cartouchières... leurs bidons de deux litres en fer étamé! Peu à peu ils se délestaient, se dépouillaient de leur barda... jetaient tout le fourbi dans les blés, la luzerne! Ils brisaient leurs flingues... s'écroulaient dans les fossés... ils gardaient plus que leurs bidons de vinasse. Les Sénégalais retiraient leurs godillots... leurs pieds noirs surgissaient des bandes molletières... ils se sentaient plus à l'aise pour le sprint éperdu de l'armée française.

On ronflait à la belle étoile... à même l'herbe... les soldats nous donnaient des boîtes de singe. Raymond, il était pas arsouille tellement, sa mère l'avait bien éduqué. Une Anglaise, j'allais mieux la connaître plus tard... une femme tout à fait exceptionnelle. Sans trop d'anicroches on est arrivé à Sully-sur-Loire et là, plus de petites routes, de chemins de traverse... tout le monde sur le pont...

les tanks, les canons, les tirailleurs algériens, les demoiselles du Couvent des Oiseaux avec leur Mère supérieure, les bébés dans les landaus, les officiers en Juvaquatre avec leurs maîtresses... les cartons à chapeaux sur le toit... les chars à bancs, les charrettes, les chariots, les brouettes... hue cocotte! Un fou en toge... un grand nègre sur une trottinette à pédale... sur son dos arrimé un saxophone. Il est nu-pieds mais en smoking... un nègre de jazz-band. Il se faufile parmi les véhicules. Surtout lui que je revois... un personnage de rêve qui émerge de la cohorte des réfugiés dans mes flash-souvenirs! Et puis on a entendu tout à coup les avions... les bombes... le fracas... le tonnerre qui roule. C'était les Italiens ceux-là... les Ritals... enculés maudits! Ils venaient nous filer le coup de grâce. Juste on venait de passer le pont sur nos vélos. On les a laissés sur place pour s'engouffrer dans le premier abri... une cave d'épicerie. Patatrac! Baoum! Ça éclate de partout... des explosions d'une violence inouïe... tout tremble... s'aspire au souffle des bombes! Dans la cave une foule compacte de femmes, enfants, vieillards... une cuve énorme de vinasse se répand sur le sol... on patauge dans le pinard. Dehors toute la ville se fracasse, la foule s'abat partout à la fois... l'impression vous prend, atroce, qu'on va plus sortir de ce terrier... Ça s'effondre au-dessus... des crépitements, craquements sinistres... le ciel nous tombe sur la gueule, pas possible. Ça a duré?... difficile à dire! On est sortis crottés, puant le vin rouge... hébétés... parmi les gueulements des mômes, les cris... gémissements... hurlements... hennissements des chevaux! Dehors on se heurtait de plein fouet à la guerre, cette fois, la vraie! Ça flambait... des maisons entières s'écroulaient. L'air était encore secoué de mitraillades dans le lointain... Nos vélos, nos sacs qui étaient restés sur le porte-bagages... ils étaient sous un tas de gravats... les décombres d'un mur. On ne les a pas cherchés longtemps. Sortir, se tirer fissa de cette ville maudite... les avions pouvaient revenir! C'était leur technique... une vague après l'autre... le tapis roulant de bombes. La multitude des réfugiés redoublait de panique. Ça se piétinait, se bigornait dans la fumée, la poussière! Des blessés maintenant, des morts partout. S'arracher de Sully ça devenait coton sans vélo. La route d'Argent-sur-Sauldre, de Bourges, était complètement bloquée par un amas de voitures, de chevaux tués... avec des convois militaires qui voulaient passer à toute force! Le spectacle hallucinant... la dinguerie qui s'empare des gens morts de trouille... Plus de manières, de moralité... une bande de soldats vidait les blessés d'une ambulance! Valdingue des éclopés sanglants sur leur brancard!... sans remords... sans hésitation! On a entendu un coup de feu. Un civil qui la ramenait, s'interposait... Bing! flingué ce con! Ils se sont entassés, les grivetons, et l'ambulance a démarré sur les chapeaux de roues. « Bande de salauds! » Ça a gueulé derrière! Et au milieu de toute cette catastrophe... à nouveau le nègre sur sa trottinette avec son saxo! Il rit aux éclats... passe en trombe... contourne un cheval tué... il disparaît pour toujours dans la tempête... il se faufile entre deux brasiers.

On a réussi à quitter Sully je ne sais par quelle route... je n'ai plus ce souvenir! Toujours est-il qu'un orage a éclaté brusquement. On savait pas au juste si c'était pas encore les bombardiers. On a profité que la flotte s'est mise à tomber... tout à coup... une pluie diluvienne... pour chouraver des vélos presque à la barbe de leurs propriétaires qui rentraient s'abriter dans une maison au bord du chemin. On les a entendus gueuler... aux voleurs! Dans un tel chambardement... Sully en flammes... la France qui s'affaisse d'un seul coup comme un château de cartes... l'invraisemblable pagaille du Nord qui bascule sur le Sud... deux voleurs de bicyclette, on risquait pas que les gendarmes se mettent à barrer les routes pour nous alpaguer.

Tout compte fait, Raymond et moi, ça nous déplaisait pas tant cette catastrophe qui s'abattait sur notre cher pays. Près de quarante ans après, là, je peux bien me mettre à table... dire qu'au fond, on s'en tamponnait les claouïs que notre mère patrie se fasse enjamber par les Teutons. Sous la pluie on roulait dans l'aventure! On fonçait trempés, dégoulinants, mais quoi... heureux n'est pas tout à fait le mot. Contents d'avoir échappé aux bombes, avec le sentiment d'avoir tout de même vaincu la peur... d'avoir vécu un moment fabuleux. Le risque. On avait frôlé la mort. Voilà... le jeu suprême. On va par la suite s'y laisser prendre comme à une sorte de roulette de casino. Belle jeunesse fascinée par la mort! Des milliers, on va être pris dans ce piège... avec les grands mots à la rescousse... des centaines de milliers... hypnotisés par le dieu de la Guerre... sous son charme infernal! Justement... *Sie kommen! Die Jugend marschiert* Les voilà... les Aryens blonds casqués d'acier... au pas cadencé... chemisettes... la grenade à manche dans la botte... bandes de mitrailleuses croisées sur la poitrine! *Haydi! Haydo!* Ils en jettent, les tantes... ils nous éclaboussent! Ils ont forcé le destin... *Le diable rit avec nous,* dit une de leurs chansons vengeresses. On les regarde sur le bord de la route dans leurs panzers... les motards avec leurs lunettes. Il fait un ciel insolent sur nos malheurs, nos éclopés, nos ruines... les immenses troupeaux des prisonniers loqueteux qui montent, dociles, vers les camps où on va les parquer pendant cinq ans. Ça vous éclate à la gueule... le contraste. On n'a plus qu'à les contempler ces foutus Boches. Ils nous ont pas coupé les pognes... déjà ça!... Un petit village au-dessous de Vierzon. Le drapeau à croix gammée qui monte dans le ciel. Leur sonnerie aux morts. On zyeute la cérémonie de loin. Qu'est-ce qui nous passe dans la tronche?... des sentiments ambigus d'envie... de haine... Il faut être comme eux ou bien les tuer. Ce choix deviendra plus tard la Collaboration ou la Résistance. En attendant, on n'a plus que le Maréchal pour nous consoler. Il nous fait le don de sa personne, grand merci... il a demandé au Führer après cette lutte, dans l'honneur, les moyens de mettre fin aux hostilités. Grand-papa, il a quel âge... quatre-vingt-quatre... quatre-vingt-cinq ans? Ça grésille dans le poste... savoir au juste si c'est de la friture sur les ondes ou le chevrotement de sa voix, comme il dit, brisée par l'émotion. En tout cas tout le monde est bien content... le ouf! Fini les stukas... les bombes... On va tous rentrer tranquillement... tout va reprendre comme avant.

L'impression qu'on a avec Raymond... que tout ça s'est terminé trop vite pour nous. Ça nous avait fait des sortes de vacances. Il nous faut remonter à Paris... retrouver les parents, la routine. L'exode, maintenant, on n'a pas fini de se le raconter... les Ritals et leurs avions à Sully-sur-Loire. On n'a pas trop idée de la suite des événements. Probable que les Anglais vont se faire achever la gueule dans leur île. Les parachutistes qui se sont fait la pogne sur le fort d'Eben-Emaël vont descendre sur Londres, c'est tout vu d'avance. Ça ne déplaît pas tant cette perspective... Ça leur fera passer le goût de la marmelade ! Ils nous ont largués en pleine bataille, ces fumiers ! A Dunkerque, à coups de crosse, ils repoussaient nos soldats qui voulaient s'embarquer sur leurs bateaux ! Ça se raconte, colporte, bouche à oreille et puis qu'on a été trahis, vendus, abandonnés ! Bientôt on va savoir la nouvelle Vérité toute crue... les judéo-anglo-saxons nous ont entraînés dans cette guerre abominable, perdue d'avance.

Raymond, ça le gêne un peu qu'on glaviote les Anglais. Il a le type blond, mince, les yeux très clairs. Il ressemble à sa mère... les traits, quelque chose de rêveur dans le regard, d'ironique aux commissures des lèvres. Elle, c'est assez duraille de se rendre compte si elle fut belle, désirable. Elle fait déjà sorcière de Macbeth... Miss Havisham! Nulle gourance, elle est Anglaise à deux cents mètres. Native de Gloucester. Sa silhouette... le chapeau à fleurs... ses frusques... jupes longues, corsages roses, mauves... bleu pâle! Défraîchis certes, presque des haillons, mais tout de même des couleurs peu ordinaires surtout dans le quartier. Elle a des pébroques aussi, vert pomme, des ombrelles à franges... toujours des gants blancs... parfois un vieux renard tout mité autour du cou... un reste d'on ne sait quelle splendeur! Elle excite les populations... sa façon de parler qu'on trouve prétentieuse. Sa pauvreté ne lui sert à rien... elle se donne des airs... pour qui se prend-elle! Même avant Dunkerque, on la déteste... On la surnomme sans grand génie miss Rosbeef.

Le dab, lui, est bien de chez nous... charretier chez Maggi, il a pris un coup de pied de cheval il y a trois ans dans le bas du ventre. Il ne s'en remet pas... il reste au lit, il pisse sous lui. C'est la chtourbe alors dans la taule... le chômage, les caisses de secours. Raymond, il a six frères et sœurs plus jeunes que lui... pour la pitance c'est devenu la guerre incessante, lancinante. Tous à la quête... la quasi-mendicité! Miss Rosbeef, elle tient tout de même sa dignité. Elle garde son accent, son quant-à-soi... elle retire ses gants troués d'un geste souverain, comme si elle allait donner sa main à baiser... comme la reine mère à Buckingham. Là, devant chez Damoy... elle vient prendre sa place dans une queue déjà longue de ménagères. Ce bel été 1940, question boustiffe, ça commence à nous tracasser l'estomac. On recherche les boutiques ouvertes... un arrivage de pommes de terre... un boulanger de retour d'exode.

La bousculade, les braillements! La daronne, on l'accueille frais... son accent briton. Elle provoque avec son ombrelle. « A la porte les Anglais! » On vient lui cracher nos griefs... Dunkerque... Mers el-Kébir à présent! Nos alliés tuent nos matelots. « Salope! » Les commères s'agglutinent. On va pas la laisser manger le pain des Français. Elle, elle fait face comme elle peut... elle se sent un peu représentante du Royaume-Uni sur le continent. On la bouscule... lui arrache sa mantille... son corsage rose! Elle a beau se défendre à l'ombrelle, elle finit par fuir... ça tournerait lynch si elle insistait. J'ai regardé la scène, impuissant... j'attendais moi aussi avec un cabas. Elle ne m'a pas reconnu, heureux... pour ne pas me faire écharper aussi, il m'aurait fallu la renier... « Je ne connais pas cette femme. » Avoir honte ensuite dans le fond de mon âme juvénile. Tout ça ne fait que commencer... la queue... les reniements... la haine. Déjà dans les Kommandanturs ça déborde à pleins paniers les lettres anonymes... ça dénonce les fusils de chasse cachés dans les granges, les prisonniers en cavale! les juifs, leur tour va venir... ils ne perdent rien pour attendre. On les voit en caricatures à présent dans les journaux qui reparaissent... le pif crochu... adipeux... baveux... immondes. Bientôt il n'y aura plus qu'une solution pour se débarrasser d'eux... finale... *Nacht und Nebel!*

Il se prépare donc des choses pas très reluisantes. Pourtant Paris, à mon retour de l'exode, je ne l'ai jamais revu si beau par la suite. En allant à la recherche de ravitaillement je l'ai sillonné du nord au sud, d'est en ouest. Dans les quartiers riches tout était désert. On aurait pu jouer à la pétanque au milieu du Rond-Point des Champs-Élysées. Aucune circulation... aucun bruit, un silence incroyable... tous les magasins clos. On avait l'impression d'être dans un rêve, dans une toile de Chirico... que la ville était morte, abandonnée. On tendait l'oreille, on n'entendait que des oiseaux... à ne pas croire qu'ils étaient si nombreux. Finalement un side-car allemand débouchait d'une rue... pétaradait... puis s'éloignait... il n'avait pas l'air vrai non plus. Ce temps aussi qui n'arrivait pas à tourner... le soleil qui nous narguait... le ciel sans nuages. On attendait on ne savait quoi. On était dans un univers en suspension de vie, aurait-on dit.

Les Fritz s'efforçaient à la discrétion... ils voulaient nous rassurer, nous apprivoiser. Ils distribuaient du chocolat aux enfants... de la soupe aux vieillards sur les routes de l'exode. « *Populations abandonnées, faites confiance au soldat allemand!* »... l'affiche partout sur tous les murs. On n'arrivait pas à y croire... la divine surprise... qu'ils étaient *Korrects!*... boys-scouts... qu'ils cédaient leur place aux dames dans le métro au lieu de les violer! Ils renversaient la vape... je vous ai montré le populo anti-britannique en action... la mère de Raymond, miss Rosbeef, insultée, malmenée par les commères en mémoire de nos marins assassinés à Mers el-Kébir par Churchill. C'est toujours en mémoire de ceci cela... de nos victimes et nos martyrs... qu'on se défoule les besoins de meurtre, de violence. Surtout en groupe, en troupe, à soixante contre un... sans prendre aucun risque.

Miss Rosbeef arrivait tout de même à être au-dessus de tout ça. Elle ne comprenait pas ou ne voulait pas comprendre cette haine des Franchouillards. Pourtant elle était encore si possible plus loquedue, plus misérable que les pires pouillassons du quartier. Beau remuer le problème... se demander le pourquoi du comment, on en arrive à cet axiome... qu'on a toujours besoin d'un plus minable que soi pour l'écraser. Surtout s'il veut se donner le luxe d'être fier, différent. Là, alors, le péché sans merci! Pour être aimé par ses semblables il faut se noyer dans le nombre... être comme tout le monde. Les mômes le savent d'instinct et les grands démagogues aussi, les professionnels du suffrage universel. Gaffez-les un peu... s'ils donnent dans la bonne franquette, la paluche chaleureuse, le verre sur le zinc! Même les moins doués s'y efforcent... Technocrate d'Estaing... notre Giscard aujourd'hui en col roulé... son accordéon. S'il fait faux derche en prolétaire! Mais tout ne vaut-il pas mieux que la vérité!

Ils habitaient, les Beuvret, la famille nombreuse de Raymond, dans une cité ouvrière rue Kuss, derrière la petite place provinciale des Peupliers. C'était les premières H.L.M. en briques rouges... ça s'appelait d'ailleurs H.B.M.... habitations à bon marché! Là-dedans, des superpositions de clapiers séparés par des murs en papier à cigarette... peuplés de zonards fraîchement transplantés de leurs campements. Dans les escaliers ça reniflait l'urine, la friture de poisson... toutes les bonnes odeurs de la mouscaille. Miss Rosbeef, elle avait beau se fendre de mille politesses exquises... la haine répondait à ses amabilités. Ça rejaillissait sur sa famille... les mômes se faisaient coincer dans des bagarres où ils avaient rarement le dessus. On leur tendait des pièges... la guerre incessante, surtout depuis Dunkerque. Sur leur palier ils retrouvaient des étrons de chien, des épluchures... des inscriptions sur le mur « Mort aux Anglais les traîtres! »

Raymond, après l'exode, il s'est joint à notre petite bande. Je l'ai fait adopter, malgré cette tare de ses origines britanniques. Il avait plus de boulot, son grand hôtel était réquisitionné par les Fritz. Comme il faisait vivre en grande partie sa famille, la situation est devenue carrément tragique. On s'est mis à chaparder à droite à gauche, à chercher des combines pour trouver de la bouffe. On maraudait en banlieue dans les jardins... des fruits, des légumes. J'emmenais Musique sur le cadre de mon vélo volé. Ça faisait du poids pour se trisser en cas de dèche. C'est venu de ça notre premier acte de résistance. Vers Vincennes on patrouillait... on furetait la bonne aubaine. L'endroit, je crois qu'il n'existe plus... On a élargi le boulevard dans ce secteur... Je me souviens net de ce bistrot. On a aperçu un gros Fritz, un feldgendarme avec sa plaque sur la poitrine, qui arrivait sur une lourde bécane... guidon à moustache... le cadre peint en gris Wehrmacht... une plaque à l'arrière... immatriculation WH! On l'a vu descendre de son clou, l'appuyer contre le mur et puis entrer dans le rade. Autour, le bol! tout est désert! On venait de sens inverse... on roulait doucement. On a stoppé... un regard... le vélo, là, maintenant seul contre le mur... lourde machine teutonne, mais combien tentante. Dans ces cas... une occase aussi choucarde, il faut se décider très vite d'être larron. Pas le temps de débattre avec madame ma conscience...

— J'y vais?...

Il m'interroge Musique. Il est gonflé, capable de tout, je sais... il se marre en me posant la question. Je freine, il descend de mon cadre. Il glaviote... un tic chez lui, il glaviote tout le temps... partout. Je suis d'accord, je vais m'approcher du bistrot, si je vois le feldgendarme qui se prépare à sortir, je rentrerai, je m'arrangerai pour le retarder... lui parler... j'improviserai. Il fonce vers le vélo, Musique. Il recrache... slof! à distance... il a l'élan au fond de la gorge. Je m'approche du café. Là, je manque d'air... dix douze verts-de-gris je gaffe là-dedans. « *Ach! Krieg fertig!* » la guerre est finie... Ils sont joyeux, je les entends rire. Ils jouent de l'accordéon comme Giscard... genre tyrolien. Ils chantent... lequel est-ce le propriétaire du vélo? Un gros, mais il y a plusieurs gros et plusieurs feldgendarmes. Derrière les jeunes, minces, fringants à mitraillette *Haydi! Haydo!...* dans les fourgons, les roulantes suivent les ventrus, les fessus... les courts sur pattes... joufflus... les poussahs réservistes... dans toutes les armées du monde. Les sveltes en ligne, les gras du bide derrière, dans les bureaux, la gendarmerie. Les sveltes, ils sont déjà prêts, dit-on, à débarquer à Plymouth, Eastbourne... Folkestone... tomber sur London tels des fauves. On en voit moins au fur et à mesure qu'ils digèrent leur victoire. Bref, il y a là cinq six pépères à choucroute. Je suis tout près... *Ein Tiroler wollte jagen!* ils braillent... Je vois aussi en même temps Musique qui a saisi le vélo par le guidon. Qu'est-ce qu'il branle? Il tâte les pneus... il inspecte l'engin... il a une moue méprisante... ça le fait encore glavioter. Tout de même, il va pas la bécher, cette belle bicyclette, ça serait du cri! J'ai les miches... je surveille les chanteurs bavarois, wurtembergeois... ne sais-je! Ils semblent heureux de vivre et d'avoir aussi bien kapouté les fransouzes. Voilà... Musique enfourche sa monture. Bien sûr la selle est trop haute. Il a du mal à pédaler... Il file tout de même... Une rue étroite, il va la prendre! A temps... j'aperçois au loin une voiture allemande... une sorte de jeep, elle va s'arrêter devant le bistrot. Si je fais fissa... m'éloigne au sprint... je rattrape Musique dans une petite rue.

L'inconscience à rouler sur ce tacot immatriculé WH... on n'a pas fait de mauvaise rencontre mais on aurait dû... on a eu la veine insensée. Seulement le point de chute? On savait pas trop où aller. On s'est réfugiés dans l'épicerie-buvette de la Boiteuse... la Loulou Chapuzin. C'était les débuts de son grand amour avec Albert, le frère de Musique... vous avez vu, lu un peu plus haut... ce qui révoltait madame Cauchois... l'âge avancé de cette Loulou! On est tombés, avec notre bicyclette *made in Germany*, à pic... Albert était là... il lutinait un peu la viocque... ça folâtrait dans les conserves... à la réserve, il m'a semblé. Personne d'autre dans la cabane, l'heureux hasard! Loulou, elle a tout de suite entravé, nul besoin de lui monter un mensonge en neige qui lui aurait fait tant de mal. « Vous allez me foutre le camp tout de suite avec c'te saloperie! » On se figurait déjà, bonne pomme, être accueillis héros... se faire éponger la sueur sur le front avec un mouchoir en dentelle. « Ils vont nous faire fusiller ces petits abrutis! » Elle nous repousse vers la lourde. Albert s'interpose... « Minute! laisse-les s'expliquer. » Le vélo fritz, tout de suite il gamberge qu'on pourrait le naturaliser français dans la cave, lui donner une couleur un peu plus convenable... le métamorphoser en *Hirondelle* de la Manufacture d'armes et de cycles de Saint-Étienne. La viocque elle veut encore ramener... qu'elle est après tout chez elle... qu'elle a droit de ceci... cela... vlac! Il lui retourne une mandale sèche. Albert, il a pas chiqué. « Fais pas chier, vieille conne! » Comme il la traite, macho, phallo, diraient aujourd'hui nos dames M.L.F. Toute mon enfance, ma jeunesse, c'était que des machistes les hommes alentour... Tatahouine, Anatole, le comte de Nozay, même Bouboule dans ses anecdotes historiques. On n'avait que de mauvais exemples devant les yeux... et je parle pas encore de Staline, Hitler, Mussolini, les super machos en uniforme. Duraille, à présent quinquagénaire, de se mettre à la vaisselle, à repasser le linge, enfiler des bas résille. On n'a pas pris le pli assez jeune, voilà tout!

En tout cas, Louise Chapuzin, elle a plus renaudé une fois sa tarte dans la gueule. Elle avait pas tellement le choix, faut dire, question homme pour se faire encore régaler à son âge avec sa patte folle. Depuis qu'Albert faisait la fête à son greffier, elle s'efforçait de réparer l'outrage des ans sur sa frime... elle se la passait au fond de teint... le rose aux pommettes... le plâtras de rouge *Baiser* sur les lèvres... les sourcils au trait. Elle se teignait en blonde... la mise en plis chaque semaine... toute la panoplie séductrice. Passé un certain âge, ça provoque souvent l'effet contraire.... d'épouvantail! Moi, elle me faisait plutôt peur comme ma voisine madame Céleste...

Le vélo, une fois dans la cave, c'était le piège. Albert... le risque qu'il aille se le goinfrer tout seul, l'affreux! Il s'étranglait pas de scrupules. A la réflexion, il a trouvé qu'il valait mieux le démonter, repeindre chaque morceau... le cadre, les roues... et le fourguer en pièces détachées à Bicêtre sur le marché aux puces.

— On s'occupera de ça demain, les mômes. Je vais dégotter un pot de peinture.

Musique pourtant de nature il était méfiant... il avait appris. Tout de suite il a gambergé l'arnaque. On s'était trop précipité. Au lieu d'aller chez la Loulou on aurait dû le planquer ailleurs. Certes, c'était glandilleux partout... une bécane pareille je pouvais pas la passer devant chez ma concepige sans qu'elle la remarque. On avait agi au plus pressé.

Prévu... notre première prise de guerre, Albert nous l'a proprement escamotée. Dès le lendemain elle avait disparu. L'explication qu'il a osée... tout simple, qu'après notre départ sa viocque a remis ça... les dangers qu'on courait tous... douze balles et le coup de grâce. « Ils nous banderont même pas les yeux. » Il s'est laissé convaincre gentiment, le grand frère, par la raison d'une femme d'expérience. Alors notre clou, il l'a largué vers la Porte d'Ivry dans un terrain vague. On peut toujours aller voir s'il y est encore.

Musique, dans ces cas extrêmes, il s'excitait pas à lurelure... il abondait même dans le sens au frélot.

— T'as eu raison, Albert... Tu nous as peut-être sauvé la vie à tous.

Seulement il l'attendait au virage son enfifré frangin. Ça servait à rien de l'attaquer de front... à la castagne il nous rendait le double-six, le fumier. Il avait la carrure, les biscottos... les ruses de la savate... c'était pas la peine d'insister. Maintenant fallait aviser, attendre le moment adéquat pour rentrer dans nos boules... se venger à froid.

L'essentiel, c'est qu'on était devenus par cet acte de haute chourave des sortes de francs-tireurs... des partisans du général de Gaulle. On commençait juste à en parler de celui-là dans *Le Petit Parisien* de ma grand-mère. Un général félon à la solde des ploutocrates juifs de la City. Condamné à mort par contumace pour avoir désobéi au Maréchal. Il intéressait pas encore grand monde en dehors des journaux pro-allemands... Eux les premiers qui lui ont fait de la propagande... je fus témoin.

Le vélo du feldgendarme c'était tout de même un exploit, ça nous a aidés à trouver le chemin de la gloire. Ça vient, les options politiques, l'engagement dans un sens dans l'autre... parfois du hasard. On était tel jour tel endroit... on a rencontré celui-là plutôt que celui-ci et *tout est joué*. Ça va se finir inéluctablement lié à un poteau devant douze Mauser ou douze Mas 36, selon. Ce qu'il faudrait... ne pas être là du tout, écouter rien... avoir la présence d'esprit de se tirer dès qu'on essaie de vous charmer à la poésie du sacrifice suprême, à l'incantation collective. La civilisation, l'école, les mots nous font perdre l'essentiel... l'instinct animal de la conservation... la peur des fusils. On s'en rend compte toujours trop tard quand il ne reste plus qu'à crâner, faire encore des politesses. « Vive la France! Vive le Parti! »

Là, ce n'était encore qu'une broutille ce vol du vélo au-dessus d'un nid de Fridolins... pas l'irrémédiable acte qui vous scelle à la mort. On pouvait encore s'échapper du piège... s'assumer voleur plutôt que héros. C'eût été le plus raisonnable... attendre quatre ans pour se réveiller les sentiments patriotiques... en même temps que tout le monde, Paul Claudel et ma concierge... le 25 août 1944... au moment où le képi du Libérateur sera bien visible, qu'il dépassera toutes les têtes sur les Champs-Élysées, à Notre-Dame... qu'il y aura plus de gourance possible.

Pour l'instant c'était encore assez vague notre gaullisme... un alibi plutôt. D'autant qu'on n'en avait tiré aucun bénef d'avoir engourdi ce vélo fritz. Tatahouine il a été mis au parfum et il nous a félicités. Il était fier de ses enfants. Il venait se rincer chez la Boiteuse. Elle était devenue la mère nourricière de toute la famille. Albert, à l'épicerie, il se servait gratis. Loulou supportait tout de lui... elle payait cash, au jour le jour, les gâteries du dernier homme de sa vie. A première vue on peut trouver ça sordide... au fond, c'est de la pure sagesse! Passé l'âge des clairs de lune et des serments, il faut se hâter de grappiller le plaisir... encore un petit coup de bite, monsieur le bourreau!... A donner ou prendre, selon! Tatahouine, s'il avait pu, il l'aurait bien tronchée aussi la mémée. Seulement, lui, il se rapprochait un peu trop de son âge... ils étaient contemporains. Pour la bagatelle, c'est pas l'idéal... au fur et à mesure qu'on avance vers la boîte à dominos... on s'en ressent pour la jeunesse, on veut lui inculquer ce qui nous reste d'expérience... les habiletés du trou du cul. Tout le tragique est là... Roméo chauve édenté, lutinant, poussant une Juliette cacochyme dans une petite carriole à Nanterre. Les sentiments, il leur faut de l'enveloppe de chair fraîche... les bandaisons, les pâmoisons, ça supporte mal la bouteille.

Jeunots, si on nous sollicite!... et pas que pour le sexe, ça serait le moindre mal. A cette époque, la jeunesse est couronnée reine. De tous les côtés, tous les bords... toutes les affiches, les banderoles, les bla-bla radiophoniques. Pour nous séduire... le chant des sirènes totalitaire... l'exaltation de la force... *Kraft durch Freude* par la joie... l'abnégation, le courage. Adolf dans ses Nuremberg... ses messes dans ses cathédrales en projecteurs, il avait entravé la poloche. Il ne s'adressait qu'à la jeunesse. Il jouait sur du velours! La jeunesse, si on la flatte au bon endroit, on peut lui faire digérer n'importe quoi... elle a l'estomac en zinc. On peut lui ressortir toutes les plus rances balivernes du moment qu'on a pris soin de les dépoussiérer un peu, de leur filer un petit coup de pinceau pour en rafraîchir les couleurs. Elle ne sait rien, la jeunesse... elle ne veut rien savoir! Elle veut rêver et toujours avoir l'impression de refaire le vieux monde. A Berlin 1936 comme à Pékin aujourd'hui. Elle se réveille, il est trop tard... c'est Buchenwald la réalité... Oradour... le Goulag... la Loubianka... Phnom Penh... elle a participé aux pires choses sans s'en apercevoir. Et ça ne sert jamais à rien... ça recommence avec la génération suivante. Le genre humain est né dupe. Vient le temps des désillusions... n'importe, d'autres menteurs se pointent et font d'autres dupes. Juste la musique change, les oriflammes, les uniformes. *Plus comme avant ! Hitler pour mille ans ! Interdit d'interdire ! Les lendemains qui chantent !...* etc. Vous mélangez dans un chapeau tous ces mots... vous secouez... le jeu surréaliste... vous les sortez, les alignez... Mais à quoi bon ! Un coup de vent, ça s'envole, rien ne reste même pas les écrits... finalement on les trace toujours sur le sable et la mer approche... la marée montante !

Enfin sur l'instant on en croque, on se pogne exalté... on y croit. L'essentiel peut-être... une façon comme une autre de vivre et de jouir. On n'est pas héroïque, tenez, on est surtout heureux de l'être.

L'époque où je vous ramène est mal connue, mal reconnue de ceux qui nous fabriquent l'Histoire. Il y avait surtout... nous voilà... notre Maréchal ! A la mairie, à l'église, dans toutes les boutiques, à l'école, dans les bistrots, dans les bordels, le portrait du Maréchal... les phrases immortelles du Maréchal ! La moustache blanche du Maréchal, son regard bleu qui fixe la France éternelle ! Il est bon enfant le Maréchal. Il nous promet, si nous sommes sages, des fleurs au jardin... une belle récolte pour après-demain. Il est champêtre et bucolique. Il embrasse les petites filles... laissez-les venir à moi ! Il les soulève avec sa canne. Il distribue des bons points aux bons élèves. Il va de ville en ville en zone Sud, et partout il est attendu avec ferveur. On lui offre les plus belles grappes de notre vigne... le plus beau mouton du troupeau. Il est en médaille d'or, en calendrier des Postes, en effigie à la place de Marianne. Y a plus de chocolat, sinon on nous le mettrait en crottes...

Et lui aussi il s'adresse à la jeunesse malgré son grand âge. Elle va forger une France nouvelle... en chantiers... en camps... la fleur au chapeau à-la-bouche-une-chanson!

Nous ici bien sûr, en zone occupée, on a les Fritz pour nous calmer les ardeurs. On entend le pas des patrouilles... à onze heures après le couvre-feu. Ça va nous aider, avec notre vélo volé, à écouter l'Autre... la voix qui traverse la mer. Nous n'avons pas perdu la guerre, elle dit la voix contre toute évidence. Mais la jeunesse s'en cogne des évidences. A la roulette de l'Histoire les fous ramassent toujours la mise.

Les mois passent... l'automne. Ils sont pas encore à Londres les feldgrau avec leurs feldwebel, leurs unteroffizier, leurs feldmaréchaux! Ils restent sur les plages. Alors la guerre elle continue... sournoise et belle d'un nouveau mystère. Tatahouine il est d'avis qu'on les tue dans le dos les Frisés avant de leur prendre leur bicyclette. Il y va en jactance, mais il reste au zinc, sous la lampe à chiures de mouches. Il se risque pas, il fait chaud chez Loulou la Boiteuse. Elle a une réserve de charbon... une combine pour en avoir.

D'un seul coup on dirait, à l'entrée de l'hiver, la misère s'est abattue sur la ville... enfin sur les quartiers pauvres de la ville... La croque, alors, balfesse!... rutabagas! Les raves à vache! Le froid... on dirait qu'il a un contrat avec la guerre. En décembre le thermomètre dégringole... dix douze degrés au-dessous de zéro. On se chauffe avec un minuscule petit poêle chez ma grand-mère. Qu'est-ce qu'on brûle là-dedans? des vieilles planches, des boules de papier journal aggloméré avec du poussier! On s'endort avec des chaussettes, des bonnets, sous un entassement de vieilles frusques. On grelotte devant une pitance triste sans beurre, sans viande. On est alors en pénitence, il nous le dit dans ses discours, le Maréchal... « *L'esprit de jouissance détruit ce que l'esprit de sacrifice a édifié.* » Mea culpa national, je vous ai expliqué au début de cet ouvrage. Nous voici en plein. On va se rédempter par le jeûne, l'abstinence, les couilles à glagla. Nos fringues s'usent, on n'a plus de quoi les remplacer... nos frimes se décavent... nos pompes aspirent la neige fondue...

On va à l'enterrement du père de Raymond... A la morgue de l'hôpital Cochin, c'est le rendez-vous. Il neige et il vente... une bise glacée, n'est-ce pas, c'est l'expression et elle est juste. On s'enfonce les pieds dans la neige. Dans les bistrots y a plus que du Viandox pour se réchauffer. Le Maréchal, pour les vœux 1941, il nous a pas doré le mou. « *Nous aurons faim* ». Texto... et bonne année tout de même! Faim... certes on a déjà faim. On a la dent, les crocs, les crochetirs... on la pète et on la saute. On becterait presque la concierge en daube ou en civet... c'est des sales pensées qui nous traversent la tronche parfois!

Il est mort de quoi le père de Raymond, monsieur Beuvret? On ne sait pas! Le coup de pied de cheval qu'il avait reçu en 38... et puis aussi que ça crevait carrément la dalle dans sa petite famille. Dans leur piaule, ils ont cassé tous leurs meubles, les portes des chambres, de la cuisine pour se chauffer. Finalement, Raymond il a trouvé un boulot chez les Boches. Eh oui, il collabore... le mot vient d'être lancé à l'entrevue de Montoire... il a pas le choix... il plonge, il lave la vaisselle des vainqueurs dans une sorte de foyer... soldatenkaffee, ça s'intitule... à l'Opéra. Là il a chaud et il mange presque à sa faim. Il se fait aussi des petits pourliches, rabiote des victuailles pour sa famille.

Il traficote, seulement pour nourrir sept personnes, ça ne fait que des miettes qui sont vite picorées. Il y a bien Serge, un de ses jeunes frères... celui qui a les pattes en cerceau... les jambes Louis XV! Il est pas manchot, Serge, pour voler aux étalages... mais y a plus rien aux étalages, juste le portrait de Philippe Pétain maréchal de France. La daronne, miss Rosbeef, elle est devenue diaphane à force de privations. Elle cherche toujours du travail... avec sa dégaine impossible, ses voiles, ses nippes bariolées, son accent... on se méfie. On s'aperçoit tout de suite qu'elle ne pourra même pas faire le ménage. Alors elle ne trouve rien.

Elle arrive en poussant des cris à la porte de la morgue. Des cris en anglais, mais qui vous déchirent tout de même le cœur. Elle a trouvé des voiles noirs, une sorte de cape de curé pour le deuil et pour cacher sa misère en hardes colorées. On est venus, deux trois copains... Musique, Fernand... je sais plus qui. On reste à la lourde... Raymond, il soutient sa mère. On aperçoit le cercueil sur des tréteaux... un cercueil de pauvre en sapin. Les croque-morts sont pressés... eux, ils turbinent à plein en ce moment! Les vieillards, si ça calanche avec le froid, les restrictions... les clodos, les mômes en bas âge qui n'ont plus de lait. On les paye nos vilains péchés, m'sieur le Maréchal! Pas de doute, on a trop mangé les frites du Front Populaire. « Simone! Simone! » elle crie la miss... Son accent... elle féminise le prénom de son mari défunt. « Simone! » Elle s'accroche au cercueil... les croque-morts, ils ont du mal à l'arracher... il faut qu'ils ferment fissa la caisse, qu'ils emballent le clille... le cher disparu qui va disparaître à jamais. Et puis y a pas de pourboire en perspective avec des loquedus pareils! Ils en ont rien à jouir de cette folle! Les frères, les sœurs autour, ils chialent... les sanglots longs!... eh oui, je m'excuse de vous raconter, vous détailler cette scène macabre. Elle fut telle. On n'imagine rien de plus triste, de plus pitoyable... le comble de la misère. En sortant derrière le cercueil miss Rosbeef s'est évanouie... de chagrin certes, mais aussi de faiblesse... depuis des mois elle mangeait rarement à sa faim. Raymond l'a ranimée, l'a soutenue pour qu'elle s'embarque avec les enfants dans la fourgonnette des pompes funèbres. Ils sont partis vers quel cimetière? Nous, on ne pouvait plus les suivre, on allait au boulot.

Ils auraient pu la laisser tout de suite, miss Rosbeef, avec « Simone » dans la fosse commune. Elle a tenu combien de temps encore... un mois... un mois et demi? Il a fait encore plus froid si possible... un froid de Moyen Age... *Que les loups se vivent de vent!* Un février au ciel de plomb... ça fait comme une chape grise sur les toits. On va faire la queue devant les boutiques avant le jour... dès la levée du couvre-feu... des ombres incertaines le long des murs... des minables qui se serrent les uns contre les autres. Elle est morte là, miss Rosbeef, on ne la chassait plus des files d'attente... on n'avait plus tellement le feu sacré contre les perfides enfants d'Albion. Elle est tombée dans la neige, on n'a pas pu la ranimer. Elle était déjà un fantôme avant de mourir, alors on s'est pas tellement aperçu de sa disparition. « L'Anglaise... vous savez la Rosbeef... eh bien elle est morte. » De quoi madame? De pauvreté sans rémission, de faim... morte au champ de la bouffe... morte de guerre, elle aussi, après les soldats de 40 leur ventre ouvert au soleil de juin....

On a dû remettre ça... les copains... la corvée d'obsèques! Ça me revient plus cette deuxième levée du corps... les détails... les employés de Roblot... les larmes et le froid ! Ça faisait un appartement libre dans la cité rue Kuss... tous les mômes sont partis à l'orphelinat. Raymond s'est engagé à la campagne, pour le retour à la terre du Maréchal. C'était un bon pote, un silencieux, un garçon sensible et doux. Il n'a même pas eu le temps de connaître autre chose que le travail, la faim, le deuil et la guerre.

Pour bien vous narrer, chalands attentifs... vous faire aussi marrer, j'espère, il faut que je remette un peu d'ordre dans la chronologie des choses. Nous sommes là... février 1941 avec le portrait du Maréchal à toutes les pages. Il a choisi comme dauphin l'amiral Darlan. La guerre stagne. Sur les côtes de la Manche les Teutons restent l'arme au pied. En Cyrénaïque les Ritals dérouillent... quinze mille prisonniers à Benghazi !... à Gênes, l'artillerie de marine anglaise leur envoie trois cents tonnes d'obus... La R.A.F. profite de la pleine lune pour bombarder Hanovre. On commence à se dire que les Boches ne vont peut-être pas forcément gagner la partie. On écoute, calfeutré le soir, radio-Londres. On boucle bien toutes les issues... on a peur des indiscrétions et on retient le peu de chaleur du minuscule fourneau au milieu de la piaule. Ma mère de temps en temps se pointe avec un peu de ravito... des haricots secs, des pommes de terre... et, je ne sais pourquoi, des bouteilles de calvados qu'on pourra échanger contre du pain, de la margarine. Je rentre le soir... dans le métro on est tassés... ça sent les panards, le chien mouillé... Les gens, s'ils ont les mines grises, papier mâché... la lassitude dans les regards... les fringues fatiguées... le cheveu triste !

Ce que je vous ai omis — mais il fallait que je dise la mort de miss Rosbeef... ça me paraissait important — j'ai quitté l'école à la rentrée d'octobre. Il fallait que je travaille à tout prix. Me voici en salopette, en bleu... Au début, j'en suis plutôt fier... je me sens un homme! Enfin, je fais les courses, je balaye les ateliers, je pousse les chariots de paperasses, j'allume les poêles le matin et j'entretiens le feu toute la journée à *L'imprimerie des Myosotis* dans le quartier de la Glacière. En allant aux cours du soir je deviendrai compositeur typographe, si je suis ponctuel, attentif, soigneux, humble et patient... si j'écoute en définitive le Maréchal. Ce que me dit carrément m'sieur Crodof... mon chef d'atelier. Il a le béret, la francisque à la boutonnière, les moustaches blanches gauloises. Il a fait les Éparges, Craonne... le plateau! Blessure au Chemin des Dames... ça lui fait des petits rubans à la boutonnière. Alors il vénère le travail, la famille et la patrie. Il me regarde droit dans les yeux... il faut que je soutienne... la franchise d'abord! Tous les apprentis il les sermonne le premier jour: « Je vous fais confiance. » Quand même, j'ai remarqué tout de suite, aux vestiaires, il ferme son placard métallique avec un cadenas comac. C'est pas tant pour son larfeuille... non, il protège son casse-croûte. La vérole actuelle dans la boîte... que les mômes, les jeunots affamés chouravent les casse-dalle des anciens. Ça a déjà fait des remous dramatiques. Tout de suite ce qu'on va m'avertir... que si je suis pris à croquer le pain d'un autre, on me file une raclée sévère dans les chiottes. J'ai qu'à me rencarder un peu auprès d'un certain Marcel Flaireau... un jeunot de l'atelier du dessous... un sournois, on me le dépeint, crasseux, moqueur... à surtout ne pas fréquenter.

Les choses à ne pas me dire... ils me mettent l'eau à la bouche, les bons et honnêtes ouvriers. Ils éveillent ma curiosité malsaine... Sournois, moqueur, crasseux... le compère idéal, je subodore! Pas si bien dire... Flaireau, il va se retrouver dans *La Cerise*... on va se traverser ensemble des glandouilleries peu ordinaires... s'offrir des clairs de lune de truandage... se retrouver sur le même banc d'infamie! Ils me la baillent superbe, les dabs. S'ils m'avaient pas aguiché comme ça... sournois, insolent, ébouriffé, sale et méchant, j'aurais peut-être pu l'éviter, Marcel, passer sans le voir. C'était tout de même peu probable... le diable veillait à ce qu'on se rencontre.

Mes fidèles lecteurs connaissent Marcel depuis belles phrases. Je leur ai décrit minutieux l'animal... ses ricanements, sa lassitude devant le travail, ses paluches crochues chouraveuses... son œil en coulisse! A l'âge adulte, la trentaine, je vous l'ai présenté dans ses fonctions malfrates avec Canaque et le Rouquemoute. Ici je vous le sors de l'enfance, je remonte le courant! Je m'aperçois qu'il est le même pour l'essentiel... le caractère. Certes il est plus frais de frime... enfin il est boutonneux comme moi... acnéeux, c'est l'âge. Paraît qu'il faut qu'on aille voir les putes pour se guérir... qu'elles ont le secret, la glouglouterie anti-acnéeuse. Y en a quelques-unes dans le coin, derrière la place d'Italie. Seulement les péripatéticiennes de la place... rue Godefroy, on les confond facile avec les concierges sur le pas de leur porte. Elles ont sucé la Bande à Bonnot, la bite à Félix Faure... Léopold II... Édouard VII lorsqu'il était Prince de Galles... Philippe Pétain à Saint-Cyr! Question historique, c'est prestigieux mais la chair se flétrit au déroulement de l'Histoire... et la technique, on s'aperçoit que c'est bien peu de chose.

Marcel, d'ailleurs, ça lui faisait peur les dames du trottoir. Il aimait pas, comme les autres, parler quéquette et trou du cul. D'un geste dégoûté il chassait de vilaines images lorsqu'on lui racontait des scènes obscènes... des troncheries mythomaniques... qu'on lui décrivait des chattes pharamineuses ouvertes gratis à toutes les queues. Ça m'interfère dans le récit, le sexe. Tout était ensemble... la guerre... la mort qui rôdait... hop! emportait les faibles, les malchanceux... l'obsession de la gamelle... ce qu'on allait grailler le lendemain et puis, bien sûr, le sexe qui nous tenaillait... les branlettes furtives... les vieux numéro de *Sex-Appeal* avec lesquels on s'enfermait dans les gogues. Autour, la rumeur nous foutait le trac... l'onanisme, à cette époque, était non seulement un péché qui pouvait nous conduire en enfer — ça, on n'y croyait pas lerche — mais encore et surtout c'était une déplorable habitude pompeuse de santé. On y perdait la mémoire, les réflexes... on en devenait épileptique, idiot... poitrinaire! Ça nous gâchait la jouissance de pareilles perspectives. On se pognait avec des arrière-pensées sinistres. Tous les prêtres, les éducateurs, les toubibs et sans doute le Maréchal faisaient une guerre incessante à la masturbation! On nous montrait des photographies d'avortons, d'affreux scrofuleux crétins comme exemples... ce que vous allez devenir si vous vous touchez trop la bébête!

Aujourd'hui c'est la mode inverse... curetons, professeurs, toubibs, et sans doute le président Giscard recommandent aux petits garçons de bien se branler matin et soir. Ça a remplacé les prières à la Très Sainte Vierge... Qui déconne dans tout ça... ou déconnait? La difficulté à travers les modes de se faire une opinion!

En tout cas Marcel il en parlait jamais de ses rassis. Il faisait semblant de ne pas s'intéresser à la question. Il gaffait, il écoutait, s'instruisait sur le tas. Il savait tout ce qui se passait à l'imprimerie...

les coups qui se tiraient... les amours secrètes... les palucheries de chiottes.

Au resco on a fait connaissance, à la même table au déjeuner. Resco, c'était le diminutif de restaurant communautaire. Une dépendance du Secours National sous le haut patronage d'encore le maréchal Pétain. On risquait pas le cholestérol au resco, les excès de glucose, de triglycérides... le Maréchal il préférait une jeunesse svelte. Selon la modicité de ses revenus, ses appointements, on avait des ristournes à l'addition... les plus miteux, les vieillards payaient demi-tarif et même le quart. Avec notre maigrichon salaire d'apprentis on était dans la plus basse catégorie. Les prix exacts, je n'ai plus souvenance... c'était l'ancien franc. Les comparaisons sont glandilleuses, surtout avec l'inflation galopante... ça risque, au moment où mon œuvre immortelle sera aux vitrines des libraires, d'être caduc. De toute façon c'était quasiment gratuit pour nous, une sorte de soupe populaire. On n'avait pas le choix. La clientèle là-dedans... édentés, traîne-patins, mégalo cloches, flambeurs de courtines... des bancalos, des aigris, des médisants pour quatre sous! Le faux pianiste de Varsovie! Quelques princesses russes en exil et en guenilles! Les frimants du Septième Art... ceux qu'on a écartés du plateau crainte qu'ils ne détrônent Harry Baur et Raimu! Un amiral proscrit de la flotte guatémaltèque! Le chanteur monologuiste des Concerts Pacra! Le faux savant! La vraie tapette, reine déchue des tasses d'avant la Grande Guerre, qui a connu Proust, Reynaldo Hahn, André Gide... rien que des célébrités, à l'entendre, elle s'enfiotait!

On faisait la queue à l'entrée... pour donner nos tickets d'alimentation, faire poinçonner notre carte. Ça commençait là, les connaissances, les discussions, les chamailleries. Ce joli monde avait les crochetirs aiguisés comme des baïonnettes. On se préoccupait surtout du menu. Aujourd'hui même les plus déjetés, rien qu'à l'odeur de nos brouets, s'esbigneraient. Souvent c'était duraille de savoir ce qui flottait au juste dans les ragougnasses... les mirontons du resco. On se goinfrait des pâtés de poisson qui vous remontaient des profondeurs de l'estomac des journées entières et pas dans les arbres ! Il a fallu que j'aille me laver les pinceaux dans nos ergastules de justice pour que je me tape des gaufres encore plus saumâtres, des consommés aussi suspects. Nous arrivait de Germanie le mot *ersatz*... on allait se le déguster... le beurre d'anthracite, les bonbons à la saccharine, le café à l'orge grillé, l'armoise dans la pipe, les carottes déshydratées, le camembert à 0 % de matières grasses, le tocao sans cacao, les petits biscuits vitaminés du Maréchal à la caséine. On a bien du mal en 1977 à se faire une très vague idée... ceux qui ne vécurent pas ces années de disette... de ce que fut cette obsession de se remplir la panse. En quelques mois on avait oublié le goût du chocolat, des bananes, des oranges, du vrai café... on se damnait pour une demi-livre de beurre. Plus de tatanes, de chaussettes, de chemises, de frocs, de bretelles, de montres, de cercueils, de lunettes, de vélos... de savon, de dentifrice, de dentiers, de papier à lettres... plus rien... que dalle ! que fifre ! nib de nib ! Qu'on en soit maintenant à rejeter la société de consommation, ça dépasse large l'entendement des dabs, de ceux qui firent les longues queues de longues heures pour un morceau de tétine de vache. C'est à ne plus rien y comprendre. Vous racontez ces choses, vous passez gâteux, ratiocineur, rabâcheur réac... on vous prend tout de suite pour le Maréchal lui-même réincarné !

Enfin, le resco tous les midis, fallait qu'on soye jeunot inconscient godelureau boutonneux pour y rire tout de même. Marcel, il avait d'ailleurs déjà cette forme d'esprit quasi morbide. Il ricanait des misérables qui nous entouraient. Il leur faisait des blagues... il provoquait des salades, des quiproquos, des sacs de nœuds, ça le réjouissait. Sans doute ça lui venait, ses petits travers un peu concepiges, de sa prime enfance. J'ai appris, bien plus tard, que sa mère était bouclée depuis des années dans un asile psychiatrique... son père était mort de tubardise, je crois. Il vivait chez ses tantes qui l'avaient élevé. Deux femmes noires, sèches, sordides qui possédaient une petite mercerie dans le fin fond du Kremlin-Bicêtre. Il en parlait en angles aigus de ses chères tatas!... des allusions... des choses écœurantes... qu'elles se lavaient pas... qu'elles bectaient des nourritures avariées... médisaient... écrivaient des lettres anonymes! Des éducatrices pareilles, obligé qu'elles déteignent sur vous d'une certaine façon... même si on les rejette... elles vous tordent un peu l'esprit!

Ce qu'il avait inné, Marcel Flaireau, mais je l'ai déjà dit dans *La Cerise,* cette patte crayonneuse. Déjà il griffonnait partout, il avait des carnets de croquis. Le soir, il allait suivre des cours de dessin à Montparnasse. C'était sans doute son secret espoir... devenir un jour un artiste célèbre... un barbouilleur dont on s'arracherait les toiles. Il ne le disait pas... si on lui faisait une allusion à ce sujet, il vous rembarrait sec... devenait agressif. Tout a tourné vinaigre pour lui durant toute sa vie... il lui manquait je ne sais quoi... le minimum de sociabilité pour s'en sortir. Ses deux tantes avaient dû lui coller un sale virus dans la tronche...

Le resco, ça risquait pas de lui donner un appel d'air pur. On s'était tout de même mis un serveur dans la fouillette... un torve coquin graillonneux, sapé d'une veste de grand restaurant qui avait dû être blanche autrefois. Il venait nous affranchir de ce qu'il fallait surtout ne pas se tortorer sous peine d'aller au refile ou de se retrouver couvert d'urticaire. Le patron, le délégué en quelque sorte du Maréchal, venait de temps en temps risquer un œil sur sa joyeuse clientèle. Si besoin était, il intervenait brutal en cas de rouscaillerie, de contestation. Il devait se nourrir lui ailleurs que dans sa bonne auberge. Il trouvait le moyen, par ces temps de carême à perpète, d'être gras du bide, rougeaud, apoplectique, le sagouin! Il virait les indésirables à la course à l'échalote... à grands coups de lattes... plein milieu de son palace... Personne mouftait, n'intervenait en faveur de la victime... parfois un bancal, un vieillard. Dès qu'il avait refermé la lourde, il revenait vers nous... dans l'allée centrale. Il toisait, les bras croisés, les amateurs éventuels de corrida. Ça ne risquait pas... tout le monde lui faisait des sourires mielleux, des grâces. Il daignait même pas répondre... il disparaissait sur ses courtes pattes vers la cuistance où mijotaient d'énormes marmites de rutabagas et de topinambours.

Après le resco et les huit heures de turf quotidien... le métro bondé, puant, on avait besoin de folâtrer un peu... de se payer quelques coups de marrance en bande de notre âge. On se retrouvait par-ci par-là dans les terrains vagues, dans les rues entre la Porte de Choisy et la Porte d'Ivry. C'était l'époque où Musique venait de s'offrir, je ne sais comment... avec quel fric, au marché de Biscaille, un accordéon... un vieux modèle diatonique qu'il rafistolait avec des baleines de corset de sa daronne. Il s'essayait à l'oreille. On suivait jour après jour ses progrès. Notre bande, c'était plutôt une équipe un peu de Pieds Nickelés... Fernand Gabriel dit Neunœil, je vous l'ai dépeint, on habitait le même immeuble. Il me suivait un peu comme mon ombre... l'utilité, qu'il était armoire de gabarit... on n'osait pas nous chercher des crosses. Il imposait le respect sans forcer son talent. Milo, je vous en ai pas encore parlé... l'occasion n'est pas venue. Il roulait un peu Milo... les cheveux ondulés blonds... la frime voyoute... la jactance à l'argomuche. Il se recherchait, question sapes, du côté un peu musette... les maillots de marin rayés, les chapeaux mous, les frocs à la mal au bide. Il grattait comme son père chez Panhard. Il y apprenait l'ajustage. Bien plus tard je l'ai retrouvé chauffeur routier... vingt-cinq ans après, vingt-cinq kilos de plus... la bedaine avantageuse dans un tricot de corps débardeur et la gouaille toujours alerte. Dans un restaurant sur le bord d'une route nationale. On a évoqué les souvenirs, on a trinqué... on a ri un peu et puis on est restés en rade de conversation... On se répétait, on n'avait plus rien à se dire, alors on est repartis chacun de son côté à la poursuite de notre mort. Il était Milo, Émile Courtois, le plus âgé... ça lui permettait de nous raconter des histoires où il emballait les gonzesses deux coups les gros... sans trop se fatiguer de salamalecs, prétendait-il. « Celle-là, je l'ai calcée chez sa mère... Pendant qu'elle faisait la queue sa fille m'astiquait la mienne. » Des choses de ce genre il nous bonissait. Sur ces questions de nanas, on se mentait les uns les autres. On faisait semblant de se croire. Nos conquêtes enjambées, on les apercevait pas souvent. Je vous ai expliqué, plus haut, la pétoche qu'elles avaient toutes les mignonnes de se faire mettre en cloque. Les parents, à part les pires zonards poivrades, les surveillaient attentifs... les frangins défenseurs du berlingue des sœurettes... ça se barbouillait à la morale cette protection. On y mêlait le diable et son train, Dieu et le sempiternel honneur de la famille.

Marcel il aimait pas tellement les petits groupes, les bandes... il se méfiait. J'ai tout de même réussi à l'amener dans la nôtre. Au début on l'a trouvé, bien sûr, un peu bizarre, drôle de mec maniaque, son air de se foutre du monde ne mettait pas tellement à l'aise. On finissait pourtant par s'y habituer. C'était même curieux, il arrivait à devenir indispensable par la suite... lorsqu'il n'était pas là quelque chose nous manquait... on n'a jamais su quoi au juste. Il avait en quelque sorte remplacé Raymond l'Anglais, parti au *retour à la terre* depuis la mort de ses parents. Au début il m'a écrit pour me raconter sa vie toute neuve. Ça consistait surtout, ce projet mirifique du Maréchal, à reconvertir les prolétaires des villes en prolétaires des champs... en journaliers, en ouvriers agricoles! Ça revient à la mode le retour à la terre sous des prétextes d'écologie. Des communautés se forment de jeunes qui refusent la vie artificielle des villes. Tout recommence toujours, la même musique au même flûtiau. Raymond me disait surtout qu'il mangeait du cochon, des patates, du pain blanc à volonté, qu'il buvait du vin, du lait. Seulement il marnait comme une brute... roupillait dans la paille... rémunéré par un plouque grippe-sous auquel il aurait fallu brûler les panards au troisième degré pour qu'il fasse voir un peu le contenu de sa cassette... Y en a qui provoquent, faut bien reconnaître.

La bande c'est comme le reste, les nations, les partis politiques, ça ne se scelle, se consolide, se perpétue que si on trouve un farouche ennemi... un adversaire à démolir, à haïr... un abominable chargé de toutes les tares les plus viles, tous les péchés capitaux! Une nécessité première l'ennemi. Je dois vieillir sec... je m'aperçois, depuis quelques années, j'éprouve moins le besoin d'avoir des chicanes, des polémiques... je deviens parfait tolérant, je m'en foutiste! Faut que je me force un peu pour m'exciter... tancer, étriller, satonner, ne serait-ce que par le truchement de la pointe feutre et de la page blanche! J'aperçois des tronches, je lis leurs articles, leurs livres... ça devrait pourtant m'inciter! On me demande, me propose des *à valoir* pour pamphléter dans les collections des écrivains en colère. Ça me paraît maintenant puéril... sans grand intérêt, de me susciter encore de jolis ennemis à vraie sale gueule reflétant, bien sûr, une âme scélérate.

En 1941, là, j'avais du sang vif animal dans les veines... l'envie de reproduire et de détruire... le goût naturel du meurtre. Ça tombait pic à la bonne époque. Notre gourme, on allait avoir des drôles d'occases de la jeter. On avait déjà, pour peu qu'on tende l'oreille, des appels de toutes sortes... celui du 18 Juin qui commençait à se faire entendre. Le vélo du feldgendarme c'était déjà loin. On se sentait confusément antiteuton mais ça restait dans les vagues propos... comme ennemie, la division *Grossdeutschland,* on n'était pas encore en mesure de s'y attaquer. Musique attendait juste l'occase propice pour se venger de son frangin indélicat.

Ce qui a tout brusqué, tout décidé, de notre orientation, de notre engagement dans le bon sens de l'Histoire, c'est venu de nos ennemis du quartier. On en avait deux de fortes dimensions, Stéphane et Dédé. Stéphane Gatebois, il pavanait voyou... la gueule en lame de surin, la démarche chaloupeuse. On avait déjà eu des mots à l'école, il m'avait coincé plusieurs fois à la châtaigne. Toujours j'avais eu le dessous... il était plus vieux, mieux baraqué. Depuis quelque temps il marchait en attelage avec le grand Dédé l'Alsaco. Celui-là, depuis qu'il se tenait sur deux jambes, tout le monde l'appelait le Boche. Il s'y prêtait... au gabarit, à ses tifs blond paille, sa nuque rasée... gueule bien carrée... le menton en avant. Fritchmann c'était son patronyme. On lui criait « Hou! le Boche! » de loin dans la rue. Il nous fonçait au train, celui qu'il argougnait prenait pour les autres... il lui arrangeait la tronche un peu comme venaient de le faire les SS à nos bidasses avinés. Là, vers sa dix-septième, dix-huitième année, il atteignait son format adulte... un mètre quatre-vingts, taillé gorille... les brandillons comme mes cuisses, le regard farouche. Plus personne lui criait « Boche! » maintenant, surtout depuis que les autres, les vrais en uniforme vert, se pavanaient sur notre bitume. Qu'il s'accointe avec le Stéphane, ça faisait un duo redoutable. On les détestait sans avoir de raisons bien précises, à dire vrai... au pifomètre... leurs gueules nous revenaient pas... Surtout le Stéphane avec ses petits yeux féroces boutons de bottine, ses tifs épais et drus qui lui bouffaient le front, ses esgourdes décollées immenses. Il nous provoquait de la mécanique... du regard. On l'aurait bien satonné à trois quatre au coin d'une rue sombre, un soir... ça présentait le risque de se retrouver un jour en solitaire avec cézig subito devant soi. On s'observait donc sans aménité, comme on dit dans les bons livres. On se gaffait, on attendait quoi?... l'occase du conflit... le prétexte favorable!

C'est venu à cause de Marcel Déat, lorsqu'il a fondé son parti fasciste... qu'une de ses boutiques s'est ouverte avenue d'Italie... une permanence du R.N.P... je vous ai dit l'endroit... en face du cinéma devenu porno intégral. Ils ont été tous les deux s'inscrire dans les premiers... s'ils ont surpris le voisinage une fois déguisés en noir, la limace, le false de cavalerie, le béret basque, le baudrier... une matraque à la ceinture. On s'y attendait pas. On leur ignorait des idées pareilles ! De l'Alsaco, ça aurait pas dû nous surprendre tant, avec nos méchancetés enfantines on l'avait conditionné ce primate. Lui aussi je l'ai retrouvé plus tard... la surprise... à Fresnes... en 1949 ! Il se tirait dix pigettes pour intelligence avec l'ennemi... Le malheureux, c'était pourtant ce qui lui avait manqué le plus l'intelligence... l'ennemi n'avait pas été gâté... ce n'était pas Sacha Guitry. On s'est regardés... un instant, on savait pas bien si on devait continuer la guerre, poursuivre notre haine jusqu'au trou. On était tout de même logés à la même enseigne pénitentiaire. On était en bas, le long du rail, on attendait pour les colibards... la distribution... la fouille. Je l'ai attaqué au vanne ironique... tout de même sur mes gardes.

— Alors, Dédé, ils te l'ont mis dans l'oigne les Juifs ?

Il a haussé les épaules. En droguet il était... auxiliaire à l'entretien général. Il faisait de la plomberie.

— T'as pas tellement bonne mine non plus, il m'a rétorqué.

Il ne nous restait plus qu'à rire. On serait peut-être devenus copains, si on avait pu se revoir dans le paquebot pissotière des Rungis. Il est parti peu de temps après finir sa peine à Fontevrault. Il a juste eu le temps de me dire qu'il avait morflé dix piges de travaux forcés. C'était un collabo de rien, sans protection, sans famille riche... un nazi mineur... alors bien sûr qu'on l'avait sapé maxi en Cour de justice et sa peine il allait se la gaver presque jusqu'au bout.

Enfin en 41... au printemps... cézig il se pavanait en bottes, simili-Fritz... il se revanchait de nos quolibets. On l'avait voulu Boche, il le devenait... il irait, lui, jusqu'au bout... volontaire pour le front de l'Est lorsque son beau Führer aurait déclenché la guerre en Russie! Combattant jusqu'à Berlin avec la division Charlemagne.

Stéphane, lui, fut plus mariole... je vous dévoile pas tout de suite son évolution, qu'il vous reste quelques surprises, ça fait partie du plaisir de lire... enfin à mon sens mais je dois être un peu rétrograde, hélas!

On a su, à droite à gauche, par les ragots qui se colportaient... qu'ils se défonçaient actifs tous les deux pour leur chef Marcel Déat. Au collage d'affiches, distributions de tracts... vente de *L'Œuvre* à la criée. Ils étaient aussi du service d'ordre dans les meetings à la salle Wagram, au Vel d'Hiv'... des sortes de sections d'assaut. La copie conforme des premiers temps de l'hitlérisme en Allemagne. Tout lieu alors de se la donner... ils se cherchaient eux aussi des ennemis à punir à coups de schlague... les Youdes, bien sûr... les fauteurs de notre défaite. Dans le quartier ils se planquaient plutôt... toutes leurs boutiques avaient été placées sous gérance aryenne. On ne pouvait pas les détecter à l'œil nu, le port de l'étoile jaune n'était pas encore instauré.

Jusqu'à ce que les Frisés soient en guerre avec les Soviétiques... on savait pas au juste comment les prendre ces lascars en baudrier. Le XIIIe arrondissement était, avant la guerre, la circonscription électorale la plus communiste de France. Marty, notre député, avait une solide réputation de révolutionnaire de pointe... mutin de la mer Noire, l'épurateur des brigades internationales pendant la guerre d'Espagne... le boucher d'Albaçete... surnommé par ses adversaires. Ça couvait les sentiments anti-nazis dans le secteur... le pacte germano-russe, on n'arrivait pas bien à y croire tant il semblait une alliance contre nature. Dans un sens c'était exact, les loups ne copulent pas avec les chacals. Ça se situerait plutôt par là les comparaisons !

Ça nous faisait de sacrés sujets de conversations Stéphane et l'Alsaco au R.N.P. On les évitait dans la rue. De loin on gaffait la permanence, ils avaient des compagnons pas très rassurants non plus, des frimes de casse-cou, des petits mecs recrutés, diraient nos professeurs marxistes, dans le lumpen prolétariat... quelques petits bourgeois certes, des jeunes gens des meilleures familles, mais dans l'ensemble on savait pas au juste d'où ils venaient. L'uniforme, ça gomme un peu les origines... enfin, à première vue... pour peu qu'on ait l'œil, ça ne trompe pas longtemps.

C'est le Stéphane qui m'a attaqué le premier... je veux dire abordé... tâté au recrutement. Il m'a piqué juste comme je sortais du métro Porte de Choisy un soir, rentrant de l'imprimerie. Il était là avec deux trois autres en bel uniforme flambant neuf... ils distribuaient une invitation... *Grande réunion à la Mutualité... sous la présidence de Marcel Déat... avec Eugène Deloncle... Jean Fontenoy!* La surprise, il était brusque devant moi, un sourire goguenard aux lèvres... me tendait son tract. Deux secondes, j'ai hésité avant de le prendre.

— Tu devrais venir, Phonphonse. Ça t'ouvrirait peut-être les yeux...

Que répondre ?... je suis seul... ils sont quatre. Le Stéphane il me toise.

— J'ai pas le temps, je marmonne.

Un autre intervient, un secco, un petit, le nez bec d'aigle...

— Pour la France, mon pote, faut toujours avoir le temps. T'es tout de même pas anti-français ?

Je fais « non » de la tête, je me sens dans mes pompes à l'étroit... Il insiste le Bec d'Aigle...

— T'es tout de même pas Juif?... Dis donc, Stéphane, il ajoute, faudrait peut-être lui regarder la bite.

J'ai un mouvement de recul. Stéphane, il se poile de ma trouille. Il intervient, protecteur...

— Mais non, il est pas Youde! On était ensemble à l'école. C'est bien pour ça que tu devrais venir écouter Marcel Déat, il t'éclairerait un peu, lui, sur les Juifs. Il en connaît un rayon.

Je sais plus quoi dire...: il faut que je m'en sorte sans rien lui promettre à cet enfifré pas si mondain. Surtout j'ai envie de l'envoyer se faire tâter les burnes par ses potes teutons. Il insiste, aguicheur.

— Y aura aussi des variétés...

Il me cite des noms de chanteurs, chanteuses! Je vous les censure... certaines de ces vedettes sont encore vivantes et parfois encore à l'affiche. Je trouve pas utile de remuer la fiente. Leur concours aux soirées fascistes de l'Occupation n'a pas beaucoup plus d'importance que celle, aujourd'hui, de leurs cadets à la Fête de *l'Huma.* Ça participe de l'opportunisme... de leur cervelle fragile... de leur versatilité. Un peu comme les intellectuels... si les Nazis avaient gagné la guerre, je suis certain, à nos télévises, ça serait peu de chose près les mêmes figures qui apparaîtraient. Avec la même véhémence, le même talent, la même sincérité à fleur de peau, ils soutiendraient l'inverse de ce qu'ils débagoulent de nos jours. Ils seraient pour l'ordre, la race, la famille. Ce qui compte avant tout c'est d'être du côté du manche... tenir la queue... de la poêle, je précise.

Il bichait, Stéphane, en m'énumérant ses chanteurs. On arrivait juste à l'époque du swing, des zazous. Il me surprenait en me citant Untel, Unetelle... vu les rythmes sur lesquels ils se dandinaient... un peu négroïdes, décadents yankees selon la Propagandastaffel du Docteur Goebbels... qu'ils se fourvoient aux festivités de Marcel Déat c'était pour le moins insolite, ça ne collait pas avec les décors, le public. Je me faisais encore beaucoup d'idées. Je partageais les hommes, les choses... manichéen! J'avais encore presque tout à apprendre.

Autour les gens sortaient, entraient dans le métro... les ouvriers de chez Panhard. Ils piquaient le nez vers le sol dès qu'ils apercevaient les Déat... ils acceptaient les tracts, silencieux. Stéphane, en quelque sorte, il me barrait le passage. Il voulait que je lui réponde. Je respirais qu'au moindre mot en traviole, il pouvait m'avoiner sévère avec ses trois compagnons, personne n'oserait intervenir. Probable qu'à ce moment le Parti leur avait donné des consignes d'être un peu affables pour séduire les masses laborieuses, ils ont fini par me laisser passer. « Réfléchis pendant qu'il en est encore temps », m'a lancé Stéphane... Après, bien sûr, ça voulait dire... qui ne sera pas avec nous sera contre nous. Le dilemme... toujours le couteau sous la gorge dans ces époques de délire meurtrier. On entre malgré soi dans l'engrenage! Pour être neutre faudrait pouvoir prendre le large, avoir des rentes... le petit magot planqué en Helvétie.

L'ennemi cette fois il était net, il avait un uniforme, plus de gourance possible. Dans l'ensemble, autour de nous, les vieux, les parents et amis... leur tendance c'était la gauche. On respirait encore les relents de la Commune de Paris dans le secteur. Sur la Butte-aux-Cailles, ça avait saigné soixante-dix ans plus tôt. Même Tatahouine, toutes ses déconnantes, on les avait enregistrées... ça faisait son chemin souterrain pour nous déterminer le moment venu. Cette première année d'occupation, on était tous abrutis, commotionnés par la catastrophe qui s'était abattue sur le pays. On réagissait plus lerche. En dehors du Maréchal partout, personne ne l'ouvrait. Tous les hommes valides étaient prisonniers en Allemagne... les communistes pataugeaient dans la semoule avec leur pacte germano-soviétique... les curetons se gargarisaient à l'eau de Vichy-État... les autres partis, on ne savait plus... s'ils existaient encore? Par la suite, ils nous ont tous révélé qu'ils furent clandestins aux premières heures... fiévreux de dépecer Hitler! Je conteste pas mais, pour le moment, nous on ne voyait que le R.N.P. en fait de parti... ses affiches avec le fer à cheval et les flambeaux tricolores! Contre la ploutocratie judéo-anglo-saxonne... un seul homme Marcel Déat!

Duraille de s'opposer comme ça, nous autres pauvres loquedus des terrains vagues, aux lascars musclés à matraque du R.N.P. On pouvait compter sur personne. Dans les queues, certes, on les vilipendait... ces jeunes blancs-becs qui se croient tout permis, mais ça n'allait pas plus loin. On se morfondait, nous, de les assaisonner... d'en piquer un, de lui faire avaler son béret. Seulement ce genre de plaisanterie... c'était eux qui en avaient pris l'initiative. A présent ils satonnaient les gens qui ne leur revenaient pas dans les coins sombres. A cinq six, avec leurs gourdins, ils corrigeaient les Juifs, les mauvais Français. C'était vague comme définition, on se sentait visé facile.

Tout de même l'hiver nous lâchait un peu... malgré la guerre, Marcel Déat, les Frisés, le printemps s'amenait à peu près à l'heure. Même dans le quartier, où l'herbe pousse par accident entre les pavés, on le sentait le printemps. On se dépouillait de nos tristes fringues. Les arbres, place d'Italie... les grands paulownias se passaient les branches au vert tendre. Ça nous rendait plus optimistes... on s'occupait des filles passagères. Je vous raconterai un peu plus loin... un chapitre spécial sexe et cœur. Je préfère sérier les questions... Stéphane et Dédé nous préoccupaient donc en priorité. A tout hasard, on s'était fabriqué nous aussi des petites matraques avec des vieilles chambres à air de vélo remplies de sable. On se préparait à la riposte si l'un de nous se faisait bosseler le crâne. Un soir on s'est laissé surprendre. On faisait un feu dans un terrain près du cimetière de Gentilly... on était peinards. On se fumait des petites cigarettes d'armoise. Musique nous jouait de l'harmonica. On les a pas vus venir... une bonne douzaine... et subito ils étaient là, ils nous encerclaient. On a remarqué d'abord leurs bottes qui nous surplombaient. Dédé l'Alsaco, Stéphane... le petit Bec d'Aigle! Ce qu'ils nous voulaient? Étions-nous catalogués mauvais Français? Ils avaient pas l'air spécial jovial, prosélytistes de charme. Fernand Neunœil il s'est redressé pour leur faire face. Il y a eu un lourd silence. On était cinq, nous autres, avec Marcel qui n'avait pas du tout envie de se chabler... Nos matraques... on n'en avait qu'une... Milo sous sa chemise... les autres, on les avait oubliées chez nous. Certain qu'on allait se faire étendre si ça tournait vinaigre. C'est Stéphane qui a rompu le silence. Il me semble qu'il était le chef du groupe... une sorte d'obersturmführer.

— Ça va les gars?

Il nous interrogeait. On ne pouvait pas éviter de lui répondre. Musique, jamais il se caillait la laitance... il a dû nous sauver la mise en leur rétorquant:

— On n'attendait plus que vous pour rigoler...

Et il s'est remis à son harmonica... un air à la mode... *La Romance de Paris.* Stéphane, il devait s'attendre à une autre attitude de notre part, ça l'a décontenancé. Il s'est approché du feu pour y jeter un morceau de bois. Ses petits potes derrière se sont rapprochés. Ça n'allait tout de même pas tourner boy-scout, la soirée... on ne pouvait pas se mettre à chanter *Gentille Alouette* avec eux. Bec d'Aigle, ça devait être leur propagandiste... c'est lui qui s'est mis à nous jacter... nous endoctriner... la tentative.

— On vous veut pas de mal, les gars. Faut pas vous faire des idées.

Milo, aussi sec, il a rétorqué que des idées on n'en avait pas.

— C'est bien votre tort, est intervenu l'Alsaco...

Lui, son ton alors, ne laissait aucun doute... il était prêt à nous donner des coups, et pas avec des fleurs des champs. Le Bec d'Aigle l'a calmé d'un geste... il se voulait souriant, cézig, joyeux, pourquoi pas... luron. Il avait une dent en argent sur le devant de la bouche. Ça se résumait, son boniment, qu'on avait tort de traîner les rues à rien branler... qu'on était mûrs pour tourner mal. Il suffisait qu'on regarde un peu plus loin que le bout de nos pompes. La France avait besoin de nous... ça c'était le préambule, la jolie formule. La France pour eux c'était Marcel Déat. Il était tout prêt à succéder au Maréchal lorsque celui-ci viendrait à claboter... tout comme Hitler en Allemagne après la mort du feldmaréchal Hindenburg. D'ailleurs il nous laisse entendre que Pétain est un vieux con, manœuvré à Vichy par une clique d'attentistes à la dévotion de la juiverie et de la franc-maçonnerie internationales. Ils vont bien être obligés, eux les vrais révolutionnaires nationaux, d'aller mettre bon ordre à tout ça. On n'a pas jugé comme il le fallait les responsables de la défaite... etc. Il nous tient un langage tout de même plus corrosif, plus attrayant que les homélies du Maréchal avec son repentir de nos fautes. Au R.N.P. on pourrait participer activement à cette œuvre de salubrité publique. Nous étions jeunes, tous de la classe laborieuse, on avait une revanche à prendre... des places aussi... il nous laisse entendre. Celles des Chmoutz en l'occurrence... des bricoles à récupérer chez eux... leurs richesses fabuleuses à se partager. Bientôt les Allemands vont les autoriser au port d'arme. Ils vont être les cadors dans la capitale... tout leur sera permis.

Ce que je me demandais... pourquoi ils insistaient tant pour nous embrigader. A vrai dire, on a su ensuite qu'ils étaient loin de faire le plein de militants chez les Déat. Ils étaient concurrencés déjà par les francistes de Marcel Bucard, la Ligue française de Constantini... et bientôt Doriot allait se pointer avec son P.P.F. Un client sérieux celui-là... éduqué à Moscou dans sa jeunesse, rompu à toutes les finesses de la stratégie politique. On leur paraissait des cœurs à prendre malgré tout. Au moment où il nous chante sa sérénade, le Bec d'Aigle, ses petits potes de la Wehrmacht viennent d'écraser en quelques jours la Yougoslavie... ils foncent... leurs divisions blindées en Macédoine... la Luftwaffe pilonne le corps expéditionnaire anglais aux Thermopyles... le généralissime Papagos est relevé de ses fonctions. Ça recommence comme nous autres, l'année précédente... la courette... Gamelin destitué, le même scénario ! Et puis Rommel a débarqué son Afrikakorps en Cyrénaïque... il a déjà repris Benghazi, Bardia... Sollaum ! Toutes les villes que les Ritals avaient abandonnées au sprint ! Le beau temps leur est décidément favorable aux Frisés. Cette fois on ne voit plus exact ce qui pourra les arrêter dans leur élan. Ils gagnent partout... On n'imagine pas encore la guerre en Russie. Ça leur fait des atouts sérieux aux autres gus. Ils y croient, ils sont portés par la victoire.

Je me demande aujourd'hui, au fin fond, ce qui nous a retenus d'aller dans leur direction. A ce moment on n'avait pas grand-chose à perdre en s'embauchant chez eux. La France, on va me rétorquer... Pour beaucoup elle avait les couleurs du vieux à Vichy. Je peux difficilement dire que j'ai imaginé la suite des événements telle qu'elle s'est déroulée. Il aurait suffi de quoi pour se tromper, se retrouver à la Libération parmi les traîtres? Que Stéphane ait une meilleure gueule, qu'il ne m'ait pas fait des misères à l'école lorsqu'il était le plus fort. Je m'interroge... s'il avait été sympathique, franc comme l'or et tout, il nous embarquait dans sa galère maudite. On va me répondre que c'est ça justement... le trombinoscope... que certains signes, certains stigmates ne trompent pas. Peut-être, après tout, encore que des tronches de mort subite, d'assassins torves, de fourbes brutes, j'en ai rencontré partout... dans tous les camps... toutes les prisons... j'en rencontre encore dans les rares cocktails où je me fourvoie... dans les sauteries cinématographiques.

Enfin, là, on a résisté, on a eu le bon pif. Cette soirée, c'était glandilleux. On a écouté le Bec d'Aigle. Je lui ai dit qu'on allait encore réfléchir et Musique brusquement s'est mis à jouer *Lili Marlène* sur son harmonica. Ça les a coincés, ça, *Lili Marlène*... ils se sont cru obligés de chanter... *Nous deux Lili Marlène!* On faisait preuve de bonne volonté. *Lili Marlène,* tout le monde à l'époque en faisait ses choux gras... l'Afrikakorps aussi bien que la VIIIe armée britannique. La nuit tombait... notre feu il fallait l'éteindre à cause de la Défense

Passive. Il y avait toujours des chefs d'îlot, des pépères qui tiraient de leur fonction une parcelle d'importance, d'autorité qui les aidait à supporter, comme on dit, l'humaine condition! Les plus à redouter c'était pourtant les feldgendarmes. Pour une lumière mal camouflée dans un appartement, on se récoltait une sévère amende et on se retrouvait pour une nuit au poste à cirer leurs bottes. On a donc prétexté le couvre-feu... je ne sais quoi... le boulot dès les aurores le lendemain... pour leur fausser compagnie aux Déat's boys.

On n'était pas interne si fiers... l'impression, ne serait-ce qu'en les écoutant sagement, d'avoir un peu baissé notre froc. On avait hâte qu'ils nous lâchent. Stéphane, il nous a invités à venir à une de leurs réunions. J'ai eu le sentiment que c'était la dernière fois qu'il nous tendait la perche... on allait ensuite nous cataloguer, raide comme bite de jeune homme en rut, dans les enjuivés... quelque chose comme ça... lourd à supporter!

On ne savait pas au juste comment ça allait se déclencher nos hostilités avec la bande à Stéphane. On ne pouvait prendre aucune initiative. Simplement, on était sûr que ça péterait un jour. Le plus curieux c'est qu'on a appris par Tatahouine que les Déat allaient traîner leurs bottes chez la Boiteuse... qu'ils avaient l'air au mieux avec Albert. Depuis l'affaire du vélo, on était en froid avec lui. Musique foutait les pieds rarement chez la Marie Chapuzin. Il avait des nouvelles par son dab... lui, c'était devenu, je vous ai dit, le seul endroit où il pouvait boire à sa soif. Ça lui permettait, en un temps où le picton était rationné parcimonieux, de se poivrer tout de même la timbale. Chez la Boiteuse, son épicerie-buvette, Albert l'avait transformée en officine du marché noir. Ça m'est pas venu encore de vous entretenir de la question. Mes jeunes lecteurs ne peuvent pas se rendre compte de ce que fut exactement le marché noir sous l'Occupation. A vrai dire quelque chose de beaucoup plus important que la Résistance pour la moyenne des Français moyens. Avec les tickets de rationnement on ne pouvait que crever à petit feu. Vous avez vu miss Rosbeef... les parents de Raymond... je me suis attardé, mille excuses, à leur mort... leur enterrement. Les vieux, les enfants en bas âge, ça a dévissé sévère, surtout l'hiver 40-41... on a maintenant des statistiques. Nous ne pouvions donc survivre, nous en sortir que par le marché noir. Tout y était à des prix multipliés par dix, vingt, cinquante. J'ai calculé, une petite idée, qu'actuellement si on pratiquait un tarif de marché noir, comme mettons en 1944, on payerait un paquet de Gauloises 130 francs... nouveaux, bien entendu... treize mille anciens. Ça vous donnera un aperçu de ce que les intermédiaires pouvaient se mettre en fouilles!

Albert, lui, tout de suite il avait entravé la coupure... il s'était mis à organiser les choses. Ça présentait quelques risques avec la police. On pouvait se retrouver en taule... surtout si on était un tout petit trafiquant... les plus gros étant en mesure d'arroser les flics du contrôle économique. Ce qu'on ne savait pas non plus, au début, c'était que les Fritz s'en mêlaient sérieux du marché noir... qu'ils en tiraient la plupart des ficelles par personnes interposées. En tout cas pour les plus importantes affaires. Ils étaient acheteurs et ils avaient les moyens pour avec leurs marks, le change qui leur était largement favorable... l'énorme indemnité de guerre que leur versait quotidiennement le gouvernement de Vichy.

Ça, bien sûr, nous autres garnements, pauvres petits traîne-patins, on n'était pas en mesure de le comprendre. On ne savait que des bricoles, des fragments de vérité. L'Histoire, lorsqu'on a le nez dessus... dedans, je dirais même, on n'y voit rien, on ne s'occupe que des détails. Juste on respire un peu la merde... encore faut-il avoir l'olfactif assez délicat.

Autour de chez la mère Chapuzin, y a eu des allées et venues suspectes... des vélos-taxis qui se glissaient entre chien et loup dans le secteur. Des lascars avec des valoches, des sacs à dos, de lourds paquets. Dans la cave c'était devenu, d'après Tatahouine, la caverne d'Ali Baba. S'y entassaient beurre, œufs, jambons, fromages, légumes secs, conserves, pommes de terre... jusqu'à du café vert, du poivre en grains... des choses qui avaient totalement disparu de notre existence. Tatahouine, on sentait qu'il y avait du chtir avec son fils aîné... il se plaignait d'être mis à l'écart de toutes ces tractations fructueuses. En dehors des coups de rouge, il faisait pas tellement de cadeaux à son vieux, l'Albert. Même pour le perlot il le laissait cracher. Avec la carte, les adultes hommes avaient droit à deux paquets de Gauloises par décade. Ça, ça faisait quatre pipes par jour. Tatahouine il était alors obligé de piquer les clopes... il y envoyait parfois Musique. « Va donc sur les Champs-Élysées, là-bas y a des smacks de Boches »... Dans les grilles d'arbres on en attrapait des chouettes avec un vieux porte-plume... des mégots de cigares. Musique, il en ramenait quelques-uns à son cher papa, ça le calmait un peu. La vie chez lui, ça baignait pas dans l'huile d'olive. Tatahouine, ses affaires de chiftir, il s'en occupait pas actif. Le matin il traînait, cuvait ses cuites au plumard... la journée il glandouillait à droite, pérorait à gauche... aboutissait chez la Boiteuse le soir. Il éclairait de moins en moins pour la vie du ménage, faire bouillir la marmite de topinambours.

Musique maintenant travaille chez un herboriste en gros dans le XIIe, près de la Bastille... manutentionnaire... Sa seule distraction... de temps en temps il pisse dans un ballot de tisane. Ça ne change rien, il prétend, au goût des infusions. Il va rester là jusqu'à ce que le patron le vire. Il trouvera autre chose. A seize ans, il a déjà fait dix métiers, tous plus mal rétribués les uns que les autres. De toute façon, il se démerde toujours, c'est lui qui ramène le plus de fric à sa mère. Il est armé en un sens Musique. Très tôt il a appris à tout encaisser! Jamais eu le loisir de se triturer pour les souffrances de l'esprit... métaphysiques... Les affres de l'âme incertaine, il ne sait pas ce que c'est. Il ne se fabrique rien artificiel. Tout lui arrive. Il affronte... il a l'épiderme de rhinocéros.

Donc son dab, le célèbre, l'unique Tatahouine, il nous harponne un soir. Je suis monté chercher Musique... je ne croyais pas rencontrer le vieux... c'est pas dans ses heures. On voulait se payer une toile aux Gobelins... on y passe un film de corsaires... une superproduction italienne avec Carnera, l'ancien champion de boxe, dans un rôle de géant qui bouffe à lui tout seul un énorme jambon. C'est le clou du spectacle. Par ces temps de régime jockey obligatoire, ça provoque des cris dans la salle... d'envie! de réprobation! d'hystérie!... ça frôle l'émeute! Il me fait un petit signe, Musique, derrière le dos de son dab assis devant la table. Il cause, il cause... tout en se dépiautant des mégots sur un journal déplié. Il est barré dans quoi au juste? Il refait le monde à sa mesure. Il veut que je m'assoie... « T'as bien cinq minutes, merde! » Ce soir, il est triste Tatahouine. Depuis quelques jours ça va plus du tout avec Albert... le tonneau chez la Boiteuse est vide. Plus d'arrivage à ce qu'il paraît.

Tatahouine il en est pas convaincu du tout. Il a le sentiment qu'on lui fait un bébé dans le dos. Voilà... il trouve qu'Albert a de bien mauvaises fréquentations et c'est là qu'il nous lâche le morceau... les petits fascites de Déat. Petits, façon de dire... celui qu'il nous dépeint ce ne peut être que Stéphane, c'est donc alors un fasciste assez mastard. Qu'est-ce qu'il vient maquiller chez la Boiteuse le Stéphane ? Ils se connaissent avec Albert... de l'école, ça nous semble... du patronage Saint-Firmin où ils ont joué ensemble au foot. C'est exact, on se remémore. Seulement, ils se voyaient pas souvent ces dernières années. Ça serait le comble qu'Albert nous apparaisse un beau matin en uniforme R.N.P. ! C'est pourtant pas du tout son genre le militantisme. En tout cas, Tatahouine, il nous affirme que s'il fait ça, alors de sa propre main il le tue... le sacrifice comme Abraham dans la Bible. Il a beau avoir été jeté du Parti communiste, c'est précisément, nous affirme-t-il, parce qu'il était lui un pur... il avait respiré à l'avance le pacte avec Hitler. Alors les fascistes, les La Rocque, Doriot, Déat, il a pas changé à leur sujet, il les voue toujours au poteau... Il se lamente. On l'a jamais vu pareil... Tatahouine... il nous étonne.

— Arthur, vraiment ça va plus... lui lance Maryvonne.

Elle est là... elle lave, elle vaisselle, elle reprise. Elle a perdu près de dix kilos depuis l'arrivée des Fritz. Pour gagner un peu de pognon elle va faire le ménage, le matin, au *Clair de Lune* place d'Italie, un grand café à musique qui a disparu depuis sous la pioche des démolisseurs. Vrai, qu'il les laisse dans la chtourbe noire, l'Albert, ses parents. Il se gave chez la Boiteuse et il ne porterait même pas un morceau de lard à sa mère ! Elle résiste tout de même la dabuche. Ils ont passé comme tout le monde un rude hiver dans leur deux-pièces. Un carreau cassé à la fenêtre est remplacé par un morceau de carton depuis une éternité. Le soleil arrive jusqu'ici... rarement, par un angle très aigu aux jours les plus longs. Le linge sèche à travers la pièce où nous sommes... un mur au fond est tout cloqué de moisissures... ça fait comme des peintures abstraites... on mettrait des cadres autour... tout à fait ça!

— Non, ça va plus Maryvonne... Je me sens vieillir. Je suis plus bon à nib...

Certain qu'il est en manque de picrate, pépère... ça lui démolit le moral. Elle est pas habituée sa dame. Plus souvent Arthur, c'était un homme, vous avez vu, plein de ressources, toujours le bon mot. Les malheurs de la vie, certes, il avait eu sa ration mais il savait déjouer le sort. Elle avait plutôt à redouter qu'il lui file des coups que de le voir comme ça, abattu.

— Tu vas pas nous faire de la neurasthénie?

Il hausse les épaules. Non... il lui intime l'ordre de se taire. Les bonnes femmes, ça ne comprend jamais rien à rien, ça ne comprendra jamais... on a beau dire, l'homme est toujours supérieur! Il demande à Musique de se rasseoir.

— Écoute-moi un peu...

Il fait que ça Musique. Là, ça devient nouveau comme jactance... le ton... Il faut aviser! Aviser quoi? A propos d'Albert et des Déat. Ça, ça nous intéresse. Ils doivent trafiquer ensemble, voilà ce qu'il pense, Tatahouine... faire du marché noir. Et ce qui le chagrine, ce qu'il ne nous dit pas... c'est qu'il soit, lui, écarté de ces affaires si fructueuses. D'où son réveil anti-fasciste... il colorie son dépit aux couleurs de la politique. Ça arrive à bien des gens pour peu qu'on se penche sur leurs opinions... le pourquoi de leur idéal, de leur sincérité à vous envoyer aux trente-six mille guillotines tous ceux qui ne pensent pas comme eux.

Il insiste qu'on l'écoute... il se fait de plus en plus sentencieux. Il se lève pour nous montrer quelque chose... dans le tiroir du buffet, il fouille... Un cahier de cent pages. Voilà. Il veut qu'on l'écoute un peu... il va nous surprendre... il s'est mis à écrire un livre. *Projet de paix universelle*... le titre. Maryvonne elle-même elle était pas au parfum.

— Ça t'a pris quand?

Elle l'interroge comme un malade... n'est-ce pas, je vous place à une époque où seuls les écrivains de métier écrivaient... Mauriac, Maurois, Henry Bordeaux! Ça démangeait pas tout le monde comme aujourd'hui... les chanteurs, les flics, les voyous, les prostituées, les coiffeurs, les bonnes d'enfants, les infirmières... la vie d'une plongeuse de grand restaurant! Chacun écrit — ou se fait écrire — son petit ouvrage! Et on vous sacre grand tauteur... on s'empresse... personne ne veut être en retard d'une découverte... la louange... cher maître! Il devient fou de vanité, le Gugusse! Suis-je Montaigne ou bien Stendhal?... Les deux ensemble, plus Nerval! Vous énoncez ça au plus calamiteux saltimbanque, il part prompt dans son froc... il arrête plus de se pogner la suffisance! Il innovait donc Tatahouine... ça serait maintenant, je recueillerais ses vives pensées au magnétophone, j'irais voir Rigolman-la-Brosse, l'éditeur d'électrochocs... Hop! il vous propulse un écrivain vite fait. Il met lui-même la main à la pâte... il vous rafistole trois chefs-d'œuvre chaque week-end et ça l'empêche pas de se boyauter... ha! ha! il rit dès qu'il met le pied à terre... il se tort à travers... il en finit plus... c'est un optimiste!

Là, j'imaginais pas qu'un jour je me torturerais les méninges devant la page immaculée, que ça serait ma voie de garage, mon ultime métamorphose... homme de lettres ! Je me pince chaque jour pour y croire.

— Ça m'a pris ! ça m'a pris ! Fais pas chier, Maryvonne... Je parle pas pour toi, je parle pour les jeunes ! Eux, ils peuvent me comprendre, c'est des petits hommes.

Il ouvre le cahier... il baisse la lampe. L'orthographe ça l'emmerde un peu... il a pas passé son certif, mais enfin l'orthographe ça se corrige... Musique va s'en charger... à l'école, il avait toujours neuf sur dix en dictée. De toute façon il nous recommande une discrétion la plus absolue. Si les Allemands tombent sur ce cahier... il est bonnard... otage, flingué à l'aube... Vive la France ! Il se lève, il nous mime... Il se met à parler bas, la bouche en coin... comme un louftingue. On voudrait décarrer, nous, aller à notre cinoche. Rien à chiquer, il va nous lire... « Je dis, moi Arthur Cauchois, né natif de Paris, 37 rue du Château-des-Rentiers le 18 avril 1892, enfant de la misère et de la classe ouvrière, que la guerre c'est de la boucherie et que ceux qui la déclenchent c'est tous des salopes et des ordures. Je dis que la guerre c'est de la boucherie et j'ai raison... C'est bien de la boucherie partout. Car, c'est-y pas de la boucherie que de laisser les enfants sans lait, les femmes sans pain et les hommes sans vin pendant que les Boches fument et boivent comme des vaches qu'ils sont... »

Trois pages il avait remplies de cette même veine... maintenant il était en carafe. Il gambergeait à la suite... avant d'écrire il faut réfléchir, n'est-ce pas. Il allait s'attaquer directement à Hitler, sanguinaire dictateur, assassin de femmes et d'enfants. Et ça n'allait pas l'empêcher de dire toute la vérité sur les Juifs, Rothschild et les deux cents familles.

Maryvonne, tout en nettoyant son évier, elle avait tout de même écouté les élucubrations de son homme. Elle peut pas s'empêcher d'y mettre son grain.

— Y nous manquait plus que ça ! Tu te rends pas compte, Arthur... ça ne peut servir, ce que t'écris là, qu'à nous attirer des emmerdements.

Frappé au coin du bon sens ce qu'elle dit la dabuche. Je pipe pas, mais je l'approuve interne. Ça le mène à quoi de déconner comme ça sur ce cahier. Il s'exprime, on dirait à présent... nos pédagopsychoprofesseurs monsgail... il se défoule ! En tout cas, il va nous faire louper le film avec Carnera. Musique il ose pas trop renauder... du bout des lèvres il approuve : « T'as raison, papa... » On se lève, on va profiter qu'il s'accroche avec la viocque pour jouer des flûtes. Il admet pas qu'elle conteste... Tant pis si on le fusille. Il a fait sa vie... il en a quine de tout ce qu'il voit... Albert ingrat qui se déshonore avec les fascistes ! Il pousse la gueulante. Il s'excite tout seul.

On a réussi à se tracer... on va tout de même le voir Carnera et son jambon. On fonce. Certes, les rencontres Stéphane et Albert, il va falloir qu'on surveille ça. Et puis la cave de la Boiteuse pleine de ravito, ça nous met l'imagination au pouvoir dans la tronche. On se prend à penser qu'on pourrait peut-être avec Neunœil et Milo s'organiser une petite razzia dans les conserves, les œufs, les jambonneaux... On va méditer... se concerter...

On arrive tout de même au Théâtre des Gobelins à l'entracte... C'est pas des mignonnes qui placent les spectateurs... Le directeur il est prudent. Il a embauché des gros bras, des chômeurs de la métallurgie. Ils sont en cotte, gapette, maillot de corps... des ouvreurs. Si ça se chable, que ça tourne pugilat, ils interviennent, ils séparent, dérouillent sévère les récalcitrants! C'est l'ambiance, dans ce cinéma... Un ancien théâtre style Boulevard du Crime... d'extérieur tout à fait... des moulures, des fanfreluches décoratives. En 1930 encore, on jouait ici *Roger la Honte, La Porteuse de pain, Les Deux Orphelines,* comme à Belleville au théâtre Melingue. A l'intérieur rien n'a changé... la disposition des lieux... deux étages... des loges. Dans les coins on ne voit pas la moitié de l'écran tendu au milieu de la scène. Ceux qui se placent là viennent pas tellement pour le film. Ça se tripote, se branle, se pipouse... s'enfile... on entend parfois des soupirs de reconnaissance, des cris d'orgasme... « Non! Non! Bébert, tu me fais mal! » Des gamines de douze treize piges sucent, paraît-il, des pères de famille pour quelques piécettes... quelques caramels au temps où il y en avait encore dans les boutiques. On rencontre aussi, au deuxième balcon, d'antiques tapins qui ne sont plus capables de gagner une demi-jetée dans la rue. Ici, à la faveur de l'obscurité, elles arrivent à se relever une petite thune — cinq francs — à la sucette... elles trouvent encore des amateurs.

Ce Théâtre des Gobelins... il est total, dirait-on maintenant... je veux dire le spectacle... Une sorte de véritable maison de la culture. On y bouffe, on y jouit, on y braille, on s'y bat. On gonfle des capotes anglaises qu'on lâche devant l'écran pendant la projection... ça fait une sorte de dirigeable qui passe. Ça hurle aux Actualités... ça commente tout haut les films... toutes les impressions... on incendie le traître. Ceux des balcons, les loustics voyous du quartier, bombardent le parterre de boulettes, pluches diverses... ça va jusqu'à des glaviots... des étrons enveloppés dans du papier journal... certain jour... un chat crevé! Là, alors, ça déclenche la guerre éclair... tout l'orchestre se rue vers le balcon! Le choc... dans les escaliers... les galeries... horions! hurlements! les insultes! Ça sort jusqu'à des surins, des barres de fer... le chambardement... tout s'emmêle et tout pêle-mêle, matrones, prolos, malfrats! Comme dans un dessin de Dubout. Pour éviter la ruine de son entreprise culturelle, le patron a donc recruté sa brigade des brandillons... ballèses simiesques... hercules de fête foraine! anciens boxeurs! Des ouvreuses il en trouve plus... la dernière s'est fait violer dans les gogues... une dame pourtant plus toute jeune. Fatal, des pugilats pareils, ça ramène parfois le car de police. Il s'arrête devant l'entrée... les cognes se ruent à l'intérieur... remettre de l'ordre à coups de gourdin, de pèlerine avec des bouteilles au fond des poches. Sans délicatesse aucune, sans ménagement... ils n'ont pas le loisir... ils emballent, embarquent sans discernement non plus, faut pas leur demander l'impossible... les mémères, les soldats en permission, les arsouilles... ils trieront plus tard au poste!

On n'allait pas au cinoche la bouche pincée... l'âme perplexe... tout chancelant d'indécision. On se pourléchait à l'avance du gras naveton... n'importe! Confectionné par des scénaristes aux abois, traqués par les huissiers... je connais maintenant l'engeance... la CAVMU aux trousses! On se pointait avec notre petit pognon... on en voulait pour et même plus! On acceptait tout... l'invraisemblable, le mauvais goût, les outrances, le patriotisme délirant, les fins heureuses... les beaux assassinats... les faux singes, faux cils, fausses barbes... faux sentiments! Tout faisait notre bonheur. C'était la fête le cinoche... si le spectacle était médiocre on mettait la main à la pâte. On améliorait la sauce aux quolibets... à la gueulante! C'était ça le théâtre populaire. On recherche en vain la formule depuis.

Ça venait tout seul, ça allait comme je te pousse. On n'avait pas besoin d'animateur subventionné.

Le Palais des Gobelins en face... celui-là il était carrément sinistros. C'était en semaine le repère des obsédés sexuels, satyres, voyeurs, pédoques. Un va-et-vient continuel entre les chiottes et le balcon. Le jeune homme seul égaré là-dedans par hasard, l'amateur pur de Septième Art... il était sitôt entouré de mines patibulaires qui s'efforçaient de lui sourire... des gibiers de cabane, des drôles de lascars aux fringues élimées... pas du pédéraste luxueux de boîtes à la mode, de l'homosexuel tout ce qu'il y a de prolétarien! Des paluches lui frôlaient le bénard. On lui montrait de grosses bébêtes au petit jeune homme. S'il avait envie de s'en calfeutrer une entre les miches, le séducteur l'entraînait aux gogues sans façon... se l'égoïnait à la turque, dans les exhalaisons de chiasse. Les ouvreuses elles racontaient tout ça alentour... horrifiées! Le directeur se gardait bien de prévenir les flics... sa salle était réputée dans tout Paris... il faisait le maximum d'entrées aux heures creuses avec des films incertains... en sépia... des locations pour patronage... au rabais. Des prétextes!

Plus bas il y avait le *Kursal* qu'on appelait le Cul-sale. Le patron, le jeudi, faisait la retape sur le trottoir... le boniment aux mômes... « Entrez, les enfants... Entrez! Entrez! Venez voir Buffalo Bill et les Indiens... L'attaque du train de l'Ouest! Laurel et Hardy en première partie... Entrez! Entrez! Demi-tarif pour les militaires. » La salle était minuscule, puante, enfumée... bon enfant tout de même... On s'y battait moins qu'au *Théâtre* et les branlettes étaient moins évidentes qu'au *Palais*.

Rue Fagon, entre une vespasienne à trois places où les poulagas raflaient parfois dix pisseurs en même temps et un bal musette minable, il y avait *L'Excelsior,* un music-hall devenu cinéma algérien depuis. C'était le grand luxe, la fiesta exceptionnelle de s'offrir *L'Excelsior.* On y voyait Georgius, l'amuseur public numéro un... en smoking blanc qui sautillait, gesticulait... mimait ses chansons les plus gaillardes. *T'occupe pas de ce qui se passe derrière toi!...* On lui demandait à la fin, sur l'air des lampions, *La plus bath des javas!* La mère Fréhel... le nom d'un cap des Côtes-du-Nord... amenait sa viande, ses mamelles, sa bouche méprisante... un peu gelée, on se rendait compte... *Où sont tous mes copains!* Lys Gauty, son chaland qui passe... Marie Dubas, Félix Paquet avec ses frites... et puis le miracle... la Môme Piaf à ses débuts... Il se passait quelque chose d'inouï lorsqu'elle attaquait *La fille de joie est triste au coin de la rue là-bas!* Un silence dans la salle... l'émotion retenue en suspens. On était littéral sous le charme... ça participait de la magie. Des moments que je retrouve encore un peu lorsque sa voix sort d'un poste de radio à l'improviste. La voix, dirait-on, des entrailles de la rue, de Paris... la voix des sombres histoires de malfrats et de putes, de bonniches séduites par le charmeur de pacotille... des amours toujours à la musique de fête foraine... le cœur en pain d'épice percé d'une flèche en sucre! Les pauvres sentiments des pauvres qui ne peuvent s'exprimer qu'à la goualante naïve de la rue sans joie.

Gabin aussi je l'ai connu par là... dans les cinoches du XIIIe. Gabin gueule d'amour avec son chapeau mou rejeté en arrière de sa chevelure blonde ondulée. Ça m'a fait une drôle de boucle lorsque je l'ai regardé dans sa caisse à l'hôpital américain de Neuilly... les cheveux tout blancs, le visage de marbre... ses lèvres minces pincées. Je l'avais vu quand la première fois?... la vraie, au cinéma en spectateur, à *La Fauvette* ou au *Kursal*... payant comptant?... 1936... 37... Quel film? Peut-être *Pépé le Moko* ou *La Bandera?*... Lui, alors, on s'identifiait... on imitait sa démarche, ses tics... de voyou anar... mauvaise tête mais bon cœur.

La vie qui vient, qui passe, vous bouscule un peu les légendes... On voit *les choses cachées derrière les choses*... au-delà de la caméra... on a tendance alors à tout renier, toute sa jeunesse... on ne veut plus, ne peut plus y croire au beau malfrat bourreau des cœurs... le déserteur, l'outlaw. Et puis, tout à coup, ça vous illumine au moment où on l'emmène dans le corbillard... qu'il ne reste que ça en fin de compte... des images, des moments d'émotion... que c'est l'essentiel... que le reste n'a, au fond, aucune importance. Exactement comme lorsqu'on cherche à savoir si Blaise Cendrars a réellement bourlingué... si Marco Polo a été en Chine... Jules Verne dans son île déserte. Que nous importe!... On voyage, on rêve... la vie, quand on ne peut plus l'imaginer, la métamorphoser un peu, ça doit être là le moment de mourir.

Près de la Porte d'Italie... c'est à présent des grandes bâtisses. Des choses pas d'une gaieté folle, certes... mais avant c'était des maisons grises, humides, des maisons de misère à perpète. Un cinéma au milieu, celui-là marqué d'un sinistre sceau depuis le jour, en 1936 ou 37, où l'on avait découvert le cadavre d'une fillette sous la scène. C'était aussi un ancien théâtre... ça schlinguait là-dedans... toutes les odeurs possibles de la pouillerie... le rance, les vomissures d'ivrognes, les panards qui se déchaussaient pendant les séances... l'été surtout... insoutenable! Au point qu'on a mis bien du temps... une semaine peut-être avant de détecter dans tout ça les effluves, la pestilence de la gamine assassinée. Le sadique, on ne l'a jamais retrouvé... peut-être vit-il encore quasi gâteux dans un asile avec le souvenir de son affreux forfait au chaud dans le fond de sa mémoire. La signification de tout ça... le pourquoi ? Ça s'efface, s'engloutit dans l'abîme du temps. La petite fille violée, étranglée... une enfant de zonard... une petite Italienne, je crois ! Qu'allait-elle faire dans ce cinéma ? Le monstre, au bout de sa courte destinée, l'y attendait. Un miséreux sans doute lui aussi, un pitoyable satyre... L'instinct animal irrésistible est remonté de tout son être... du fond des âges... le frêle verrou civilisateur a sauté... la crainte du châtiment s'envole... il est tombé sur sa petite proie. J'essaie de comprendre. Ça me rend pas tellement optimiste ! Les parents nous l'ont interdit ce ciné sinistre. Il a perdu sa clientèle... il s'est fermé et puis toute la maison, tout l'immeuble a disparu. Qui vient réveiller de pareils souvenirs... quel besoin ? Je me demande...

Côté respectable, tout de même, on avait le cinéma *Familial* rue de Tolbiac. Là, on pouvait se pointer en toute quiétude. Tout le monde se connaissait... les assassins, on les aurait vite repérés. On louait sa place à l'année. Le dimanche, les familles complètes s'installaient à quatorze heures et elles en avaient pour leur pognon jusqu'à dix-huit heures trente. Des documentaires, courts métrages comiques... des attractions à l'entracte et puis *Tarzan et sa compagne, Tom Mix, Zorro, Hula fille de la Jungle... Les Trois Lanciers du Bengale... Fantomas... Les Misérables* en trois épisodes ! A la fin de *Sans Famille,* tout le monde sortait avec son mouchoir à la main.

Le Familial, on y allait plus dès qu'on mettait des pantalons longs. On le méprisait... il était trop bien pensant, bourgeois... les films sélectionnés par les curés... la cote catholique. Il faisait bien gaffe, le patron, il voulait choquer personne. Son fils ou son petit-fils est sûrement dans le porno intégral aujourd'hui... première à la dernière image French érection... Les chattes en folie! On mesure la distance, les années qui passent.

Je revois l'entracte au *Familial.* J'y suis encore... un tout à fait vieillard chanteur, une vedette de la Belle Époque en attraction après un équilibriste à moustache. Les gens de son temps, les dabuches à râtelier, les pépés rhumatisants lui font une ovation affectueuse. Il est radieux, papa... il gambade sur ses cannes tristes. Œillet à la boutonnière... sa moumoute tressaute. Yop! la!... Il va nous interpréter *Poupoule!* On va reprendre au refrain... tous... *Viens Poupoule! Viens Poupoule! Viens!...* Il est pris d'une quinte de toux, le pauvre, pendant *Poupoule*! S'il canait en scène comme Molière, l'apothéose! Mais c'est peut-être réservé aux monstres sacrés, aux très grands cette fin glorieuse. Lui, il se calmc... il crachote dans un petit flacon. Il rebarre... *Viens Poupoule!* Il est jeune éternel, faut croire. On applaudit la performance.

Voilà... ça me revient précis tout ça, les détails. Je suis, à mon tour, et c'est dans quelques années... Où... dans un music-hall... un théâtre... une salle des fêtes de banlieue? Arrive un chanteur fantôme... la peau tirée comme une vieille dame, maquillé, poudré, la chevelure trop épaisse, il me semble. Il sautille lui aussi. Je me mets à l'applaudir à tout rompre. J'ai dix-sept ans... je suis J 3 avec mes copains. On est ses fans. On trépigne. On le rappelle... le rideau tombe. Il ne reviendra plus, son œillet s'effrite... Y aura-t-il encore de la joie?

La guerre a pris une autre tournure à partir du moment où le tonton Adolf a bondi dans les plumes du Petit Père Joseph Vissarionovitch Staline... où il lui a lâché brusque tous ses chars, ses stukas, ses cohortes de SS motorisés. Le monde a retenu son souffle. *Barbarossa,* ça s'appelait, on le saura plus tard. Seulement, le Führer joli, il trouve là enfin à qui causer. Dans les steppes ça devient une véritable guerre totale... à la fois idéologique, nationale, raciale... sans trêve, sans répit, sans aucune règle, aucun fair play. D'une sauvagerie sans défaillance. Dans un sens une régression, il me semble, si on compare aux guerres en dentelles du bon roy Louis... *Messieurs les Anglois, tirez les premiers!...* les ronds de jambes, les ronds de chapeau?

Le progrès, je le rencontre bien chaque jour avec ses brosses à dents électriques, ses machines à laver les pieds de cochon, ses petits gadgets, ses médicaments miracle, ses mouchoirs en papier cul... seulement, dans les mœurs, ça ne me paraît pas éclatant de lumière ce que nous avons gagné depuis deux trois siècles. On ne torture plus en place de grève certes, ce n'est plus permis, mais on se rattrape au fond des caves en hypocrite. Les guerres nouvelles, tout y est bon, tous les coups pour anéantir l'ennemi... les villes rasées au napalm, les camps d'extermination, les otages, le terrorisme... les bombes à retardement dans les voitures d'enfant. Plus de civils, plus de femmes, plus d'uniformes! On se tue de face, de profil, par-derrière, à droite à gauche, par en dessous... sur le palier... entre la cuisine et la chambre... à même la famille! On pend les vaincus au nom du père et du petit père et de l'oncle Sam. Trente-cinq piges après, on se liquide encore entre octogénaires. La civilisation dans tout ça? Je voudrais qu'on m'explique, qu'on me démontre enfin pourquoi Pierre le Grand était plus barbare que Joseph Vissarionovitch, *l'homme que nous aimons le plus?* Il est de bon ton maintenant de le renier, ce cher petit père... Pourtant comme maréchal, souvenons-nous, il fut adulé, adoré encore plus que le nôtre. Il déplaçait les fleuves et les montagnes, paraît-il. Pétain, c'était juste les fontaines thermales de Vichy... les petites filles avec sa canne!

Enfin, nous voilà, nous voici avec mes potes au moment où la guerre bascule. Le 22 juin 1941... un dimanche, on revenait, nous, d'une virée à vélo dans la vallée de Chevreuse. Il faisait un temps superbe... On profitait du soleil pour aller au ravito. Dans les fermes au-delà de Saint-Rémy, de Gif-sur-Yvette, on trouvait encore à des prix de marché noir abordables des patates, des légumes verts, des fruits. Fallait se la donner, sur la route, des flics du contrôle économique, des pandores... ils fouillaient nos sacoches sur les porte-bagages, raflaient notre pauvre camelote. On risquait même de se retrouver en cabane pour une livre de beurre. Ce qu'il ne faut pas... être minable dans tous les cas, sous tous les régimes, partout... on vous étrille, condamne, aplatit, glaviote! Vous pouvez toujours ensuite pleurnicher avec vos semblables. Même cette pleurnicherie, on va vous l'exploiter... d'autres vicelards qui n'attendent que l'occase propice pour être à leur tour puissants, flics, chefs, duces, *führer princip*... petit père Vissarionovitch... Dada Amin... Amen!

Dans la banlieue... vers Cachan, on a entendu un crieur de journaux... *Paris-Soir*, il me semble... « L'*armée allemande attaque la Russie!* » On a été se l'acheter le canard. On se rendait compte, tout de même, que ça c'était l'événement d'importance. A l'école on nous avait appris vaille que vaille, avec les dates, l'histoire de Napoléon... sa campagne fatale... la retraite... la Bérézina ! Tout le monde y a pensé tout de suite. Ça a fait le sujet des conversations dans les jours suivants à *L'imprimerie des Myosotis*... au resco... chez Anatole. Même ma grand-mère a prédit : « La Russie, ça sera sa perte à ce sale Hitler ! » Elle proférait à voix haute dans les queues. Elle se rendait pas compte, elle en était restée, elle, au Kaiser Guillaume, malgré tout une sorte d'homme du monde comparé au petit moustachu frénétique!

Les premiers temps, tout cet été-là... les communiqués de victoires de l'O.K.W. se sont succédé... Deux mille appareils soviétiques écrasés au sol... Cinq cent mille prisonniers d'un coup de filet. De la Baltique à la mer Noire l'invasion... les divisions blindées qui foncent en Ukraine, dans le bassin du Donetz... hop ! la Bessarabie occupée ! Toujours les panzers qui foncent, enfoncent, défoncent... On a l'impression que jamais rien ne pourra les arrêter. On apprend la géographie chaque jour... Odessa, Jitomir, Tcherkassy, Kharkov, Kiev, Voronej ! Aux Actualités on peut voir le troupeau à l'infini des prisonniers soviétiques hagards, barbus, loqueteux... filmés soigneux par la Propagandastaffel.

« Sans l'initiative du chancelier Hitler et l'héroïsme des soldats du Reich... la barbarie bolchevique aurait déferlé sur l'Europe. » Le commentaire. Personne mouftait même au Théâtre des Gobelins. On allait y voir nous autres, inconscients... *Le Paradis perdu... Battements de cœur... Monsieur Hector* avec Fernandel... *Les Jours heureux*. On nous le reproche aujourd'hui, qu'on aurait dû rester chez soi... ne plus rire du tout... ne pas s'enthousiasmer aux chansons de Charles Trenet. *Mea culpa!* qu'on aurait dû se solidariser avec tous ceux qui souffraient sous le joug nazi, nous affirment, ordonnent rétroactif les résistants de 1977... la toute dernière couvée inattendue.

Vers le mois d'août les attentats ont commencé. Celui du métro Barbès, l'officier de la Kriegsmarine flingué dans le dos sur le quai. Les murs alors se sont couverts d'affiches rouges... *Bekanntmachung...* la liste des Juifs et des communistes fusillés en représailles... signée *Der Militärbefehlshaber in Frankreich*. Les gens, je ne me rends plus bien compte si ça les a beaucoup troublés, la *Section spéciale,* les exécutions d'otages. Aujourd'hui, on imagine la ville en émoi... la terreur grandissante. A la vérité, je n'arrive plus à récupérer dans mes souvenirs ce qui se disait... les commentaires, les déductions. Si j'ai la mémoire pas trop flaguedouille, ça me paraît que dans l'ensemble... les ménagères dans les queues, les clients du resco, ils étaient plutôt pour le bon ordre, la tranquillité... « Tous ces Juifs, ces apatrides rastaquouères ne nous attirent que des emmerdements... le Maréchal n'a pas tort! »

Tatahouine, ça je dois reconnaître, lui il a réagi sec en patriote, immédiat. La mémoire, là, ne risque pas de me tromper. Son bouquin il le poursuivait mollo piano... quelques pages. Il peinait, je suis capable de me rendre compte à présent de ses difficultés puisque moi-même la mouche littéraire m'a piqué. Il se répandait en insultes... ça devenait du graffiti de chiottes... Hitler est un enculé! Peut-être après tout de l'art brut écrit... si on le retrouvait son petit cahier de brouillon quadrillé 100 pages, on pourrait le mettre sous vitrine au Plateau Beaubourg. Il en vaudrait d'autres.

Toujours est-il qu'un certain soir de ce bel été il est arrivé chez lui l'air tragique... aux abois... la deffe enfoncée sur le trognon. Où avait-il trouvé de quoi se noircir la dalle? Il avait du rif, des salades compliquées avec Albert, je vous ai raconté les prémices de leur conflit. Tout de même il y allait encore chez la Boiteuse... on lui faisait l'aumône de quelques coups de rouge. En dehors de ça, faut dire qu'il avait un don pour dégauchir les boutanches... en plein désert de Gobi il aurait trouvé des pieds de vigne... une cuve... une source d'aramon! J'étais témoin ce soir-là... ce qu'on maquillait chez Musique? Duraille de vous dire ça précis. Je le regardais peut-être qui réparait son accordéon. Il était toujours à la scaille, son instrument, il prenait l'air... fallait le recoller, le remettre en état, le rafistoler sans cesse comme une philosophie en évolution. Maintenant il avait le projet d'aller jouer dans les cours, de faire un peu la manchouille pour se remonter quelques piécettes. La daronne, à son habitude, dans le coin du réchaud à gaz, travaillait, grattait une casserole, épluchait quelques raves obtenues après deux heures d'attente devant l'épicerie. Tout de suite on a entravé la coupure lorsqu'il a ouvert la lourde, Tatahouine. Il n'avait pas chanté Manon dans l'escalier, mais cependant il avait sa dose. Sans en casser une, il s'est assis... il a retiré sa grivelle. On s'est mis à l'observer en lousdoc... on l'avait salué sans obtenir de réponse.

— Maryvonne, il a murmuré soudain... aiguise-moi donc le couteau... le grand.

Maryvonne elle le gaffait sournois depuis son arrivée. Elle était en quart... elle se la donnait des réactions de son Chéri-Bibi tout à elle. Quel couteau ? elle a joué les connes, elle se gourait d'encore de salades inutiles. C'était son point de vue sur les hommes, son mari, ses fils et sans doute son père... qu'ils compliquent tous l'existence à plaisir pour des choses qui n'en valent vraiment pas la peine... les idéaux, les points d'honneur, la vengeance... sors dehors si t'es un homme! Ils se trouvent toujours des excellentes raisons pour troubler le traintrain de la vie pourtant déjà pas si facile, maintenant, avec ces tickets d'alimentation, ces queues pour la moindre botte de radis! Qu'est-ce qui lui prend à Arthur... le grand couteau?... Merde! Il se lève... il nous regarde les uns les autres! Un grave moment... une décision, il vient de prendre.

— Bande de petits connards, vous avez pas lu l'affiche?

C'était dif de ne pas l'avoir lue, les Frisés l'avaient placardée partout... dans le métro, sur les murs de chez Panhard, à la mairie... le long du stade Latèce... sur les palissades. On ne pouvait pas ne pas l'avoir vue. *Avis*... du côté droit le texte en français... *Bekanntmachung* à gauche. Deux mecs fusillés, un Juif et un communiste.

— Et vous ne dites rien?

Que dire?... Que c'était horrible, injuste, cruel... dégueulasse. Mais ça servait à quoi de dire? Il a bousculé Maryvonne... le tiroir du buffet... le surin... était là... un modèle Nogent... la lame effilée pour couper le gigot. Depuis belle burne, elle chaumait, se rouillait cette rapière! La ration de viande, cent grammes avec os par semaine, elle se découpait toute seule.

— Mais qu'est-ce que tu veux faire avec ce couteau, Arthur ?

Elle s'inquiète. Il la toise en ricanant... qu'elle pose une pareille question, ça prouve bien qu'elle fait partie d'une espèce tout à fait inférieure. Il nous regarde alors, nous. S'il nous propose de le suivre, ça va être coton de s'en débarrasser. Non, il sort d'un autre tiroir une grande pierre à aiguiser. Calme, il repasse la saccagne. A se demander pourquoi... s'il veut planter un Boche la pointe suffit. Il envisage tout de même pas de le découper ensuite en lanières. Maryvonne s'approche, elle l'attrape par le bras.

— Arthur, je t'en prie, fais pas l'imbécile !

Il la repousse, brutal... elle dingue vers le réchaud à gaz.

— Il m'en faut un, que ça vous plaise ou non, vous m'entendez !

Il va vers la lourde. Il glisse la rallonge dans son bénard... sous sa ceinture de flanelle. Un faux mouvement, je gamberge, il va se couper les balloches. Il se tient tout raide pour éviter ça... il regarde Musique.

— S'il m'arrive quelque chose, tu seras l'héritier de mon livre, Pierrot. Ton frère mérite pas cet honneur.

Il sort... claque la lourde. La dabuche elle se précipite. « Arthur ! Arthur ! » Musique s'interpose, la retient.

— Laisse, maman... il ira pas loin, tu le connais.

Elle est pas si sûre Maryvonne. Il a tout de même un grain le Tatahouine... les coups de soleil sur sa tronche aux Bat' d'Af', pendant le tombeau, ça a dû lui laisser des séquelles. Elle se lamente... s'il fait une connerie, après, les Fritz sont bien capables de flinguer toute la famille. On dit qu'ils font ça en Pologne, en Yougoslavie. Pour un des leurs tué, ils vous riffaudent un immeuble entier... facile toute une rue! Musique, ça le fait plutôt sourire les singeries de son papa... il n'y croit pas un seul instant. L'armée du Reich peut s'endormir ce soir dans le quartier... les feldgendarmes sur leurs deux oreilles! A moins qu'un autre... un vrai celui-là... et qu'ensuite Arthur se fasse harponner par hasard. C'est le seul risque.

Ce qui lui est arrivé... heureux, par les flics français... une patrouille de vaches à roulettes... les nocturnes comme dans la chanson. Ils l'ont interpellé près de la place Jeanne-d'Arc... retapissé de loin. Tous les lardus du quartier le reconnaissaient à deux cents mètres. C'était pas la première fois qu'il passait la nuit au quart en état d'ébriété. Mais ça devenait rarissime depuis l'occupation teutonne. Les plus fières poivrades avaient baissé pavillon par la force des choses... les trognes n'illuminaient plus... elles étaient comme les rues, tristouilles et camouflées.

Précisément c'était le brigadier Popincourt ce soir-là de service au commissariat de Notre-Dame-de-la-Gare, passage Ricaut. Ça tombait plutôt favorable. Popincourt, il modérait, défoulait ses ardeurs poulardines sur les rings de boxe... Champion de Paris poids lourds. Un colosse double mètre. Au loin on voyait son képi qui dépassait la hauteur des palissades lorsqu'on était dans un terrain vague. On le visait avec des cagnasses... les mômes... c'était un jeu. Musique, une fois, l'a déquillé le kébour de Popincourt. Faire fissa ensuite... avec ses compas gigantesques il nous piquait des courettes... fallait se prévoir des planques rapprochées... on se glissait dans un immeuble... une cave. Celui qui se faisait argougner, au commissariat, double mètre Popincourt le déculottait... d'une paluche, il se le tenait sur ses genoux, de l'autre la fessée fabuleuse avec une raquette de ping-pong ! A ne plus pouvoir poser ses miches nulle part pendant huit jours. Quelques-uns, ça a dû avoir de graves conséquences sur leur sexualité. Aujourd'hui, ils sont obligés de se payer des femmes de mauvaise vie pour se faire faire tutu panpan ping-pong... retrouver l'émoi de la raquette à Popincourt. Dans sa petite cervelle de bovidé il pouvait pas avoir conscience d'une telle responsabilité sur la libido des enfants. Je me le remémore assez bien cézig... sa grosse trogne aux cheveux coupés ras... les esgourdes feuilles de chou... ses énormes sourcils ! Sa silhouette, au loin, reconnaissable entre toutes avec sa pèlerine trop courte. C'était pas le flic hargneux zélé. Dans le quartier, ses titres pugilistiques ça lui valait une certaine popularité. Parfois il allait chez Anatole en bas de chez moi... on comparait nos panards aux siens. Ça aussi ça le rendait fier ! Il suffit de peu de chose pour flatter la vanité. Celle-ci une fois en érection, l'animal devient vite affectueux.

Tatahouine, son surin aiguisé, le brigadier Popincourt il a étouffé la pièce à conviction. De la part d'un cogne c'était une audacieuse initiative... un acte quasi de résistance. Bien d'autres plus tard se sont fait médailler, pensionner, congratuler par Gaugaulle pour moins que ça. La seule chose importante pour Arthur, après sa nuit chez les guignols où il avait retrouvé Bouboule qui se prenait, dès qu'il était encagé, pour Latude, c'était de rentrer sans perdre la face. Musique avait entravé la poloche... que surtout fallait pas le chambrer... avoir l'air... lui poser des questions perfides ! Maryvonne, après s'être fait un sang d'encre, le voyant ralléger frais dispos... sa réaction, d'aller au cri sec... le traiter comme il le méritait, en gugusse. La malheureuse, elle n'avait pas bien compris l'élémentaire psychologie du bonhomme... ne jamais mettre en cause sa suprématie phallocratique, pour parler le jargon actuel. Le résultat, on pouvait le lire sur sa tronche le lendemain. Elle est allée reprendre ses queues devant les crémiers, les charcutiers, un coquelique à l'œil... des ecchymoses... la lèvre fendue. En un sens elle l'avait pas volée son avoine, Maryvonne. Toutes réflexions refaites, je me rends compte... ses velléités au Tatahouine de planter un Fritz, ça partait d'un sentiment noble. Il était tout de même dans la rue avec sa lame sur le bide pendant que les autres au creux des lits faisaient des rêves, comme dira plus tard la chanson.

Ça se situait exact cette anecdote au moment de la L.V.F... la fondation de la Légion des Volontaires Français pour combattre le bolchevisme avec les Fritz en Russie... en août 41. Au moment, il me semble, de l'attentat contre Laval et Déat à Versailles. Ça nous avait intéressés vif l'événement. Dédé Frichtmann, l'Alsaco, il faisait partie de ce premier contingent à partir pour le front de l'Est. Sitôt les affiches, il s'était inscrit. Boche, on l'avait traité toute son enfance, cette fois il allait en avoir l'uniforme juste avec le minuscule écusson tricolore pour le distinguer tout de même. L'année suivante on allait le voir botté, casqué... en perm... et puis la suite, je vous ai affranchis, le bout du parcours au chtilibem... nos retrouvailles pas si fortuites, à bien réfléchir, en ces lieux d'opprobre et d'humidité. Le destin qui vous joue des entourloupes.

Stéphane, lui, il a dû gamberger un peu à Napoléon... l'hiver qui radinait rapide en Russie... il s'en est pas ressenti pour aller se geler le troufignard dans les étendues neigeuses. Trouvé d'héroïques raisons pour rester à Paris combattre sur le front de l'intérieur puisque l'ennemi judéo-marxiste essayait de saper l'armée de l'Europe nouvelle sur ses arrières. Il avait, lui, des drôles de facultés de récupération, de chanstique... pas fini de m'étonner. En définitive son combat contre les judéo-bolcheviques, il se détournait un peu chez la Boiteuse. Ce pur et dur, Albert avec ses combines, ses valoches pleines de victuailles, le corrompait assez facile. Son bel uniforme noir lui servait bien pour les transports de beurre œufs fromage. On n'osait pas, les flics du contrôle économique, l'appréhender, lui demander la moindre explication. Il couvrait tous les trafics pourvu, bien sûr, qu'il en croque. Ça a fini par lui valoir des envieux au sein même de sa section R.N.P. Il s'est fait tancer par ses chefs... on l'a averti plusieurs fois... jusqu'à ce qu'on le vire... un tribunal interne. Il a même failli se retrouver au gnouf. En 1942... nous n'y sommes pas encore hélas! on a un rude hiver à se fader. Les Fritz aussi, eux alors dans la steppe glacée aux portes de Moscou... moins 50°... l'anus qui se gèle sitôt qu'ils essaient de caguer. Des récits de toute sorte ont été publiés sur ce chapitre de la guerre... des pour, des anti... ça serait fastidieux gâteux de revenir là-dessus! Enfin Stéphane, d'être borduré du R.N.P. ça lui a sauvé la mise... il a pu se reconvertir à temps, se métamorphoser, je vous raconterai le moment venu.

Albert, il nous virait maintenant du bistrot de la viocque... il voulait plus voir son père ni son frère. Il se gobergeait tout seul la tante! C'était plutôt une erreur, il suffisait qu'il laisse quelques miettes, quelques épluchures autour de lui pour éteindre les vipérines jalminceries. Les riches d'héritage, les gavés de cinq six générations, le savent inné... ils font des fleurs à leurs gens, à leur petit personnel! Albert, une fois un peu d'oseille en fouillouse, il s'est cru vraiment tout permis. Ça nous dispensait de scrupules pour aller lui mettre un peu sa réserve à sac. On s'est mis à réfléchir dans cette direction. Avec l'autre, le Stéphane, devenu pilier de l'établissement, on avait en plus des raisons tout à fait patriotiques, idéologiques d'aller fricfracquer la gargote de la Boiteuse.

Jusque-là, en matière de délinquance, on en était restés à la chourave à l'étal... Avec nos capes d'écoliers. Avant-guerre, pour aller en classe, on avait tous des tabliers noirs boutonnés dans le dos, des galoches aux pieds... des bérets et puis des pèlerines bleu marine. Ça, c'était la fringue adéquate pour l'apprentissage du vol... empalmer les bonbons, les soldats de plomb dans les boutiques. L'objet de nos convoitises, hop! un quart de tour de pogne preste, disparaissait dans les profondeurs de notre cape aux larges poches. A croire qu'on les fabriquait exprès pour. On s'éduquait fripouille dans les épiceries, confiseries... Au Pierrot Gourmand... à l'Uniprix. Après ça on était passés aux vélos... ceux de l'exode et celui du Boche, notre premier acte de Résistance. Les vélos, depuis, ça devenait coton de les piquer... leurs propriétaires les laissaient de moins en moins seuls, même avec de lourds cadenas.

Mais je m'aperçois d'un oubli... une petite aventure de juillet 40, mémorable celle-là... importante, je dirai même, pour mon évolution... la suite... ma façon de voir, de juger les gens. Une aubaine unique, on avait repérée. Boulevard Masséna... le bastion des tirailleurs sénégalais! Un casernement abandonné depuis la débâcle. Tant il était dégueulasse, délabré, déglingué, puant que les Fritz n'avaient pas daigné y laisser ne serait-ce qu'un corps de garde. Juste des scellés sur la grille... le portail. Pas ça qui pouvait nous empêcher d'aller voir un peu ce qui pouvait se glaner là-dedans, ce qu'on pouvait récupérer à manger ou à fourguer! Par-derrière on a pénétré... une meurtrière qui donnait sur les terrains vagues... on a fait sauter un barreau. Pas de quoi se retrouver Crésus avec ce qui restait de ce régiment de l'armée française en déroute... ses débris! Quelques sacs à dos *as de pique*... de vieux ceinturons, des chéchias, calots... des chèches... des bandes molletières... quelques croquenots, deux trois coupe-choux qui pouvaient se transformer en serpette et puis des gamelles rondes en fer étamé, des quarts et des bidons. Même pas de conserves, de boîtes de singe, ce qui nous aurait bien arrangés vu la disette qui s'annonçait. Enfin la quincaille et les fringues, on pouvait en prendre pour notre usage personnel et revendre le reste sur le marché de Bicêtre.

Le problème c'était le transport, l'évacuation de la camelote. Toute notre petite bande s'y est affairée avec nos vélos et un vieux triporteur de chez Damoy piqué je ne sais où et je ne sais plus par qui. Fallait faire fissa, on redoutait que les Allemands se décident à occuper les lieux. Notre butin, on l'entassait dans la cave de Milo, rue du Moulin-de-la-Pointe, au fond de sa cour. On pouvait, là, faire des allées et venues sans trop se faire remarquer.

On y allait d'abord à la nuit tombante dans le bastion, chaque soir, puis on s'est enhardi en plein jour. C'était de plus en plus facile, personne n'avait l'air de s'y intéresser à notre déménagement. Jusqu'à ce qu'un brave homme... un bon citoyen s'en inquiète. Un après-midi où j'étais seul avec l'Anglais, Raymond — c'était bien avant la mort de ses parents — ni une... il a foncé faire son devoir le dab, rien que son devoir de bon Français... avertir un flic, un habillé de la circulation. Des voleurs, monsieur l'agent... désigné l'étroite fenêtre par laquelle on s'enquillait, l'endroit précis de notre effraction ! Le guignol s'est pointé au moment où Raymond venait de sortir... que je passais un paquet de fringues par la meurtrière. Le coup de sifflet strident à roulette. Raymond a enfourché son clou... le sprint tout terrain... il a foncé vers la zone. J'avais pas le choix, je pouvais pas rester dans le bastion... fallait que je m'arrache... bondisse moi aussi sur mon vélo, tente ma chance infime. Mathématiquement c'était pas possible, le lardu m'a alpagué avant que je puisse donner mon premier coup de pédale. Le dénonciateur était derrière lui... jubilait, le sale con ! « C'est lui, m'sieur l'agent ! Je l'ai déjà vu hier ! »... C'était qui ce joyeux drille... une sorte de retraité, ça me paraît dans les brumes du passé. Je ne peux pas vous le décrire affreux bourgeois, buveur du sang des prolétaires. Il avait une grosse casquette, ça je me la rappelle. Il est venu me gueuler aux esgourdes... sale petit voleur ! voyou ! propre à rien ! C'était en somme l'ouverture de toute une série... m'en rendre compte sur le moment, le subodorer, j'étais pas à même... n'est-ce pas... tout entier à ma panique. Cette impression de rat pris au piège que je vais ressentir à tous les coups qui tourneront mal. Le petit serrement au creux du ventre. Les choses qui s'intensifient, qui se déroulent très vite, mais qu'on enregistre dans les moindres détails. Ça pourrait peut-être faire tout un volume... un film... en le tournant au temps réel ?... Rendre ces sensations... seuls ceux qui les ont subies par eux-mêmes pourraient vraiment apprécier. Il est des expériences qu'on ne peut pas communiquer, il me semble... le talent n'y suffit pas.

Alors j'étais fait, cravataresse donc... je perdais mon pucelage. Ce poulaga il était comment, mon tout premier... j'aurais tendance à vous le dépeindre en traits bonasses, ronds et bienveillants. Les brèmes étaient déjà faussées, c'était le flic qui allait se révéler compatissant et l'autre, le viocard, furieuse engeance, délateur venimeux. Il a pas pu s'empêcher, il m'a retourné une verte taloche du revers de la pogne. « Petit saligaud! » Le flic l'a repoussé. « Très bien, monsieur vous avez accompli votre devoir... Non, non! inutile de m'accompagner au commissariat! » Il insistait cézig, il voulait venir témoigner, signer une déclaration.

Me voici donc avec le mannequin... son képi droit sur la tronche. Il me tient par un bras, de l'autre je pousse mon vélo par le guidon. On a laissé les pièces à conviction, les hardes militaires dans la caserne. Voyez nos silhouettes... on longe le mur de chez Panpan — on appelait ainsi l'usine Panhard et Levassor — Je dois baisser mon grand tarin... je suis dans mes petites espadrilles. Me reviennent toutes sortes de menaces... les augures tocards dont on m'a souvent accablé... la perspective de la maison de correction... la taule ensuite... la guillotine! Alentour, on me prévoyait le pire... concierges, instituteurs, commerçants. Ils se gouraient pas tant, je dois reconnaître... au pif ils prévoient souvent pile, les gens de la rue, sans certificat de psychologie comparée, sans études livresques. La vingt et une, j'y ai échappé grâce en somme à la guerre, l'Occupation... mes instincts chouraveurs et vagabonds ont trouvé leur exutoire dans l'action maquisarde, guerrière. La cage ensuite, là, c'était prédit exact... Dieudonné le mage n'aurait pas fait mieux.

Reste maintenant la guillotine. Elle fonctionne beaucoup plus rare qu'à cette époque. Je me suis heureux recyclé à temps! De plume et de bic, je peux tuer, dévaliser les banques, ça ne devient que du cinoche... Alain Delon, Gabin... j'assassine par procuration... le confort de la chose. On ne risque là que les sentences du percepteur... sa guillotine sèche et fiscale. Ça me suffit ample comme émotion bouleversante. Reste encore l'avenir à la caille que nous promettent les petits frangins maoïstes. Ils supprimeront la peine de mort sauf pour ceux qui ne leur plaisent pas... on me trouvera bien une petite placarde dans la charrette des dangereux individualistes. Tout n'est donc pas accompli.

Savoir où il m'embarquait ce lardu ? Il me parlait plus... il a gaffé derrière lui si le méchant petit dab ne nous suivait pas. C'était un jour de très beau temps. Ce ciel, je vous ai dit, de juillet 40 qui se tendait d'un bleu d'azur sur l'infini des uniformes verts de nos vainqueurs. Se faire alpaguer en plein soleil ça ajoute aux regrets d'avoir été malchanceux, maladroit... je parle pas des remords, là, ils ne risquaient pas de m'effleurer. C'était en somme de la chourave anti-nazie... légitime reprise individuelle bien de chez nous. Presque personne sur le boulevard... c'est même le vide dans mon souvenir... ce Paris désert du premier mois de l'Occupation. A la Porte de Choisy j'ai repéré la borne, le poste d'appel... avec la vitrine à briser en cas d'urgence. Là, il allait bigophoner mon ange gardien, prévenir ses collègues qu'on vienne me chercher dans le carrosse des assassins. Il s'est approché. « Bouge pas »... Ça m'a traversé l'esprit d'enfourcher ma bécane à la surprenante, de tenter le tout. Il s'est repris au moment d'ouvrir la petite porte métallique.

— Sale petit con ! T'habites où ça ?

Obligé de lui indiquer mon adresse. J'imaginais déjà ma pauvre grand-mère me voyant débarquer avec peut-être les menottes aux poignets. Le déshonneur... tout l'immeuble en commérages sur l'événement... les prédictions de madame Céleste réalisées... la mère Pohernec obligée de se fendre d'au moins cinq six cierges pour le salut de mon âme.

— Tu te rends pas compte, espèce de sale môme... la situation où tu me mets!

Il se voyait pas, ce flic de la circulation, obligé de me remettre aux Allemands. Ce qu'il m'explique en m'engueulant. Les scellés de la Kommandantur sur la grille, je les oubliais peut-être... mon inconscience d'aller picorer sur les plates-bandes de l'occupant. Des coups à me faire fusiller. La responsabilité que je lui cloquais sur la pèlerine! Il a sorti un carnet... inscrit mon blase, âge... adresse, etc. Le prénom de mon père? Maurice, je lui ai dit le premier qui me venait. Ce qui l'inquiétait tout de même mon flicard... le dénonciateur, s'il allait se rencarder ensuite. Ça le plaçait devant le foutu dilemme. Être ou ne pas être un salaud... il s'est décidé pour la seconde option. Si on n'avait pas été en pleine rue... juste à la sortie du métro... il m'aurait tout de même filé une tisane des familles pour m'apprendre, que je me souvienne de ses conseils à coups de tatane.

— Tire-toi et que je te revoie plus!

Je ne sais plus sa tête... sous le kébour ils finissent par se ressembler. Par la suite, certes, je m'en suis respiré d'autres, des condés. De féroces... des maîtres chanteurs... des petits sadiques de commissariat... de fieffés chacals! Je n'arrive pas à généraliser... les mettre tous dans le même sac à ordures. Il me reste, mon premier... « Tire-toi que je te revoie plus! » Sur le moment j'ai bondi sur mon clou... à toutes pédales, sans demander le talon du reçu... ma chemise me collait de sueur. Je pouvais pas comprendre la portée de sa fleur au flicard... qu'elle m'aiderait toujours, ultérieurement, à modérer mes expressions, mon jugement de tendance hâtive. Les Frisés, sans doute, ne m'auraient pas collé au mur pour si peu. Surtout là... juillet 40... ils venaient de nous enculer si fort qu'ils nous caressaient encore un peu la croupe... ils voulaient maintenant qu'on les suce !

Situer ça... cet épisode... avant ou après la bicyclette du feldgendarme ? Il me semble que c'était avant. Je suis donc, peu de chose près, le deux ou troisième résistant de France... d'autant plus méritant que j'avais pas, moi, entendu l'Appel du 18 Juin. J'aurais dû faire valoir mes droits... me lancer au joyeux moment dans les R.P.F... les U.D.R... dans l'immobilier... La Villette... le Ve Plan ! devenir quelqu'un de respectable.

Ce qu'il fallait maintenant... je vous le replace... août septembre 41, après l'affaire du surin de Tatahouine... punir Albert et Stéphane... une pierre deux coups. La mission patriotique et l'empalme personnelle. Joindre le devoir à l'agrément de se taper le tronc, se remplir quelque temps la panse de victuailles merveilleuses... celles dont on rêvait... nos obsessions de bouffetance calmées enfin. On manquait sérieux de vitamines malgré les biscuits du Maréchal qu'on distribuait aux J 3, à quatre heures, dans les écoles, les ateliers. Aujourd'hui, probable, ma chatte Mimi... la belle menthe-réglisse... les biscuits du Maréchal, elle les flairerait bêcheuse chochotte, elle n'en voudrait pas. Elle ne bouffe que certains *Ronron*... elle a ses marques... elle se tape pas n'importe quelle galtouse comme nous faisions au temps de la Botte.

Par un soupirail on pouvait enquiller chez la mère Chapuzin... Musique, avec sa corpulence d'anguille, pouvait s'y glisser. Il arrivait, lui, à des prouesses dans ce domaine... un véritable acrobate ! Il grimpait après les gouttières jusqu'à des deux troisième étages, il emportait dans une musette un pot de géranium. La bonne blague, ça consistait à aller, quelques jours après, le remettre à sa place le géranium. Ça paniquait les familles du voisinage... elles en arrivaient à croire à Fantômas.

Le hic, pour casser la Boiteuse, c'est qu'elle bougeait rare de sa cambuse et qu'Albert y pieutait aussi le plus souvent. Fallait tout de même qu'il la dorlote un peu sa sexagénaire... qu'il se fende, de temps en temps, d'un coup de chopotte entre ses brancards décharnés. Le dur labeur... d'après Musique, il avait comme un don son frelot, il bandait au commandement. Il aurait pu se faire n'importe quoi... une chienne, une truie... un trou dans le mur. D'aimables dispositions qui aident considérable un jeune homme pas très argenté, sans grande instruction... aux manières assez frustes, n'est-ce pas... je suis dans les euphémismes pour vous résumer Albert... je préfère !

L'occase idéale nous a été servie par le ciel, pour ainsi dire ! Petit à petit il devenait judéo-gaulliste... ça commençait les sérieuses cagades pour les armées du Führer en Russie... ses fiers panzers s'embourbaient les chenillettes dans la steppe avec les premières pluies d'automne. Par Tatahouine on a appris que Stéphane emmenait Albert et sa dulcinée boquillonneuse à une sauterie... un meeting... je ne sais quelle festivité des partisans de Marcel Déat. Ça l'a mis à ressaut, le dab, son fils qui se fourvoyait là-dedans ! C'était le déshonneur pur et simple pour un ancien de l'antifascisme comme cézig. Il le reniait vingt fois par jour... enfin parderrière ! Il allait tout de même à la buvette quémander son coup de rouquinos. Par là, on pouvait tout lui faire admettre à Tatahouine. Lorsqu'il était en manque de vinasse, il devenait si morne, si triste... c'était grande pitié que de le voir souffrir, mes seigneurs et nobles dames ! Il s'essayait bien à la littérature pour se consoler, compenser... se sublimer peut-être, mais ça n'avançait pas lerchem son ouvrage, son *Projet de paix universelle*. Il écrivait quelques injures à l'adresse des gros, des Rothschild, d'Hitler, du Maréchal et des curés. Ça tournait court... s'exprimer c'est bien bel mais, si on a toujours soif, ça sert à quoi ?... Sans la gobette plus de bonhomme. A la longue, lui aussi aurait revêtu n'importe quelle défroque, quel uniforme pourvu qu'on lui permette de laper, de pomper, siroter, s'humecter, siffler ses trois quatre litres par jour... glouglouter enfin à la régalade !

Revenons, voulez-vous, au soupirail de l'épicerie-buvette de madame Chapuzin. Il fallait desceller une plaque de fer. Pas si jeu d'enfant que ça. Milo et Fernand ils y ont mis tous leurs biscottos, avec une barre d'acier, pour l'arracher. On avait, ce soir-là, le temps pour ou contre nous, selon. Il pleuvait, on pouvait se récupérer une pneumonie ; mais ça nous chassait les importuns... les voyeurs soucieux de leur devoir. Musique s'est glissé dans l'antre. On lui a passé le matériel. Après ça, fallait qu'il nous remonte la marchandise par le soupirail... ça présentait trop de risques d'aller ouvrir la porte d'entrée. On avait nos vélos, une remorque. En fait, on s'était berlurés sur l'Ali Baba de la caverne... ou alors on était mal tombés, une période spécialement toc. La cave, ce soir-là, ne renfermait pas de quoi s'enrichir. Des pommes de terre, du lard, quelques pains de margarine, des allumettes, des pierres à briquet, une douzaine de chambres à air. Pour l'époque, où tout manquait, et tout se vendait à dix douze fois sa valeur, c'était une jolie prise de guerre. On n'est jamais content... nous avions rêvé de tabac blond, de chocolat, de café vert... d'une somme coquette dans la caisse. La viocque avant de partir l'avait vidée. On s'est fait la levure, les miches moites... se faufilant dans les rues jusqu'à la cave de Milo... la pétoche noire de tomber non seulement sur des hirondelles... les hommes du brigadier Popincourt, mais sur les Chleus surtout. On a commencé à les appeler ainsi nos chers occupants. Un reste, un souvenir de la guerre du Rif pendant laquelle l'ennemi était systématiquement le Chleu. On avait vu ça dans les films d'inspiration tricolore... fanion de la Légion! Il y était toujours question de salopards... de Chleus qu'on ne voyait jamais. Bref, le vocable s'est retrouvé par un de ces hasards biscornus de l'histoire sur l'alpague des Aryens blonds qui se voulaient représentants de la race des seigneurs. Chleu c'était moins péjoratif que Boche, certes, mais tout de même moins cordial que Fritz, Frisé ou Frisou. Se faire ramasser par une patrouille ça devenait énorme de danger. On se retrouvait étiqueté communiste, terroriste, judéo-gaulliste, au hasard. Ça pouvait, une peccadille, vous conduire au poteau... sur la liste des affiches du *Militärbefehlshaber in Frankreich*, Herr General Otto von Stülpnagel! On se le figurait, rien qu'à son blase... botté, sanglé, le monocle vissé à l'œil... pas du tout le genre comique officier supérieur français gras du bide... apoplectique sortant du banquet de l'État-Major. Bien sûr, la vérité était-elle autre... Le général français sans doute aussi féroce fusilleur que son homologue prussien. Et celui-ci, après ses ordres de flingage, tout à fait gastronome, amateur de grands crus et de liqueurs.

Ce qu'on n'avait pas prévu... la retombée incroyable de notre coup!... Albert qui s'est fait jeter par la Boiteuse. Tout bonnement elle s'est imaginé, le connaissant voyou pas possible, qu'il était de mèche avec les voleurs, que cette invitation à la soirée chez les Déat c'était uniquement pour se fabriquer un alibi.

Sans doute entre eux les choses n'étaient pas tellement au beurre frais. Les griefs contre cézig, elle les collectionnait depuis qu'il s'était installé dans son plumard. Des coups en veux-tu voilà... insultes... cruauté morale et physique! Avec sa quéquette magique, il se croyait invulnérable Albert. Il se la mettait dans l'œil jusqu'aux couilles... vanité des vanités! La Boiteuse, peut-être que ça l'a réveillée sur son âge, sur le sordide de la situasse, cette arsouillerie qu'elle imputait, pour une fois à tort, à son minet de gouttière. Il a eu beau faire du schproum, toutes sortes de chantages, de menaces en s'appuyant sur Stéphane et son équipe, elle a tenu bon, la dabuche. Elle lui a mis ses petites affaires, sa valoche sur le palier. Et puis, pour éviter les représailles, peu de temps après elle a carrément fermé son commerce et elle s'est évaporée... pfuit! disparue. On a dit des choses... qu'elle était à la campagne, en Bourgogne... On a insinué aussi, de très méchantes langues, qu'après tout Albert l'avait peut-être estourbie... coupée en rondelles... qui sait, débitée au marché noir. Il se vendait, l'hiver 41-42, des marchandises vraiment curieuses sous le pardingue... de drôles de côtelettes de veau, des sifflards et des pâtés d'on ne savait quoi. Tout est possible lorsque le loup affamé sort du bois... l'homme, s'il a vite fait de s'oublier l'âme! C'était tout de même un peu poussé, les suppositions, les suspicions sur le matricule d'Albert. Les scrupules, certes, ne l'avaient jamais empêché de dormir. Sa carrière ensuite... s'il a navigué dans des drôles de marigots... des eaux crocodileuses, polluées alors de tous les vices! Ça nous déplaisait pas excessif l'idée qu'il ait pu saigner la Boiteuse avec la complicité de Stéphane, par exemple, dans son bel uniforme du R.N.P. On se les figurait à la besogne charcutière. Une séquence de film d'épouvante. On a poussé au cul la sale rumeur. Elle s'est tout de même traînée longtemps dans le quartier. On était arrivés au plein d'une époque où tout était devenu possible.

— Ce qui manque un peu dans votre histoire... n'est-ce pas... la gent demoiselle! On ne voit guère froufrouter là-dedans les mignonnes. Pourtant elles devaient être dans les parages... sur semelles en bois... clic! clac!... jupes courtes et vagues... la chevelure relevée avec des bouclettes sur le sommet du crâne, comme Louise Carletti, une vedette du moment! Vous ne parlez pas de vos orgasmes, de votre sexe... ses affres, ses mésaventures, ses mensurations exactes... s'il s'égarait déjà dans les entre-jambes? Vous ne révélez pas votre *Moi*... Vous vous éludez, biaisez, tournez l'obstacle phallique. Vous ne dites rien, cher auteur, d'essentiel en somme...

Ce qu'on va me lancer dans le porte-plume! Je prévois... me goure... que j'y pare c'est plus raisonnable! Sans cœur ni sexe... parties de trouduc... vos romans, récits, vos anecdotes, vous pouvez vous en essuyer les hémorroïdes! Les lecteurs s'en tapent le coccyx de Déat, du Maréchal, de vos escarpes malotrus marlous zazous zonards... du marché noir, de vos feldgendarmes... Maurice Chevalier pourquoi pas! J'y viens donc, bien obligatoire à présent de bébêtifier un peu. Pendant ce temps, en même temps, méli-mêlé, simultané, certes nous étions tous obsédés du tafanard. Sans cesse nous y pensions... on en parlait beaucoup aussi. Déjà Fernand Neunœil s'était fait dépuceler rue Godefroy par une maritorne tapin... tout de même la moins blèche du lot... il avait choisi une gravosse encore capable de stimuler la bandaison. Là, c'était la fin du parcours pour les turfs, derrière la place d'Italie. Elles démarraient jeunettes et fraîches vers les Champs-Élysées, au *Sphinx,* au *One two two,* dans les lupanars de luxe et plus elles avançaient en âge, en tour de taille, plus elles glissaient, dégringolaient de catégorie, de quartier en quartier... Pigalle, Clichy, les Halles, la Bastoche... Rochechouart! En dernier carat depuis que la Monjol n'existait plus (une rue réservée à Belleville... le dernier stade de la prostitution)... les survivantes des règlements de comptes, des *sévices Julot,* aboutissaient en bien triste état... épaves marquées par les ans, l'alcool, la croix des vaches parfois... couronnaient leur carrière soit au Fourcy, le bordel à crouilles, soit à la place d'Italie... rue Godefroy, rue Fagon!

Il s'y était risqué Neunœil... il était grand, costaud... il pouvait passer pour dix-huit berges. Les radasses, là-haut, n'étaient pas si à cheval sur l'âge des clients. D'ailleurs, on aurait pu les cloquer en cabane pour détournement de mineurs... pas certain qu'elles s'y soient trouvées si inconfortables, derrière les murs de la Roquette, comparé à leur existence sur le ruban. Des lots alors abominables... se faisaient aguicheuses à la porte de deux trois hôtels misérables... des prix vraiment à réclamer... bouffies, difformes, grotesques avec leur maquillage outrancier... des gargouilles! L'une d'elles, je l'ai fixée dans ma tête... une avorton, l'œil exorbité blanchâtre... une pogne atrophiée genre pince de crabe. Fallait de drôles de tirailleurs sénégalais crève-la-bite pour sabrer ces monstres ! Elles montaient presque uniquement des Arabes déjà nombreux dans le secteur.

Il nous a narré, Fernand... fait marrer, enfin si on veut. Sa grosse, elle était plutôt joisse de se farcir un garnement comme cézig, athlétique et l'œil frais ! Docile, il s'est laissé faire sa petite toilette par la dame. Elle avait pris un broc au passage dans la cour... la cuvette d'émail. Viens là chouchou ! Les cannes en l'air sur le bord du lit... « N'aie pas peur, mon mignon, enfonce-le-moi ton baigneur joli, y risque pas de me faire du mal ! »... Le gouffre ! Ça nous donnait pas envie de l'imiter, d'aller s'y perdre... même pour rire. Lui, Fernand, il jurait qu'il y retournerait plus. Il avait eu un peu envie d'aller au refile après... une fois sa crampe tirée... quand il a bien regardé la matrone toute crue... son envie apaisée... la piaule sordide... l'odeur de crasse... la scène éclairée en plein... avec en fond sonore une musique berbère qui venait de la pièce voisine.

Malaisé de vous rendre l'ambigu de ces problèmes de la puberté. On se berçait un peu de cinocheries sauce romantique, ça ne colle pas tellement avec la réalité du sexe qui vous tenaille... qui se raidit à la moindre image, qu'on calme à la paluchette... un *Ave sans Pater !* Pour la poésie, les gamberges gondoles... la guitare d'amour, les chevauchées irréelles... je m'étais trouvé une fixation, un idéal féminin. Je passais devant sa fenêtre au bout de ma rue. Dès qu'il faisait beau, elle s'y mettait Caroline... une brune tout à fait mignonne, charmeuse des châsses, les formes déjà pointantes sous le corsage, les robes ! Elle m'envoyait des petits sourires... des petits gestes. Elle n'osait pas en faire davantage. Ses dabs la surveillaient farouche. Des gens de bureau, de principes, de messe du dimanche. Elle risquait pas de venir me rejoindre dans les terrains autour de chez la Boiteuse. Ça datait, nos amours platoniques, d'un bal du 14 juillet... en 1938, l'année des drapeaux british partout... la visite du roi George VI à Paris. On dansait à même la rue, devant chez Anatole. Il organisait les réjouissances... l'orchestre, les lampions, les drapeaux... tricolores, anglais... les rouges aussi pour être bien vu des communistes. Il cherchait à plaire à tout le monde, Anatole. Il aurait pu faire un écrivain en renom... il aurait été de toutes les académies, les jurys... tous les raouts !

Elle avait quoi Caroline en 38 ? Mon âge... treize ans. Tout de suite je l'ai trouvée la plus belle et je l'ai invitée à la gambille sur l'air d'avec les pompons !... avec les pompons !... avec les pompiers ! Ses vieux gaffaient au loin, nous perdaient pas de l'œil. A la danse du tapis j'en ai profité de l'embellie pour l'embrasser. J'osais pas la serrer en valsant, pasodoblant... le souvenir me reste d'une émotion, l'essentiel. On s'est effleurés... quelques sourires, des petites blagues. Certes pas de vives folies... les trucs un peu idiots des amours enfantines. Voilà... depuis la belle est à sa fenêtre. Je passe... on ne peut que batifoler du regard. Je lui adresse des petits bonjours. Je ne me risque pas au baiser du bout des doigts, des fois que son paternel surgisse de l'ombre. S'il me refroidit, ce joyeux croquemitaine ! Il est impecc de tenue... un nœud papillon, les tifs gominés, une moustache américaine. Il se presse aux heures du boulot avec une serviette en cuir. Un « monsieur » pour ma grand-mère. Ça veut dire qu'il gratte un peu de papelard chaque jour dans un ministère, à la plume *Sergent Major*. Un prolo col dur... L'espèce est à fuir en général... ils ont les torts et les travers mélangés bourgeois ouvriers. Caroline à sa fenêtre... elle y est restée jusqu'à son mariage, elle a commencé à s'y dessécher. Son élu, c'est son papa qui lui a dégauchi, un jeune collègue plein d'avenir. Tout ça je suppose, respire la vape... et j'ai peu de chances de vous induire, mes chéries lectrices, en erreur. Était-elle vraiment un Prix de Diane ? L'éloignement, les tabous, la fenêtre, le dab... l'inabordable pépée, ça vous la pare des mille joliesses. Sa chevelure floue sur les épaules, ses yeux veloutés, sa bouche en cœur... le fruit défendu ! Mais on se lasse d'attendre, rêvasser, repasser devant l'immeuble au coin de la rue. Caroline, c'eût été une action inconcevable qu'elle se taille par la fenêtre, qu'elle saute me rejoindre. Une jeune fille très bien, disait-on... les dames dans les queues, les concepiges... la mère Pohernec. Pas question que je m'approche de trop près, sa daronne m'aurait accueilli au pébroque. Une femme forte, aux cheveux tirés en bandeaux... peut-être Caroline crachée plus tard... L'anticipation... ce qu'elle sera avec son reproducteur, jeune homme du bureau... en 4 L, R 16... Fiat 127 avec leurs lardons. Ils partent aux week-ends sur l'autoroute A6. Je les vois... la tristesse. Le jeune homme très bien du bureau, il imite ses supérieurs technocrates à ventre plat... Servan Schbeber... Trocard... Giscardouille !

Ça, la belle Caroline, n'est-ce pas... c'était mon secteur poétique ! Sentiment pur, élevé... *suspends ton vol !* Question quéquète... l'impérieuse nécessité, je me paluchais à la Viviane, je vous ai dit je crois. Les branlettes de Marguerite Grenouillard, c'était forclos. Il se la gardait maintenant, Raoul, en égoïste il se l'effeuillait pour lui tout seul... il avait le sens inné de la famille. On le savait parce qu'il s'en vantait, l'affreux... qu'il l'enculait sa sœurette pour éviter les accidents ! C'était un garçon très raisonnable en somme. J'ai su plus tard...

plus trop comment, que tout est rentré dans le plus grand ordre chez les Grenouillard. Ils se sont mariés à l'église chacun de leur côté... elle en blanc... lui en habit de location. Ils se sont reproduits eux aussi... je résume la suite, leur progéniture maintenant aux week-ends, nourris aux hormones, l'âme rivée à la télévise... pour médème le manteau de fourrure à croume... *lapin façon jaguar de Sibérie!*

A l'imprimerie que ça me tenaillait le visionnage des cuisses. Nous avions des dames dans les ateliers... des plieuses, des massicoteuses. La plupart des hommes étaient en train de téter la mamelle maigre de la défaite derrière les barbelés d'outre-Rhin... au colibard annuel du Maréchal... les visites d'inspection du ministre aveugle Scapini... la tournée exceptionnelle d'Édith Piaf dans les stalags! Si je m'étais comporté un peu plus marle... psychologue... patient... y avait beau schpile autour de moi. Tous ces mâles adultes encagés depuis près de deux ans... c'était l'occase de leur prendre la place, de jouer sans risque *Le Diable au corps.* Ça n'arrive pas si souvent un million cinq cent mille prisonniers en France! Leurs chères épouses n'étaient pas toutes devenues subitement nonnes. Je me rends compte, j'ai pas su profiter des circonstances comme il faut... par connerie de jeune chien, inexpérience. J'aurais dû ne m'occuper que de ça au lieu de me perdre dans l'engagement libérateur.

Au brochage il y avait Jeanne... une forte fille roulée au moule... les pare-chocs... les hanches! Future mamelue aucun doute... sans les restrictions elle aurait peut-être déjà un cul à couver quatorze canards! N'empêche, elle passait... elle lançait des plaisanteries... son rire qui soulevait sa poitrine, ça me laissait, moi, la gorge sèche. Je pensais à ses cuisses. Elle ne devait pas avoir de porte-jarretelles puisqu'elle se peignait les jambes... c'était devenu la mode pour remplacer les bas... l'ersatz de bronzage. Je me demandais jusqu'où elle se les peignait les guibolles. Le mystère? La remontée, le pèlerinage aux sources! Elle se teignait aussi les tifs, Jeanne, elle était un peu rouquemoute... henné... on reniflait les effluves surtout pendant les grosses chaleurs. L'ensemble, ça donnait le feu du diable, le feu au cul, aux poutres, aux couilles! Elle nous revenait dans nos pogneries encore plus que Viviane, Danielle Darrieux, Ginette Leclerc! Je parle des jeunots... et nous étions nombreux à l'imprimerie. Pour pallier l'absence des hommes presque tous en Germanie, on embauchait femmes, enfants, vieillards... invalides! Ça la rendait rayonnante, la môme, elle se gourait de toutes ces bites au garde-à-vous... tous ces désirs qui la cernaient... ces ruts sauvages... ces éjaculations solitaires! Elle n'était pas seule à nous aguicher... mais c'est elle qui me reste accrochée dans la mémoire... un bout de jupon... un rire... la naissance de ses roberts dans le corsage. Bonne salope elle se penchait, déhanchait, elle houlait des noix, roulait le popotin... tournait brusque le prosinard sous un nez aux narines palpitantes... elle avait le faubourg magnétique. Ce qu'il courait comme rumeur... qu'elle s'embourbait le chef du personnel, monsieur Futon. Ce qu'on imaginait, alors, ne pouvait être que dégueulasse... M'sieur Futon, moi, il me semblait croulant décrépit rance. Maintenant, bien sûr, je suis moins sévère à son endroit ou son envers. Il avait au pif... quarante-sept huit piges... ça commence à me paraître un âge séducteur à mon estimation d'aujourd'hui. S'il se faisait pomper dans son bureau, comme Marcel le prétendait... ça partait d'un joyeux moral. Ce qu'on aurait voulu tous... être à sa place, avec son petit gilet, sa chaîne de montre. S'il se débraguettait comme ça dans le burelingue... « Tenez, mon enfant, voici le doux seigneur! »... on aurait bien voulu gaffer, en croquer un peu visuel... on se serait paluché en cadence. Ce qu'il pouvait y avoir de vrai là-dessous... derrière les blablas, les cancans? Certain qu'il y avait tout de même quelque chose... peut-être pas la sucette dans le bureau... mais les rencontres cinq à sept le samedi-dimanche. Jeanne, son époux était en Prusse orientale à garder les oies, nombreuses dans cette région. Elle vivait chez ses parents en attendant... mais dans la plus entière liberté. Elle avait, je l'ai fait comprendre je crois, pas le genre à passer ses longues soirées d'hiver ou d'automne sous la lampe familiale, à l'écoute des discours du Maréchal. En tout cas, dans la boîte, elle faisait un peu ce qu'elle voulait, on lui retenait rien sur ses retards. Elle pointait même plus. C'est le début de la montée sociale, la promotion... ne plus pointer. Encore faut-il en compensation avoir de quoi se faire pointer soi-même... un derrière flamboyant... les guibolles au galbe adéquat... l'élancé, le tour de hanches... la laiterie parisienne de choc! Rare tout de même que le patron soit amateur de petits garçons... pour l'apprenti, l'avenir reste donc au pointeau de l'usine... au bulletin d'écrou de la Santuche, s'il lui prend la fantaisie d'oublier ses devoirs envers le dieu du labeur.

Enfin, M'sieur Futon, on le haïssait à l'idée qu'il se régalait la Jeanne, le pourri, en égoïste! Elle nous affriolait, je viens de vous dire... ses appas qui nous passaient carrément sous le blair... elle en jouait, jouissait... joisse éclatante. Mais tintin... elle s'arrangeait pour s'échapper les fesses de nos paluches errantes baladeuses. Moi, j'osais pas... la bébête inhibée... la pogne culpabilisée par quarante siècles de civilisation judéo-chrétienne qui me borgnotaient sournois. Je la croisais aux toilettes. On se lavait les mains près des chiottes. Je me glissais en lousdoc lorsqu'elle y allait... pour la frôler sur le pas de la porte. Elle se marrait, la vache, elle entravait merveilleux la poloche. Nul besoin d'éducation sexuelle pour ça. Inné, elles comprennent, vos frôlements, vos manigances, vos trucs, vos petites ruses vieilles, n'est-ce pas, comme Cromacouille dans sa grotte de Lascaux... Papa du Néanderthal. Elle me lançait des amabilités... mais, la blessure... un peu dans le ton condescendant... sœur aînée, sympa, brave fille! Merde alors! je me sentais pourtant d'attaque dans le calbute, j'avais de quoi lui donner la réplique, moi aussi, de la joie, de la brillance aux châsses! Pour peu qu'on m'initie, je me sentais partant au broute-minou, les fières languetouses au creux de la fente.

J'y suis donc, voyez chalands lecteurs, au plein du porno... dites-le bien à vos amis... amies... qu'il y a dans mon excellent ouvrage quelques pages au sperme... à la vulve dégoulinante! Ça fera de la pub bouche à oreille, la meilleure paraît-il. Enfin pour la réussite absolue... le best-seller, il me faudrait Dieu en supplément... la recherche du Seigneur par la voie du sexe. Le style aussi plus larmoyeux, cureton ouvert aux idées généreuses!

Me voici donc entre Jeanne et Caroline, la fesse et l'âme... inaccessibles toutes deux. Ça explique peut-être qu'on se rabatte sur les violences d'où qu'elles viennent... Déat ou le Petit Père des Peuples. On a besoin de sortir de son œuf... de tout casser, tout emmancher. Les faits divers, les pages d'Histoire... tout le clame, le braille... en gros caractères dans les journaux du sang à la une!

Jeanne, tout de même, j'ai voulu... tenté de placer mes banderilles... pris mon culot, celui qui m'arrive par intermittence. A la sortie du travail, un soir, j'ai fait en sorte de l'escorter l'air de rien... parler de ceci, du ravito. On traficotait maintenant à même l'imprimerie. Une combine de tabac belge. On en achetait à un nommé Gilbert, un drille qui nous trouvait toutes les marchandises possibles. Un blond plein d'allant... par la suite, lui, il s'est recyclé au Parti Communiste... il est devenu un militant... un permanent, un délégué. Il doit y être toujours, devenu vigilant sur nos libertés, c'te bonne paire de joues. Ses paquets de tabac belge de quarante grammes, on les augmentait avec Marcel de dix grammes de poussière, de ficelle hachée menue. On se planquait de Crodof pour faire notre cuistance. Ça nous faisait des petits bénefs. Je lui ai parlé de tabac à Jeanne. Elle bombardait des toutes cousues. Sans doute M'sieur Futon lui trouvait-il des Gauloises au noir.

— Ton tabac belge, tu peux t'en faire des suppositoires!

Ce qu'elle me répond tac au tac très gentiment... qu'elle fume pas du foin, de l'armoise... qu'elle est pas bonnarde à mes mélanges! L'emmerde pour poursuivre, entamer mon gringue... elle est accompagnée d'une pote... la grande Marcelle. Pas tout à fait le même gabarit question châsses, doudounes... valseur! C'est plutôt elle qui m'attaque... elle est en avance de vingt-cinq, trente ans question mœurs. De mon perlot, elle en veut bien pour son vieux père si malheureux depuis les restrictions. On s'approche du métro Glacière. Jeanne, impossible de lui filer l'arrière-train, elle prend la direction Étoile et moi je vais vers Nation... je change place d'Italie. C'est la grande Marcelle que j'escorte. Elle me fait des grâces, elle gloussote, rit d'un rien. Je me prends machinal au jeu... et puis tout de même elle a des formes. Pas si loquedue roulée, je la trouve, en la détaillant mieux. Sa réputation dans la taule, qu'elle se fait bourrer bite que veux-tu. Son fiancé aussi est en Allemagne. Elle me raconte qu'il y est dans une ferme. Il remplace un Brandebourgeois parti voir si les steppes vont bientôt blanchir... nous défendre contre le bolchevisme. Elle en tire la guillerette déduction que son bien-aimé, il doit, entre deux chariots de paille, se régaler la Brandebourgeoise. Ça arrive partout... en Bavière, Wurtemberg, Pays rhénan, Prusse orientale... la revanche de l'armée Gamelin! Tout compte fait... ils n'ont pas le plus mauvais rôle, les vaincus... enfin ceux qui sont à la campagne, les agriculteurs... quelques petits veinards!

Elle se sent donc libre de son cul, Marcelle, sans remords. Je la regarde mieux... avec un œil neuf... brune, un peu osseuse... elle a un léger strabisme... une coquetterie, disons, dans l'œil. Des cannes elle est un peu velue, je glisse mon regard, je jauge. Elle est tout de même excitante. Jeanne, tant pis, ça sera pour plus tard... lorsque je serai chef du personnel. Que foutre... il s'agit de devenir un homme, un vrai... ça commence paraît-il par là. Sa renommée à Marcelle ça me donne des ailes... des couilles au cul... une crampe délicieuse! Le dieu des parties de jambes en l'air veillait sur nous... ça tombait pile que c'était la fête ce soir-là, place d'Italie... la vraie, la seule, la foraine! Malgré le deuil de la patrie, elle fonctionnait vaille que pousse... à Pigalle, Neuneu, au Trône... la foire! Sans doute faut-il l'avoir à soi, en soi, la fête, pour enquiller là-dedans... l'auberge espagnole... on ne s'y pogne que de ses propres rêves! Les gonzesses, ça vous sert ce vif désir de les troncher, pour entrer joyeux dans la kermesse... pince miches... rigolade embaumée aux frites! Mais les frites c'est devenu l'Eldorado, à présent, elles font partie des magnificences interdites. Juste on peut s'offrir des glaces à l'eau... sorbets à la saccharine... des friandises sans sucre, sans farine, sans miel! Des couleurs vives sur rien du tout... des ersatz de barbe à papa! Avec les restrictions d'électricité, le camouflage, c'est la ducasse au ralenti, en demi-sommeil, la fête du repentir des Français à la mémoire courte. Les baraques, ça risque pas qu'on leur rafraîchisse la façade d'un coup de pinceau... y a plus de peinture! plus de pinceaux! plus de peintres en bâtiment, ils sont tous prisonniers! Y a plus que des clients qui errent, qui veulent se marrer coûte que rien. On s'est offert la voyante... Madame Irma! Marcelle, comme toutes les personnes du sexe, elle croyait aux astres, aux signes du zodiaque. Irma, c'est toujours la même, pas la douce... la torve simili gitane cartomancienne. Elle vous jauge la midinette, lui prédit l'amour toujours... l'homme riche et beau et jeune et pas alcoolique... la quadrature du cercle! Bref la conjoncture du ciel est pour nous... le Sagittaire va se taper les Poissons, le Verseau quelque chose comme ça... elle nous présage, dévoile l'avenir le plus proche... pour le plus lointain ses prédictions deviennent vagues! En sortant de la roulotte d'Irma j'en profite pour lui prendre la taille à la grande... j'ose, elle ne me repousse pas... elle se tortille, se marre. On en est aux batifolages. Elle ne dit pas « non ». Je ne suis pas du tout encore expert en badineries, tous les prémices, préludes, préliminaires à la casserole. Je ne pense plus maintenant à Caroline de mon cœur... tant pis pour elle... notre amour peut attendre... elle va pas partir dès demain de sa fenêtre. Sans être Madame Irma, je pressens qu'elle y restera encore quelque temps. En attendant il vaut mieux que je m'éduque... passe mon permis de sauter avant de m'attaquer à cette déesse.

A la fête, il y a tout de même du monde... des jeunes, des mémères, des lardons. Pour nous rappeler la défaite, des groupes de feldgraus font des étincelles sur le pavé avec les ferrures de leurs bottes. Ils sont un peu cons, lourdauds... les bras ballants comme l'ami Bidasse... leur baïonnette qui leur tape sur le cul. « Fick! Fick! mademoiselle! »... Ils attaquent direct... ils ont pas le choix des mots, du baratin... La merveilleuse langue de Molière et de Chateaubriand, ils en savent quoi?... trois broques... Champagne... Cognac... Franzouse filou... mademoiselle amour! Ils ont pas tellement le temps non plus de s'encombrer de lexique. Demain, ils reprennent peut-être le train à la gare de l'Est via Russland. On les y attend, le maréchal von Bock, du côté de Tcherkassy, pour traverser le Dniepr... se colleter avec les joyeux drilles kirghises, mongols, géorgiens, ouzbékistanais du maréchal Boudienny.

Au tir ils font de sacrés cartons... *Feuer!* Je les observe, je pourrais devenir un jour la cible... mes réflexions, ça me traverse l'esprit... mais c'est pas le moment de penser à des choses pareilles. Marcelle aussi elle veut tirer... elle veut voir l'avaleur de sabres. Elle sait se faire attendre... Yves la Boulange a installé son tapis au coin du boulevard de la Gare. Il soulève les poids et haltères, La Boulange... c'est une figure du macadam parisien, une célébrité de nos rues. On s'attroupe... Les poids, on sait bien qu'il finira par les soulever, ce qui nous intéresse c'est son boniment, son art jactancier extraordinaire... sa façon de rouler, charrier les mots pour nous faire sortir nos pièces en zinc ornées de la francisque du Maréchal. Ça vaut qu'on s'y arrête, c'est de l'éducation, de la culture à même le bitume.

Je pousse mes avantages avec ma mignonne... un premier patin... ma paluche qui remonte vers sa poitrine. Pas de quoi s'affoler excessif dans le corsage de la grande Marcelle. Elle a des seins menus mais tout de même assez fermes. Le principal, qu'elle se les laisse peloter. Mieux vaut tenir ses petits roberts que de courir après les inaccessibles mamelles de Jeanne. Lorsqu'on a l'envie cramponnée au bas-ventre, on se préoccupe plus des imperfections physiques de la nana. Ce qui me reste aujourd'hui, trente-six ans après, de Marcelle dans la souvenance? Certes pas le Prix de Diane... un échalas, une grande saucisse! J'avais pas le choix, les moments ni le goût de jouer au délicat esthète... l'animal me précédait... me talonnait... l'instinct. D'après ce que j'ai pu glaner en confidences féminines... les bouches en cul de poule sucrées, les plus difficiles, les précieux artistes de la beauté des lignes... sur le terrain, au corps à corps pour ainsi dire, ils ne se révèlent pas toujours les plus ardents, les plus adroits. Mes petits potes, j'ai remarqué aussi... les plus bêcheurs en palabres... qui se distancient, jaugent, jugent, tranchent péremptoires... ceux qui ne daignent dresser leur queue qu'à l'apparition d'une blonde véritable d'un mètre soixante et onze exactement... les yeux pervenche... les cannes Miss Monde... tour de poitrine quatre-vingt-dix... la hanche ceci... la cuisse comme ça! Vous les croisez un beau dimanche, dix douze piges plus tard, en famille sur les boulevards avec une bobonne en saindoux... mamelles flasques sur l'embonpoint... guibolles à varices... rouquemoute queue de vache... l'œil adéquat bovin hagard. Dans quel piège, vous vous demandez, sont-ils tombés ces truffes molles? Ils sont un peu, toutes proportions, comme ces idéalistes du meilleur des mondes, de l'égalité, la joie pour tous... qui se retrouvent engoulagués avant même qu'ils aient pu finir leur ultime démonstration dialectouille.

Ça va être ma fête donc, je subodore. J'ai plus de jugeote... je trouve les plaisanteries qu'il faut, les plus éculées bien sûr, pour la faire rire ma sauterelle de charme. Une seule chose me taraude la tronche à présent... comment arriver à mes fins... dans un pieu, sur le foin, sur une paillasse... n'importe! l'y amener! Je voudrais que ce soit ce jour... ce soir de fin d'été qui descend doucement sur la ville... tandis qu'à des centaines de kilomètres des hommes meurent... tuent... pleurent, gémissent le ventre ouvert... à Tcherkassy, Viborg, Vitebsk, Smolensk! Krivoïrog, Bobronïsk, Moghilev... dans le fin fond des sables égyptiens! Je m'en cogne, je m'en tamponne, m'en tape... je bande, moi, je vais sabrer la grande Marcelle d'une arme à plaisir! Je lui glisse enfin la main dans le slip. Je lui sens l'humide de la chagatte. Nous sommes au coin de la rue là-bas... sous une porte cochère. Ils peuvent bien s'entr'égorger tous les volontaires français contre le bolchevisme, les vaillants soldats de la France Libre... se flinguer dans les toundras, les steppes... se couler des tonnes de navires dans l'Atlantique... se bombarder tous les Tobrouk, les îles de Malte, les bassins de la Ruhr! Il pourrait même y avoir l'alerte sur Paris... je bougerais plus... je suis collé contre elle... on se liche, on se tripote, on se frotte! Il fait sombre maintenant. On se régale des prémices de la troustafana. Le reste! Le monde! Le déluge après mon éjaculation!... Tellement ça me presse qu'on va faire ça debout dans l'ombre... le recoin de la lourde. Elle est grande ma partenaire, ça ne me pose aucun problème de gymnastique insoluble. Elle est tout à fait coopérative, elle me la dirige où il faut... ça passe comme une lettre d'amour à la poste, je dirais. On est là... les enfants qui s'aiment de Prévert... une impasse près de la rue Pinel, bien nommée vu les circonstances. On entend un bruit de bottes au loin sur la petite place. On s'est apaisés. Tout me revient d'un coup! Marcelle, faut pas qu'elle loupe son métro, elle va vers la Porte de Vincennes. La patrouille, ça serait pas le moment qu'on se fasse récupérer. Je m'inquiète aussi des conséquences... si j'ai fait le carton de neuf mois? Elle va me rassurer, elle se lance pas n'importe quel jour dans les folies. On s'embrasse encore. Vraiment c'est tarte d'en rester là, de ne même pas remettre le couvert. On se dit tout de même des mots doux, des sucreries verbales. On se promet de s'en payer des drôles dès qu'on le pourra! On est obligés, en attendant, de se quitter. La ville nous reprend, la vie... on s'est juste offert un bref armistice. Il faut repenser au ravito... aux tickets de pain... au couvre-feu. Je rentre à pinces vers chez moi, la Porte de Choisy. Dire ce que j'éprouve? J'aurais surtout voulu poursuivre ailleurs mes prouesses de chibre... finir la nuit dans des draps blancs. Maintenant l'image de Jeanne me reprend... si ça avait pu être elle... debout dans la porte cochère... lui écarter son slip en dentelle, lui glissarès mon membre actif! Je peux pas m'empêcher d'évoquer aussi Caroline dans cette position. Ça me dérange un peu ma cinocherie romantique. Caroline, elle est en robe à panier, angélique... je la veux telle. Pourtant ce qu'il lui faudrait, le remède à ses rêveries du bord de la fenêtre... comme à la grande Marcelle, une belle bite toute neuve qui la plante et lui révulse ses jolis yeux.

Ce qui me ramène sec au réel... sur le chemin du retour, au moment où j'atteins la rue Toussaint-Féron... comme un gémissement suivi de cris sourds... des sortes de han! de ho! de flouf! Des onomatopées douloureuses. Les rues, à cause de la Défense Passive, ne sont plus éclairées dans Paris... j'aperçois pourtant un groupe dans la pénombre. Très vite j'entrave... cinq six lascars qui tabassent quelqu'un, celui qui pousse des cris... qui accuse les coups. Je les distingue peu à peu... leur uniforme... l'équipe à Stéphane en plein travail. Je le retapisse très bien lui... ses esgourdes éléphantesques, sa silhouette d'escogriffe dégingandé. Il est le chef... donc un peu en retrait... il drive les opérations. Ce que je n'arrive pas à me rendre compte... celui qui déguste, si c'est quelqu'un de connaissance ? Il est à terre, le malheureux... ils le finissent à coups de tatanes.

— Ça suffit... Arrêtez, je vous dis !

Stéphane les écarte ses petits camarades. L'un d'eux est hilare... son rire fend la nuit. Il redonne un dernier coup de latte sur la victime... plof ! et il glaviote. Merde ! Je me suis trop enhardi sur la chaussée, Stéphane s'approche, m'interpelle.

— Qu'est-ce que tu fous là toi ?

Il me reconnaît. Le plus sage ça serait de me carapater, pas demander le quart de mon reste. Pourtant je ne bouge pas, je regarde toujours l'homme à terre, assommé, sanglant... je peux pas m'empêcher... il gémit comme un petit chien. Stéphane se marre à me voir ainsi à la fois craintif et hypnotisé. Il me désigne sa victime... « Tu vois comment on les soigne, les petits cons qui veulent nous faire chier ! » Ça tombe bien que je sois passé là, ça peut me couper net l'envie de m'opposer d'une façon ou d'une autre aux entreprises du R.N.P. Je lui rétorque rien... j'ai la pétoche, j'avoue... en même temps je suis dégoûté ! Les autres rallègent, ils étaient six pour un seul homme. Il y a là le Nez en Bec d'Aigle, le théoricien, le propagandiste que je vous ai fait connaître un peu plus haut. Je les amuse... mon allure minable, mon petit costard en fibranne. Sur leur élan, ils me feraient aussi ma fiesta... j'ai tout à fait l'impression... ils me trouvent à leur goût pour la satonnade.

— Qu'est-ce que c'est que ce mec-là, l'un demande... un Juif?

— Mais non, Bernard, te fais pas des idées... Y'en a pas tout de même partout des Youdes!

Stéphane le dissuade... il lui raconte encore qu'il a vu ma chopotte à l'école, mon gland recouvert d'un prépuce. Ça les rassure, ces pithécanthropes... ils se bidonnent de l'anecdote... Un jour où dans le fond de la classe on se trempait la queue dans l'encre noire, histoire de se rendre compte ce que ça ferait si on était nègre! Maintenant je veux me glisser, me tailler en lousdoc. Ils m'entourent. Stéphane, puisque je suis là, il voudrait me poser une question au sujet du cambriolage chez la Boiteuse. Je suis peut-être au parfum... peut-être que je passais dans le secteur ce soir-là et que j'ai vu des choses... quelqu'un? Il s'agit pas de me troubler, de bafouiller ou de me braquer trop vite en dénégations. Jouer l'idiot... la voie toujours préférable... se faire bête et pas méchant pour une thune... comme avec les juges d'instruction. Je ne sais rien du tout, moi, je passe nulle part, je vois jamais rien. Ils m'accompagnent tous les Déat en uniforme vers la rue de Tolbiac. Ça va être le couvre-feu, je leur fais la remarque... je suis un jeune homme obéissant aux ordres du général von Stülpnagel... je trouve qu'il n'y a rien de mieux que la discipline pour relever notre beau pays. L'ironie n'est pas leur fort, leur arme préférée... tout de même j'ai poussé un pelot... un quart de poil. Dans leurs petites têtes de fanatiques, ils entravent que je les chambre un peu.

Stéphane, ce qu'il veut, c'est que je lui parle du casse chez la mère Chapuzin, il s'en fout du général von Stülpnagel. Il n'est pas du tout satisfait de mes réponses. Marle, il respire bien que ça vient de notre secteur, notre équipe, cette opération. Il sait qu'entre Musique et Albert c'est pas la fraternité sans voile. Il me précise qu'il en a rien à foutre de cette histoire... que c'est pas ses oignes. Il me questionnait juste par curiosité. Ce qui l'intéresse lui, en définitive, se placarder au bon endroit pour se remplir les fouilles. Déat, il a cru que c'était la meilleure embarcation... il en est convaincu provisoire. Des bruits circulent ou vont circuler, je ne sais plus... que ses victimes du coin des rues le soir... Juifs ou prétendus tels, il leur retourne un peu les fouilles à l'occase... il collectionne artistique les montres, les alliances en or, les bagouses. On ne prête ces sortes de bijoux de recel qu'aux riches en exploits crapuleux. Un autre genre de sport qu'il pratique, cézig... les descentes impromptues, les razzias dans les planques du marché noir. Au nom de la justice, bien sûr, de la pureté, de l'intégrité de la France nouvelle qui veut s'épouiller de ses trafiquants judéo-métèques. Les marchandises confisquées, en principe, sont remises au Secours National... mais en route, le café se disperse, les bouteilles d'huile se brisent, le beurre fond, les légumes pourrissent, les fringues se mitent, le vin tourne, l'alcool s'évapore, les flagdas s'encharançonnent... une perte énorme pendant le transport ! Les fournitures de Stéphane, le Secours National ne manquera jamais de place pour les entreposer. D'après Musique, son frangin Albert n'est pas pour rien dans toutes ces descentes ex abrupto... lui, il connaît la plupart des fournisseurs dans le quartier. La suite... pas besoin d'être Maigret ou Sherlock Holmes pour reconstituer l'arnaque ! Dans un sens, on a eu de la veine de tomber un jour où le stock de la Boiteuse était presque à plat. Sans doute dans notre pillerie n'y avait-il rien appartenant à Stéphane... Pour ça qu'il passe l'éponge, qu'il abandonne son enquête.

— Enfin, en tout cas, c'est les oignes d'Albert... lui s'il met la pogne sur les voleurs, il va pas leur offrir des roses. C'est un mec régulier Albert... un chic type, tu trouves pas ?

Je trouve, bien sûr, puisqu'ils sont six ballèses, armés de matraques, de ceinturons... ça vous met d'autor de leur avis. Ils me lâchent plus... on traverse la rue de Tolbiac... à la pendule il est moins le quart... à minuit c'est le couvre-feu. Eux ils s'en tapent du couvre-feu, leur uniforme leur sert d'*ausweis*. Ils maintiennent l'ordre, je viens de m'apercevoir. « Avec nous t'as rien à craindre. » Façon délicate de dire ! Le Bec d'Aigle me lance... il se marre en même temps. Je bosse demain, ça compte aussi que je rentre ronfler. Il veut tout de même savoir, ce Bec d'Aigle toujours aussi acharné prosélyte, si je me réjouis des dernières victoires de la Wehrmacht... de la prise de je ne sais quelle ville... peut-être déjà Kiev ? Ça devient duraille de dialoguer, de converser avec ces lascars. Je marmonne, pédale verbal dans la choucroute. J'essaie une échappatoire... que la politique ça ne m'intéresse pas beaucoup... que je n'ai pas le temps, n'est-ce pas... qu'il faut gagner ma ration chiche de pain noir, de viande avec os. Il me coupe, Bec d'Aigle... il s'arrête, se plante devant moi.

— Tu veux que je te dise ce que tu es ?

Je préfère pas... quand ça s'annonce de la sorte, votre qualification, on peut se la prévoir péjorative. Je suis pas Juif, mais je peux tout de même l'être d'une certaine façon... enjuivé et c'est encore pire ! Les autres gros brandillons qui m'escortent, ça les intéresse... enjuivé ! ils partent... le starter ! A vos marques ! Ils bastonnent dès qu'on prononce Juif ! Je suis pas encore arrivé à ma rue... en marchant bon pas, ça nous fait tout de même encore cinq minutes. L'autre, j'y repense... celui de la rue Toussaint-Féron... ce qu'ils lui ont mis, les ordures ! Il est toujours sûrement à terre, loqueteux... sanglant. Vraiment ma veine, le soir où je me dépucelle... tout était, sinon rose tendre... assez guilleret. Merde ! J'aurais pas dû regarder au coin de la rue... m'arrêter. Dans ces périodes de délire, la curiosité vous nuit. A double zéro je les ai. Tant que le Bec d'Aigle débagoule, c'est plutôt bon signe... du temps de gagné. Cézig, il est le genre qui s'écoute, qui plastronne orateur, dialectouille. Ce que je suis... attentiste ! C'est tout de même moins grave que bolchevique judéo-mongol. On peut encore me récupérer, mais demain il sera trop tard. Ce que ça signifie son développement jactancier. Là où il me vexe, il me considère un peu comme un enfant du Maréchal. Certes, le Maréchal ils le respectent au R.N.P... Verdun... Montoire... ils sont tous de la Famille et de la Patrie ! Seulement autour de Pétain, à Vichy, ça pullule la clique des réactionnaires cléricaux... gaullistes sournois, francs macs, militaires vaincus et contents. Son speech, il nous l'a déjà servi dans le terrain vague, y a pas si longtemps. Il se renouvelle pas lerche comme tous les sectaires politiques. Et puis, à la longueur des ans, je remarque que c'est toujours un peu la même musique, les mêmes paroles. Il est, lui, avec Marcel Déat contre les trusts, le capitalisme, les monopoles, la bourgeoisie égoïste, les curés ventrus. Il est socialiste autant qu'aujourd'hui un gaucho mao spontex... révolutionnaire ni plus ni moins. Il tient à ce que je le sache. Il va pourtant en crever, Bec d'Aigle, de tous ces grands mots qui l'exaltent. Ils vont lui péter à la gueule. A présent je suis à même de vous relater la suite, j'ai échappé miraculeux à la tourmente, je sais le déroulement du scénario... ma force! Je n'en abuse pas, reconnaissez. Je pourrais, à la lumière des événements postérieurs, me donner un rôle plus héroïque. Proclamer à la face de ce Bec d'Aigle « Vivent les Juifs! Vive de Gaulle! A bas Déat! » L'avoine qu'ils me fileraient alors, le groupe des six... sanglant, coqueliquardé... mes incisives avalées... prévisible, sans un pli! Ça me sert de pense-bête, l'autre, dans la rue un peu plus loin. Donc, je biaise... me défile, lâche et merde au cul ma chemise colle! Bec d'Aigle... dont je ne sais plus le vrai blase... à la Libération il s'est fait coincer, alpaguer par une foule furieuse... en uniforme de la Milice. Châtié séance, sans tribunal, sans appel... roué de coups, lynché... jeté pantelant, déjà quasi mort sous les chenilles d'un char Sherman, le 25 août 1944. Il ne lui reste donc même plus trois ans à vivre, ce soir-là! Il a raison, il croit, il est beau comme un blockhaus!... sûr de ce qu'il dit... sincère con et déjà vaincu dans les astres! Il aura pas le temps de faire ouf, de leur expliquer aux vengeurs du 25 août qu'il est socialiste, révolté anti-bourgeois... les chenilles judéo-anglo-saxonnes le réduiront encore plus bouillie qu'il aurait pu me réduire avec ses copains si j'avais pété de traviole. Difficile maintenant de l'accabler, son sang s'est confondu avec celui des autres, ses ennemis et puis ceux d'avant... de la Commune!... le sang des pauvres et des imbéciles qui se trouvaient là au mauvais moment! Il est devenu un peu de Paris qui se fabrique de n'importe quoi au jour le jour, de chair et d'os et de pierres et de merdes de chien. Les voitures passent, repassent sur cette avenue. Bec d'Aigle, dont je ne cherche même pas à savoir le nom, il est ici sur la chaussée, à peu près en face du cordonnier Charlot avec son enseigne, je vous ai dit... tous les vocables argotiques pour désigner les chaussures. Cette manie de noircir du papier me fait vivre, je m'aperçois, avec les morts autant qu'avec les vivants, comme dans une prière.

Ce qui m'a sauvé, dégagé de ces gorilles idéalistes... une fille qui rentrait chez elle, qui cavalait sur ses semelles compensées en bois. On a entendu soudain le clic clac! de ses pompes. Sitôt qu'ils l'ont aperçue, cette môme providentielle, les équipiers du Stéphane... j'ai perdu à leurs jolis yeux rêveurs tout intérêt. Ils m'ont largué tel un loquedu.

— Courez pas si vite, mademoiselle, on va vous raccompagner.

Stéphane, c'était déjà à l'époque un galant homme... par la suite, les dames l'ont bien aidé à se sustenter, se métamorphoser élégant à chemise en soie... costard coupe ritale... tatanes bicolores. Pas si nature, lui, pour se faire laminer par les tanks américains. Mais ceci nous entraînerait ailleurs... dans une Série Noire en quelque sorte. Là, il me lâche Stéphane, il traverse l'avenue avec ses petits camarades... ils rattrapent la belle. Y a que le Bec d'Aigle qui reste encore à me toiser, qui me préfère à la mignonne. Non qu'il ait des tendances secrètes bagousières, mais il voudrait bien me convaincre... c'est un vrai, lui, un mordu... ça ira jusqu'à la poussière.

« Mais, nous le savons, la jeunesse moderne a besoin de vivre avec la jeunesse, de prendre sa force au grand air, dans une fraternité salubre qui la prépare au combat de la vie. Nous y veillerons. »

Maréchal Pétain
Message au peuple français
11 août 1940

Un jour nous prîmes le maquis... un matin d'été par le train. Gare d'Austerlitz, le rendez-vous des soldats de l'ombre. J'y fus et à l'heure exacte avec, toujours, mon brave petit pote Musique. Harnachés, fallait voir ! De quoi se faire serrer immédiat si les Chleus avaient eu un peu de flair, de jugeote... à moins qu'ils aient mieux à s'occuper. Depuis ces beaux jours de juin de l'an 40, l'eau a coulé, rougie de sang, sous pas mal de ponts détruits. Je vous reprends les choses... mon évolution psychologique, guerrière et bandative... trois ans après la perte de ma virginité au coin d'une porte cochère. Je bondis dans le temps... ça s'engluait dans cette occupation merdique, mon récit... le marché noir, les R.N.P... les facéties de Tatahouine. J'ai pris mon vol... A présent je suis devenu moi aussi farouche... j'ai des airs de conspirateur ! Un galure sur des cheveux vaguement zazous... plaqués sur les côtés... un mouvement flou au sommet du crâne. On n'imite plus Jean Gabin dans la jeunesse mais un autre Jean... Marais. La vedette de *l'Éternel Retour*. Hier, justement, on le télévisait Jeannot... ses tifs tout blancs devenus... en plan éloigné, ça refaisait exact sa chevelure blonde décolorée de l'époque de sa gloire... Tristan 1943 ! Le temps le maltraite comme tout le monde, Jean Marais, mais ça ne l'empêche pas de garder le sourire. Que faire d'autre? Enfin il est venu pile pour mon livre, Jeannot... il me dépayse moins que les tours de la Défense! Bon... mon bada... une sorte de canadienne, de blouson, je ne sais plus, en fibranne... un bénard, ça je me le rappelle bien, de golf vert caca d'oie... un long froc de golf qui descend très bas jusqu'aux chaussettes rabattues sur les godasses. A la Milice aussi ils ont des futals comme ça, sortes de golfs, mais bleu foncé les leurs. On est décidé à les déculotter ceux-là... à la balle et au couteau... à la grenade, ces traîtres! On becte tous du lion depuis que les Alliés ont débarqué... bientôt on ira pendre notre linge enfin sur la ligne Siegfried... on a attendu... mais vaut mieux tard, dicton, que jamais.

Musique, lui, son accoutrement... plutôt comme toujours clochardesque! Une casquette à sous-mentonnière... modèle pour automobiliste 1900... une de ses trouvailles de marché aux puces. Son bénard trop large... d'un vieux costume de son frangin. Il a voulu en raccourcir lui-même les jambes... à la seconde, il s'est lassé de ses travaux de couture. Il le met comme ça, son froc... grimpant dissymétrique... il s'en torche royal! Je vous ai déjà affranchis, je crois, de son peu de goût pour la toilette. Il s'améliore pas excessif depuis trois piges. Toujours son côté vagabond... sans souci du qu'en diras-tu.. qu'en dira Tonton? Balfesse! Les hivers qu'on vient de se farcir... je me suis juste un peu arrêté au premier. Ceux qui suivirent... de la même eau gelée dans les conduites... les cuvettes, les brocs... sans feu... sans calories alimentaires. Faute de savon on se lavait moins... on puait plus, bien sûr. On se couchait tout habillé à cause du froid. On s'est cherché les poux dans la tête... dans la chemise... les puces dans le caleçon! On a eu la gale, les badigeonnages au soufre... des tas de croûtes sur tout le corps, sur la tête... des parasites raffinés ! On s'est gratté jusqu'à l'os... mille saloperies... les engelures aux mains, aux panards, dues, paraît-il, à l'insuffisance des matières grasses dans la tortore. Ça nous a occupés tout ça, autant que les Fritz et leur Führer à moustache. C'était leurs séquelles toutes ces bestioles en folie... les morbacs au cul, les punaises dans le plancher... les doryphores dans les patates, les charançons dans la fin des haricots. Il a raison, le Maréchal, on va se prendre des forces au grand air... la fraternité salubre, on verra bien. On va se secouer la vermine. Musique, pour bagages, il a une musette de masque à gaz, sa couverture roulée ficelée sur les reins. Pendant les rudes hivers il mettait des sabots dondaine... des journaux dans ses sabots. Tout ça aujourd'hui ça va paraître loquedu rétro... sans grand intérêt, je suppose... du rabâchis de viocques zazous... mémés swing... J3 séniles ! Le maquis, sûr, c'est plus exaltant... vous l'avez vu au cinéma... *Le Vol noir des corbeaux sur la plaine !* Nos airs terribles, vengeurs... le doigt sur la détente de la Sten. On n'est pas encore au point sur le quai de la gare d'Austerlitz. Notre rendez-vous mystérieux... armée des ombres oblige ! Notre chef, notre responsable clandestin, on ne l'a jamais vu. Il doit être en face du kiosque à journaux. Il ira y acheter — joyeuse ironie — *L'Œuvre,* le journal préféré de la bande à Stéphane... celui du cher Marcel Déat devenu ministre depuis quelque temps ! Il va le lire déployé sous les panneaux annonces de départs. Pour plus de précautions, on a un mot de passe. Il est déjà là notre gus lorsqu'on débouche du métro, on ne risque pas de ne pas le reconnaître ! Nul besoin ni d'*Œuvre* ni de mot de passe. Il est exact sous le panneau et il lit son canard sans le lire... il bigle droite à gauche. Il roule des châsses. Sa façon de jouer aujourd'hui enchanterait les critiques d'avant-garde. Et en plus il est en uniforme... de chasseur alpin carrément. Le béret penché... une pèlerine... la vareuse... les molletières! les pompes à crampons montagnardes! le sac itou... Sa tronche... menton énergique, l'œil martial! A se demander si c'est pas un piège grossier qu'on nous a tendu... si ce gus n'est pas un gestapiste maladroit. Des chasseurs alpins il n'y en a plus, depuis la dissolution de l'armée d'armistice... l'occupation de la zone libre par les Chleus en novembre 42, après le débarquement des Américains en Afrique du Nord. Alors?... cette tenue... il ne lui manque que les insignes, les galons... il pavoise, plastronne devant les occupants. Je m'approche tout de même, une carte postale à la main.

— Pardon, monsieur, n'auriez-vous pas un stylo ou un crayon?

Il me sourit... ses dents resplendissent sous sa fine bacchante à la Clark Gable.

— Vous voulez sans doute écrire à votre mère?

Ce qu'il doit me répondre... il me le claironne et il n'a pas l'accent d'outre-Rhin. Il est joisse... Musique arrive et se présente. Quelque chose dans son œil passe... un éclair, le doute... la tenue de Musique, pour un chef chasseur alpin, il ne doit pas en apprécier toute la saveur, la poésie... le potentiel! Il nous serre la louche... claque des talons. Tout de même c'est farci de Frisés la gare... il en passe de toute sorte... des Kriegsmarine, Luftwaffe... de lourdauds Bavarois... Wurtembergeois, des recrues maintenant moins aryens purs que naguère. De temps en temps quelques SS reconnaissables aux deux lettres sur le col... la tête de mort *Totenkopf* sur la casquette. Et puis aussi, invisibles mais présents, les gestapaches... leurs auxiliaires, les mouchards tout acabit... bénévoles ou stipendiés. Ça me paraît, avec nos tenues et surtout cézig chasseur alpin, qu'on affiche un peu voyant la couleur. Le maquis... les journaux en sont pleins ! Répression contre le terrorisme... une rubrique spéciale ! Celui du plateau des Glières en Haute-Savoie s'est fait anéantir, mais il en pousse partout depuis... En Limousin, dans le Jura, les Alpes, en Auvergne, en Haute-Provence ! nous, justement, on descend pour en implanter un dans l'Orléanais. Il va nous dire exact où, je suppose l'Alpin, nous préciser notre mission. Déjà il nous explique qu'il est capitaine. Son vrai blase... n'est-ce pas... on n'a pas à le connaître par prudence élémentaire ! Sous la torture on ne sait jamais... il ne doute pas de notre courage, il voit bien que nous sommes de bons petits gars, vrais patriotes, prêts au sacrifice suprême... seulement les balloches rôties au fer à souder, c'est pas garanti qu'on puisse résister ! Il nous met le noir... à nous évoquer comme ça en prologue les amusettes de la Gestapo... le *Sicherheitsdienst*, le *S.D*... S'il m'arrive d'y gamberger, j'ai plutôt envie de laisser là mon sac... de retourner à l'atelier avec le papa Crodof qui nous prêche la résignation à sept étoiles. Clovis, c'est son nom de guerre à ce capitaine. On a juste à retenir Clovis, ça nous sera facile, il suppose. Bien le diable si on n'a pas notre certif. Le vase de Soissons, on se l'est appris par cœur à la communale, nous sommes des enfants de la laïque et obligatoire. Bon... on va pas rester là en cible... en chandelle sous les panneaux horaires de départs. On va jusqu'à Orléans... notre première étape... il veut bien nous affranchir. Il a nos biffetons... heureux encore qu'on n'en soit pas encore de notre fouille. C'est la cohue dans les gares... de plus en plus. Les trains se font attendre parcimonieux. Depuis que je vous ai laissés dans ma rue, un soir d'été 41, ça canarde à présent partout... les superforteresses US... RAF... font la loi dans le ciel de France, d'Allemagne, d'Italie... Hambourg s'est fait passer l'asphalte au phosphore... un énorme brasier ! Ça a riffaudé des jours et des nuits! Et puis Essen, Berlin, Dortmund, Düsseldorf... tous ses vampires cramés! Ici aussi... Rouen, Le Havre, Brest, Nantes, Lorient, Toulon... j'en passe, en oublie des plus peuplés. Ils nous arrosent nos chers alliés... même Paris, Billancourt, Juvisy, Villeneuve-Saint-Georges... ça nous descend par tonnes les bombes sur la tronche! Le Maréchal est venu spécial place de l'Hôtel-de-Ville réconforter ses populations en deuil. On l'a accueilli plutôt chaleureux... ça paraissait pas déjà que les Français soient si gaullistes enthousiastes! Ils cachent alors encore leur jeu, donnent le change et quelquefois leur voisin aussi... par lettre anonyme à la Kommandantur.

En tout cas pour la régénération de la patrie, nous montons, voyez, au créneau... prêts à l'attaque... sonnez clairons! On suit Clovis, notre capitaine. Il a quoi?... vingt-deux, vingt-trois ans, ce fier roi franc. Il est secco, raide... un mètre soixante au plus. Il se tient très droit pour ne rien perdre de sa petite taille.

Déjà pour s'embarquer dans le dur... l'abordage, la vive bousculade, tout le monde se presse, compresse... dans les couloirs, les chiottes, sur les tampons. Les trains ont tous du retard en ce moment... on répare les voies endommagées par les bombardements... les sabotages de la Résistance. Sitôt remis en état dans un coin... aux Aubrais... Vraoum! ça repète ailleurs, à Pithiviers... ça ne s'arrête plus! Faudrait pas qu'on le perde ce Clovis, il a l'itinéraire en tête et dans son sac de la bouffetance. Il nous a affranchis sur le quai... des repas froids pour jusqu'à notre destination. Sans lui on suce des clous et puis la destination, après Orléans, c'est le coaltar! On sait juste qu'on doit retrouver dans les forêts, en Sologne, d'autres hardis volontaires et qu'alors nous tomberont du ciel, par parachutes, des instructeurs gaullistes avec des armes...

des mitraillettes, F.M., grenades... jusqu'à des mortiers pour faire la guérilla... harceler l'ennemi en déroute !

Le fabuleux programme d'émotions, de risques, d'occasions de se prouver qu'on a les burnes bien accrochées. On remontera ensuite avec les Américains victorieux sur Paris. On y entrera en héros... A nous les fleurs, les gonzesses ouvertes ! Caroline, j'irai la descendre de sa fenêtre comme d'Artagnan. Son cher papa nœud papillon, il osera plus ramener sa morale. Il a dû d'ailleurs trop aimer le Maréchal, il sera peut-être déjà en taule au moment où je me pointerai. Plein de mansuétude, de clémence, j'irai moi-même le lever d'écrou. Sa reconnaissance alors éperdue ! Il m'embrassera... m'offrira sa fille, sa femme... ses propres fesses, si le paf m'en dit !

Il nous secoue les illusions ce tortillard. Il s'arrête au bout de dix minutes. Sur les voies, à droite à gauche, on aperçoit des Chleus arme à la bretelle. Ils surveillent quoi ?... coton de savoir ! Les terroristes ne se manifestent pas au plein du jour et nous y sommes. Il est dix heures à peu près. Après une nuit pluvieuse le temps se lève, on dirait. Par la portière nous arrivent des odeurs de fumée, de roussi, de mâchefer. Enfin on repart au bout d'un moment. On s'est calés dans un coin près des gogues. Jusqu'à Orléans comme ça, c'est pas le sleeping de la madone ! Je gaffe autour... Madone, ça me fait penser aux gonzesses. Rien à se régaler le visuel... des gravosses, des dames d'âge mûr. Clovis, il ne nous parle pas, il regarde le paysage. Le soleil essaie de percer le ciel nuageux. On a un chef, déjà ça... un capitaine pour nous tout seuls. Sans doute n'était-il que sergent dans l'armée régulière. En clandestinité il y a de l'inflation galonnière, je commence à m'apercevoir. Tous ceux que j'ai rencontrés depuis six mois... les rendez-vous secrets, les prises de contact, ils étaient au moins lieutenants... Paul, Raymond, Eustache... en général des prénoms leurs blases de guerre. Ma belle connerie, mais je ne m'en rendrai compte que beaucoup trop tard, ne pas m'être bombardé tout seul sergent puis chef... pour aboutir lieutenant Attila... capitaine Ouragan ! Je me serais ensuite cloqué quelque part... inauguré les monuments, commémoré, congratulé les veuves, mes pairs héros. Aujourd'hui, au lieu de transpirer sur ce papelard pour amuser les divines lectrices, séduire un peu le carnet de chèques des éditeurs, je serais quelqu'un... député, blablateur d'estrade... homme d'affaires... je passerais toucher mes jetons de présence... j'irais, moi aussi, laper les pots-de-vin sous la table ! J'habiterais Auteuil, j'aurais des chiens-chiens, j'irais à la chasse avec les ministres... tenez, en Sologne où nous allons...

Je me revois, j'essaie, à ce moment précis... dans ce tortillard, tassé avec Clovis et Musique. Du mal à me retapisser. Ce que j'allais foutre dans cette goélette ? Je subissais le climat, l'ambiance de l'époque sans doute. On y échappe difficilement. Je croise des garnements contestataires, braillards, les tifs en furie... s'ils m'agacent par la vanité de leur jactance, leur puérilité, leurs slogans usés à la corde... la boursouflure de leurs ambitions... je me tempère tout de suite la jugeote en me remémorant ce train, par exemple, qui me conduit vers quoi au juste ? Une mort prématurée, idiote... la gloriole creuse... poussé par qui ? quels boniments ? Ce qui s'était passé depuis trois ans... mon évolution ? Je vous ai laissés avec Stéphane et son équipe du R.N.P. Un hasard de plume, de volonté d'auteur, mais ça résume finalement les choses... ça tape juste ! A la gamberge, je me demande un peu... s'il ne m'avait pas cherché comme ça Stéphane... ses pressions, sa superbe en uniforme, son numéro de matraqueur... s'il ne m'avait pas été si antipathique... alors mon destin? Ça s'est trouvé heureux comme ça... que je sois pote avec Musique plutôt qu'avec Albert... d'une rue plutôt que d'une autre... de paroles prononcées quelque part... qui ont fait un chemin souterrain et puis qui portent au bon moment. Quelques grands mots, certes, de fraternité, liberté. Beau m'en défendre, j'en ai tout de même un peu croqué tout en roulant les affranchis. Après 42, Stalingrad... ça semblait plus qu'ils puissent finir en beauté les Boches. Ils expliquaient à leur tour leurs défaites en replis stratégiques, en raccourcissement du front, en positions préparées à l'avance, tout comme Gamelin naguère. La dynamique de la victoire avait changé de camp. D'autres circonstances... des hasards m'ont fait rencontrer d'autres gens et je suis dans le bon train... enfin façon de dire! On entend dans le ciel tout à coup le vrombissement... les forteresses... le bon train ralentit... stoppe! C'est la panique subite. On est près de la portière avec le pitaine... sitôt on saute sur le ballast... dans le fatras... les premières explosions! Le ciel s'écaille brusque en mottes de terre, en ferraille... en gerbes! Badaboum! On fonce on ne sait où... on se plaque au sol! Ça pète partout... déchire... tremble... rebondit! On est où... notre train? Pas très loin de Paris, vers Brétigny, Arpajon. Savoir ce qu'ils visent les autres, là-haut, les bombardiers Air Force? Les gens se précipitent tous dans la même direction. Quelqu'un a crié « Aux abris! » Ils sont par là les abris. On a eu le mouvement de les suivre, puis on s'est repris. Le mieux c'est de s'éloigner si possible du carnage... s'égailler dans la campagne! Les Fritz répondent à la D.C.A... l'air roule des mitraillades comme des feuilles de tôle qu'on secouerait. Des cris de terreur... de femmes, de mômes. Ça braille au milieu... gueule des *Achtung!* gutturaux. Ils sont là, nos verts petits potes... partout leur présence. Ils réagissent tout de suite. A se demander où il dégotte, le Führer, autant d'hommes. Déjà sur le front russe, ils sont des millions ! Ils se battent aussi en Italie au Monte-Cassino. En Normandie maintenant ils doivent être un bon paquet de divisions. Ils sont aussi sous les mers en *U-Boote*, mais plus tellement dans le ciel... la Luftwaffe on la voit plus lerche... le beau temps des stukas est révolu ! Toujours est-il qu'ils trouvent le moyen d'être ici... sur les voies, ils s'hurlent des ordres qui se mêlent à la mitraillade... l'explosion des bombes ! Au loin on voit notre train qui dérouille... la machine qui éclate... Vrong ! bondit comme un jouet ! On fonce au hasard... les Boeing B 17... B 29... Fortress !... Halifax... rebarrent tranquilles. Il semble que la Flak ne les a même pas égratignés. On respire un peu... enfin de la poussière, de la fumée. Seulement il n'y a pas intérêt à rester là... ils peuvent revenir les Halifax... une nouvelle vague comme au cinoche. Plus on sera loin des voies ferrées mieux on se portera. Clovis, il faut l'attendre, il a un tel fourniment... son barda, ses grosses pompes... il s'empêtre, il se ramasse la gueule entre les rails... il faut qu'on aille le dégager, le tirer un peu... sa belle tenue... il est dégueulasse, poussiéreux... il s'est écorché les pognes, le nez... son béret traviole sur la tronche.

Tout de même on a abouti dans une prairie au moment où ça recommençait... la seconde édition du carnage. Ils visaient au loin une gare... Brétigny... Arpajon ? C'était pas le moment de s'interroger... fuir le plus loin possible du brasier, la seule politique. Notre capitaine, on a remarqué son essoufflement... ses yeux hagards. Il était plus du tout altier Artaban comme devant le panneau de départ à notre rencontre. Sous les bombes, certes... bien vain de rouler les mécaniques, jouer les farauds, bravaches... esbroufe ! Faut être saoul, fou à lier pour ne pas avoir le caca tout prêt dans sa culotte. Mais enfin, puisqu'il était le chef, le capitaine... je me l'imaginais autre, réagissant... prenant la barre, nous cravachant... Surtout sapé comme ça, alpin... héros 14... les molletières, toute la panoplie. Après la prairie... un champ labouré... une autre prairie ! On a atteint un chemin de terre qui serpentait dans les cultures. Là, tout de même on s'est arrêtés, affalés sur un talus. Ça commençait toc notre odyssée maquisarde. On n'avait, croyait-on, vraiment pas de bol. Le capitaine, une fois qu'il a eu récupéré sa respiration, qu'il a eu remis de l'ordre dans sa tenue, remonté son froc... arrangé un peu sa coiffure, il a daigné nous donner des explications supplémentaires sur notre mission, notre pèlerinage. Au cas où on se perdrait les uns les autres... la précaution élémentaire. Notre point de ralliement, c'est à vingt-cinq bornes environ au-dessous de Jargeau, dans la forêt, au lieu-dit la ferme des Trois-Chemins. Il nous montre sur une carte d'état-major... c'est en direction de La Ferté-Saint-Aubin, dans la forêt solognote... une petite rivière... le Cosson. On doit y être avant le vendredi 9 à midi. Vendredi c'est après-demain. Ça paraît duraille qu'on puisse retrouver un train pour Orléans. Il est redevenu chef et grave... il gamberge sous son grand béret... il avise. Il a une boussole qu'il place sur la carte. Ce qu'il cherche ?... le Sud ! Ça me paraît superflu ! On va, il décide... aller à pinces jusqu'à la route qu'on aperçoit au loin. Bien le diable s'il ne passe pas un autocar qui nous mènera à Étampes. De là on trouvera une solution. On était poussiéreux, crottés... on aurait pu déjà se faire réduire bouillie, aplatir avant même le premier combat. Le maquis, ça paraissait avoir cet avantage qu'on y était loin des bombardements. On pouvait sans doute s'y faire étendre mais moins bêtement que par les forteresses volantes. A bien réfléchir, par les temps qui s'étaient mis à courir depuis quelques mois, on avait même plus de chances de sortir vivant de la guerre en étant maquisard qu'en restant dans une grande ville. Jusqu'ici Paris n'avait pas trop dérouillé, mais rien ne nous assurait que ça les prendrait pas, nos amis anglo-saxons, de se payer un *carpet bombing* sur les Champs-Élysées, le Sébasto... la Bastille... notre touristique quartier avec son usine Panhard! Trente-deux, trente-trois ans après, certes, on peut rire de notre crainte... Sur le moment, on apprenait chaque matin le riffaudage d'une ville entière... en une seule nuit... Stuttgart, Hanovre... Leipzig, Francfort, Gênes, Naples... Saint-Étienne, Amiens, Dieppe! Ça paraissait miraculeux que Paris échappe au jeu de massacre!

En atteignant la route, on n'a pas eu le temps de se planquer... des véhicules Fritz débouchaient d'un virage en épingle à cheveux. Une sorte d'auto-mitrailleuse... panzerspähwagen... et puis derrière des voitures amphibies. A leur bord des drôles de Teutons pas très catholiques enfants de Marie. En tenue noire... la tête de mort et les tibias sur la casquette d'un officier debout dans l'auto-mitrailleuse... les autres autour, des tout jeunes bardés de grenades, de cartouchières... les sulfateuses en pendentif. Leur tronche sous les casques... ça semblait pas qu'ils aient envie de batifoler dans les prairies. L'officier s'est mis à nous zyeuter attentif. C'eût été le comble qu'ils nous ramassent, nous raflent à même pas cinquante bornes de notre point de départ. Avec nos dégaines on l'intriguait, aucun doute. Musique peut-être nous a sauvé la mise, machinal il lui a fait un petit bonjour à l'officier SS...« Salut papa! » L'autre ça l'a détendu tout de suite, il a répondu d'un geste de la main. Il nous restait qu'à les regarder s'éloigner. Ça nous laissait rien présager d'accueillant, ce petit convoi. Si on devait en croiser d'autres aussi farces, le long de notre parcours, on n'était pas au bout de nos chagrins. La collaboration franco-allemande, malgré la Milice, Doriot et Déat, avait fait un bide. L'ambiance, avec nos occupants, n'était plus du tout au retour des cendres de l'Aiglon... gratuitement offertes à la France par Adolf le Magnanime. Surtout avec ceux-là... *Das Reich!... Panzerdivision Hohenstaufen! Frundsberg!... Hitler Jugend!* On nous louangeait leurs exploits à Radio-Paris, dans *Signal*. Le fer de lance de l'armée du Reich. Elle perdait sur tous les fronts... chaque jour de nouvelles défaites sanglantes, mais les Waffen SS gardaient intact leur mordant, leur confiance dans la victoire finale. Rien n'entamait leur fanatisme.

Ça nous a pas empêchés de reprendre la route d'Étampes, nous étions, nous, bien décidés à sauver l'honneur de la France, la venger en quelque sorte de l'humiliation de juin 40. Il passait quelques véhicules, des camionnettes à gazogène... elles ne s'arrêtaient pas pour nous. Dans un petit bled — quatre oies... trois buvettes... six partis politiques — on a appris que le prochain car ne passait que demain, et encore fallait-il avoir son biffeton d'avance. C'était pas imaginable d'atteindre Jargeau à tartines... surtout avec nos pompes ersatz simili cuir carton bouilli, nous deux Musique. On lui enviait ses grolles montagnardes à l'autre. Il avait repris toute sa superbe. Pour tout arranger le ciel s'est mis carrément contre nous... gris cendre... des nuages... la pluie en perspective, avec les corbeaux, en accent circonflexe à l'envers, qui passaient au-dessus de nous en poussant leurs croa-croa lugubres.

Le capitaine Clovis consultait sa montre... sa carte qu'il avait accrochée en bandoulière sur son ventre, repliée dans un étui transparent. L'impatience le gagnait. Il voyait pas bien comment on serait à l'heure à la ferme des Trois-Chemins. Musique, lui, de par son caractère il se caillait jamais la laitance. Ça le faisait plutôt marrer nos avaros... suggéré qu'on fasse la pause, il était midi, qu'on casse une petite graine. Les repas froids dans le sac du chef, ça nous intriguait. On imaginait facile des nourritures substantielles... jambon... sardines à l'huile... du poulet... peut-être un fromage 50 % de matières grasses ! Beau être devenus patriotes, soldats de l'ombre, la tortore nous obsédait toujours autant.

Sur une bande d'herbe, à l'abri d'un petit bois, on s'est installés pour notre dînette. Dans son sac il trimbalait une véritable quincaillerie, le capitaine Clovis... couteaux, fourchettes, des galtouses perfectionnées, des timbales... un filtre à café... mais aussi des boîtes de conserve... ce qui nous passionnait. On l'écoutait plus maugréer contre le temps, les aléas de notre aventure... on était braqués vers ses victuailles... exactement comme mon chat aujourd'hui lorsqu'on lui ouvre sa boîte de *Ronron*. Ça paraissait tout de même solide son repas froid. Il a sorti un gros pain... un morceau de fromage. Les boîtes c'était du pâté de foie, il nous a demandé si on aimait ça. On aimait tout ! Ce qu'on avait pu se morfaler depuis quatre ans !... bien sûr les rutabagas, topinambours en daube, les carottes déshydratées... et puis des naves de toute sorte... les soupes d'orties... de ces galantines aux résidus de poissons dures à digérer... d'étranges sifflards qu'on se demandait s'ils étaient de chat, de chien... pourquoi pas de clochards... les escalopes de tétines de vache ! Le temps arrange tout, je n'arrive plus bien à me souvenir de toutes ces nourritures infectes... tous ces ersatz, ces drôles de choses au fond des assiettes du resco. Ma brave grand-mère faisait des miracles avec rien. Dans sa jeunesse elle avait appris à vivre à l'économie... aux panades, aux gâteaux de pain perdu. Elle gardait tout, faisait rif de la moindre brindille. Elle savait donner du goût à n'importe quoi. Mon erreur de jeunesse... que je ne savais rien savourer, ces petits instants de chaleur humaine, de véritable affection. J'aurais dû, je pense, mieux regarder un tas de choses qui me paraissaient sans importance... mieux écouter, mieux enregistrer! Le feu au derche, je dévorais ce qu'elle avait préparé avec le plus grand soin... toute sa science du fond des âges. J'avalais... oui, oui. Je repartais aussi sec dans la rue. Maintenant c'était le prurit guerrier qui me tenait. Elle me comprenait, je le sais aujourd'hui. Cette petite vieille qui n'avait bien appris que l'orthographe et les départements... elle savait sans doute que j'étais atteint du diabolique mal de la jeunesse dont on ne guérit, hélas, qu'avec le temps. Mon départ pour le maquis... je lui avais raconté que j'allais juste me planquer du S.T.O. Mais elle ne m'avait cru qu'à moitié et je l'avais laissée toute seule avec son inquiétude. Les morts à la guerre elle en avait eu sa part... des cousins, des oncles et surtout un jeune frère... Marcelin. Elle avait toujours sa photo au-dessus de son lit. Un garçon brun à petites moustaches légèrement relevées... un rien d'ironie triste dans l'œil. C'était elle qui l'avait élevé... le petit dernier d'une famille interminable dont elle était l'aînée. Elle le décrivait, elle en était fière, comme un séducteur, un sacré coureur de jupons. Et puis voilà... août 14... le ciel si bleu... les pantalons si rouges des pioupious. Ils partent pour Berlin dans les hourrah, les fleurs et les baisers des femmes! Ensuite... la campagne, les champs à la veille de la moisson... des taches de pantalons rouges dans les champs de blé mûr... des centaines, des milliers de taches qui ne bougent plus. Marcelin, c'est une toute petite tache parmi les autres... une croix de bois parmi les croix de bois... une médaille militaire posthume et un chagrin qui n'en finira jamais pour sa sœur.

Sur la route, à l'heure du déjeuner, il passe pas grand monde. Les camions se font désirer. Lorsqu'on en entend un je fonce lui faire des signes. Sans doute que je ne leur plais pas aux chauffeurs... ils se méfient de tout en ce moment. On parle de banditisme dans les feuilles de la Collaboration... de terroristes métèques qui s'attaquent aux honnêtes gens dans les campagnes. Sur de lourds vélos au guidon à la papa, des paysans passent de temps en temps. Et dans le ciel qui se brouille toujours nos potes les corbeaux... leur concert cafardique. Ils vont s'abattre au loin dans un grand morceau de terre labourée... sur une pâture invisible. Peut-être le cadavre d'un honnête Français victime des rastaquouères judéo-mongols.

— Ce qu'on devrait faire, lance Musique subito pendant qu'on se tartine le pâté de Clovis, ça serait de chouraver des vélos.

Ça lui bloque une bouchée dans la bouche au pitaine. Chouraver? Il croit comprendre. Vous voulez dire, voler?... dérober?... soustraire frauduleusement? Il se demande s'il a bien ouï? Il me consulte, moi, du regard... il attend que je partage son étonnement, sa réprobation. Je me réfugie dans une sorte d'indifférence. Quand on veut me faire dire ce que je ne veux pas, je m'intéresse surtout aux corbeaux. Musique, j'en ai l'habitude de ses projets de raids sur les bicyclettes. On a commencé notre carrière patriotique dans le rapt d'une petite reine, vous vous souvenez. Sans attendre que Clovis émette son opinion, Pierrot renchérit... dans ces moments il s'exprime un peu comme son dab... le ton.. les tournures. Il y va... résume... que sans doute, trois vélos, on les dégauchira pas comme ça, dans la cambrousse au pied d'un arbre avec des rubans roses accrocharesse sur le guidon. Simple alors, il suffit d'interpeller le premier plouque qui passe... de lui filer un coup de gourdin sur la coloquinte en traître... pas le tuer, bien sûr, juste l'endormir... l'allonger ensuite dans le fossé et attendre le suivant...

— On en aura vite récupéré trois.

Ce qu'il conclut en se bidonnant. Le capitaine, c'en est trop, il se dresse, il est indigné. Ah non!... pas de banditisme! Et puis quoi encore... lui prendre son portefeuille au paysan, sa montre? Musique il continue de rire. Il dit pas non... une montre, justement il en a besoin... la sienne, c'est un très vieux modèle, un oignon qui se remonte avec une petite clef.

— Mais alors?... Il nous dévisage tous les deux... Vous êtes des gangsters! Vos intentions ne sont pas pures! Vous n'êtes que des petits voyous!

Il devient déplaisant, cézig. Il nous débite ses griefs, qu'on ne lui a pas plu dès l'abord... nos allures, notre façon de parler. Il est un militaire, lui... engagé volontaire de l'armée 40... régulière et tout. Il reprend tout simplement du service mais pas dans une armée de sac et de corde. Il ne rejoint pas un maquis pour aller y chauffer les pieds des cultivateurs. Ça, ça ne peut que porter de l'eau aux écluses de la propagande adverse. On ne l'avait pas prévenu, les chefs du réseau « Honneur et Vengeance » qui l'ont contacté... qu'il aurait à commander des éléments aussi douteux que nous... des escarpes pour ainsi dire. Il emploie le mot apache... il fait des pointes tant on l'indigne, ce guignol. Il remballe son aluminium... ses plats, ses fourchettes. Il nous retire les œufs durs de l'assiette. J'essaie un peu de l'apaiser, le raisonner... qu'on a dit ça comme ça... que mon camarade voulait rire! Il ne veut plus rien entendre, sa religion est faite, elle est catholique dure et pure. Là-dessus il se met à pleuvoir soudain... une forte ondée. Vraiment il nous largue, il retourne à Paris... La ferme des Trois-Chemins, on la trouvera bien sans lui. Au-dessous de Jargeau, il nous précise... près de Trilly-les-Bois! Il ne tient pas à s'acoquiner avec la bande à Bonnot!

— Messieurs, je vous laisse à vos crapuleries!

Voilà. Il a passé sa pèlerine sur son sac... Pas le temps réel de moufter... il s'éloigne, remonte vers le nord. Nous sommes alors sans chef, sans capitaine... orphelins. On n'a vraiment pas eu le temps de renverser le couvercle. Tout ça à cause de Musique... ses préméditations de Pieds Nickelés, sans suite, bien sûr... on ne va pas agresser les croquants cyclistes... ça lui a paru marrant de dire ça. Toujours il balance ce qui lui chante sur le moment. Il va disparaître, ce Clovis, au prochain virage. J'ai pas eu le temps de me le déguster, vous en faire son portrait pied en cap! Je caresse, façon de dire, l'espoir qu'il va se reprendre, pris de remords de nous laisser. « Quelle tante! » dit Musique, il a bien raison. Voilà, il a tourné sous la flotte, de son bon pas militaire. On s'abrite sous un gros arbre. Nous, on n'est pas équipés pour les bourrasques, affronter les intempéries! L'avis de Musique... s'il nous a largués si prompt, ce capitaine de mes deux, c'est pas tant because notre moralité douteuse, nos projets délictueux.

— Il perdait ses légumes... t'as pas vu pendant le bombardement?

J'avais constaté... il avait encore plus la trouille que nous, l'évidence. Et puis après, lorsqu'on avait croisé les SS, il flageolait dans ses molletières. On se demandait bien pourquoi il s'était harnaché de la sorte... en somme pour faire quarante bornes, une petite promenade, un pique-nique boy-scout. C'était tout de même un drôle de gus... un velléitaire pas possible! Rester là, sous l'arbre, c'était pas une solution... on a repris le trimard sous la sauce. Nous, puisqu'on avait lâché les amarres familiales, fallait qu'on aille jusqu'au bout.

Une lettre à son cher papa Tatahouine, Musique

avait laissée sur la table et il était parti comme chaque jour pour le turbin. Depuis deux ans il grattait dans une petite boîte de fabrication mécanique... à l'alésage des pistons. Sa paye, pourtant mince, comptait dans le budget de la crèche. Tatahouine, ce qu'il ramenait en espèces c'était plutôt aléatoire. Quant à Albert, lui, depuis l'époque de la Boiteuse, il s'était envolé vers des tourterelles plus tendres. On savait pas au juste d'où provenaient ses revenus... le marché noir ou les gonzesses? Probable les deux superposés! Enfin le peu qu'il apparaissait c'était en triple semelle... les costards bonne coupe, les tifs coiffés zazou. Il évitait plutôt ses dabes... son frère clodo! Il fuyait tout ça comme la scoumoune. Sans doute avait-il raison... si on prend un peu d'élan, faut tout de suite couper les ponts d'avec les loquedus de sa jeunesse. Ils ne peuvent que vous tirer par le bas du froc pour vous faire glisser dans leur caca, le cloaque où ils s'ébattent, s'esjouissent! Les gens qui arrivent dans la chansonnette, le cinoche, les affaires... ça leur est parfois utile d'évoquer leur enfance gueusarde, d'entonner le refrain misérabiliste..., seulement s'ils ont deux doigts de prudence, une fois la photo tirée, l'émission de téloche terminée... le dernier clap! Hop! s'ils font fissa... la tangente! Ils s'évaporent... on ne les revoit que pour le prochain reportage... toujours le même... Maurice Chevalier dans les rues de Ménilmontant.

Donc nous voici sous la pluie. On fait des signes désespérés aux voitures... aux camionnettes. Ça devient débilitant d'arquer comme ça sous les hallebardes, trempés, transis, harassés. On se prend à des pensées de retour au bercail... juste ça nous traverse, on ne peut guère s'y arrêter. On a prévenu tout le monde, les potes. On part... on a laissé entendre pour une mission d'une extrême importance, alors revenir, regagner nos pénates, c'était affronter des yeux ironiques... des allusions vachardes... se faire maltraiter notre petit orgueil !

Ça faisait maintenant six mois que j'étais branché avec la Résistance. Le grand moment de ma vie, je me figurais. Jusque-là, ça s'était poursuivi cahin nos salades de terrain vague, nos conciliabules, nos propos en l'air. On parlait de rejoindre les Anglais, ça nous semblait le remède de tous nos maux... la vie trop monotone, les restrictions, la dépendance des adultes, la chtourbe ! Tout nous paraissait beau une fois pris le large. J'essaie aujourd'hui de me revoir exact... maigre, boutonneux, va de la gueule... me comprendre. Si je vire le schéma de l'esbroufe, la légende qu'on entretient... j'aperçois, je perçois un zèbre difficile à saisir. Il m'emmerde plutôt de mon point de vue actuel. Il dit n'importe quoi... il se fait piéger... il risque de mourir pour rien du tout. La vie c'est pourtant sa seule richesse... les plaisirs à prendre, le bon air qu'on respire le jour où l'on sort d'une prison, d'un hôpital... le coup qu'on va boire quand il fait soif... la femme qui se déloque, qui s'offre... les courts instants de bonheur qui vous réconcilient avec l'existence toujours ! C'eût été vraiment trop bête, trop abominable de se faire étendre pour le droit d'être sur le monument aux morts, pour la gloire du Général, pour des lendemains qui doivent chanter et qui finissent par pleurer des larmes de sang. Ça me fout le vertige de gamberger qu'une seule balle bien ajustée aurait pu me priver même de mes chagrineuses journées de mitard. Frénésie démente qui nous empoigne... tous... nous et ceux d'en face, la bande à Stéphane... le Bec d'Aigle du R.N.P. Ils nous ont provoqués, ces cons... asticotés ! Ils roulent leur mécanique avec leur uniforme, leur ceinturon, leur baudrier. Merde ! On ne peut pas leur laisser faire la loi sur notre trottoir. On va leur bigorner la tronche. On va en piquer un à notre tour, un soir, près de la Porte d'Ivry dans une cour des maisons de la Ville de Paris. Il a pas le temps de dire ouf! ou quoi... d'appeler, on le bastonne, on le latte à terre, l'enfoiré! On se comporte comme lui après tout. On n'est pas tellement plus leaubiche mais on se sent plus léger ensuite... on combat! Ça serait pas ça, l'époque... le R.N.P. ou le P.P.F., ça serait autre chose... d'autres ennemis, d'autres affreux à démolir... une autre cause à servir. Servir, ça évoque le larbinage... un plus vilain mot que bite, trou du cul, merde et je t'encule, à bien considérer. Je suis un animal... dix-sept dix-huit ans... assez incompréhensible... capable du pire presque et en même temps de gestes généreux, gratuits. Des rêves de grandeur j'en ai quelques-uns dans la tête et puis aussi des petits projets crapoteux. J'aime le risque, oui, et j'ai peur souventes fois... le trouillomètre à moins quarante.

Ma mère, je dois dire, le peu que je la voyais lorsqu'elle passait à la maison, elle m'incitait pas aux actes héroïques. Elle me parlait surtout de pognon... qu'il fallait que j'en gagne le plus possible, le plus vite. Elle pensait comme mon maître François Villon... qu'*il n'est trésor que de vivre à son aise!* Tout le reste lui paraissait d'ineptes fariboles tout juste bonnes pour alimenter la conversation des poivrades chez Anatole où elle allait téléphoner plusieurs fois par jour. On l'appelait aussi. Toute une activité elle avait, mystérieuse. Je respirais en gros de quoi il retournait mais je ne cherchais pas à en savoir plus. C'était devenu une seconde nature ce comportement... Plus tard, lorsque j'ai embrayé dans la truanderie, je serai déjà au pli, parfaitement au point question je la ferme, je vois rien, je sais rien... j'ai rien entendu, m'sieur le juge! Ça m'a pas été difficile. Très jeunot j'étais déjà bien affranchi, je savais que la conversation n'est pas interdite pourvu qu'on sache toujours se contrôler les dérapages. Ce qui me complique mon introspection... cette amoralité... comment la concilier avec le drapeau, le combat libérateur... la lutte pour les grands principes? Sans doute la défaite allemande qui s'accentuait peut expliquer mon ralliement à la bonne cause! J'étais comme la plupart... j'allais instinctif au secours de la victoire. Ça suffit tout de même pas comme explique. La suite... vous allez lire... j'ai risqué plusieurs fois la bastos mortelle entre les deux yeux... le peloton... l'amputation, que sais-je?... le billet de fourgon vers les buchenwalderies, les nuits brouillardeuses d'outre-Rhin! Je me demande, au fond, s'il y a quelque chose à comprendre dans tout ça... mes frasques patriotiques, mes écarts de conduite... mes escapades, ma flemme et mes duplicités. Il faudrait, va-t-on me conseiller, que j'aille m'allonger sur le divan d'un psychanalyste... tout lui dire... Mais cézig il n'en saurait jamais assez... n'est-ce pas... trente sacs la séance... qu'il se beurre les tartines avec mon petit flouse! Le meilleur traitement, paraît-il, dure des dix douze piges... ne s'arrête qu'à la mort du patient.

A vrai dire, on découvre la vérité le jour où l'on entrave qu'il n'y a rien du tout à comprendre... que c'est la confusion en soi, au-dehors... partout. Le fameux combat de nègres dans un tunnel... dans le trou du cul d'un nègre qui se bat avec un autre nègre au fond d'un tunnel. Les psychanalystes, dans l'affaire, ils soignent comme les médecins de Molière... la tuberculose avec des clystères!

Musique, il a toutes les audaces... il a raison, sans un flèche en fouille on ne peut payer que de culot. Toujours sous la pluie fine qui nous transforme en éponge, on avance. Voici au loin un camion... Musique se met au milieu de la route, il gesticule. Il va s'arrêter celui-là, nom de Dieu! Je le vois s'approcher, j'avale ma salive. Il est gris... vert-de-gris même... immatriculé WH... les signes de la Wehrmacht. Je lui gueule à mon pote : « C'est un Chleu ! Fais pas le con ! » Ça l'amuse plutôt, lui, de jouer au con. Le miracle c'est qu'il s'arrête le camion WH, il ralentit... freine sous la pluie. Musique bondit sur le marchepied !

— Orléans ?... Jargeau ?... Pithiviers ?

J'ai pas le temps d'intervenir. Le chauffeur répond, il est seul à son volant... « Pithiviers, Jawohl ! » Musique grimpe, il me fait signe de me grouiller. Il parle au Fritz en même temps. « Nous, monter ? » Il a pas tellement le choix... il répond *Komm hier,* quelque chose de ce genre. Je me retrouve cinq sec, dans la cabine... on se tasse tous les deux sur le siège avant près du chauffeur. Il est hilare, mon petit copain ! Il remercie l'Allemand... c'est un gros, un papa de cinquante piges au moins... un couperosé, son calot n'arrive pas à cacher sa calvitie. Il se marre avec Musique. Ils barrent tous les deux dans un dialogue petit nègre. Je ne finis pas d'en revenir. Je me demande aussi s'il n'y en a pas d'autres, des soldats du Reich à l'arrière... toute une escouade... des plus sveltes, plus nerveux, la tronche ascétique *Hitler Jugend ?* Tout me traverse en même temps... les risques, le grotesque de notre situation. Le bombardement, Musique explique au chauffeur... Boum ! boum ! il mime les avions en piqué... les Mosquitos... tac ! tac ! tac ! Pourquoi on est là... Jargeau, on va chez maman... *Mutter jawohl.* Il comprend le gros. Lui il est *Vater,* papa d'un fils soldat... *Ja ! Ja ! Russland !* Là, il se marre plus, le daron... Russland ! C'est la mouscaille... Je me mêle de la conversation, je connais la phrase *guerre gross malheur !* Il acquiesce. *Ja ! Ja !* Ça ne paraît pas, au pif, le nazi féroce convaincu. Il est pas là, à son volant, en pleine euphorie... fanatique au cœur du combat pour le triomphe de la grande Allemagne... la gloire du Führer. Il a un galon sur la manche pourtant, c'est un unteroffizier. Tout de même inouï qu'il nous ait pris dans sa guimbarde... il doit être en infraction ! Le tracsir me prend qu'on nous arrête, de ses compatriotes, des feldgendarmes sourcilleux... qu'on nous demande des explications. Musique doit lire dans mes pensées, il me répond qu'il ne peut rien nous arriver, nous ne transportons ni armes ni tracts... c'est pas encore interdit de circuler en France. On est convenu de raconter qu'on est à la recherche de travail dans les fermes... en somme volontaires pour le retour à la terre prêché par le Maréchal.

Question écologie il était précurseur, Pétain... on revient dare-dare à ses préceptes. Tout est mode, non seulement la longueur des chevelures ou des robes, la largeur des bas de pantalons, mais tout aussi bien les doctrines, les philosophies, les idéaux, la pensée dominante. Il suffit de dépoussiérer un peu les vieilleries, de leur chanstiquer l'emballage, l'aspect, vous refourguez le blot... le régionalisme, le folklore... la terre seule qui ne ment pas. Simplement il faut trouver un autre langage... un idiome plus adéquat pour les imbéciles instruits. Donner surtout l'impression aux nouvelles couches qu'elles innovent, créent... qu'elles inventent le fil à couper net la tronche du bourgeois, qu'elles découvrent l'ignominie des riches et vous les conduisez où bon vous semble, démagogues professionnels... c'est-à-dire à vous aduler, vous offrir leur travail, leur menue monnaie, leur chère petite âme et leur trou du cul virginal, si vous pouvez encore en user pour votre plaisir. Je ne divague pas, j'observe, je déduis... vous êtes à même de constater tout ça, dans le détail si croustilleux, chaque jour que le Bon Dieu ne fait plus depuis Vatican II, si j'ai bien compris.

Il a raison, Musique, c'est surtout le gros Teuton qui risque de se faire gronder par ses supérieurs hiérarchiques. Il est tout de même pas en France pour ramasser les terroristes sur les routes. Enfin voilà, il nous emmène, ce con, vers notre maquis des Trois Chemins. Dans une semaine on risque de l'arroser, son bahut, s'il passe par nos bois, à la mitraillette *made in England*. Ça me ferait maintenant de la peine, l'idée de le descendre ce pépère. A la guerre on tue anonyme... une silhouette... on vise... bing ! Ça ne vous tracasse pas plus que la pipe du tir forain.

J'ai une petite carte Michelin... je la consulte sur mes genoux. Orléans, ça faisait notre blot par le train, on y serait déjà sans nos alliés canardeurs. De là on n'avait plus que vingt ou vingt-cinq bornes pour atteindre notre objectif dans le secteur de Trilly. De Pithiviers nous avons intérêt à nous diriger sur Jargeau par la route départementale. Ce que j'explique à Musique... qu'on trouvera peut-être un autocar. Je regrette qu'on n'ait pas le loisir d'un détour, fût-ce une journée, on pourrait pieuter chez mes parents nourriciers, les Chaminade. J'avais été cinq six fois les revoir depuis trois ans... chercher un peu de ravitaillement... des voyages pénibles à vélo ou par le train avec des sacs à patates, des valoches. Expéditions périlleuses... le trajet de retour depuis la gare d'Austerlitz à pinces, à la nuit, en rasant les murs. La mère Chaminade m'écrivait toujours pour m'avertir de l'assassinat prochain du cochon. J'étais reçu tout à fait comme un fils... ils auraient été contents de me voir.

Enfin c'était pas possible, ça nous écartait trop et puis, les sentiments, il était bien entendu qu'ils n'étaient plus de mise puisque j'allais rejoindre les purs et durs libérateurs de la patrie. Dans un camion allemand, le comble! Ça m'a fait gamberger à la possibilité qu'on se fasse allumer par des francs-tireurs ! Il y en avait peut-être dans les bois que nous traversions, des petits camarades F.T.P. très décidés à la chasse aux Teutons. Le plus beau, qu'ils arrêtent le camion et nous fassent prisonniers. Ce qu'on fout là-dedans avec ce Fritz ? Pas le temps de s'expliquer avec eux, ils s'embarrasseraient pas d'arguties... raide comme paf en érection, on se faisait flinguer... pas un pli... L'épitaphe : ci-girent deux traîtres... deux collabos dans leur merde !

A Pithiviers, moi j'étais pas fâché qu'on le quitte notre gentil Boche. Il tournait franchement copain avec Musique qui avait sorti son harmonica pour lui jouer *Lili Marlène... Ich hatt'einen kameraden...* des airs de films de Marika Rökk, de Zarah Leander. Tout ce qui est chanson, il retenait les mélodies Musique, il avait l'esgourde. Le Chleu, il bichait... fredonnait. On aurait presque pu en profiter pour lui bondir sur l'alpague, lui piquer son Mauser... détourner le camion ! On s'était rendu compte qu'il n'avait pas de compatriotes à l'arrière.

Notre première nuit maquisarde on l'a passée sous un hangar, à quelques kilomètres au-delà de Pithiviers. Avec des cubes de paille on s'était fait une sorte de cagna... seulement le hic, on se les est tout de même gelées avec juste chacun une petite couverture. Pour se réchauffer on a fait la chasse aux mulots. Loin d'être au palace ! Le ventre creux aussi puisque notre vaillant capitaine avait remporté ses crèmes de gruyère, ses boîtes de pâté, ses œufs durs.

On a repris la route à l'aube. Fallait qu'on se trouve une embellie, un camion ou un autocar pour Jargeau, sinon on risquait de louper notre rencart des Trois Chemins. Vendredi midi, c'était d'ailleurs le dernier délai d'après le capitaine Clovis. Le mieux c'était qu'on soit sur place ce soir même. Ce qui me paraît maintenant... après des années et puis aussi moult lectures sur les événements de la dernière guerre, que la plupart de nos réseaux, nos organisations avaient un côté amateur, improvisé... boy-scout. Je vais être à même de le constater sous peu. Par la suite, dans mes pérégrinations taulardes, j'ai fait connaissance avec des malfrats français qui furent auxiliaires de la Gestapo... la Carlingue comme ils l'appelaient. Ça m'a donné à réfléchir sur le démantèlement de nos groupes de Résistance. Avec de pareilles engeances, la partie était souvent perdue d'avance pour les militaires qui nous chapeautaient. Le combat du vice contre la vertu... le cheval de retour de l'escroquerie contre le bon cave plein d'espérance... qui croit qu'on lui passe une écharpe autour du cou parce qu'il fait froid et qu'on a peur qu'il attrape une angine.

Mon recrutement, moi, c'était parti de *L'imprimerie des Myosotis*. J'avais respiré depuis longtemps qu'il s'y passait des choses curieuses. Des petits tracts circulaient qui pouvaient bien être fabriqués à la taule... ça partait d'une saine logique. Dans les conversations, bien sûr, je pavanais mes opinions... que j'avais l'envie irrésistible de me tirer en Angleterre ou dans un maquis... A l'atelier c'était Crodof ma bête noire. Il me trouvait médiocre travailleur, occupé à n'importe quoi, mais surtout à déconner avec Marcel plutôt qu'attentif à l'ouvrage. Prévisible que j'allais pas faire carrière dans la typographie... je n'y reviendrai que beaucoup plus tard et en client pour ainsi dire. Mon esprit vagabondait sur d'autres parcours. Certain petit matin, à la décarrade du métro... le jour pas encore tout à fait debout sur Paris, je me suis vu... comme ça... un éclair de lucidité... avec une petite sacoche à casse-croûte, miteux, mes pompes semelles de bois, mon froc rapiécé... un vieux lardeuss sur l'alpague... la goutte au nez... mes engelures aux doigts. L'exacte condition prolétarienne... petit mec perdu dans la foule du Moloch Travail. Ça allait durer, ça, combien... quarante, cinquante ans... la médaille au bout comme Crodof... ses bons et loyaux services? Ça m'a filé subito une sorte de vertige. Ce moment je l'ai encore bien net dans ma mémoire... la tentation folle que j'ai eue de tout plaquer, foutre le camp... me tirer en courant, sur-le-champ, là, sans demander mon reste, mon compte... me carapater comme je fuyais Sully-sur-Loire bombardé! Je voyais les autres, les plus vieux, ils entraient dans un petit rade sordide s'en jeter un... peut-être même pas un coup de rouge puisque nous étions en 1943... sans doute un Viandox! Je les ai regardés à travers la vitre... comme ils étaient gris! déjà presque morts! J'ai eu une intense trouille tout à coup... une peur rivée à l'âme... et alors... plus qu'un but, partir... qu'une idée, m'arracher de là, tout risquer plutôt que de continuer cette existence. On a eu beau me raconter ensuite qu'en me syndiquant, en luttant coude à coude avec mes frères exploités, ça déboucherait un beau grand soir sur un monde meilleur, j'étais pas bon à la chansonnette. On vous boucle... cerne de hauts murs, l'insensé y reste... c'est l'homme normal qui se fait la cavale... qui creuse un tunnel pendant des nuits et des nuits, qui se confectionne une corde à nœuds... qui se fabrique un faux pistolet en mie de pain.

L'idée de passer en Espagne pour rejoindre l'Angleterre, ça me maintenait la patience. Seulement fallait trouver l'occase, la filière. Facile à dire aujourd'hui... seul, on ne pouvait rien entreprendre, surtout à mon âge. Plusieurs fois il a été question de me foutre à la porte pour mes retards, les trous dans mon emploi du temps lorsque je partais en commissions, mes blagues de mauvais goût, mes normes de travail tout à fait insuffisantes. Je cherchais presque à me faire bordurer, comme Musique qui restait rare plus de six mois dans une même place. Des boulots de grouillot, de coursier, on en trouvait assez facile, surtout avec le départ des ouvriers pour l'Allemagne, le S.T.O... service du travail obligatoire, instauré par le gouvernement de Vichy. L'étonnant... c'était le père Crodof qui me repêchait toujours, après un petit coup de semonce... un discours moralisateur. Lui, il nous donnait l'exemple, on pouvait pas dire! Lorsque le métro était en rade à cause des alertes, des bombardements, des pannes d'électricité, il se tapait des bornes et des bornes à pinces dans Paris, pour venir tout de même au labeur et si possible à l'heure exacte. A la Libération, sa francisque arborée à la boutonnière pendant quatre piges, ses propos pétainistes l'ont conduit direct à Drancy. Il y est resté deux trois mois... ressorti indigne national, marqué d'un sceau d'infamie et son travail de toujours perdu. Il paraît qu'il en est mort le vieux Crodof... il n'a pas pu supporter tout ça d'un seul coup... tout un univers, une vie, une morale qui s'effondre. Il n'était pas armé pour comprendre. Sa francisque, le Maréchal, les bons et loyaux services, ça l'aidait à vivre... à supporter son existence médiocre. Il était trop avancé en âge pour se recycler avec la Croix de Lorraine. C'est comme les fringues, les idées, passé un certain cap on ne peut guère se déguiser adolescent. Aujourd'hui, moi, je me vois pas tellement métamorphosé hippy, chemise à fleurs par-dessus le false, les cheveux épars sur les épaules... le style mahàtmà, unisex, chienlit...

Mes amours, en plus, avec la grande Marcelle ça m'avait valu des jalminçeries, allusions que j'étais un petit dévergondé d'aller me traîner avec une putain pareille, etc. Ça n'avait pourtant pas duré longtemps. Son fiancé était rentré d'Allemagne, parmi quelques libérés de la Relève. Elle était partie le rejoindre pour se marier, en province, du côté de Dijon. On s'était promis tout de même de se revoir, de se faire encore des cajoleries sexuelles en lousdoc et puis voilà... le temps a passé... la guerre... la Libé. Marcelle, sans doute qu'elle est devenue une épouse modèle. Peut-être qu'elle réprouve, l'âge venant, les mœurs des jeunes filles d'aujourd'hui, arrogantes, dépravées, empilulées, avorteuses. En tout cas, à l'époque, elle m'avait fait brûler quelques étapes avec sa façon désinvolte, avant-garde de se faire calcer... ça m'avait permis de ne pas trop m'attarder dans les grandemeaulneries! Mes regards énamourés sous la fenêtre de Caroline, vous avez lu... ma période rose... romantique. N'allez pas croire que je suis total dépourvu de cœur, de sentiment... l'abject cynique phallocrate. D'ailleurs je m'y étais attaché à la grande Marcelle. L'évidence que l'amour ça passe d'abord par l'entre-cuisses, la pageoterie... Nous, *sous les draps faire nos cent mignardises,* comme Ronsard, le poète... on ne pouvait pas tous les soirs, because monnaie... on n'avait pas de quoi s'offrir l'hôtel. On se contentait, comme la première fois, des encoignures de porte cochère... les ruelles sombres. On s'assouvissait bestial, n'importe où. Juste Marcelle faisait gaffe aux mauvais jours... elle calculait son Ogino.

Mais ceci m'éloigne encore de l'objet, le but de mon œuvre... l'héroïsme, la libération de la France... mon témoignage vécu vrai sur l'Occupe, la Résistance. J'en suis déjà aux portes du maquis et en même temps je vous ramène au moment où je vais m'engager dans l'armée des clandestins. Un soir de décembre donc... je retourne à la boîte, bien après l'heure de la sortie. Du tabac j'ai oublié dans mon placard au vestiaire... du belge... eh oui!... que je dois refourguer le soir même... plusieurs paquets... des petits bénefs que je n'ai pas les moyens de laisser passer. Je sais par où rentrer lorsque la porte principale est lourdée face à l'asile de Sainte-Anne... je passe par les bureaux, c'est l'heure de l'équipe de ménage. Je me glisse... je suis déjà revenu pour piquer des trucs, du papier... du carton... des bricoles sans valeur qui auraient pu me valoir les pires emmerdes... déjà la taule peut-être, la Santé toute proche. En ces temps, on vous bouclait pour trois poignées de dattes et la refourgue d'une paire de chaussettes. Ce soir-là je suis tombé sur les fameux terroristes, les imprimeurs de tracts. Ils sont là... trois... brusque devant mes yeux... ne m'ont pas entendu venir, merde! Je suis le plus gêné... j'ai l'air d'un espion, d'un voleur. Au brochage ils sont... dans l'atelier Joulia. Il est là lui-même, M'sieur Joulia... un homme sec, impératif, qui marche avec une canne à cause de son pied bot. Je suis entré très vite, pressé. Je me bloque, je sais pas quoi dire. Ils ne m'attendaient pas. Je devrais penser, me dire que ce n'est pas très au point leur organisation... je pourrais être un flic, un membre de la Gestapo, n'importe qui. Joulia, tout de suite, il m'attaque sec.

— Qu'est-ce que tu viens foutre là, toi?

— Rien, je réponds idiot...

C'est pas possible, rien... Avec Joulia il y a deux typos, Leganne et Dubreuil, un petit et un grand... un vieux et un plus jeune. Leganne s'est avancé... c'est le vieux, le petit. Il m'argougne au col, Georges Leganne. Lui, il se doute tout de suite... se goure que je viens sans doute me servir à la foire d'empoigne. Je suis tout le temps avec Marcel Flaireau et celui-là on sait bien qu'il pique tout ce qui traîne, tout ce qui lui tombe sous la paluche... Qui se ressemble... s'assemble... il en conclut que j'ai moi aussi la patte leste.

— Qu'est-ce que tu viens piquer encore?

Ce que j'ai vu tout de suite en entrant... ce qui a

aimanté mon regard... sur la table derrière lui des paquets de brochures. Certainement pas une commande pour un laboratoire pharmaceutique. J'aperçois net une Croix de Lorraine sur la couvrante.

Il me jacte sourdine Leganne, il ne veut pas qu'on puisse nous entendre. Il me secoue, les deux autres se sont avancés, me cernent. Heureux qu'on n'est pas dans une pièce de Jean-Paul Sartre, je passerais alors tout de suite mon sale dernier quart d'heure. La Cause... les moyens... ils philosopheraient un bon moment tout de même... s'ils doivent ou non employer les mêmes méthodes que l'adversaire fasciste... s'ils ne vont pas renier le pourquoi de leur combat en sacrifiant un innocent. Et au finish, au bout des blablas sorbonnards, bing! la balle dans ma tronche malgré mes supplications... mon corps, avant que le rideau tombe, au milieu de la scène... sanglant... sans sépulture! Plus tard, dans deux trois siècles, il ne restera peut-être que ce genre de théâtre témoignage de notre époque. Ça leur fera, à nos descendants, une singulière imagerie de nos mœurs à la fois pédantes et meurtrières. Ils vont pas me buter là, mes trois résistants, mais tout de même je les emmerde bien. Dubreuil s'interpose, lui il me connaît mieux. Il est du quartier, de la rue Vandrezanne. Il rassure un peu ses copains. Il m'a entendu déblatérer anti-Chleu. Il connaît mes sentiments.

— Faudra oublier ce que tu as vu, môme... C'est très grave ce qu'on te dit là...

Oublier... comment oublier? Je les vois toujours leurs paquets de brochures... le titre... *Pour un combat libérateur!* Si je suis d'accord pour m'y engager! Je me lance... me propose de les aider... de faire n'importe quoi... tout ce qu'ils me demanderont. Je n'attendais que cette occasion, je leur jure tous les grands dieux. S'ils connaissent une combine pour aller en Angleterre, j'en suis! Joulia, je sais, il m'a pas tant à la bonne. Il ne me trouve pas sérieux, ultra-léger... crâne de piaf, il emploie l'expression! Oh, il n'a pas tout à fait tort! A ce moment-là je n'ai dans la tête que des futilités, velléités... gamineries... des obsessions de fesses! Si je suis tout prêt, feu et flamme, à me lancer dans les tracts, la guerre secrète, le terrorisme... ça ne part pas d'une réflexion très profonde, j'avoue. J'ai envie surtout de vivre plus intensément... de m'offrir un peu d'aventures comme celle que je lisais dans *Robinson* avant la guerre.

Dubreuil plaide ma cause... on peut toujours m'essayer. Certes il trouve que je n'ai aucune maturité politique. Il me le dira un peu plus tard en m'invitant à lire des ouvrages essentiels pour un jeune désireux de voir le monde changer de bases. Pas sorcier de deviner ses options... même avant que je le poire en train de fricoter avec ses brochures, je le savais plutôt du côté des camarades. Pas le même style que Tatahouine en son époque militante mais enfin, dans ses propos, il ne laissait aucun doute sur ses sentiments envers la patrie des travailleurs et son bon papa Staline. A le voir, on l'imagine pas fanatique... il est plutôt du type jovial... trente-cinq ans environ et des grosses lunettes de myope... ce qui l'a fait réformer en 39, sinon il serait plus que probable en Allemagne embarbelé jusqu'au col de sa vareuse kaki! Voilà, il m'avertit que je sois discipliné... tout à fait à l'œil et au doigt. Il faut que je fasse mes preuves maintenant.

Oh! je vais les faire! Je suis prêt à tout... je m'exalte... J'entre dans cette période couleur de muraille... messages secrets... missions spéciales... mots de passe... actions clandestines! Ça me fait une musique enivrante tous ces vocables. Je mords à l'hameçon. Je me donne l'air grave, je joue enfin un rôle qui me transporte un peu au-dessus du commun. Je relève le col de mon lardeuss. J'ai le chapeau, le même que Jean Moulin sur les photos. Sans doute je dois dire de temps en temps des choses redondantes... les phrases que je ne dirais plus aujourd'hui. Liberté... peut-être ai-je écrit moi aussi ton nom... je ne me souviens plus au juste... sur un mur de chiottes... il n'empêche!

A Jargeau on y est arrivés cahin, à coups de camions à gazogène qui nous faisaient faire dix douze bornes... un vieil autocar sur une portion du parcours. Le temps s'était un peu remis... le soleil nous réchauffait à défaut de nous nourrir. Toujours notre grave problème... d'intendance... Dans les villages, les fermes sur la route, pour leur faire sortir de leurs planques un bout de fromage, un morceau de lard, ils n'entravaient, les plouques, que la musique des fafiots... le froissement divin des grands formats. Dans quelques mois, ils seront tous exclusivement patriotes mais, en attendant, ils ont toujours la mentalité de juin 40... le verre de flotte qu'on fait payer cash aux réfugiés!

Voici Jargeau, nous y entrons sur les traces de la Pucelle... 1429... elle a borduré les Anglais de la ville. Tout le monde se l'accapare Jeanne la bonne Lorraine... se trouve les meilleures raisons du monde. Elle se réincarne en de Gaulle qui va venir bientôt bouter l'Allemand hors du royaume. A Radio-Vichy, Philippe Henriot nous l'assaisonne à sa façon dans ses diatribes... les Anglais bombardent Rouen... pour brûler la Sainte une seconde fois! On en est maintenant à la guerre totale... entre nous et contre les Fritz. Ça devient de plus en plus à la balle et au couteau... tous les coins de rues... par les monts, les bois et les champs... les mairies, les églises... entre frère et sœur! Je vais pas tarder à me rendre compte... Pourtant Jargeau, ce matin d'été, ça semble la ville bien paisible... la douceur... des bords de Loire... l'impression que les existences ici se déroulent quiètes... un peu en dehors de tout. La statue de Jeanne d'Arc sur la petite place du Martroy... l'Histoire s'est figée dans le bronze. La pose n'est pas si héroïque, je trouve... elle tient mollement son oriflamme, la Pucelle, de la main droite... de la gauche elle vous fait un petit signe amical! Les chiens pissent sans respect contre le socle.

Que je vous donne un peu la couleur du ciel... d'un bleu dru, ça nous promettait peut-être quelques beaux jours pour entamer nos aventures. On arrivait à pied depuis la Fay-aux-Loges. Le pont suspendu sur la Loire entre Saint-Denis-de-l'Hôtel et Jargeau a été endommagé par les bombardements... réparé hâtif par les Boches. On reste un instant à regarder le paysage... sa douceur... que rien ne vous heurte les yeux... que tout s'harmonise! Ce qui me passionne, moi, c'est la flotte... le fleuve qui coule, qui charrie les eaux boueuses des dernières pluies. Je sais pas, j'ai toujours l'envie irrésistible de pisser lorsque j'arrive devant un cours d'eau. Faudrait que les Diafoirus psychanalystes m'expliquent ce que ça peut bien signifier... peut-être un symbole de conquête!

Musique, lui, il glaviotait dans la flotte... le plus loin. Il avait une force terrible au jeu des mollards... une distraction innocente de notre prime enfance. Il atteignait le quai d'en face dans le métro... slof! On ne parlait pas lerche, on suivait chacun nos pensées. Il était peut-être trois quatre heures... la ville était comme endormie. Fallait maintenant s'inquiéter de cette ferme des Trois-Chemins. D'après l'autre, le Clovis déserteur, c'était à quinze vingt bornes dans les bois en direction de La Ferté-Saint-Aubin... Sur la carte Michelin, il n'y avait rien d'indiqué. Mais ce qui urgeait... qu'on se cale un peu les mandibules...

qu'on trouve un peu de tortore, une auberge qui nous serve une soupe. Depuis l'aurore on n'avait bu qu'un vilain café d'orge à la saccharine dans une de ces buvettes de campagne où il ferait bon venir se flinguer. Le dernier regard sur le monde... les décors... la clientèle d'ouvriers agricoles abrutis de vinasse et de besogne... la patronne rogue... toute sa vilaine graisse qui couve un triste magot derrière son zinc poisseux... sous le papier tue-mouches... ça vous encourage à quitter définitif toute cette tristesse!

Nous n'en étions pas là, heureux!... le magot d'une patronne de troquet, ça nous aurait bien rendu service. A notre âge on aurait peut-être même pu la sabrer, la grosse, pour lui faire cracher un peu sa monnaie...

Pour se pointer dans une auberge on faisait un peu clodos comme clients. Nos ressources faméliques... nos morlingues plats, ça nous rendait plutôt timides à la lourde des restaurants... Une femme à cheveux gris, la taulière. Elle était seule dans sa gargote... elle nous a regardés, attentive, sans répondre à nos paroles de politesse. On voulait... un Viandox, quelque chose comme ça... on avait acheté du pain et un morceau de pâté de je ne sais quoi sans tickets. On prétendait que les Chleus, avec de la houille, fabriquaient de tout... du beurre, des fringues synthétiques, du calendos... même du pâté de lièvre, d'alouette, de grive! C'était tout de même de la drôle de bectance, le pâté à la houille parfumé grive provençale. Sans être expert, Gault-Millau, fin gastrolâtre, c'était ardu de se faire piéger! Ça vous rendait tristouille à table la contemplation de ce pain gris... de ces nourritures terrestres aussi peu naturelles.

— J'ai des œufs, ça vous convient-y?

Elle nous attaque sans préalable. Bien sûr, des œufs, ça nous convient! Simplement, elle risque de nous filer le coup de bambou marché noir à la décarrade, et on n'a pas de quoi y faire face.

— Passez à la cuisine, ça vaudra mieux...

Elle nous propose tout ça sans sourire... nous montre la lourde. Dans sa cuisine, là, ça sent le vrai civet... des odeurs de temps disparus. On s'assoit. Musique, il éprouve le besoin de justifier notre voyage pendant qu'elle nous met des assiettes sur la table, des couverts... qu'elle casse les œufs dans un compotier. Il lui raconte notre petit scénario prévu... qu'on va descendre vers le Berry pour travailler dans la ferme d'un oncle à moi cultivateur... qu'à Paris on crève la dalle et qu'on risque en plus d'y finir sous les bombes. Il se fait plaisant... toujours son brin de gouaille... le mot pour rire au bon moment. La dame acquiesce mais ne se marre pas. Je bigle sa poêle, moi... elle nous confectionne vite fait une appétissante omelette. Ça devient le Pérou... elle nous sort ensuite d'un placard un morceau de bricheton tout blanc, comme si de rien n'était... plus de guerre, plus de Fritz... les beaux jours de la saine boustiffe revenus d'un coup de baguette magique. Tout de suite je résiste au sortilège, je me mets en quart... je préviens la fée.

— Nous n'avons pas beaucoup d'argent, madame.

Elle hausse les épaules. On lui donnera ce qu'on veut, ce qu'on peut! Et voici l'omelette sur la table. On va lui faire un sort immédiat... pas le temps de la laisser refroidir. Elle nous sert aussi un verre de picton... elle s'en écluse un, mais toujours triste, sans cesser de nous bigler. On a beau être tout à notre festin, elle finit par nous gêner avec son regard.

— Y a pas beaucoup de travail par ici...

Ce qu'elle nous dit sur un ton neutre, d'une voix un peu sourde. Elle ajoute que nous ne sommes pas les seuls à chercher du boulot dans la région... y a de la concurrence! Elle trouve même, à son idée, que nous sommes beaucoup trop nombreux. Les Allemands, ça leur plaît pas tant de voir partout de la jeunesse avec des sacs de camping... ça les rend nerveux de la gâchette. Depuis le débarquement, il en passe des quantités, des convois de toute sorte... est-ce qu'elle sait... des SS, des pas SS de la Wehrmacht... et puis aussi des miliciens ! On est peut-être au courant de la Milice ? Elle a un siège à Orléans, et puis des agents de renseignements un peu partout.

— Nous, on n'a rien à craindre, dit Musique, on est en règle.

Elle s'est levée, la patronne, nous chercher un morceau de fromage. De dos, elle répond à Musique.

— Mon petit neveu aussi il était en règle et, lui, son père est cultivateur dans la région.

Était... ça me bloque la bouchée de pain blanc dans la gorge... l'imparfait... le passé ? S'il était c'est qu'il n'est plus ! Je vois venir la poloche... On se consulte avec Musique des yeux. Elle ajoute presque à voix basse, presque pour elle-même...

— Ça n'a pas empêché qu'ils l'ont fusillé, ceux d'Orléans.

Juste à ce moment un client est entré, on a entendu la clochette de la porte. Ça lui a coupé l'émotion à la dabuche, elle est retournée dans la salle pour le servir... un type qui voulait un coup de blanc. Pour tout arranger il a remis ça, le client. On l'a entendu... son accent plouque... il se plaignait aussi qu'il y avait des Boches partout dans la région... que tout ça allait finir par du grabuge.

Le grabuge, on était descendus précisément pour qu'il y en ait... on ne pouvait pas se plaindre après tout. Seulement, tels que nous étions là, avec nos fringues minables, nos petits sacs... ça nous faisait pas lerche pour déclencher la corrida. Simplement, fallait qu'on aboutisse aux Trois-Chemins, où on nous y attendait avec du matériel, des mitraillettes, des flingues, des grenades... de quoi nous défendre, créer un climat d'insécurité sur les arrières de l'ennemi. Il nous suffisait donc d'être très prudents pour arriver en bon état de service sur les lieux de notre rendez-vous.

Elle n'a pas voulu qu'on la paye la dame aubergiste... pas un petit rond même symbolique. Sur le pas de la porte, elle nous a donné en vitesse le dernier conseil de remonter sur Paris si nous avions un peu le souci du chagrin de nos mères ! Ça nous cassait un peu la baraque... l'impromptu de l'omelette... le neveu qui était et qui n'était plus ! Elle avait sans doute raison, cette brave femme, mais allez donc empêcher les chiots de courir, de foncer à l'aveuglette. On était total insensible à tout ce qui pouvait s'apparenter à la prudence. Beau nous dire, nous avertir... la mort, notre mort ne nous paraissait pas une chose possible. C'est toujours pour les autres, les pelotons d'exécution... bien connu.

Elle m'a rappelé, notre aubergiste, comme ça, un poème de Déroulède appris à l'école... A cette époque, on nous éduquait patriotes en classe... on serinait des vers bien pensants, paternalistes, pompiers, pompeux. « Bonne vieille que fais-tu là ? » L'histoire d'une mère... « J'ai mon fils soldat comme toi ! »... la chute mélo... les larmes qui vous montent.

Ce qui me semblait avec tout ça... l'ambiance pas très relax, décontract dans le secteur. La plus élémentaire prudence nous commandait d'éviter les routes nationales, les grandes artères pour atteindre notre ferme rendez-vous. On avait maintenant large le temps d'y être pour le lendemain midi, même en circulant à travers champs afin d'éviter les mauvaises rencontres. Finalement, ça nous excitait ce danger, il faut bien l'avouer. La ferme des Trois-Chemins se trouvait au sud-ouest de Jargeau... dans la direction de La Ferté-Saint-Aubin. Le village le plus proche c'est Trilly-les-Bois. On pouvait couper tout de suite, éviter de traverser la route de Sully... foncer au pif vers le sud. Un sentier allait par là... qui s'élargissait à la largeur des chariots. Fatal, on allait trouver des fermes sur le chemin pour se rencarder. On a fini par marcher sans plus penser au danger. La campagne autour était souriante... bien verte... notre chemin bordé d'aubépines, de petits trembles... charmant parcours, si nous l'avions emprunté simplement pour la promenade. On distinguait quelques toits dans les lointains... des vergers. Tout nous paraissait rassurant.

Après avoir traversé une petite rivière sur un pont de bois, le chemin descendait en raidillon, piquait sur la gauche. Ça, ça nous brouillait l'itinéraire... on allait se retrouver où? Notre carte Michelin, pour circuler en rase campagne, elle nous servait pas lerche. En tout cas les Fritz ils patrouillaient bel et bien dans cette cambrousse paisible. On est tombés dessus une borne plus loin... ils sortaient d'un bois. Le réflexe de s'aplatir immédiat au sol et ramper jusqu'à un fossé boueux. Savoir s'ils nous avaient repérés? J'ai jeté un œil pour me rendre compte. Ça ne paraissait pas, ils descendaient vers nous, arme à la bretelle, sans se presser. De toute façon maintenant on ne pouvait plus bouger. Ils étaient douze, une escouade. D'où nous étions avec un F.M. on aurait pu les allumer, les ratatiner tous sans qu'ils aient le temps de réagir. Ça me semblait, me traversait les méninges malgré la trouille qui me serrait les tripes. Des choses qu'on m'avait apprises aux cours du soir de l'organisation... l'utilisation rationnelle du fusil mitrailleur 1924 modifié 29. En janvier ou février que ça avait commencé mon éducation guerrière... jusque-là Dubreuil m'avait fait transporter des tracts, distribuer des petits journaux dans les boîtes aux lettres, coller des papillons vengeurs sur les murs du quartier. Je m'étais acquitté de mes missions par tous les temps, sans me préoccuper des feldgendarmes, des risques que ça comportait... tout à fait heureux de jouer au terroriste. Et puis voilà: « Tu viendras ce soir à neuf heures, 49 bis boulevard Saint-Marcel, 4e droite. » Si j'y suis, je sais à peu près de quoi il retourne... le cœur battant plus fort qu'à un rendez-vous d'amour! C'est Leganne qui m'ouvre... il me présente à un lascar cheveux en brosse... environ vingt-cinq ans, le genre tout à fait militaire! D'ailleurs ça se confirme: colonel Carentec. Il me serre une pogne écrase-doigts. L'appartement spacieux, sombre... meublé à l'ancienne... le plancher ciré... des tapis, des fauteuils, des canapés... un peu à l'abandon, poussiéreux... Un endroit qui n'est pas habité tous les jours, c'est évident. Ils ont refermé la lourde derrière, double tour... verrous de sûreté. Me voici dans une grande pièce vide... juste quelques chaises... une glace au-dessus de la cheminée... et un feu de bois qui crépite. Ils sont combien là-dedans?... sept en comptant les Cheveux en Brosse, Georges Leganne et puis Louis Dubreuil... une femme parmi eux, une petite brune, sèche, noiraude. Mais tout ça m'arrive en même temps... je serre des paluches. Ils ont tous l'air de circonstance... grave... comme dans un film. On ne sait plus avec le cinoche qui imite l'autre. Quelqu'un m'a offert une Gauloise... par les temps qui crachent, une toute cousue c'est un vrai cadeau. Le colonel, je le trouve jeunot, pas du tout conforme à l'image que je me faisais jusqu'ici d'un colonel. Ça me venait des pantalonnades du septième art... *Les Dégourdis de la 11e*... le père du régiment avec des bacchantes en croc... le bide... le stick... Saturnin Fabre dans les fernandelleries. Carentec, lui, c'est plutôt le genre *Trois de Saint-Cyr*... il donne pas l'envie de la marrade. Il nous attaque... un bref discours... des consignes de sécurité, de discrétion absolue... et puis il entre dans le vif... bientôt les tâches de propagande ne suffiront plus... la Libération approche. A l'heure H on va passer aux actes. Seulement, pour agir, ça nécessite qu'on soit techniquement au point. Nous sommes réunis en vue de...

A la dérobade, tout de même, je frime la noiraude... sa dégaine... elle est en pantalon. A l'époque c'est rare une gonzesse avec un futal comme un homme... mal vu... ça prête aux interprétations... qu'elle croque de la gousse. Elle a pas du tout l'air mimi-pince-fesses. Elle recharge le feu... Ça n'empêche qu'on caille des genoux dans le salon. Mais voici l'objet principal de notre réunion. Leganne vient de le poser sur le tapis... un fusil mitrailleur 24-29... tout monté avec ses deux pattes d'insecte à l'avant. Un autre nous amène maintenant des flingues, une petite mitraillette noire... des grenades. On se les gave visuel... épatés, heureux! Avec le feu dans la cheminée, ça évoque un peu les jouets de Noël. On a laissé nos pompes semelles de bois et le petit papa de Gaulle est descendu du ciel.

En tout cas je n'en perds pas une broque. Cette fois je suis enfin un véritable franc-tireur. Je suis au plein du danger dans cet appartement bourgeois! Si je biche!... le frisson de l'aventure! Je vais y revenir ponctuel, élève studieux, aux cours du soir chez le colonel Carentec... apprendre le fonctionnement, le démontage de tous ces jouets de mort... les grenades quadrillées... les allemandes à manche... les flingues... la mitraillette Sten et surtout ce F.M. 24-29 auquel je pense tandis que la patrouille boche avance vers nous.

Je mouille tout de même ma limace, mon calbute... je reste la tête bien collée au sol. Ils jactent, je les entends net... l'un d'eux se marre... *Ach, so!* Les minutes comptent lourd en ces circonstances... s'il leur prend la fantaisie de traverser le champ, on est bonnard... notre épopée s'arrête séance de quelques balles de Mauser. Notre façon de se planquer à leur approche ne laissait aucun doute sur nos futures intentions. Peut-être, si nous n'avions pas été becter chez l'aubergiste aux cheveux gris, les aurions-nous affrontés, ces Chleus, bille en tête... dans le rôle de paisibles promeneurs. Savoir ce qui nous serait alors arrivé?

Puisque je suis là à écrire, ce matin d'hiver 1977, c'est que la douzaine de Fritz ne nous a pas débusqués dans notre fossé boueux ce soir de juin 1944... Je vous reprends donc mon récit un peu plus tard à la nuit qui tombe... dans un bois. On devait sans doute arriver à Trilly... là, on trouverait bien quelqu'un pour nous rencarder sur cette ferme des Trois-Chemins. C'était la nature autour de nous, on n'y était pas tant habitués... La fraîcheur du sous-bois... on se perdait dans les broussailles. De temps en temps l'alerte!... un oiseau s'envolait brusque à notre approche. On s'arrêtait net... les jetons! Toujours on pensait à la patrouille... les Frisés avec leurs mitraillettes Schmeitzer manche galalithe... une arme redoutable que j'avais démontée, trifouillée, un soir chez le colonel. On évitait de se parler avec Musique. Fallait s'arracher de ce bois avant que la nuit *comme un manteau nous recouvre,* la vache! Pour me donner un peu de battant... me regonfler les balloches, je pensais à des trucs... à Marcel, sans doute, toujours dans ses petits trafics... à gratter les tickets de pain de vingt-cinq grammes pour en faire des sept cent cinquante à la gouache... un travail d'orfèvre pour un bénef minable! Je revoyais des tronches... tout le voisinage... ma concepige et sa fille Marthe, Anatole, la Marie Coin-Coin... les Grenouillard... la surprise que j'allais leur faire, à mon retour le jour de la victoire, à tous ces cloportes. Je commençais à vivre une aventure qu'ils ne pouvaient même pas imaginer dans leurs petites têtes de besogneux!

— Ils doivent avoir des clébards.

Musique me cisaille la gamberge qui s'orientait vers les jours de gloire. Les chiens... oui... comment n'y avait-on pas pensé plus tôt, merde! Ils en ont même des sévères, des compatriotes en quelque sorte... bergers allemands.

— La nuit, ils doivent rester dans leur cantonnement.

Je me rassure tout haut. Pourquoi se risqueraient-ils dans les bois, les forêts, la nuit pour se faire surprendre comme des cons. On les taxait de balourdise, nos vainqueurs de juin 40, dans les histoires drôles, les petites plaisanteries de bistrot, ça nous consolait, nous rassurait sur notre brillant intellect. La vérité, maintenant qu'on a à peu près tout en main pour juger de ces événements, c'est qu'on s'était fait aplatir, anéantir aussi bien sur le plan de la technique que sur le terrain du courage et encore plus dans le domaine de l'intelligence. Les balourds Teutons nous avaient feintés, enveloppés, encaldossés avec ingéniosité, clairvoyance, imagination, rapidité... Un sens de la stratégie incroyable! Ça, nous ne pouvions pas le leur pardonner. Ils nous avaient ridiculisés... alors, à présent, depuis que les Américains avaient pris pied avec leur armada en Normandie, on allait se venger... leur faire payer pas tellement leurs atrocités, les fusillés, les Juifs déportés... les biens confisqués... mais surtout cette humiliation, que nous avions tous plus ou moins ressentie, d'avoir été réduits à l'état de carpette par bêtise après avoir rodomonté devant toute la planète. Un peu comme un minable bâti en bouteille Saint-Galmier qui ramène... roule de ce qu'on va voir devant un tranquille athlète. Tellement il est infatué, le minus, qu'il n'a même plus le tout petit poil de bon sens pour se rendre compte de la roustasse qu'il va recevoir devant les dames.

Et maintenant que la bête est blessée, exsangue, qu'elle trébuche... on attend la curée... qu'elle soit bien à terre, bien K.O... pour la glavioter au nom de la France éternelle et des grands principes. Je ne suis qu'un jeune clebs dans la meute.

Le bois se termine en petites pousses... je vous reconstitue à peu près... buissons et arbres nains. Il s'estompe doucement dans la campagne comme pour ne pas heurter le paysage. Une ferme en briques rouges qui se dessine dans la demi-clarté... un chien qui aboie... on entend aussi le mugissement d'une vache. En approchant, ça renifle la paille, la terre humide... une bonne odeur malgré tout de fumier. Le clébard tire à mort sur sa chaîne... c'est un gabarit inquiétant... un molosse qui redouble dans ses aboiements. Rien ne bouge dans la ferme, pourtant il y a du monde... une pièce près du perron est éclairée... on distingue à travers les volets. On appelle... interpelle... quémande une réponse. Elle se fait attendre... arrive au bout de quelques minutes... une voix d'homme derrière la fenêtre. Ce qu'on veut? Elle a pas l'air tant rassurée cette voix de péquenot.

— La ferme des Trois-Chemins, mais c'est au diable vauvert dans la forêt... La nuit vous trouverez point... Et puis y a jamais personne aux Trois-Chemins, c'est une maison abandonnée.

Une vois féminine s'en mêle... sèche et tranchante. Elle nous demande, pas très gentiment, de déguerpir d'ici.

— On a assez d'emmerdements comme ça!

L'homme, il finit par entrouvrir son volet pour voir tout de même à qui il a affaire... notre aspect... si on est des bandits ou quoi! Lui, il a des grosses bacchantes noires comme Auguste Chaminade, mon père nourricier... la seule chose qui me revient de son visage.

— Je sais point ce que vous allez faire aux Trois-Chemins mais vaudrait mieux pas passer par le bourg...

Il n'en dit pas plus... j'essaie de lui faire préciser son conseil, j'insiste.

— Y a plus rien à dire...

Ce qu'il me réplique... et je distingue ses yeux maintenant... qui expriment plutôt la pétoche. Musique lui demande si nous ne pourrions pas coucher dans sa grange, celle qu'on voit, là, sur la gauche. Il fait pas bien chaud, on ne voudrait pas dormir dehors.

— Allez-y si vous voulez, mais je vous préviens, moi, je vous ai pas vus ! Si on vous demande quelque chose...

— On dira qu'on est entrés là sans votre permission...

Musique achève sa tirade, le remercie tout de même. La patronne renaude, elle, encore... tire son homme par la manche...

— Si les Allemands viennent ? Ah, non ! foutez le camp ! C'est pas possible...

Il est plus charitable le croquant mâle... enfin je me le figure. Sa gravosse, il la repousse en lui marmonnant je ne sais quoi. Il nous fait signe qu'on peut y aller.

En tâtonnant, on va se glisser dans la grange, dans le foin. Malgré la fatigue je n'arrive pas à m'enroupiller. Cette chiasse noire des pétzouilles n'est pas due simplement à un excès de confiture de rhubarbe ! C'est de la colique inspirée par des Teutons pas du tout folâtres. On ne peut pas, avec notre mentalité flambante patriotique juvénile, se mettre à leur place à ces paysans. Ils sont entre deux tirs, deux chaises... leur cul ! Dans toutes les régions de maquis, ils se retrouvent coincés... obligés, mitraillette sur le ventre, de ravitailler, d'héberger les francs-tireurs... ensuite les miliciens ou les Chleus peuvent rappliquer... leur riffauder leur ferme en représailles, troncher leur femme, leurs filles... encore heureux s'ils ne les flinguent pas ! On en revient, à peu de chose près, à l'époque des Grandes Compagnies. Toute la France s'embrase... nous sommes juste à la date d'Oradour-sur-Glane... des balcons de Tulle ! La *Das Reich* sur son parcours sème la mort, les incendies ! On pend, on étripe, fusille qui mieux mieux ! Les règlements de comptes ne font que commencer... les collabos creusent leur tombe sous la menace des Sten. Ça va devenir, les jours qui viennent, le temps des reniements, des larmes, des tortures, des enterrés vifs... les bacchanales sanglantes... la furie périodique des hommes ! Tout est bon, alors, tous les prétextes... il faut tuer, il faut le feu, la destruction. Vous aurez beau faire, dire, écrire, décréter l'amour universel les uns des autres... l'hurler, le prêcher... la colonne des pacifistes rencontrera, fatal, sur le boulevard, au coin d'une rue, n'importe où... les partisans de la paix en groupe. Ils sont pas du tout d'accord sur les termes, la tactique à suivre... sur le sexe de leur ange tutélaire... Ils voient l'avenir, les uns en rose, les autres bleu. Entre deux couleurs, camarade, tu dois choisir... sinon tu es du camp adverse et alors t'es plus du tout une personne humaine, tu t'exceptes du précepte, merde !... on te met le carcan, on te knoute, t'électrocute, t'écartèle... on t'encaldosse au fer rouge, on te fait crier « Vive le Christ Roi ! » « Vive le Parti ! » « Heil Hitler ! » « Vive la Paix ! la Fraternité ! »... On t'ensevelit sous les ordures... les juges légifèrent rétroactif ! les curetons bénissent le vainqueur ! les femmes se font foutre dans le lit des morts. Vos deux siècles de civilisation judéo-chrétienne pèsent un centigramme dans la balance, sur l'autre plateau il y a mille tonnes de barbarie subitement. Personne ne voulait s'en rendre compte ! On se racontait de belles histoires, on se gavait de grandes, de nobles phrases... Elles servent maintenant à tuer, voilà tout ! C'est l'instinct de mort qui s'éclate... déguisez-le comme il vous plaira, il est encore plus tenace, plus puissant que le rut... au bout du parcours il a toujours le dernier mot.

Nous, dans notre grange, on est là dans le noir avec nos petites gambergeades d'encore écoliers, on n'a rien compris jusqu'ici... on est dans les mots, les images de cow-boys, les Pieds Nickelés, Bibi Fricotin. On entend les rats, les mulots qui grattent... les bruits de la nuit au-dehors... une chouette qui ulule... le vent dans les branches. On est deux pauvres mômes, je me rends compte aujourd'hui... on nous sortirait de là à coups de crosse pour nous abattre dans la cour, quelle signification ça pourrait avoir ? Je me demande après quoi nous courions ?... quelle lubie ? N'appelez pas ça pureté surtout... on avait au cœur des choses pas toujours très reluisantes, des aigreurs, des bouffées de haine... des vanités imbéciles mêlées à ce besoin de se faire la belle de notre condition calamiteuse.

Le matin le fermier est venu, sans doute en cachette de sa revêche compagne, avec du lait dans une timbale et un fromage. On l'a payé naturlich mais le geste était tout de même là... il avait eu pitié de notre appétit... Dieu le bénisse, ce croquant à moustaches, comme l'Auvergnat de Georges Brassens ! Il nous a expliqué l'itinéraire pour atteindre la ferme des Trois-Chemins. J'ai noté fur à mesure, c'était plutôt embrouillé. Fallait en tout cas contourner Trilly... parce qu'à Trilly, il y avait la Milice. Elle n'aimait pas les traîne-broussailles, la Milice ! Il ne savait pas, le moustachu, ce qu'on venait faire dans la région... oh ! il ne voulait surtout pas le savoir mais, enfin... il nous disait tout ça histoire de causer... et puis, par la suite, on était susceptible de témoigner qu'il s'était conduit gentil et humain, patriote en somme... faire mieux, vraiment il pouvait pas, les temps étaient devenus très durs !

Ça, on pouvait dire... des temps tout à fait inhumains. Par les oreilles que ça nous est parvenu... des coups de feu au loin, des rafales... encore des coups de feu un à un... sinistres... qui déchiraient la rumeur forestière... interminables... bang !... bang ! Y avait de quoi s'interroger, se mettre en quart... se demander ce que ça voulait dire cette étrange fusillade. On s'était perdus malgré l'itinéraire de monsieur Moustache... on errait... on marchait sur des tapis de mousse, et puis brusque, ça cédait sous nos pieds, on s'enfonçait dans la gadoue... pataugeait dans des marécages... s'enronçait ! Main gauche, main droite, il avait dit... vous suivez un chemin de bruyère tout droit, vous traversez une châtaigneraie... jusqu'à un gros chêne avec la pancarte des eaux et forêts ! Balpeau chemin, bruyère, châtaigneraie, gros chêne ! On a bien suivi la lisière... on a traversé un petit ruisseau, le Cosson... et puis longé un sentier comme v'là mon pied ! On s'est retrouvés dans la fange... sortis avec de la fiente jusqu'aux mollets. Certes un vent délicat agite doucement les grappes de feuilles tendres des bouleaux. On respire toutes les senteurs de la forêt... les conifères ! ajoncs, genêts... les chênes en pousse... l'herbe humide ! la sève des arbres fraîchement abattus ! On est dans les mille chants d'oiseaux... rouges-gorges, pinsons, chardonnerets, fauvettes... que sais-je... tout un grand orchestre de joyeux piafs ! Pas à même tellement de savourer tout ce que la nature nous offre sans arrière-pensée. Le soleil est déjà dans un ciel sans nuages, lorsque cette pétarade vient nous troubler notre symphonie pastorale.

Bien sûr on pense à la ferme des Trois-Chemins. On ne doit plus malgré tout en être si loin. L'heure du rencart est dépassée... peut-être là-bas ceux qui nous attendent sont-ils déjà passés à l'action... l'attaque d'un convoi sur une route... l'embuscade comme dans les westerns? On se rassure en échangeant nos impressions. Il se mouche, Musique, toujours avec le pouce sur une narine... il se penche, il expulse... slaf! il passe à l'autre. Une manière d'économiser le linge. Nous n'en sommes pas encore, voyez, aux joies du Kleenex. Là, il se donne comme ça une contenance, ça l'aide à réfléchir, à ne pas jacter trop vite. Il me regarde... d'habitude il est plutôt toujours avec l'œil à la rigolade... l'ironie qui corrige d'intelligence sa tronche de boxeur au nez aplati. Je le trouve grave tout à coup, angoissé. On tend l'oreille... plus rien! Beau se dire, on subodore un coup loquedu... fourré... merdique! Faudrait tout de même la dégauchir cette fameuse ferme. On aperçoit une cabane de cantonniers dont nous a parlé le paysan... elle est au bord de la route. Cette route on doit la traverser, s'enhardir à découvert un instant. On la passe en courant. Quelques secondes après, alors que nous ne sommes même pas encore cachés par les ajoncs, les aubépines, on entend un bruit de moteur... des voitures qui s'approchent. A plat ventre on les voit passer... d'abord deux camions W.H. découverts, remplis de Fritz casqués, harnachés pour le combat... un troisième véhicule, celui-ci avec des hommes en bleu foncé... coiffés de bérets... des miliciens aucun doute! Trente seconde près on se faisait allumer immédiat en traversant la route. Il était dit ce jour-là que la mort nous faisait la gueule... elle ne nous voulait pas dans son pageot.

N'empêche, ça sent vraiment le roussi dans le sous-bois. A se gratter s'il faut bien y aller aux Trois-Chemins. On est moins farauds, décidés à tout. Que faire? On ne peut pas rester non plus au bord de la route. Remonter sur Jargeau, c'est tout aussi dangereux que de rester par ici. Le plus prudent, on s'enfonce dans le bois... dans le sol spongieux. On finit par atteindre un chemin forestier, après avoir traversé une sapinière. Ça ressemble à ce que nous a décrit le fermier... tout plein de petits arbres aux branches enchevêtrées. Brusque, on n'a pas eu le temps de le voir venir, un bonhomme à vélo surgit. Il nous fait des signes de la main droite... il nous braille...

— Ne bougez pas, les gars! Halte! Arrêtez-vous!

Il est sur nous, il saute de sa bécane... une sorte de garde champêtre en tenue de velours avec des jambières en cuir comme les gendarmes. On dirait qu'il ne sait plus quoi faire... quoi dire! Il est en proie à une agitation intense... il est rouge, essoufflé, il bafouille, répète...

— Y a des Boches partout! Ils fusillent tout le monde! Foutez le camp, nom de Dieu! Faut foutre le camp! Ils tuent tous les jeunes, les Boches!

Il nous pousse dans la sapinière... Il nous suit, il tire son vélo. Il a beau, lui, ne plus être si jeune, il préfère se mettre à couvert!

> « L'homme né pour la liberté, sentant qu'on cherche à l'asservir, aime souvent mieux se faire corsaire que de devenir esclave. »
>
> BEAUMARCHAIS

Vous passez par là, chasseurs des week-ends, tirer la perdrix, le faisan doré, le lièvre... votre coup de fusil déchire l'atmosphère du sous-bois. Vous vous retrouvez à l'auberge, dégustez votre lapereau sauté au romarin et aux girolles... votre saumon de Loire grillé ! Ça s'accompagne d'un petit Sancerre, n'est-ce pas... d'une belle fille aux yeux de salope ! Tout n'est qu'ordre, volupté... le ciel est d'un gris-bleu qui incite à la rêverie, un vent léger effleure les grappes de bouleaux. Merde Dieu ! vous avez raison, chasseurs du week-end, pécheresses du dimanche et des jours fériés, profitez donc du jour qui vient, qui s'écoule déjà, qui va tomber dans la nuit. Le monument aux Trois-Chemins... quarante jeunes hommes morts, dit-on, pour la France, pour la Liberté. Musique n'est pas le quarante et unième... moi le quarante-deuxième, je vis encore, je pourrais, si j'en avais les moyens, le goût, le temps, chasser moi aussi en Sologne... aller à l'affût du coq de bruyère... me retaper le moral au faux-filet à la berrichonne... le cou d'oie farci sauce raisin... la mignonne pécheresse l'encaldosser à la duc d'Aumale, à la papa, à la hussarde, à la surprenante, à gondole que veux-tu ! Je vous pisse au cul, blablateux d'héroïsme. Pas un de ces jeunes hommes, là, sur le monument commémoratif, qui n'aurait préféré se propulser dans les avenirs! Deux doigts de champagne, chère madame... vos yeux brillent! Encore trente-trois ans, monsieur le bourreau... monsieur le Boche... encore un instant!

Faut dire tout de même, à la vérité, que c'était l'organisation Fantômas notre réseau... une clique infantile dans les hautes sphères... des officiers de l'armée d'armistice en mal de revanche, des terroristes à la mords-moi, comploteurs en plein courant d'air, bigleux boy-scouts toujours prêts à choisir, en toute circonstance, les solutions les moins simples, les plus meurtrières, les plus voyantes... les quintessenciées conneries! Infestés d'espions, on était, d'agents de la Gestape, de traîtres à la petite semaine qui allaient presque tous finir eux aussi dans un fossé, la balle dans la nuque... de pauvres dégueulasses dénonciateurs à la prime. L'un d'eux, depuis cinq six mois, renseignait les Chleus sur les faits et gestes de certains de nos dirigeants. Voilà... au rendez-vous des Trois-Chemins c'était le coup de filet idéal... quarante néophytes maquisards d'un seul coup... à mains nues... sans la moindre pétoire, le moindre fusil de chasse. La veille au soir, en arrivant, ils avaient ramassé des branches mortes sous les chênes pour faire un joli feu de camp. Tous autour, assis par terre, ils avaient chanté... *V'là le bon vent... le joli vent... La gentille alouette...* Tout ça dans la joie... de chics petits gars sympa! Des étudiants, la plupart, qui désertaient leurs facultés pour aller servir la patrie... être présents aux combats libérateurs... des catholiques en grand nombre, apostoliques et fiers de l'être! Ils sont au paradis, j'espère, ces petits héros... avec le doux Jésus, la Vierge Marie... le général de Gaulle en grand uniforme.

Les Fritz et les miliciens les ont surpris juste à midi, l'heure du rencart, c'te bonne paire!... que tout le monde soit là ! La consigne laissée par le capitaine Clovis. Lui, alors, c'était la veine inouïe qu'il se soye barré avec son sac de victuailles... le fion du diable... il avait le cul bordé de nouilles, ce guignol à béret basque ! Officiel, s'il était resté avec nous... avec sa carte, sa belle boussole, il nous conduisait à l'heure exacte à l'abattoir. On arrivait pour le feu de camp. Clovis saluait tout le monde, militaire. Il nous rassemblait en carré autour de lui... garde à vous ! Heureux d'être chef sous son béret... tandis que les autres, les barbares aguerris, avec des feuillages sur leurs casques, se glissaient dans les sous-bois... l'arme au poing... cernaient la position.

La suite, on en avait juste eu l'écho... le son. Nous dans les marécages, errants, heureux comme toujours sans le savoir. L'image... le garde-chasse, celui que je vous ai dépeint sur son vélo avec son costard velours côtelé, lui il se l'était farcie, aplati, planqué dans les bruyères... impuissant, paralysé de trouille. Il y allait aussi au joyeux rendez-vous des volontaires, c'était le responsable régional, celui qui devait nous réceptionner à la ferme, nous répartir dans la forêt par petits groupes. Sur la route il avait été dépassé par les camions W.H... comment donner l'alarme, il était encore trop loin ? Beau appuyer sur les pédales... lorsqu'il était arrivé à proximité des lieux, tous étaient déjà, bras en l'air, rassemblés dans la cour de la ferme. Ils se faisaient leur petite tambouille au moment crucial... *Gentille alouette !* Brusque, les Fritz qui débouchent de partout, tous les fourrés, tous les buissons ! « *Erbegt euch !* »... les flingues en pogne, leurs mitraillettes manche galalithe... « *Los ! Los ! Schnell !* » Pas le temps de dire ouf ! de comprendre que c'était déjà fini l'aventure maquisarde... la vie... *Los ! Los !* A coups de crosse, de botte ! Pas le loisir de mourir chrétiennement, de crier Vive quelque chose... de Gaulle ! la France ! la

République ! Sans sommation, les rafales partent. Ils en sont plus, nos occupants, à offrir leur place aux dames dans le métro... nous cajoler l'encolure. Pas ceux-là, en tout cas, des jeunes loups de seize dix-sept ans *Leibstandarte Adolf Hitler*, quelque chose comme ça, de l'engeance à ne pas se poser de questions au coin des bois. En Russland, ils ont aiguisé leurs crocs... là-bas, les partisans leur rendent la pièce comptant. Si je t'attrape je t'empale, je t'essorille, je t'énucle un œil, *alouette gentille alouette* !... et l'autre œil ! Je te fais gober les deux... je te brûle... et la jambe ! et le pied... *alouette !* On n'est pas du tout au point, nous autres... on s'est risqué dans une partie, on croyait que c'était la marelle... on trouve que c'est plus du jeu ! On va tout de même pas crier pouce !

Quinze jours que ça s'est passé le massacre... on se cache sous les arbres avec quelques autres rescapés, retardataires comme nous. Ceux-là des élèves de Polytechnique... en uniforme vert des Chantiers de Jeunesse. Le garde-chasse, Boignoux Eugène il s'appelle, un ancien de la Coloniale... les a récupérés en patrouillant dans les bois. Il nous a trouvé une planque dans une sapinière. Du grenier de sa maison, il peut voir venir le danger sur la route de Trilly au loin... les colonnes toujours possibles de représailles. En cas d'alerte, on peut encore se tirer, prendre la tangente ou bien se planquer, s'enterrer sur place. On s'est creusé des trous, genre tombeau, assez profonds qu'on peut recouvrir de branchages. Et il faut attendre... les ordres n'arrivent plus ! Ça paraît la désorganisation complète dans le réseau. On va apprendre qu'à Paris aussi, le même jour, la Gestapo s'est déclenchée... un grand coup de raclette, plusieurs de nos responsables se sont fait cravater. Aux Trois-Chemins, on ne sait pas au juste qui sont ceux qui ont été rectifiés... quarante jeunes gens, mais les miliciens sont revenus, ils ont brûlé tous les papiers... tout ce qui pouvait permettre d'identifier les victimes. Le maire de Trilly a reçu l'ordre de les enterrer dans une fosse commune. On ne saura leurs noms qu'après la Libération.

Il ne nous reste plus que le garde-chasse Eugène comme lien avec le réseau. A Orléans, son contact a disparu... des hommes en lardeuss de cuir noir sont venus à son domicile... il a juste eu le temps de se barrer sans laisser d'adresse. Ce qui était prévu initial... on devait recevoir très rapidos un parachutage d'armes avec des moniteurs canadiens ou anglais. Ensuite, une fois tous bien enfouraillés, on nous indiquait les missions... le harcèlement des arrières de la Wehrmacht... la guérilla incessante. Tout ce beau programme est chamboulé ! On en est réduits à ce camping... cette vie d'Indiens dans la sapinière... avec la pluie assez souvent, les nuits frisquettes... de maigres galtouses que la femme du garde nous mitonne dans un chaudron... des platrées de flagdas, de pommes de terre, de lentilles, de pois au lard ! On s'était pas prévu l'aventure aussi maussade, aussi tristouille. Nos compagnons, les X... on est un peu déroutés avec eux. Tout à fait des gosses de riches, à leur jactance, leur comportement, leur façon de se distraire. Ils nous avaient à la bonne, bien sûr... avec un brin de condescendance inconscient, je ressentais. Rien à redire... ils partageaient avec nous ce qu'ils se faisaient acheter par le garde... des petits suppléments de fruits... des bricoles au marché noir. Ils s'étaient mis à jouer au bridge l'après-midi. Ils palabraient aussi, remuaient des idées... le christianisme... le socialisme... la plus-value. Ils se désaccordaient à propos de Karl Marx, Hegel... se lançaient des accusations de maurrassisme ! J'essayais de suivre... ça me passait au-dessus de la crête. Par moments, pour la première fois, je me sentais un peu honteux, complexé de mon ignorance. Je me réfugiais dans les grosses blagues, les perlouses fracassantes, la provocation gratuite. Musique, tout de suite, il les avait surblazés nos compagnons des broussailles... ça fait un peu partie de l'argot de rebaptiser comme ça les gens, de leur cloquer des diminutifs... Mimile, Totor, Dudule, Cécèle ! Là, nous avions le Sévère, le Savant, le Curé, le Fiancé, le Gros, le Pointu. Ça venait de leur physique ou leurs marottes... un peu comme les nains de Blanche-Neige. On se gourait bien qu'on les choquait tout de même avec nos histoires voyoutes, nos projets plutôt chouraveurs. On n'a pas tellement d'idéal, ils trouvent, on est ras de terre... bouffetance et fion... épicuriens, pour parler comme eux, bassement matérialistes et pas du tout dialectiques. Dans leur école, la boîte Carva ils l'appellent, ils sont au régime militaire... tout à fait astiqués, petit doigt sur la couture... les exercices... la stricte discipline. Qu'ils se soient mis tous en cavale pour rejoindre la Résistance, je m'en rends pas compte sur le moment... mais, ça, ça veut bien dire que les carottes sont râpées pour le régime de Vichy. Le Maréchal, ils nous l'avouent, ils l'ont vénéré, ils ont cru à sa Révolution Nationale, à la sincérité de son projet de rénover la France. Et puis ils ont fini par s'apercevoir qu'il sucrait, le dab... flageolait de la cafetière... que dans son hôtel du Parc, il perdait tout à fait le sens du réel. D'outre-mare aux harengs, leur est parvenue la voix de l'Honneur... la Vérité... une nouvelle idée de la France... d'un autre képi, moins étoilé peut-être, mais posé sur une tête mieux structurée. Ce qu'ils s'efforçaient de nous expliquer... avec des mots pour nous, plus faciles. Ce que disent les gens, au fond, n'a pas tellement d'importance, je m'intéresse plutôt à la façon dont ils l'expriment... leur musique jactancière. J'ai eu ce goût, il me semble, inné. J'écoute, je gaffe... Les idées, idéologies... je m'en calce l'intelligence... elles finissent par se mordre la queue... la réalité les bloque... les oblige à toutes les trahisons les plus honteuses! Ils aimaient, eux, en remuer... dialoguer, comme on dit maintenant. Le Sévère, on le sentait Saint-Just, déjà prêt à riffauder, guillotiner les corrompus. Jean-Marie, celui qu'on surnommait le Curé, parce qu'il voulait entrer dans les Ordres une fois la guerre finie, lui, il nuançait, il priait... il nous glissait un doigt de Dieu dans l'oigne, oral s'entend. Il est ici avec nous parce qu'il veut témoigner, dit-il, être présent partout en tant que chrétien. Le Fiancé, c'est un immense... un interminable jeune homme surmonté d'une brosse, d'une paire de lunettes. Il ne pense qu'à sa belle... une vraie jeune fille, il va sans dire, d'une bonne et grande famille. Les sentiments plus l'oseille, ça fait tout de même les meilleurs mariages... les moins toc en tout cas... si les sentiments se font la paire, il reste les espèces sonnantes, on peut les faire trébucher ensemble à défaut d'autre chose!

Les autres, le Savant, le Gros, le Pointu à cause de sa voix piquante, je renonce à me les remémorer... ils ne sont plus que des blazes, de vagues silhouettes! C'est la première fois que je rencontre, que je vis avec des types de cette caste. Ils sont bien lisses, bien propres et d'humeur égale. La bonne éducation est chez eux une seconde nature. Au début, je suis rétif, en quart... je les absorbe mal. Ils ont cette façon de s'exprimer... un accent qui me hérisse. La surprise de me retrouver avec des francs-tireurs aussi bien élevés. Je me les imaginais tout autres... style guerre d'Espagne, patibulaires, borgnes en espadrilles. Ma grand-mère n'en reviendra pas lorsque je lui raconterai que j'ai fréquenté des Polytechniciens... des futures grosses tronches... l'élite de demain. Je n'en ai revu aucun par la suite... j'ai pas eu l'occase, je me suis trop longtemps fourvoyé dans les malfrateries... rare qu'on y rencontre des anciens de l'X ! Ils ont dû tous devenir P.D.G... officiers supérieurs... éminences grises de ministres... ministres eux-mêmes, qui sait... libéraux avancés, réformateurs ! J'en frime aux téloches... ils se ressemblent autant que des nègres. Je les confonds. Ils sont, je crois, interchangeables.

Ils ont un argot d'école... beau me creuser, il ne m'en reste pas la moindre broque. C'est du langage chochote, précieux... qui se veut intelligent, supérieur... la mayonnaise ne prend pas ! La poésie, on dirait, ne passe pas par les hautes écoles. Musique, lui, rafistole, tortille, déforme les mots... il trouve brusque la comparaison adéquate... il gargouille de la jactance. Il invente par obligation, pour se défendre, pour ne pas se laisser aller... il attaque, il brocarde... il est du royaume rouge et noir de l'argot. Tout ceci bien difficile à expliquer, bien inutile d'ailleurs. Seulement elle est là notre frontière avec les Polytechniciens... linguistique. On aura beau faire, elle restera toujours. Ils peuvent devenir de gauche, ça n'y changera pas lerche.

Le temps nous pèse, l'inaction dans la sapinière. On perfectionne nos abris avec des bâches en toile imperméable pour les jours de pluie. Le garde, bien sûr, on l'a tout de suite baptisé Gégène, il nous fournit tout ce qu'il peut. Il se dépense, fonce à droite à gauche sur sa vieille bécane... nous cherche des vivres, des renseignements ! Il vient nous voir chaque jour, nous donner un peu les nouvelles... lui, il écoute Londres tous les soirs. En Normandie, on avait cru d'abord que ça irait vite... le temps de débarquer leurs chars, leur artillerie, leurs divisions et que les Américains fonceraient sur une Wehrmacht asthmatique. Ça semble se dérouler moins facile. On s'étripe dans les vergers normands, sur les plages... dans les ruines de Caen... à Cherbourg... le mont Duroc, la Mare-aux-Canards, Tourlaville... dures batailles de chars... ce que disent les communiqués! Dans un sens ça nous arrange, si ça se finissait trop tôt, on n'aurait jamais l'occase de démontrer nos talents guerriers, de se couvrir le ventre de médailles. On veut, en somme, participer... avoir été dans le coup. Sans qu'on s'en rende compte, on s'est fait piéger par la propagande gaulliste. Le grand général, pour s'installer au pouvoir, pour s'imposer aux Alliés, il faut qu'il ait des soldats, des faits d'armes. Il suscite le plus de vocations possible en faisant appel au goût de l'action toujours vif dans la jeunesse. Il faut dire aussi que les Allemands lui mâchent la besogne avec les déportations... les réquisitions de plus en plus nombreuses et surtout avec le S.T.O., le service du travail obligatoire.

Gégène Boignoux, dans la Coloniale, il a fini ses quinze piges adjudant-chef. Il en a l'allure, l'élocution sèche... la brusquerie scrogneugneuse. Il s'est marié avec une fille de la région, de vingt ans sa cadette... une forte paysanne! Sa poitrine, je la guigne... elle me l'offrirait, je dirais pas non, je lui ferais des papouilles nombreuses! Enfin, jusque-là, je l'ai pas vue beaucoup madame Boignoux. Je vais parfois chercher le chaudron de soupe, de pois cassés avec Musique. Elle est rieuse, la grosse. Lorsque son garde, son adjudant de charme n'est pas là, on s'attarde à bavarder. Ils ont deux mômes... quatre, cinq ans... qui traînent, morveux, dans la cour au milieu des poules. On trouve, nous, que c'est pas bien normal ce couple. Il pourrait être son dab, Gégène, c'est dégueulasse. La pouliche elle nous paraît d'autant plus bandante qu'elle est sans concurrente... l'unique femelle dans notre colimateur braguette. Je n'arrive plus à la reconstituer exact... à part ses volumineuses doudounes. Son odeur, je me rappelle un peu... de foin, d'étable. Ça doit être la troustafana rurale avec elle... pas de mignardises... La ruée vers l'orgasme! Du confortable tout de même... on peut rebondir sur le popotin. On en devise avec mon petit pote... on s'imagine à l'abordage. On serait ensemble, ça serait pas de trop, ce qu'on se dit. Vu son format, elle devrait pouvoir faire les délices, le repos d'une bonne douzaine de guerriers.

On a tout de même d'autres sujets de tracasseries. Ce qu'on fout là... notre camping qui s'éternise? D'après Gégène, ça vient du fait qu'à Paris, dans le réseau, ils recherchent le traître, celui qui a vendu le rendez-vous des Trois-Chemins à la Gestapo. Faut le démasquer à tout prix. Bien sûr, nous, on a pensé à Clovis, son abandon sur la route... ça nous paraissait curieux à la réflexion... cette façon de nous larguer sous un prétexte somme toute futile. On a fait part de nos soupçons à Gégène puisqu'il était maintenant notre chef. Ça ne nous aurait pas tant déplu que ce soit Clovis l'espion dégueulasse, le sycophante à descendre d'une balle dans le dos. Un mec qui laisse les amis sur le bord d'une route en emportant les casse-dalle, les boîtes de pâté, les œufs durs, est capable du pire. Enfin ce n'était que de la suspicion, Gégène allait prévenir des gens à Paris qui, eux, pourraient faire une enquête sérieuse.

Cette quarantaine dans la sapinière, on avait rêvé d'autre chose... autant alors rester à Paris avec Dubreuil, Leganne, le colonel Carantec... Laurence la noiraude que j'ai vue pour la première fois chez le colonel, le soir du fusil mitrailleur. J'avais tout de même un peu vibré pendant nos réunions clandestines, nos cours du soir à apprendre le métier de tueur... démonter, remonter les flingues. Je faisais le facteur aussi... la distribution de tracts dans les boîtes aux lettres. Pas des actions de grande envergure... de quoi cependant me retrouver au mont Valérien dans l'aube pisseuse devant une douzaine de Mauser!

Parmi les plus belles trouilles de ma vie... mon anthologie personnelle de la chiasse, j'ai tout un choix... des hémoptysies abondantes, des feux croisés de mitrailleuses au ras d'une plaine, mézig au milieu... ça me siffle au-dessus du casque!... des explosions presque sous les miches! le tir ajusté d'un honnête homme qui défend sa propriété, ce qui paraît après moult réflexions en cul-de-basse-fosse, somme toute normal! Seulement la bastos vous siffle à l'oreille... la désagréable musique! Rien à côté, question tracsir... de ce soir d'hiver... janvier ou février 44. Là, j'ai bien failli m'affaler dans les reinettes... vaciller comme une mignonne aux camélias. Ça vous tombe, ces choses-là, subit. On n'y pensait plus du tout au danger... voilà... rue du Tage... juste à l'angle de la rue du Moulin-de-la-Pointe. Dix heures du soir peut-être! J'ai un paquet de prospectus séditieux dans la fouillette... un reste... je viens de faire une distribution dans les cités ouvrières rue Kuss, là où habitait Raymond l'Anglais. Dinguerie tout ça... je navigue dans une drôle de barcasse... j'atteins les rives de l'inconscience... je me crois de plus en plus tout permis. Si Dubreuil me retenait pas, je serais capable de n'importe quel acte délirant. Par gloriole, pour prouver aux autres, aux plus vieux que moi de l'organisation, que je ne suis pas un dégonflé! Ma hantise qu'on me juge sur ma mine de garnement échalas boutonneux branleur! Me prouver aussi à moi-même mon courage, le tester. Et là, vlan! je m'y attends pas, bien sûr... je pense à quoi à ce moment? Le sexe me démange sans doute... donc je gamberge à des culs de femelle accueillants... des seins en loirepem, des chattes frémissantes ! Caroline, en cette noire saison, ne met plus le nez à sa fenêtre, mais il m'arrive de l'imaginer nue et consentante... salope et active. Peut-être je rêvasse libidineux... en tout cas, ça me la coupe sec... je prends le coup de lampe pleine tronche... une torche, presque un phare ! *Halte !* Pas le temps de reculer, décarrer. Ils sont devant moi... les feldgendarmes à plaque... ceux que je redoute depuis le bel été 40... la patrouille ! Je devine, distingue dans l'ombre derrière eux, des flicards français, les tantes... leur pèlerine, kébour... nulle gourance ! Ce qui se passe dans ma tête... difficile à exprimer... c'est tout le corps, l'être entier qui bloblote. Ils me laissent pas le loisir de caguer dans mon froc. J'ai dû perdre d'un seul coup toutes mes couleurs. Comment suis-je vêtu ce soir-là ? Un vieux lardeuss, si j'ai un poil de mémoire... une occasion au marché noir, un petit bonhomme à Bicêtre... un peu trop large pour ma frêle corpulence... le col en velours luisant d'usure. Il fait un froid de lame d'acier encore cet hiver-là. Le vent glacial s'engouffre dans la rue du Moulin-de-la-Pointe. J'ai un gros cache-nez tricoté par ma grand-mère. S'ils me fusillent, il ne me restera que ça... un morceau d'affection, d'amour maternel... pour mourir !

— Papiers ?

Il est immense le Chleu qui m'interpelle... il prononce *papirs !* Je reste sans réaction. Me passe par la tête l'idée dingue de me mettre à courir, d'atteindre un immeuble. Un lardu français s'est avancé, il me précise... « Vos papiers, s'il vous plaît ? »... Je me fouille, je trouve plus mon morlingue, ma carte d'identité... ma carte de pain, de tabac ! Et j'ai ces vacheries de tracts dans la poche de ma veste. J'aurais dû, comme je l'ai déjà fait, les mettre sous ma chemise dans un petit sac en toile. Il s'impatiente le grand Teuton. Il m'inspecte avec sa calbombe. Je finis par lui sortir mes faffes. Voilà... je les tends au flic français. Un autre feldgendarme s'est approché, il me fait signe « *Schnell!* » de lever les bras. Il me vague... me tâte partout voir si je ne suis pas enfouraillé. Pendant ce temps les autres détaillent ma carte d'identité. Deux choses simultanément. Ça y est! je suis cuit... le Fritz s'arrête sur ma poche... il appuie! Un quart de seconde, tout va se jouer... ma vie, ma mort... Dubreuil, Leganne, ils m'ont affranchi... les tortures pour me faire jacter si je suis fait marron. Tout ça se précipite dans ma tête... mais le feldgendarme s'est contenté de me tâter. Il cherche quelque chose de plus dur, de plus métallique... mes prospectus à la Déroulède il s'en torcherait à la rigueur! Il poursuit ses papouilles... j'ai pas envie de rire du tout... sous les bras. Je vois les choses comme dans une sorte d'irréalité... le brigadier français finit par me tendre ma brème. Je baisse les bras... C'est class... finish... barca! Je peux repartir. On me remercie. Ils interpellent à présent un couple qui devait être derrière moi à une centaine de mètres... *Papirs!...* Mes jambes ont du mal à me porter... flagadouille je suis, lessivé! S'ils étaient moins lourdingues, moins uniquement préoccupés d'armes et de Juifs, peut-être qu'ils pigeraient ces cons! J'avance pénible, je glisse sur une plaque de verglas... je m'étale. Ça les fait se marrer derrière. J'entends les gros rires de la collaboration poulagate franco-allemande.

Mon retour... je ne sais plus. J'avais très froid, envie de dégueuler. Souvent je réveillais ma grand-mère en rentrant. Nous dormions dans la même pièce... moi derrière un petit paravent, sur un lit en fer près de la fenêtre. La piaule était glaciale l'hiver, j'entassais sur moi des coussins, des fringues. Ce soir-là j'arrêtais plus de claquer des dents. J'avais encore huit ans d'un seul coup et je venais d'avoir très peur.

Aux Trois-Chemins, ça s'était déroulé très différent. Ma pétoche était plutôt rétrospective... je réfléchissais à ce qui aurait pu se passer si... J'essayais de me faire une idée de mon attitude au dernier moment. Ce qui montait en moi, des bouffées de haine féroce. Tout de même très envie de tuer... de venger les autres, de me venger de ma mort ratée... d'arroser moi aussi à la mitraillette les miliciens surtout qui me paraissaient les pires ordures. Français à la botte des Chleus. Je ne leur trouvais aucune circonstance atténuante. Fallait les flinguer tous, de l'avis de Gégène. Lui, vieux briscard, ça lui dérangeait pas le sommeil d'avoir un peloton d'exécution à commander le lendemain à l'aube. Ça lui était arrivé pendant la guerre du Rif... « Des Bicots, disait-il, c'est pas tout à fait pareil. » Ma haine, il a fallu quelques années pour qu'elle s'éteigne... que je m'aperçoive que nous étions, nous autres en uniforme, à peu près capables des mêmes atrocités... et puis, aussi que je rencontre mes ennemis vaincus, les salauds... derrière les barreaux de la tentiaire... en droguet... tout à fait foutus... leurs chères idées anéanties.

On parle de fascisme, de nazisme aujourd'hui sur les murs, dans les petits journaux... il ne passera pas, on se regroupe! C'est plutôt du mimodrame. Il est bel bien mort le fascisme. Mussolini pendu à son crochet de boucherie... le popolo qui vient lui glavioter le cadavre... Rudolf Hess, gâteux octogénaire, seul dans sa forteresse de Spandau gardé par une quadruple armée. Dans sa forme ostentatoire, évidente, nationaliste, il est bien crevé, le fascisme. On n'agite son fantôme que pour faire peur aux petits enfants. Il ne peut revenir, intolérant, féroce, implacable que sous une défroque tout à fait inattendue. Les survivants, les nostalgiques de la Collabo s'imaginent-ils que le règne de l'ordre, du travail dieu, du racisme, risque d'être instauré par leurs pires ennemis. Le retournement ironique de l'Histoire. La grande farce. Hitler est Asiate aujourd'hui... roi nègre !

A Fresnes, en 1948, ils attendaient l'aube des fusillades, mes adversaires du R.N.P., de la Milice. On en emmenait encore quelques-uns, au petit jour, au fort de Montrouge. Ils partaient crânes... leurs potes aux fenêtres chantaient... *Ce n'est qu'un au revoir, mes frères!* Ils étaient devenus pitoyables avec leur dernier bout de morgue, leur pauvre chant qui défiait vainement la mort. C'était fini tout à coup... je n'avais plus envie de les haïr. Je m'en foutais de tout ça... ces tueries d'antan. Ça avait perdu toute signification. Je me remémorais ces choses, un peu désincarné, comme une histoire d'enfance, de jeu cruel dans la rue. Je me sentais plus léger.

A propos de la Milice, elle était restée à Trilly après le massacre, l'effectif d'une escouade cantonnée à l'école. Le maire, autrefois nommé par le gouvernement de Vichy, les événements de la ferme des Trois-Chemins l'avaient complètement bouleversé. Il était devenu l'otage des miliciens. Averti qu'en cas de sabotage, acte de terrorisme sur le territoire de sa commune, il serait flingué en priorité avec sa famille et son conseil municipal. Gégène allait au bled se rencarder. Sur sa bécane il croisait les milicos qui patrouillaient à droite à gauche. Le risque, bien sûr, qu'ils se pointent dans notre secteur. On n'avait alors que nos mains nues pour leur répondre. Musique pensait qu'on pouvait peut-être essayer de les surprendre une nuit en opération de commando... se farcir une sentinelle en silence et puis leur piquer toutes leurs armes. Ça, c'est coquin au cinéma ! Je vous tartine tout de suite la séquence... pas un pli... un ouf ! Belmondo qui se glisse dans les rues de Trilly. Il observe le milicien avec sa mitraillette. Gros plan sur son visage grave, tendu. Il avance encore un peu. Hop, cravataresse l'affreux! Au réel, ça pose des problèmes autrement ardus. Nos Polytechniciens, je les sentais pas très partants sur ce genre d'opération quasi suicidaire. Gégène non plus... il entrevoyait les suites... Trilly à la sauce Oradour... Il avait appris la tragédie par Radio-Londres. Ça chablait, flinguait, brûlait, bombardait partout à présent... La France à feu et à sang. Darnand, le grand patron de la Milice, était ministre du Maintien de l'ordre. Ses cours martiales instruisaient les dossiers en quelques heures... les exécutions suivaient les jugements, immédiat.

On savait, à présent, que nous étions des soldats des Forces Françaises de l'Intérieur... F.F.I., des initiales qui allaient faire florès dans les mois suivants. On avait en quelque sorte des concurrents plus à gauche, les F.T.P... francs-tireurs et partisans. Ils sévissaient surtout, eux, dans le Limousin, le Sud-Ouest... leur commandement était composé presque exclusif de communistes. Notre réseau, lui, était plutôt gaulliste, mais nous aurions été tout aussi bien F.T.P... le hasard seul nous avait conduits. D'ailleurs tout n'était pas si simple, si tranché net. Dubreuil, on savait bien qu'il était au parti communiste depuis l'avant-guerre, il était pourtant un de nos chefs. Assez ardu de s'y retrouver dans tous ces mouvements, ces réseaux... leur obédience! On en a beaucoup parlé par la suite mais, sur le tas, on n'était pas très au parfum!

Dans notre sapinière on marche pliés en deux... les arbres se touchent, les plus basses branches sont à un mètre du sol. On voit à peine la lumière du soleil... les moustiques nous dévorent la couenne... de temps en temps on tue une vipère. Les discussions des X finissent par me fatiguer. J'ai de plus en plus le sentiment d'être un moins que rien avec eux. Ils parlent de Gide, Malraux, Giraudoux... je n'ai pas encore ouvert un livre... vraiment un livre, de ma vie ! Ça m'arrivera plus tard dans les ergastules de la République, dans les hostos et sanas. Alors *La Condition humaine*... c'est de l'hébreu pour moi, pour Musique. Quand on me parle de culture, en somme, je sors mon revolver à bouchon... la collection des Pieds Nickelés tout au plus ! J'y ai appris les rudiments de l'arnaque, ça me suffit ample. Pour le reste, tout fonctionne par ma petite jugeote, le minimum appris au certif et puis ce que j'expérimente peu à peu. Les livres ne viendront que de surcroît !... Si beaux, si grands soient-ils, ils me servent peu pour l'essentiel, ma conduite dans l'existence. Je me réfère d'abord au vécu... ce que j'ai appris par la pratique... le pli a été pris trop jeune, je n'y reviens plus... je n'y peux rien ! C'est peut-être une force qu'on a, nous les primaires, les primates, les béotiens, les écoliers de la communale... on va droit aux choses, on cherche la solution simple... simpliste, direz-vous... elle nous permet en tout cas d'affronter les événements les plus toc, les avaros bille en tête... de s'assumer, comme disent les beaux esprits.

Pendant qu'ils palabrent, nos co-maquisards, qu'ils dissèquent *Le Soulier de satin*, on s'est sortis de la sapinière avec Musique. On a envie, nous, d'agir... d'aller bouffer des cerises dans les cerisiers, des fraises dans les jardins. Si on trouve une poule un peu à l'écart de son poulailler, on s'est coupé une baguette pour lui régler son compte. A la broche, ça nous améliorerait l'ordinaire... Gégène, il a de plus en plus de mal à nous nourrir... ses soupes, elles ne sont pas tellement différentes de la pâtée de ses cochons. Y a de l'aigreur, du chtir dans la pitance.

Sûr qu'on déconne, si on se fait repérer par un

milicien, ça va compliquer la vie de tout le monde. Les cerises, on s'en gave dans un verger. On se glisse dans un jardin, on bouffe des carottes, des petits pois tout crus. Une poule, on finit par en apercevoir une sur un petit chemin qui conduit à Trilly... une poule noire qui nous semble dodue. Facile à projeter de lui tordre le cou... pour la réalisation y a toujours une marge, des difficultés imprévues! Elle nous fait courir, la salope, elle ne veut pas se laisser trucider, a-t-on idée ? On se laisse entraîner à cette poursuite... perdre le sens du danger. Des cris de femme nous parviennent au moment où j'ai fini par la faucher d'un coup de badine, notre volaille. « Au voleur! Au voleur! »... ça déchire le calme champêtre. On a juste le temps de disparaître dans les sous-bois avant qu'on nous lâche les chiens aux trousses.

Ça ne leur plaît pas, à nos élèves de la grande école, notre raid sur le volatile... ils apprécient mal. Ils veulent nous empêcher d'en profiter, le faire rôtir à la broche. Ça s'envenime... on se balance des vannes. On va en venir aux mains, fatal. Ils sont costauds, ils ont le nombre... on n'aura pas le dessus! Heureux que Gégène se profile sur sa bécane... tout de suite il nous rabiboche avec une nouvelle d'importance. Son contact d'Orléans a réapparu. Le traître du réseau a été logé et liquidé. En plus de cela, on a l'ordre de plier bagages à la nuit pour rejoindre, plus au sud, un véritable bataillon de l'armée secrète. On va s'y incorporer, on aura des armes et tout de suite on va passer à l'action! L'euphorie... on va venger nos fusillés des Trois-Chemins. On va devenir des vrais guérilleros.

Je revois notre marche dans la nuit, en file indienne derrière le garde. Lui, il connaissait les moindres détours du sérail forestier, il se drivait là-dedans comme nous dans les rues du XIIIe... Un clair de lune nous avions droit... le ciel tout constellé d'étoiles... les Ourses, l'épée d'Orion... la Vierge ! On se sent tout à coup au creux de l'aventure... on la respire, elle se mêle aux senteurs des sous-bois. Voilà... je suis heureux... le cœur gonflé de quoi au juste... de jeunesse ! Je vais vivre, je m'imagine, des moments de grandiose intensité ! Je vais être quelqu'un, je crois, enfin ! Il m'arrive des bouffées de grands sentiments. Des lapins qui détalent, une biche... nous mettent en alerte. On se fige, on attend... Gégène a l'habitude des animaux, il sait les distinguer des Allemands... il nous donne l'ordre de repartir. Derrière moi j'entends Musique qui glaviote de temps en temps... toujours sa manie... il laisse dans les arbres comme des stalactites... ça pendouille dégueulasse. Les X, ils nous ont fait tout de même des réflexions à ce sujet... Beau être des enfants du peuple, ça nous donne pas le droit de tartir dans les Trianon.

J'ai fait parvenir des lettres à ma grand-mère où je lui raconte que je travaille dans une jolie ferme où tout le monde est très gentil avec moi. Mes seuls moments de remords... lorsque je pense à elle. Sans doute se morfond-elle d'inquiétude.

Ma rue, elle, je l'ai larguée sans un petit regret. Anatole, dans son bistrot, devenu nabab. Quand la guerre sera finie, lui, il l'aura bien gagnée ! Il pourra se retirer dans ses terres, aux as, bourré à éclater. Ça le gênera pas de donner tous les ans aux bonnes œuvres. Dans son arrière-magasin, il entrepose de tout ce qui manque ailleurs... la bouffe, les fringues, les pneus, la quincaillerie... l'alcool, les bidons d'essence ! Il élève jusqu'à des canards, des dindons... que c'est le miracle étrange que les lardus du contrôle économique ne lui soient pas tombés sur la soie. L'explique, c'est qu'il doit leur graisser les rouages... surtout que ça grince pas... il a sa burette toujours à la pogne! Au milieu de ses tonneaux, je vous ai dit je crois, il a installé un divan spécial pour ses débauches... les dames qui veulent une livre de beurre, deux cent cinquante grammes de vrai café... il les psychanalyse, in the braguette! Les on-dit racontent qu'il s'est embourbé comme ça d'abord madame Legras, ma concierge, et puis sa fille Marthe. Il se serait offert son pucelage, on en précise même le prix... un jambon d'York et vingt kilos de pommes de terre. Marie Coin-Coin a colporté la nouvelle. Ça, j'avoue, ça m'a un peu choqué... Marthe, j'avais rêvé de ses cuisses, de ses doudounes. Qu'il se soit farci son berlingue, cet alcoolique trafiquant, je trouvais ça injuste, ignoble. Aujourd'hui, bien sûr, j'aurais un autre point de vue. Je me vois parfaitement salingue, salace profiteur de toutes les occases... les virginités au rabais, les minettes offertes pour un litre d'huile, une demi-livre de vrai café. Ça ne me paraît plus tellement immoral.

Pendant ce trajet nocturne derrière Gégène, il me vient le projet qu'à mon retour du maquis, Anatole, j'irai l'asticoter un peu avec mon flingue, lui faire cracher quelques lingots. Je n'imagine pas, bonne pomme, qu'il aura assuré ses arrières, cézig, qu'il est plus marle que je peux le concevoir dans ma petite tronche. Il va m'accueillir en héros lui-même... brassardé F.F.I.... lieutenant... réseau *Honneur et Police!* La divine surprise... l'épuration du quartier, jamais si bien servi que par soi-même, c'est lui qui va s'en occuper sévère! L'explication de son officine de marché noir... limpide... qu'il était en quelque sorte l'intendant en chef de tous les résistants policiers du secteur. Ses fredaines d'arrière-boutique... le repos clandestin du guerrier de l'ombre! Le droit de cuissage pour l'élite des patriotes! J'ai pas fini d'avoir tout vu! On a beau spéculer fertile, supposer ceci cela, vos semblables vous réservent encore et toujours d'étourdissantes renversées. L'époque va nous en gaver... d'abondance! Les retournements les plus sensass, hop! soir au matin. Maréchal, nous voilà plus du tout! Bien obtus cave qui se laisse coincer.

Ce qui allait arriver à Berthe Pohernec, l'amie de ma grand-mère. Je vous ai dépeint son visage aux pommettes saillantes... son caractère entier, altier... ses cierges à Saint-Expédit. A cause d'un de ses anciens patrons Juif, qui l'avait foutue à la lourde d'une place sans lui payer je ne sais quelle indemnité, le message antisémite de la Propagandastaffel a tinté harmonieux à ses oreilles dès les débuts de l'Occupe. Elle s'est alors abonnée au *Pilori*, l'hebdomadaire de chantage le plus haineux de la presse collaborationniste. Ça lui a monté tout de suite à la crête... elle voit des Juifs vampires partout... qui nous ont conduits au désastre, qui ont crucifié Jésus-Christ, les sales chenilles! L'obsession... elle se répand en imprécations plus ou moins déformées de ses lectures dans les queues devant les épiceries, les loges de concepiges... sur les bancs, dans les squares, le parvis des églises... inconsciente, bien sûr, de la portée de ses propos à l'époque de l'étoile jaune, des déportations. Les gens, une marotte les saisit... ça part d'un détail... ils embrayent... on les entretient excités chaque jour, très rapidos ils perdent notion de tout, ils débloquent! Tous leurs malheurs, ils se les expliquent... le bouc émissaire est là! Berthe Pohernec, je l'ai entendue bonimenter antisémite... toutes les vedettes du cinéma, de la chansonnette... tous les commerçants alentour, tous ceux qui avaient un peu de fric, une broque d'autorité, de renom... l'explication fusait d'autor. « Je trouve qu'il a un bien drôle de nez, cette chenille!... » L'affaire est dans la sacoche!... que si on gratte son état civil, on trouvera un Carcovici dans ses ancêtres... un Brodowitz... un Blumenthal! Elle accommode sa charité chrétienne avec les théories du docteur Goebbels, allegretto!... sans se mettre la rate au court-bouillon! L'âme quiète, transparente, angélique! Toujours elle va faire brûler ses cierges à Saint-Expédit. Maintenant elle doit lui proposer quelques Juifs à envoyer ad patres! Il va l'exaucer au-delà de ses pauvres moyens. Elle se prive de manger pour ça. Le 25 août va venir... toutes ses paroles, ses débagoulantes insensées, ses énormités... dans le voisinage... elles vont être rapportées, amplifiées si besoin en est! Son cher *Pilori* qu'elle recevait toutes les semaines, la concierge ne pouvait pas ne pas le remarquer. Au petit jour, les justiciers vont être à sa lourde. Leur premier acte libérateur, mettre hors d'état de nuire une traîtresse notoire. A travers la lourde, Berthe les a encore traités tous de sales Juifs. D'une rafale de Sten ils ont fait sauter sa serrure. Tout juste s'il la collait pas au mur du palier. Ils l'ont emmenée l'arme au poing! En bas les huées de la foule... sa mansarde mise au pillage... ses deux kilos de farine de réserve, ses draps, son édredon. A son retour de taule, huit mois plus tard, elle n'a même pas retrouvé son lit. « Les Juifs m'ont tout pris, les chenilles! »... sa conclusion. A soixante-douze piges c'était pas facile, elle aussi, qu'elle change de cible. Elle est venue quelque temps se réfugier chez ma grand-mère, coucher dans mon plumard pendant que je jouais au petit soldat du général de Lattre de Tassigny. La malheureuse, elle s'est remise à ses ménages, ses travaux de couture... des boutonnières pour les uniformes! Elle a vécu encore près de vingt ans... toujours de très peu, le strict minimum sans jamais vouloir mendier. Elle arrivait même sur sa misère à faire des économocroques. Une petite cagnotte, elle se planquait, en prévision de sa sépulture, de ses obsèques. Des consignes écrites précises. Elle se privait de sucre et de beurre pour partir en bonne chrétienne. A l'église elle exigeait du latin, le prêtre en surplis... et surtout pas de Juifs parmi les croque-morts ! Rien n'avait pu la faire démordre de ses idées... Buchenwald, Dachau, Treblinka, elle affirmait que c'était des Juifs dans l'entourage d'Hitler qui avaient planqué là leurs coreligionnaires, à l'abri des bombardements américains... les sales chenilles !

La grossière erreur de pas mal de maquis, ça venait surtout des militaires qui en avaient pris la direction... les stratèges de l'armée secrète n'étaient pas tellement plus doués que ceux qui conseillaient en 1939 le généralissime Gamelin. On parle, on écrit beaucoup sur cette période... la Résistance... ses exploits de harcèlement de l'ennemi en déroute... les sabotages des voies ferrées ! On en a fait une chanson de geste... en cinoche, télé, bouquins. Ça risque plus maintenant que la vape se retourne. Pétain-Laval qui clamaient que l'Histoire finirait par leur donner raison... ça ne paraît pas encore pour aujourd'hui... pas demain la veille non plus. L'Histoire c'est toujours des histoires racontées par les survivants vainqueurs qui enjolivent, forcent la note, salent l'addition... se donnent tous le joli rôle. On ne voit pas pourquoi d'ailleurs ils agiraient autre. Ceux qui se sont carré les miches dans les fauteuils gouvernementaux à la Libération, ils ne risquent pas de se psychanalyser en public. Les Glières, le Vercors, le mont Mouchet !... ça fait des lieux de pèlerinage... des stèles élevées à la mémoire des martyrs... une occase encore d'aller prononcer des homélies finalement toujours électorales ! Tout commence en idéal, se poursuit en élections... s'achève un matin dans le sang... la boucle est fermée. C'était tout de même d'une imbécillité insigne d'implanter en France occupée de grosses concentrations de maquisards faiblement armés, sans possibilités de fuite. Les Allemands n'eurent qu'à les encercler et à les détruire... les secours ne vinrent même pas du ciel, pourtant devenu gaulliste depuis que la Luftwaffe s'effilochait. Tellement tout ça est inepte qu'on en arrive à se poser certaines questions. Après tout, les martyrs, les héros, on ne peut pas tellement s'en passer pour s'installer au pouvoir dans une période semblable. Ça faisait tout de même pas si mal dans le tableau ces villages incendiés... ces victimes... ces cadavres ensanglantés, photographiés agrandis et en couleurs. Quel général, quel maréchal peut inscrire son nom dans la légende sans holocauste ?

Ce qui m'a sauté tout de suite à la réflexion... dès que j'ai eu fait le tour du camp. Il suffisait d'une compagnie, même pas de SS... des bons plouques de la Wehrmacht pour nous faire aux pattes, nous bouclarès deux coups les gros. Nous avions, bien sûr, des armes... quelques Sten... deux F.M... des grenades... de quoi résister une heure peut-être... ne pas se faire tirer comme des lapins, mais rien de plus ! Ça n'avait de sens, notre groupement, que si les Chleus étaient tout à fait sur le point de partir... qu'on puisse les attaquer à découvert avec les Américains déjà bien visibles à l'horizon. Pas le cas encore. Ça se chablait dur en Normandie... Villers-Bocage... Tourville... dans le Cotentin ! Ça ne tournait pas encore à la déroute pour les troupes du maréchal von Kluge qui vient de remplacer von Rundstedt au commandement du Front de l'Ouest. On parlait maintenant des V[1]... avions sans pilote qui tombaient sur Londres. Hitler comptait sur d'autres armes secrètes terrifiantes pour retourner la situasse. Ce que racontaient Radio-Paris, les canards aux ordres.

Nos armes ne pouvaient nous servir que pour un baroud d'honneur... Camerone... en carré nous y étions. Que je vous explique, décrive, je me suis trop perdu en développements peut-être superfétatoires! Des sortes de huttes, cabanes en rondins, des tentes... tout un campement de pionniers canadiens au milieu de la forêt. Bien sûr assez camouflé, difficile à repérer dans le hallier, les broussailles... tout un système alentour de guetteurs... de postes installés dans les arbres pour mieux voir venir le danger. Et cependant, au beau milieu d'une clairière, les couleurs en haut d'un mât. Tous les matins à sept heures précises... la cérémonie du drapeau... tout juste s'il n'y a pas de clairon! Le commandant, c'est Bourdegrave son nom... un gaillard... torse, bide, taille, sourcils, le pif... tout est épais en lui, massif... la voix qui s'amène du fond de la gorge. Il s'est évadé d'Allemagne en 43. Il a repris tout de suite du service dans l'O.R.A. (Organisation de Résistance de l'Armée). Il était de carrière dans l'infanterie de marine. Il a été nommé ici pour étendre la zone d'insécurité. Il vient de la brigade Charles Martel qui contrôle plus au sud à peu près toute l'étendue du Berry. Il nous veut astiqués, propres au moral comme au physique. Il en a trop vu de ces soi-disant résistants qui ne pensent qu'à rançonner les autochtones, à piller les Caisses d'Épargne... à violer les paysannes! Ici pas question de fredaines, on est dans un maquis sérieux. Tout à fait, on est militarisés... avec des brassards, des galons... l'effectif d'une compagnie... cent vingt, cent trente zèbres disciplinés, prêts au sacrifice suprême. Des formules comme ça, on nous sert... Aujourd'hui ça doit paraître diplodocus aux mômes de la consommation et de la contestation réunies. Avec Musique, ce qu'on a repéré nous, de prime abord... la hutte où s'entreposent les victuailles... dès notre arrivée dans la nuit! L'accueil... un sous-off qui nous a conduits dans ce magasin d'intendance. A la clarté d'une lampe à acétylène, on distinguait des caisses, des boîtes de lait condensé, des paquets de sucre... des couvertures, des fringues en vrac dans un coin. Bourdegrave, son maquis était approvisionné question tortore... structuré du point de vue camping... jamboree... rien à renauder! C'était même l'ambiance sympa... gentille alouette! On se regardait tous droit dans les yeux. Il nous faisait d'intrépides speeches, le commandant... en leggings... sa vareuse bien boutonnée... les frocs de cheval... son képi! Haut les cœurs! La revanche! L'emmerde, que j'avais déjà l'œil suffisamment critique, la mémoire pas si courte que ça. Il me rappelait du déjà vu... le même modèle, sapé, hardi de la jactance... les mêmes leggings dans nos brillantes cohortes 1939-40! J'en avais aperçu quelques-uns... sur les boulevards... en permission... aux *Actualités Gaumont!* « Le moral de nos troupes sur la Ligne Maginot est excellent »... Bourdegrave déjà devait sévir... organiser les matches de foot, la tournée de Joséphine Baker... les popotes... le vin chaud du soldat... *Nous sommes les rigolos... de la source du picolo!*

On nous a incorporés immédiat... fêtés, choyés... les rescapés de la ferme des Trois-Chemins! La plupart de nos compagnons venaient d'un Chantier de Jeunesse qu'ils avaient déserté avec leurs uniformes et tout un stock de ravitaillement. Les Chantiers, c'était une organisation du gouvernement de Vichy... une sorte de service civique qui avait remplacé la conscription militaire en zone sud après l'armistice. Au début, là-dedans, on avait forcé sur la mystique du Maréchal... ça avait tenu le temps des victoires allemandes. Depuis quelques mois, un peu partout, les Chantiers passaient à la Résistance... en ordre de marche, chefs et galons. Le Maréchal, son don de sa personne, il pouvait maintenant s'en faire des papillotes dans la moustache! Les armes étaient venues du ciel... les parachutages de Londres! Et aussi du matériel de l'armée 40 camouflé après la débâcle. Tout était fin prêt pour passer à l'action. On s'est mis avec les autres à l'entraînement... la culture physique, la marche, les exercices de commando... jusqu'à du maniement d'armes dans la clairière... sous la direction d'un adjudant Potiron sorti tout droit d'un revue de comiques troupiers.

Avec Musique on s'est arrangés pour être dans le même groupe avec des jeunes de la région... des rougeauds gaillards pétomanes déjà un peu alcooliques! Ça nous changeait de nos Polytechniciens, lecteurs de Barrès et de Saint-Exupéry. Qu'une formation de maquisards aussi importante que la nôtre ne soit pas repérée par les Fritz... je n'arrivais pas à y croire! La seule explique... qu'ils savaient plus bien où donner du tank... riposter à tous ceux qui les assaillaient... au sud... à l'est... sur mer et dans le ciel! Les Ricains les écrasaient de bombes... la Normandie... l'Italie... la Russie... les partisans yougoslaves!... ça faisait beaucoup pour un seul Reich! En France c'était surtout dans le Limousin, dans le sud-ouest, dans les régions montagneuses, que ça remuait... les miliciens ne suffisaient pas pour aider la Wehrmacht à maintenir l'ordre. Il ressortait de ce qu'on entendait par les paysans chez lesquels on se ravitaillait que c'était surtout les maquis communistes qui bougeaient. Au bout d'une dizaine de jours, ça commençait à nous suffire cette colonie de vacances armée. Bourdegrave, il nous promettait, certes, qu'on allait bientôt attaquer résolument l'ennemi. Il attendait des ordres de l'état-major des Forces Françaises de l'Intérieur directement rattaché à Londres. On était encore tombé à côté de la plaque, ça nous semblait... un maquis communiste nous eût mieux convenu.

Pour se faire la pogne, on a tout de même participé à l'attaque d'une mairie un jour de distribution des tickets de pain. Opération de rentiers braqueurs... A huit dans une camionnette sous les ordres de Potiron. Le raid farouche, mitraillette au poing, la tronche adéquate ! On est entrés dans la petite salle... des villageois faisaient la queue... surtout des femmes. Derrière une grande table les préposés à la distribution... deux petits vieux. « Haut les mains ! » Ils avaient pas l'air rassuré.

— N'ayez pas peur... Potiron s'est fait gentil. Nous venons au nom de la Résistance.

Pendant ce temps on raflait les liasses de tickets. Le départ en trombe. Cinq minutes en tout. J'avais rêvé d'autres faits d'armes... Longtemps j'ai préféré m'abstenir de raconter ce genre d'opération... ça me paraissait si peu glorieux que j'avais comme une sorte de honte. Sur le moment je n'y ai vu aucun prolongement... conséquence ! Je ne me suis pas rendu compte que j'y faisais mes classes de malfrat. Ce qui était si simple, si facile en 1944... si normal... deux ans après il n'y avait pas tellement de raison que ça ne soit plus si simple, ni si moral. Bien des truands... casseurs, braqueurs ont fait leur apprentissage sous couleur de la Libération. On l'a dit souvent, je vais pas m'étendre sur ce sujet... puisque je témoigne, je me permets seulement de le rappeler. Le plus grand nombre de mes petits potes de calèche, au temps de *La Cerise*, venaient de nos héroïques armées de l'ombre. Ça n'explique pas tout puisque, aujourd'hui, les hold-up se multiplient à l'infini. On ne peut plus invoquer comme circonstances atténuantes pour leurs auteurs, lorsqu'ils aboutissent aux Assises, la naissance de cette vocation braqueuse au service de la Résistance.

En fin de compte on n'y a pas fait de vieux os dans ce maquis du commandant Bourdegrave. Je renonce à vous narrer minutieux les quelques actions d'éclat à son actif. Des choses qu'on a racontées cent et mille fois... le fastidieux chant des mitraillettes, les petites actions de guérilla ! Tout de même j'ai pris le baptême du feu... l'essentiel. Une escarmouche avec des Fritz à la traîne d'un convoi. Ça nous a valu, prévisible, d'être pris dans le collimateur, repérés dans notre camping club. L'ordre de dispersion dès qu'on a eu vent qu'une colonne de représailles se préparait... un renseignement parvenu à temps au commandant.

Toujours la courette dans les bois. Cette fois, avec Musique, on avait emmené nos armes... lui une mitraillette Sten, moi un calibre... un Colt à barillet... mastard modèle 1911... U.S. Army. On a fait escale chez Gégène le garde-chasse... une nuit il nous a hébergés dans son grenier. On n'allait pas encore moisir dans les sapinières. Ce qui me trottait, maintenant, de remonter à Paris. D'aller expliquer à Dubreuil la situation sans issue de notre maquis. Les plouques déserteurs des Chantiers de Jeunesse retournaient chez eux quand ça allait trop mal. Le commandant, on savait plus où il était. Ça tournait eau de pluie, dégonflade, rodomontade, notre aventure. A Paris, en recrutant nos copains Milo et Fernand Neunœil, on pouvait peut-être former un groupe de combat. Nous approchions de la fin juillet... Ça pouvait pas durer éternel la résistance des Allemands en Normandie. Ils se faisaient aplatir... leurs divisions blindées, pulvériser par l'aviation américaine avant même d'être sur les lieux du combat. Tôt ou tard il allait se passer quelque chose à Paris. Gégène, on a demandé sa caution pour remonter, qu'on puisse tout de même se protéger derrière l'ordre d'un supérieur.

Nous revoici donc à Jargeau ! Pas le temps d'aller rendre visite à la dame aubergiste au regard triste... qu'elle nous refasse son omelette ! Mon flingue est au fond de mon sac sous du linge sale... la Sten de Musique démontée, enveloppée de chiffons, de papiers, dans sa musette. On s'offre vraiment un coup de dinguerie. Nous sommes à la merci de la moindre fouille de nos bagages. Et justement, depuis qu'on est partis, au mois de juin, l'atmosphère est devenue plus lourde sur les routes un peu partout. Les Fritz arrêtent au hasard les cyclistes, les autocars, les camionnettes... ils cherchent des armes, des terroristes, des parachutistes et toujours ces malheureux Juifs. Ils passent au crible les véhicules... toutes les valoches, les balluchons... comme ça au flan... un barrage à n'importe quelle heure ! On se figure, nous, depuis le coup de fion inouï qu'on a eu aux Trois-Chemins, avoir une sorte de baraka... que plus rien ne peut nous arriver. Dans un sens ça va se révéler exact, je suis là, je vous écris, adorables lectrices, lecteurs tous intelligents, donc je fus exempt de majeurs pépins. Tout de même on les a frôlés comme à plaisir. Nos armes, on aurait pu les laisser chez le garde-chasse. Seulement, rendez-vous compte, c'était grisant de se sentir possesseur d'un revolver, d'une mitraillette. Ça nous gonflait à nos propres yeux ! J'en arrive à me demander si, dans les premiers moments, au cas où on se serait fait alpaguer, je n'aurais pas eu tout d'abord une pointe d'orgueil à la tronche malgré ma trouille. On en arrive avec soi-même à se constater de bizarres réactions. Plus tard, dans ma période truandesque, j'ai ressenti un certain jour une sorte de fierté, sans doute malsaine, à être baladé par les rues... menottes dans le dos avec deux flics à mitraillette pour m'escorter. Pas si simple à débrouiller tout ça... se mêlent des sentiments divers... l'idiote vanité, bien sûr... le goût peut-être du châtiment ou l'instinct de mort... dans ce cas en 1944. Il faut vieillir pour se lasser de ces fariboles. La sagesse vous vient avec les tours de reins, hélas ! Les douleurs aux jointures... les rides... les bandaisons moins promptes. Le paradoxe... maintenant que la mort m'importe moins, que j'ai plus lerche à perdre, je trouve excessif, pour tout dire tout à fait déraisonnable, d'aller la provoquer comme aux beaux jours de mes vingt ans sous le Führer Adolf... lui tirer un peu ses moustaches pour voir s'il a encore de la patience. Comprenne qui pourra !

Un autocar faisait deux voyages par semaine Jargeau-Pithiviers... un tacot à gazogène. Gégène nous avait rencardés. Alors nous y sommes... en avance, le matin de bonne heure pour avoir des places. On a marché avant le jour depuis Trilly afin d'éviter les mauvaises rencontres. Et puis voilà... à peine a-t-on posé nos miches au fond de l'autocar, sur la dernière banquette, que s'apporte une équipe de miliciens... dix douze en uniforme... le béret avec l'insigne gamma, nulle gourance ! Leur blouson, le bénard bleu qui leur tombe, comme mon golf, sur les godasses. Ils sont plutôt guillerets, ça semble, lurons rigolards, bidasses en perme. Ça nous en file une drôle de châtaigne dans le plexus... cisaille un instant le souffle! Si je pousse fissa mon sac sous la banquette... Musique sa musette! Ils s'installent, ils se marrent d'un pet, je ne sais au juste! Tout d'abord, ils ne nous voient même pas... ils sont à tout autre chose. Et l'un d'eux se retourne... une sorte de géant à face poupine... des grosses lèvres, les joues roses... il nous zyeute... un coup de méfiance traverse sa frime de bébé, je m'aperçois. S'ils nous tapent aux faffes, on peut encore s'en tirer, on en a... on leur racontera n'importe quoi... mais s'ils s'encuriosent de nos bagages, là, encore une fois adieu ma vie, mes belles amours des temps qui viennent. Musique, il a toujours sa tactique... d'entrer franco dans la cage, d'ouvrir la gueule du lion, d'y placer au besoin sa tête. Il est funambule de nature, provocateur avec le destin... jusqu'ici ça lui a réussi, je peux pas contester. Gueule de bébé, il se penche pour parler à un autre... un chef, ça paraît... ça nous concerne ce qu'il lui glisse à l'esgourde, j'en suis certain! A ce moment pile qu'il faut réagir, ne pas attendre surtout que leur suspicion se nourrisse de notre posture embarrassée. Seul je serais cuit, il me semble... je m'emberlificote, je me crispe dans ces situasses... je manque de souplesse. Musique, c'est là qu'il me souffle. Au moment où le chef se retourne pour nous regarder à son tour, il lui fait un petit signe de la main, un salut comme à un copain. L'autre, ça lui détourne le soupçon, il s'interroge... réfléchit où il a bien pu rencontrer ce type? Tout de même c'est pas le genre affable, l'ami de tous... chic gars sympa... moelleux quidam. Il se fronce, il demande tout haut...

— On se connaît?

— Non, répond Musique, mais on est content de vous voir.

Ils nous biglent tous maintenant. D'autres personnes grimpent dans l'autocar. Des évidents coureurs de ravito, avec des valises, des sacs à patates. Jamais il manque de toc, Pierrot Cauchois, il tient ça de son daron... ça sert l'hérédité. Il leur laisse pas le temps de nous poser des questions... il se lance. On est content de les voir tout simplement parce qu'on trouve qu'ils ont bien raison de maintenir l'ordre, c'te bonne paire! La pagaille, on en a plein le cul... les bombardements... ces salauds d'Anglais! Je trouve qu'il pousse... je les respire, je crois, un peu sur le qui-vive. Seulement, Musique, il gagne toujours en poussant ses pions au-delà des limites permises. Voilà... ses parents sont morts, il explique, en 1942... la R.A.F. sur Billancourt au mois de mars! Lui, un hasard, il n'était pas là ce soir-là... mais il a tout perdu... son petit papa... sa chère maman. Ça je m'y attendais pas, il me laisse, for intérieur, dans une admiration béate! Les autres torgadus, ça les apaise immédiat. Ah merde! ces fumiers d'Anglais... quand on pense qu'il y en a qui les attendent pour nous libérer soi-disant! L'affaire maintenant in the pocket!... bien sûr, puisqu'il est question des Anglais! Le car s'ébranle, le chauffeur passe la première. Le hic, c'est qu'on va déconner comme ça jusqu'où?... débagouler des platitudes de propagande jusqu'à Pithiviers? Je me sens à l'étroit dans mes pompes, mais Musique, lui, est un homme de ressource. Il s'invente une famille unie et laborieuse. Un père anobli par le travail et la sobriété. Il a les mots, juste ce qu'il faut, pour parler du Maréchal... le mérite qu'il a de se sacrifier pour beaucoup de Français qui n'en valent pas la peine! Il est tellement dans leurs clichetons favoris qu'ils doivent peut-être se demander pourquoi il ne s'engage pas sous leur bannière. J'admire le savoir-faire de l'artiste... le virage... qu'il précède toujours les questions embarrassantes. Il meurt d'envie d'aller les rejoindre, seulement il a deux petites sœurs et un petit frère et il est devenu l'unique soutien de cette nichée. Il nage dans le sublime... ils vont, si ça continue, lui cloquer une médaille. Ils n'arrivent plus à en placer une, le chef, le grand bébé rose... les autres. Je les observe, je les vois enfin de face et de profil mes ennemis... ils étaient peut-être au début du mois dernier à la ferme des Trois-Chemins. La question me brûle, mais je me la donne, ça serait sans doute une imprudence ! Ça n'a pas une gueule bien particulière un ennemi... ils ressemblent, ceux-ci, un peu aux jeunes plouques de notre groupe au maquis Bourdegrave... des joviaux, des faces un peu ahuries... grosses pognes... ils ont l'accent du Sud-Ouest, il me semble... ils roulent les r. Je suis bien forcé de filer le train verbal à Musique, d'y aller un peu de mon grain de sel. Je me prends à la compétition mensongère. Je m'invente un père prisonnier en Prusse orientale... ça ne me déplaît pas cette idée ! Après tout c'est peut-être vrai, mon géniteur inconnu sèche-t-il ses caleçons sur les barbelés. Ça m'amuse un court instant. J'avoue, peut-être à ma honte, que je n'y pense pas souvent à cézig, je vous ai dit au début... il ne m'empêche pas de respirer, boire et roter... me branlocher lorsque l'envie m'en tenaille. Je ne l'imagine même pas... ni ceci, cela... grand duc... clodo... repris de justice ! Je me le berlure pas m'apparaissant soudain pour me changer l'existence... me la faire dorée et crapuleuse... caviar à la louche... carpettes en vison ! Des choses qui n'arrivent que dans les romans qu'on achète aux Puces... *Mère à quinze ans par la faute de qui ?...* la gravure adéquate sur la couverture. De ce côté-là, je suis préservé... la vie m'a vacciné contre ces bonnes lectures.

Mes ennemis, je les gaffouille sérieux. Je voudrais qu'ils aient des vraies sales gueules... des faciès de dégénérés furieux, des tronches de monstres... des yeux de serpent... des mufles porcins! Je m'efforce mais ça ne passe pas. Leur chef il est quelconque... hors de son uniforme bleu, on le prendrait pour n'importe qui... un contremaître, un employé de banque. Il parle de l'attentat des généraux contre Hitler... des traîtres payés par les Youtres qui lui ont placé une bombe sous sa chaise au cher Führer. Le bol! il s'est levé... il s'en est tiré juste avec le bas de son froc brûlé... « Un pantalon tout neuf! » sa réflexion première... tout à fait historique! S'ils avaient réussi, les hyènes, l'Europe Nouvelle était dans le lac, son opinion au chef! Nous sommes bien obligés d'acquiescer.

Dubreuil, lui, il était pas du tout partisan de ce maquis solognot. Je l'avais entendu l'affirmer, se prendre à une vive discussion avec le colonel Carentec... un soir, au mois de mai... dans un autre appartement... boulevard Saint-Germain. On chanstiquait de lieux de rendez-vous assez souvent... par précaution élémentaire. Je savais jamais bien chez qui j'étais... je voyais de nouvelles tronches qui disparaissaient ensuite... que je revoyais plus jamais. Dubreuil me faisait toujours passer les consignes par Laurence, la gonzesse en bénard... la Môme Camarade, je me l'appelais comme ça. C'était une acharnée militante communiste... son dab était mort en Espagne dans les Brigades Internationales. Elle ne vivait, cette fille, ne vibrait, ne respirait que pour le Parti. Elle ne pouvait vous parler de rien d'autre. Dubreuil se la sabrait, l'évidence. Elle devait pendant le coït... au moment céleste, encore lui murmurer un mot doux d'ordre... « Camarade, plus fort camarade... encore camarade!... » Ce qu'on supputait avec Musique. Dans le militantisme, j'ai pu constater, les nanas refilent aisé le double six aux hommes. Dès qu'elles sont vraiment convaincues de l'existence de Dieu ou du sens de l'Histoire, elles y vont bon poids... à toutes les messes, les réunions, les meetings, les cellules, les pèlerinages... Maintenant qu'elles ont trouvé une cause vraiment à elles, leur libération du joug du mâle... on n'a pas la partie belle, je vous le prédis, mes frères en biroute. Elles vont nous vaincre à la rage, la longueur du temps... à l'arsenic, à l'usure, au Code pénal... elles utiliseront tout, les vaches ! Et ça ne s'arrêtera pas, leur victoire, à l'égalité des droits. En vérité, je vous l'affirme, elles ont déjà gagné... l'avenir est à elles ! On sera réduits tous esclaves... exterminés après le service comme les bourdons par les abeilles. Ça va être ça, mes petits potes... le fin du fin de la lutte finale, de la dialectouille ! la véritable égalité. Le vrai communisme en sa phase ultime !

Je respirais peut-être l'avenir vaginocrate à travers Laurence... elle me filait un peu le tracsir lorsqu'elle s'enflammait pour sa Cause... que ça lui prenait... un accès de fièvre. Je me voyais pas prisonnier fasciste entre ses fines menottes. Pas envie non plus de lui faire du gringue, même à la rigolade. D'ailleurs elle se marrait pas si souvent. Le rire, faut croire, est réactionnaire. On rit parce qu'on se sent supérieur d'une façon l'autre... qu'on ne prend pas la vie au sérieux. Le saint ne rit pas, ni le convaincu. Ou enfin ils ont une façon à eux de se fendre... un rire qui se communique, comment dire... jaune !

Dans un sens on était des déserteurs du maquis. Le commandant Bourdegrave, avant l'éclatement de son unité, nous avait donné comme consigne d'aller vers le sud... descendre rejoindre dans le Berry la brigade Charles Martel. Nous, on avait pris la direction opposée. Une fois à Paris fallait bien s'expliquer. Dubreuil était notre planche de salut.

Il est encore en pyjama quand il me reçoit rue

Vandrezanne... un samedi, il ne va pas au boulot. Je l'ai sorti du page... il se couche tard en ce moment. Il est sur la brèche sans arrêt. Il bat le fer tant qu'il est chaud, le plus qu'il peut. Laurence est déjà sortie, déjà en mission... à la conquête du prolétariat... la prise du pouvoir par les masses laborieuses. Il a pas encore chaussé ses lunettes, il me zyeute un peu surpris tout de même. Sa piaule, c'est juste une petite chambre et une cuisine au sixième d'un vieil immeuble. Avec Laurence il risque pas de s'embourgeoiser... s'envaper dans le confort. C'est monacal leur mobilier... du bois blanc, des livres... une lampe sans abat-jour qui pend au plafond de la cuistance. Il m'écoute... il veut un rapport oral détaillé. Je raconte... je suis net, le plus précis possible... il déteste, je sais, les fioritures... les blagues dans le coin, les calembredaines calemboureuses. Autant que je lui bonisse pas de salades. On a préféré revenir avec Musique... on aurait peut-être pas dû, mais voilà... on voudrait agir sur place, dans notre élément à nous. Il gamberge... il touille dans une cafetière... un mélange d'orge et de chicorée. Il m'offre du pain, un peu de fromage qui a le goût de dentifrice, c'est tout ce qu'il a... il a pas le temps, lui, de s'occuper de chercher du ravito. Il n'a plus de sucre non plus. Son jus à la saccharine ça ne risque pas qu'il nous énerve. Le verdict?... j'attends. Il va peut-être encore me traiter de sale con, d'individualiste merdique. Non... je m'en gourais, je ne suis pas si truffe. Les militaires de l'O.R.A., il est bien forcé de se les côtoyer... c'est l'union en ce moment de toutes les forces disponibles pour chasser l'envahisseur hitlérien, mais il n'empêche... même avec le colonel Carentec... entre eux, ils ont des divergences. Il m'approuve, il va me couvrir. Des consignes nouvelles lui sont parvenues... ça dépasse toutes mes espérances. A Paris qu'on va guériller maintenant, saboter... les troupes alliées ne vont plus tarder à se pointer à l'horizon. L'insurrection doit se déclencher à leur approche... qu'ils entrent dans une ville déjà libre...

— Nous chasserons nous-mêmes les Boches de Paris !

Un programme qui convient alors admirable à mon cœur. Ça commence à s'organiser en vue de cette bataille d'une importance, il va sans dire, capitale. Il m'explique... des petits groupes de cinq ou six hommes... Il faut recruter !... Ça veut Fernand Neunœil... même peut-être Marcel, s'il veut être un peu sérieux. Ça a changé depuis le mois de mars où j'ai eu beaucoup de mal à faire entrer Musique dans le circuit. Ils se la donnaient plutôt de mes potes à ce moment-là... tous, Dubreuil, Joulia, Laurence. J'avais eu beau me démener, me débattre, être là toujours, partout lorsqu'ils en avaient besoin.... j'étais encore considéré comme une sorte de branleur, un traîne-lattes... je n'arrivais pas à remonter la pente de cette impression déplorable que je laissais aux ouvriers modèles de l'imprimerie.

Tout est aux pommes, aux œufs... au beau fixe ! Je trouve presque son tiédasse café... nectar *100 % Arabica,* comme on dit aujourd'hui, la pub de nos radios ! Il va faire avertir le commandant Bourdegrave de notre mutation. Les maquis en terrain plat de plus de quinze vingt bonshommes, il trouvait ça tout à fait absurde lui aussi... le moyen de se faire ratatiner à coup sûr. La guérilla ne se mène qu'avec de très petits groupes, très mobiles... des gens si possible du pays, des autochtones rompus à toutes les ruses du terrain. Au fond ce que nous sommes un peu dans les rues parisiennes. Il ne faut jamais s'attacher à une forme de combat. Les militaires de l'O.R.A., leur seul but en définitive c'est d'en revenir à la bonne guéguerre telle qu'on la leur a apprise à Saint-Cyr. Il me prêche convaincu, tout ça m'a sauté aux yeux en Sologne. Il assaisonne ses propos de sous-entendus idéologiques. Nous combattons, n'est-ce pas, pour la libération de la France, mais pas pour n'importe quelle libération. L'arrivée des Américains ne sera qu'une étape de notre lutte... décisive certes, mais pas finale. J'entrave très bien la coupe... si je lui file le train... je me laisse, j'avoue, un peu convaincre. Après tout, la Bourgeoisie, on peut bien lui secouer ses picaillons, ses privilèges... la saigner à blanc, ça me déplaît pas comme programme. Lorsque je vais dans les beaux quartiers, ça me rend jalmince. Il passe des femmes, pour qui je n'existe pas plus que le caca de leur chien-chien. J'irais volontiers leur trousser la jupe, leur montrer ma personne humaine en commençant par la queue, je suis pas si méchant. Ils finissent par me séduire les camarades... ils me proposent toute une poésie, une musique... des vocables qui correspondent mieux à ma condition que les autres. Ma période de flirt avec eux... brève... se situe là... quelques mois. J'écoute un peu les sirènes du matérialisme historique, ou plutôt de la Révolution au sens le plus vague, le plus romantique. D'où vient que je n'ai jamais sauté le pas ?... pas pris ma carte ?... bondi frémissant d'enthousiasme à toutes les veillées des cellules ? De choses vues un peu plus tard... une certaine façon de régler leurs différends ! Une certaine pétoche aussi de m'engager... et surtout mon tempérament anarchique... mon souci déjà de prendre toujours mes distances. En fin de compte l'horreur instinctive du troupeau... des masses qui défilent. Tout ce qu'on saura par la suite, les goulagueries du Petit Père, les joyeux procès d'autocritiques... dire que je les subodorais serait excessif, mais tout de même quelque chose, dans le fond, m'empêchait d'adhérer au moment où tout me portait vers ce Parti des lendemains si prometteurs. Je m'y trouve une sorte de mérite, la facilité me poussait par là. Où me proposait-on de sortir un peu de ma condition ? Mon individualisme, mon goût d'agir sans entraves, mon amoralité aussi, m'ont conduit au lazaro, à l'infamie du casier judiciaire. En entrant dans les ordres des Camarades, leur Église, je pouvais, pourvu que je sois bien docile, devenir une sorte de curé d'une de leurs paroisses... tout compte fait bien gras, bien dodu... De réunions de cellule en meetings et en congrès, je me serais coulé une existence moins épineuse, moins pleine d'aléas ! Un brin de plume dans vos petits talents, vous devenez vite fait semi-idole des maisons de la culture. On vous vénère... vos œuvres complètes sur papier japon, reliure pleine peau.

Pour en revenir à Dubreuil... ce jour-là... ce matin-là, pour être plus précis, il fait de moi le plus heureux des hommes. Mais il faut tout de même que je survive matériellement durant toute cette période, je ne peux pas me nourrir uniquement de drapeaux pris à l'ennemi. Je ne peux pas non plus retourner à *L'imprimerie des Myosotis*... j'ai pris mon compte sans préavis, sans explication... et à présent il n'y a plus de boulot nulle part... tout marche au ralenti à Paris faute de courant électrique, de matières premières, de moyens de transport ! Musique est dans la même situation que moi. Dubreuil, avant même que je lui expose mes problèmes, me les solutionne. Il a une cheville pour qu'on puisse aller midi et soir se taper un repas à l'école de la rue Baudricourt, à la cantine des gosses qui fonctionne sous les hospices du Secours National. Il va nous dégotter un peu de pognon, une sorte de solde. Ma mission, à présent, c'est de recruter des volontaires. Je m'y lance sur-le-champ... j'ai des ailes...

Le spectacle de Paris est étrange. Un changement assez perceptible depuis le mois de juin. Les rues tout ensoleillées sont calmes... non pas mortes comme à mon retour de l'exode... on sent la vie derrière les fenêtres, les portes cochères... on a une impression d'attente. Peu de passants, peu de voitures... toujours les files d'attente devant les boutiques mais les bobonnes amaigries sont plus souriantes, on dirait. Peut-être que je me fais des idées, rétrospectif... que j'enjolive, c'est pourtant pas dans mes tics, mes manies plumitives. Les Allemands ont installé des postes de D.C.A... leur Flak un peu partout... Ils flânent en faisant sonner les fers de leurs bottes... ils se gourent peut-être qu'ils ne sont plus là pour très longtemps... ils veulent encore en profiter de leur séjour dans la ville lumière éteinte. Ils s'y trouvent mieux que partout ailleurs en ce moment. Je les trouve moins raides, moins automates. Peut-être qu'à la longue ils se sont amollis à notre contact... *nos petites madames fick-fick... Cognac... Franzoses beaucoup filous !* On en aperçoit, à présent, de moins flambants neufs sous leurs harnais. Certains n'ont plus de bottes... juste des petites leggings en toile sur des brodequins sans doute récupérés de l'intendance française. Ça respire la déconfiture. On voit même d'étranges Aryens dans les armées du Führer... crépus, basanés... des tronches, certaines un peu asiates. Ils sont moins bêcheurs question charcuterie de combat, ils embauchent maintenant parmi les prisonniers russes des volontaires... Mongols, Géorgiens, Kirghises! Chez les SS ils ont, paraît-il, toutes sortes de légions... bosniaques, caucasiennes, slovènes, tatars, turkmènes... françaises, bien sûr... la division Charlemagne... jusqu'à des Indiens, des Arménouches. Ça devient coton de s'y retrouver... leur racisme au vent de la défaite s'envole... leurs belles théories...

On allait donc former un groupe de harcèlement... Milo et Fernand, ça n'a pas posé de question de les embarquer dans notre rafiot. Un chef devait nous être désigné, un homme d'expérience. Dubreuil, tout de même, nous trouvait un peu juvéniles, encore acnéeux pour nous driver autonomes. Il ne manquait que Marcel Flaireau à l'équipe... j'étais bien décidé à l'enrôler lui aussi. Au physique, avec son dos voûté, sa démarche un peu crabe, il paraissait pas le combattant idéal pour la guérilla ! Seulement lui, s'il avait pas tant de biscottos, il avait des idées à refourguer chaque jour. Depuis notre départ au maquis, il s'était fait jeter de l'imprimerie... compression du personnel... plus de boulot. Le prétexte adéquat pour bordurer un élément réputé douteux. Chômedu, en ce temps-là, pour se sustenter... survivre... ça devient un exploit quotidien de s'affurer le moindre croûton. Marcel, certain, il a un peu de défense... tous ses petits trafics de tickets d'alimentation, ses falsifications. Et puis il est blindé contre la chtourbe... il sait toutes les ruses pour la vaincre au jour le jour. Chez ses tantes, à Biscaille, il y va juste pour se pieuter. Elles font elles aussi un peu de marché noir, les viocques, dans leur mercerie... elles refourguent du coton, de la laine. Lorsque les lardus du contrôle économique se pointent, elles se mettent à dire un chapelet pour conjurer le mauvais sort. Marcel, ça lui plaît cette façon de s'accommoder la religion avec les petits profits. Il observe... il savoure... il fera ça toute sa vie. En tout cas maintenant il a trouvé le truc pour se goinfrer à très bon compte. La simplicité... l'œuf de Colomb ! Les restaurants qui servent au marché noir ont, bien sûr, une façade légale... ils sont classés par catégorie selon leurs prix ! En principe, ils ne doivent pas servir certains plats, certaines denrées sans tickets. Surtout ils ne doivent pas dépasser les tarifs prévus par la loi. Marcel, il lui est venu à l'idée qu'il suffit donc, au moment de l'addition, de ne payer que le prix de la catégorie. Si le taulier va au schproum, fait du pétard... on lui propose, aimable, d'aller chercher les flics pour régler le conflit. Il ne lui reste alors qu'à écraser, s'asseoir sur la note. Si on a pris la précaution de choisir un endroit passager, on ne risque même pas une bagarre qui pourrait attirer l'attention des képis bleus. La volupté, au bout du compte, de se livrer à un truandage sans risque de se retrouver au car... en ayant à l'avance les flics de son côté.

Ça va devenir vite notre activité principale l'heure des repas, rechercher la bonne taule ! On attaque *Au Clair de Lune,* la brasserie place d'Italie. Au bar c'est toujours plein de putes, de feldgrau... de petits marloupins. On y sert de la bière sans alcool, des cafés à l'orge, des bretzels. Le restaurant est au premier... dans une petite salle. On est au parfum... en y mettant le prix, on mange des côtelettes, du rosbif, de l'entrecôte... La viande est servie, paraît-il, en hypocrite, planquée sous la purée de pois, les épinards... On se pointe, toute la bande, avec nos habits du dimanche pour inspirer confiance. Le gueuleton inaugural de notre association patriotique. Ce qu'on dévore ? ma mémoire flanche... en tout cas de la barbaque, du fromage... peut-être un dessert, un gâteau ! On picole aussi d'abondance, on est paf à point au moment de la sortie. On va se l'offrir en chantant... pourquoi pas *La Marseillaise ?* Une idée qui nous germe et qui pousse jusqu'à la note. Au moment juste de l'addition on l'entonne... *Le jour de gloire est arrivé !* Je revois net le gérant qui s'agite, qui ne cesse de considérer le biffeton minable que j'ai laissé dans une assiette pour régler la douloureuse ! Non, il ne rêve pas !... Il m'agrippe alors, me tire... me parle à voix basse... « Il y a erreur, je crois... monsieur ! » Milo et Fernand interviennent. Ils se font menaçants eux tout de suite ! Tout juste maintenant si on ne renverse pas... si nous n'allons pas, nous, le dérouiller le gérant. « Dégueulasse, on le traite tout haut... profiteur ! » Là, il s'aplatit... Il veut simplement qu'on sorte... il a entravé tout à fait l'arnaque. Il préfère laisser ça aux profits et pertes. On descend toujours en beuglant... *Entendez-vous dans nos campagnes mugir ces féroces soldats !* Sur la place, on se regarde les uns les autres... on se bidonne, fiers de notre exploit. Si on savoure alors l'existence... qu'elle précède l'essence ou non, on s'en tape la bistouflette ! On se sent en pleine félicité... en liesse... en jubilation ! Pour parfaire notre bonheur, on décide d'aller au bordel s'offrir des gonzesses. Il y en a deux dans le secteur, un boulevard Blanqui, l'autre rue Gérard. C'est plutôt des taules d'abattage... les décors un peu bain-douche... la clientèle ouvrière, nord-africaine. Les nanas y attendent le clille en tutu, en dessous satinés... des gravosses, la plupart, maquillées rutilantes, aguicheuses routinières ! Ça traîne pas les passes... vite et bien, la devise ! On s'en contentera. On compte nos ronds, ce qui nous reste... on peut se payer le lupanar. J'allais, naguère, rue Gérard en sortant de l'école rue du Moulin-des-Prés avec des petits potes. On se faisait la courte échelle pour zyeuter par un vasistas. On se racontait des mensonges roses... qu'on avait vu des femmes à poil... des orgies pas possibles ! En réalité, on apercevait juste un coin du bar... même pas une guibolle à la traîne !

En s'approchant, on avise juste un Fritz qui sort du claque... un gros tout harnaché avec son fusil, son étui de masque à gaz ! Souvent ils sont comme ça, à présent, sur le pied de guerre pour ainsi dire en permanence. Tout de suite, la boisson aidant, il nous arrive, presque à tous en même temps, le glandilleux projet de l'attaquer, ce salaud, l'assommer... lui piquer son Mauser ! On s'échange nos intentions presque à voix haute. Ça nous paraît comme une bonne farce qui complète bien notre dîner au marché noir. On va l'entourer, lui faire becter son casque avant qu'il ait pu esquisser un geste de défense. On se rapproche de l'objectif. Seul Marcel s'oppose à notre machination... il nous profère qu'on est tous dingues... que ça va mal tourner, il est sûr. Il essaie vainement de nous retenir. Ce qui nous sauve, paradoxal... deux autres Allemands qui sortent à leur tour du boxif. Deux grands formats Kriegsmarine, ceux-ci... avec leur bonnet à ruban, deux redoutables au pifomètre. L'agression contre le gros n'est plus possible avec les renforts qui s'annoncent. Encore une question de quelques secondes... S'ils étaient sortis un tout petit peu plus tard, les Kriegsmarine, qu'on soye en train de mettre notre projet à exécution... ça tournait vinaigre, massacre... notre gueuleton, ils nous l'auraient fait vomir ces tantes! Merde! Ça nous coupe toutes les envies... de chanter *La Marseillaise...* tringler les gravosses! Notre allégresse s'évapore. Les deux matafs chleus nous croisent... ils ont des flingues à la ceinture... des gros calibres! Ça nous plonge dans les réflexions... un abîme.

La consigne, c'était pourtant de récupérer des armes, le plus d'armes possible pour le jour J qui se rapprochait. Par la suite, dans les ouvrages consacrés à la Libération de Paris, j'ai su qu'on n'en avait vraiment pas lerche pour déclencher l'insurrection... quelques pétoires de 14-18... quelques Mas 36... quelques mitraillettes de maquis comme celle de Musique... peu de F.M... aucune mitrailleuse lourde... vraiment la dèche, l'entreprise vouée à l'échec. Il n'y avait eu presque aucun parachutage dans la région parisienne... Il fallait donc s'armer sur le dos de la bête. Elle a beau flancher maintenant, elle ne se laisse pas encore calcer sans vaseline. Je vous ellipse un peu nos rendez-vous mystérieux avec des agents de liaison à vélo... nos comploteries... les consignes de plus en plus martiales. On jetait des tracts... collait des proclamations sur les murs le soir... *Peuple de Paris prépare-toi!* Des noms nouveaux apparaissaient... Colonel Fabien... Rol Tanguy... Lizé... Villon... des sigles difficiles à interpréter... C.N.R... C.O.M.A.C... F.U.J.P.! Le commandant du Gross Paris, von Choltitz, récemment nommé, nous menaçait des pires représailles... « *Nous mettons en garde une dernière fois les éléments criminels!* » On en faisait partie, ça nous rendait plutôt fiers.

Je revois ces journées... combien dix... quinze?... des choses se mêlent. Une vision de Paris, du quartier... les concepiges sur leur chaise devant les portes, sur le trottoir. Du monde encore aux terrasses des cafés. Les nouvelles du front de Normandie nous parvenaient surtout de Radio-Paris... sur Londres c'était devenu du top secret, ils ne voulaient pas renseigner l'ennemi. Des noms de ville, Le Mans, Alençon... Châteaudun... ça s'approchait de plus en plus. Les Fritz passaient dans leur camions décorés de feuilles de chêne sur les boulevards extérieurs. On leur semait des lames sous les pneus, des tiges spéciales, des clous à quatre têtes... On bricolait dans la bataille... Inconcevable d'attaquer les convois allemands avec juste la Sten de Musique et mon Colt à barillet. On se demandait si nous allions finir par jouer enfin un rôle. La môme Laurence et Dubreuil nous le promettaient... Patience, camarades! On s'installait dans l'attente. Ce qui peut paraître aujourd'hui le plus invraisemblable... on allait se baigner aussi dans la Seine au pont de Tolbiac. On lézardait sur la rive. On attaquait un peu les filles au baratin. Par moments on aurait pu se croire dans une ville tout à fait en paix. La chaleur sans être étouffante nous permettait de rester en bras de chemise, en maillot de corps jusqu'à la nuit.

On se tapait presque tous les jours notre petit gueuleton de marché noir sans bourse délier... Façon racket, on s'est offert aussi des pipes. Au noir les Gauloises montaient jusqu'à cent vingt balles. On torpillait les loufiats revendeurs... ils se contentaient du prix de la taxe. Ça aurait pu durer toujours cette vie où on flottait pour ainsi dire ! On était dans des sortes de grandes vacances de petits pauvres... passées dans un Paris qui vivait au ralenti. Musique, dans sa ruelle, jouait de l'accordéon devant un parterre de gosses libérés de l'école. Tatahouine trouvait tout de même un peu de fric pour s'arsouiller au rouge d'appellation contrôlée. Ça commençait à chuchoter, ragoter dans les queues devant les boutiques que madame Untel on l'avait vue, de nos yeux vue, enlacée avec un officier allemand !... Que monsieur Machin était dans un truc à Pétain en 1942... d'ailleurs il en avait l'insigne... Que celui-là, ça étonnerait personne qu'il ait été de la Gestapo... Ça n'amenait pas de pommes de terre dans les cabas, mais ça soulageait quand même de savoir que toutes les infamies allaient se payer bientôt par le sang et les barreaux des prisons. Ma grand-mère conseillait à Berthe Pohernec de se cacher un peu. Elle avait reçu des lettres anonymes de menaces... de chenilles juives, disait-elle, qui lui promettaient une placarde au cimetière. Les conseils, elle s'en foutait... Elle leur dirait tout de ce qu'elle pense aux tueurs lorsqu'ils viendraient chez elle. Et puis il y avait toujours son Saint-Expédit qui la protégeait... elle ne craignait rien ! La marchande de parapluies, madame Dupontroué, continuait de hocher la tête, nourrir tout de même quelques matous en prélevant sur ses maigres rations. Malgrave, l'avare, le rationnement ne l'avait pas touché de toute la guerre, depuis toujours par économie il grignotait des croûtons, des raves... il était comme un yogi, un brahmane... la peau juste sur sa carcasse... le nez qui lui tombait sur sa bouche édentée. Il ricanait depuis quelque temps sans raison bien évidente. Le train du monde le rendait sarcastique. La Marie Coin-Coin, toujours elle prenait ses avoines servies par monsieur le comte. Elle déblatérait dans la rue... au milieu des affreux sons qui sortaient de sa gorge, on entravait qu'elle accusait son aristocrate époux d'être un suppôt d'Hitler... un collabo... qu'il avait passé l'Occupe à écrire tous les jours à la Kommandantur. L'abbé Daviel, pour sauver la France, recommandait par routine toujours ses *Pater*, ses *Ave*... Bouboule dans ses sketches, ses mimodrames, il introduisait maintenant le général de Gaulle... « Churchill m'a dit : Bouboule ! » Il tombait en parachute juste devant le bistrot pour boire une chopine avant la bataille décisive. Anatole, le moment était venu pour lui de renverser la vape, de se glisser dans la bonne échappée ! Des propos vengeurs, mystérieux, il tenait... laissait entendre en lousdoc qu'au bon moment on allait avoir des surprises. La photographie du vainqueur de Verdun disparaissait peu à peu des vitrines, des mairies, de partout.

Au carrefour des Gobelins... un soir... en plein milieu de la chaussée, on aperçoit un Allemand qui pérore, appelle les passants. Il est fin défonçaresse, aucun doute. C'est le premier qui se livre en public en cet état d'ébriété. Il se libère tout seul ce feldgrau. Il s'exprime en petit nègre franco-germanique. « *Allemagne kaputt ! Hitler schwein ! Ja... Ach so ! Cochon !* » Il fait des gestes, nous montre son cul... des bras d'honneur ! On l'admire tout de même à distance. On applaudit un peu méfiant. C'est bientôt le couvre-feu. Il va s'asseoir sur le trottoir devant *Le Cadran bleu*. Il se marre, gorge au vent, et puis tout à coup il s'effondre, il se met à chialer... à dégouliner... vomir dans le ruisseau. On est, nous, comme fascinés... tous les gens du voisinage sortent... s'attroupent... jusqu'à ce qu'une patrouille de feldgendarmes s'amène au pas. On l'entend venir, pas lui... il continue à déconner... il pisse dans le ruisseau pour finir. On n'en voit pas davantage... la patrouille l'emmène, hop! l'escamote! Le lendemain il a dû apprendre, le malheureux, ce qu'il en coûtait de vendre la mèche et les moustaches d'Adolf avant qu'il soit bien réduit en cendres dans son bunker.

A la radio, Jean Hérold-Paquis, de sa voix en lame de couteau, nous affirme encore une fois que l'Angleterre comme Carthage sera détruite. Jusqu'au bout, à Fresnes, un petit matin d'automne de l'année suivante... il poursuivra son leitmotiv... L'Angleterre comme Carthage sera détruite!

Pourquoi ai-je été à l'Arc de Triomphe un midi? Ça me semble peu probable que je me sois déplacé spécial à vélo pour voir une dernière fois les Fritz relever la garde au pas de l'oie... J'avais sans doute un rencart avec un de nos mystérieux du réseau. Je me suis arrêté pour bien les regarder... bien les fixer une dernière fois dans ma mémoire. Les cymbales, les fifres... l'officier à cheval. Ça va devenir vieillot ce ballet de bottes luisantes, de casques d'acier... un peu XIXe siècle à tout prendre. Ceux qui arrivent, les nouveaux vainqueurs, sur leurs Sherman, leurs camions géants... avec leur pipeline... leurs ponts flottants... leurs jeeps... leur chewing-gum... c'est le XXe siècle d'un seul coup! Ils n'ont pas besoin de cymbales, de fioritures. *Sie kommen!* ils vont vite à présent, mais pas encore assez à notre goût. On va leur donner, nous aussi, du spectacle romantique pour leur entrée dans la capitale...

La rumeur nous les situe à Rennes. Un petit drapeau sur nos cartes du tendre allié qui s'approche. Je vais rue Vandrezanne voir Dubreuil. Il rentre du P.C. du colonel Rol... l'homme qui va nous ordonner l'insurrection. Ça ne peut plus tarder. On va coller nos affiches sur celles de la Propagandastaffel. On descend de nos vélos en plein jour, devant les passants ahuris. Je suis l'homme de protection... le Colt dans le blouson. Si je joue mon rôle!... le sourcil froncé... imbu de ma petite importance. Je me tire le dernier comme pour protéger la retraite de mes hommes.

A coups de pavetons on va démolir aussi la vitrine du R.N.P. avenue d'Italie. Juste en face du cinoche aujourd'hui devenu porno intégral. Ils se sont taillés depuis quelques jours, nos Déat... ils se planquent à présent. La roue tourne. Seul Stéphane a été viré à temps de la galère... près de deux ans. Ça va lui permettre de se récupérer lieutenant F.F.I. dans le Limousin... d'y mener un peu l'épuration. Ce que je vais apprendre dans quelque temps... qu'il était au R.N.P. en espion... mission spéciale de la Résistance! Je cesse de m'étonner en prenant du flacon, des cheveux blancs, des rides... mais à l'époque, à la fin de cette année fertile en émois de toutes sortes, lorsque j'ai reconnu Stéphane en uniforme francoamerloque... ses galons de lieutenant sur le calot... l'allure martiale... 151e Régiment d'Infanterie... tout de même le choc! Lui, il m'a pris bille en tête tout de suite, il m'a ouvert les bras. Heureux de me revoir! A l'époque du R.N.P. il m'avait rendu de fiers services... il allait me révéler! Je pouvais me souvenir... chaque fois que les autres voulaient me charcuter la tronche, me rouer de coups, il intervenait... me sauvait la mise. Le plus beau... rappelez-vous... que c'était exact finalement. Il m'a raconté ses exploits... qu'il avait fait sauter un train blindé de la Wehrmacht! Ça me ferait tout le sujet d'un autre livre, les aventures de Stéphane.

Ça se chevauche maintenant les nouvelles, les événements... ça se bouscule avec des sigles... le

C.N.R... le C.P.L... les F.U.J.P... les F.T.P... Nous, nous sommes des F.F.I. de l'O.C.M.J., organisation civile et militaire des jeunes. C'est demain le jour J... l'heure H... on ne sait? On attend encore. On rôde... ça serait le vase inouï de retrouver un Boche avec son fusil sortant du boxon... un gros mou, si possible un peu brindezingue... On regarde passer les *Tigres*. Ces soixante tonnes de ferraille qui roulent sur l'asphalte font vibrer toutes les vitres des immeubles sur leur passage. Dans leur tourelle les chefs de char, archanges de la mort avec les tibias sur le calot, sont impassibles. Ça nous ferait de jolies cibles si nous nous postions à une fenêtre avec un fusil...

Et puis voilà qu'il n'y a plus de métro, plus de gaz de ville... l'électricité juste deux heures par jour... et que les cheminots se mettent en grève comme au temps des cerises du Front Populaire. Le couvre-feu est décrété à vingt et une heures. On s'en tape, à présent, de son couvre-feu à von Choltitz!... on sort quand même, on se faufile le long des murs! On se retrouve dans les couloirs, dans les caves. On a toujours quelque chose à se dire. On apprend qu'*ils* déménagent du Grand Hôtel, du Continental, de partout... qu'*ils* entassent dans leurs camions des tableaux, des meubles, des caisses... leurs gonzesses souris grises au milieu... quelques Françaises aussi, des prudentes qui tiennent à leur scalp. Comme il faut bien faire quelque chose, on va barbouiller les murs, les trottoirs au minium!... faire des V... des Croix de Lorraine... inscrire des slogans. Milo trouve qu'on est des truffes, des bons à nib de laisser les Frisés se tailler à la cloche de bois, peinards. « Qu'est-ce qu'on attend, merde? » Ce qu'on se dit tous, on piaffe, on rue dans les brancards. On se demande si les Ricains ne vont pas déboucher un beau matin porte d'Italie sans qu'on ait eu le temps de donner en lever de rideau notre opérette des francs-tireurs. Plus tard je serai plus à même de juger... lorsqu'on sera mieux rencardés par les livres, les documents... qu'on ne faisait pas le poids pour passer à la phase offensive. S'il leur en prenait le caprice, avant de finir leurs bagages, les Chleus avaient de quoi nous passer tous au lance-flammes... réduire Paris en Varsovie. On n'en avait pas du tout conscience sur le tas... on n'imaginait que des choses favorables...

Rue du Tage quelques Allemands descendent d'un camion, un midi... ils appelent, furtifs, les gens... ils se font racoleurs qu'on n'était pas habitués de les voir ainsi... « Kom hier! Kom hier! »... du sucre, ils ont à nous fourguer... du chocolat, des boîtes de conserves de toutes sortes, de l'huile... des coupons de tissu! Les ménagères, d'abord méfiantes, se rassurent... les prix ne sont pas prohibitifs par rapport au marché noir. Ça fait le téléphone arabe dans le secteur... les amateurs bientôt rappliquent, se ruent sur l'aubaine. Y en aura pas pour tout le monde! Ça va se colleter autour du bahut... les Fritz sont obligés de calmer les ardeurs. On les sent, ceux-là, pas si tranquilles... qui'ils ont les flubes de voir arriver de noirs SS dans les parages. Ils ont des frimes de malfrats. Qui m'a prévenu? Comment suis-je là?... Peut-être je passais sur mon vélo. Je groume. Musique et Milo, je n'ai pas le temps de les avertir! On aurait pu leur faire un mauvais parti peut-être à ces feldgrau trafiquants. Enfin je me dis ça... ils ne sont pas si fragiles, je remarque. Je vais leur acheter du sucre, des boîtes de sardines... pour tout ce que j'ai de fric sur moi. Certain que cette cargaison ils ont dû la chouraver quelque part sur la route de la retraite.

On apprend un nouveau débarquement dans le Midi, sur la Côte d'Azur. Les rumeurs s'entrecroisent entre les radios, les journaux clandestins, les confidences bouche à oreille... des choses les plus invraisemblables... Laval et Herriot à Paris ! A l'Élysée ils vont former un gouvernement en accord avec l'ambassadeur du Reich, monsieur Otto Abetz. Ça paraît énorme... un grossier bobard, et puis on tombe sur une affiche du parti communiste qui nous donne à gamberger. « *De louches manœuvres se trament au cœur même de la capitale. Le peuple de Paris ne laissera pas les maquignons de la politique profiter de la libération.* »

Dubreuil assiste à des réunions du C.P.L... le Comité de Libération de Paris. Il nous affirme que ça y est, que ça va se déclencher... que c'est une question de jours, d'heures peut-être ! D'ailleurs on nous désigne un chef. Je redoute que ce soit encore Clovis... non, il a disparu celui-là, jamais pu savoir d'où il venait et où il a abouti. C'était ainsi à cette époque... un petit ballet de têtes... de noms de guerre... lieutenant Grégor... capitaine Claude... colonel Trucmol... commandant Tarzan !

Binesco, il s'appelle notre nouveau chef... Savoir si c'est son blase réel ou quoi ? Je vais le rencontrer sur l'ordre de Laurence dans un meublé à Montparnasse... rue du Départ. C'est un matin... deux trois jours peut-être avant l'insurrection. A la porte de l'hôtel deux gagneuses, deux pavutes qui me racolent. « Chouchou, viens, on te fera de bonnes choses. » Ça m'épate un peu qu'il perche là-dedans ce chef ! Je me demande si je ne vais pas tomber sur un julot. Dans une chambre de passe il m'accueille. Lui, il détonne sur tous ceux que j'ai rencontrés depuis que je navigue dans les eaux clandestines. Il me serre la cuillère, il est enchanté... Laurence m'a affranchi, c'est un camarade évadé de la prison de Tours. Un mordant, un dur paraît-il. Un homme d'expérience, plus vieux que nous d'une dizaine d'années. Là, dans cette piaule, il est sapé, cet homme d'expérience... un peu... comment dire... endimanché! Un costard croisé marine, des petites pompes vernies noires... cravate à rayures, boutons de manchettes! Les moustagaches fines à l'américaine. Surtout ce qui frappe... ses tifs... très noirs... corbeau... bien gominés... séparés en deux plaques compactes par une raie presque au milieu du crâne. Ça lui becte son front déjà étroit. Il m'invite à m'asseoir sur le bord de son lit métallique... le sommier grince... je remarque une glace au plafond. Il suit mon regard. Hélas! il n'a pas pu trouver autre chose que cette désespérante carrée. Toute la nuit on l'a dérangé... les étreintes au-dessus en dessous... les bidets à droite et à gauche! Il n'est pas bégueule, mais enfin il trouve que l'amour ça devrait être autre chose! Beau être à deux jours de se soulever, les Parisiens s'envoient en l'air. La constante... les catastrophes... guerres, inondations... tremblements de terre... le bipède trouve l'occase de copuler... que son sperme jaillisse joyeux! L'instinct toujours... le bas... tant pis! Il me zyeute ce Binesco... ne me met pas très à l'aise! Il a un regard de gallinacé... d'un vert tirant sur le jaune. Il tourne presque la tête pour vous observer, assez rapidos... ça lui donne l'air d'un automate. Il me débite ses aventures... à proprement parler, il s'est pas évadé de la prison de Tours mais d'une feldgendarmerie... Profité d'une embellie... « Vu que le Boche qui me surveillait était parti peloter une femme... une salope, bien sûr, ramassée par la patrouille... mais elle m'a rendu un sacré service sans le savoir! » Il rit en soulevant la lèvre supérieure. Sa jactance est saccadée... il déforme les mots, je remarque. On a l'air encore d'avoir touché beau avec cézig. Quel est son grade au juste?... Sergent-chef, me dit-il, mais il est resté simple, je peux l'appeler Louis... Pas au-delà... Loulou, il déteste... « Vu que ça fait vulgaire et commun. » Je voudrais le présenter à ses hommes dès aujourd'hui.

Il ne préfère pas... Juste je dois, moi, rester en liaison avec lui ! A l'heure H, qu'on ne s'en fasse pas, il ne nous posera pas de lapin... il sera là... avec ce qu'il faut ! Il ricane... se baisse... tire une lourde valoche glissée sous le pageot. Il me fait chut ! Il va fermer le verrou. Il pose la valise sur le lit... l'ouvre. Il se marre de ma bouille surprise. Enveloppées de chiffons, je distingue des armes... des crosses, des canons. Il me sort une grenade défensive comme une sucrerie.

— Avec ça, les Boches, on va leur faire des misères.

Il me chuchote... Il me tend la grenade que je me rends bien compte par moi-même qu'elle n'est pas en chocolat.

— Des Boches, tu sais combien j'en ai descendus ?

Que répondre ? Je vois pas bien... avec son costard croisé... ses boutons de manchettes... je l'imagine mal dans un maquis. Il insiste, que je devine, annonce un chiffre ! A tout hasard je lui dis quatre, ça me paraît pas mal... quatre Chleus ! Je l'ai vexé, je sens, il me reprend la grenade des pognes un peu brusque... il referme sa valoche... hop ! il la reglisse sous le pieu. Je préfère renchérir :

— J'sais pas... cinq ou six...

Superbe, il me glisse que je n'ai pas assez de mes dix doigts pour les compter les Boches qu'il a étendus. Il ricane encore... il me tapote, protecteur affectueux, sur l'épaule... « Sacré bleubite ! » Il va m'apprendre, lui, le vrai métier de la guerre... que je me fasse pas de bile !

— Vu que j'ai de l'expérience et que je suis désigné pour en faire profiter les autres !

« L'important, c'était de s'insurger, c'était de se battre. »

Albert PARAZ, *Le Roi tout nu*.

Cette fois ça y est, on est en piste... notre dispositif en place au coin de la rue Saint-Séverin et du boulevard Saint-Michel. On s'est fait une sorte de fortin avec des sacs de sable de la Défense Passive. Binesco a pris son commandement. Il est toujours en costard croisé, même pas sa cravate défaite. Juste il a mis un brassard tricolore sur sa veste... F.F.I. en lettres noires sur le blanc. On les a touchés ce matin, les brassards... la garantie, paraît-il, qu'on est des combattants légaux. Ça mc semble fragile pour que les Fritz, s'ils nous alpaguent, ne nous fusillent pas.

On est au début de l'après-midi, le soleil tape dur à présent. Les rues sont vides. Les flingueurs guettent... en face... au-dessus de la Rôtisserie Périgourdine... tout autour de la place... derrière les fenêtres, aux autres coins de rues... dans les boutiques. Dès qu'une voiture allemande, un convoi s'approche, on nous l'annonce à coups de sifflet à roulette. Une traction avant toute barbouillée de Croix de Lorraine, d'inscriptions, de V passe lentement... un type est allongé sur l'aile avec un flingue. Elle se dirige vers le pont, la Préfecture où les flics se sont retranchés. On n'avait jamais vu ça... les poulets en grève. Dans nos souvenirs collectifs d'insurrection, la police était toujours du mauvais côté de la barricade... du côté de l'ordre. La révolte, c'est parti de chez eux... Un char allemand est venu les asticoter dans leur Préfecture. Jusque-là on les croyait auxiliaires dociles des occupants. Ils avaient arrêté les Juifs, les réfractaires... ils nous tapaient aux faffes en compagnie des feldgendarmes, vous vous souvenez, je vous ai raconté l'anecdote... ma chiasse intense d'un soir d'hiver. Ça nous gâche un peu la fête qu'ils en soient, les vaches! mais enfin faut se faire une raison. Laurence me trouve romantique, avec mes réflexions à propos des lardus... L'essentiel c'est le résultat. Ils ont des armes, eux... qui viennent d'où?... on ne le sait pas, on l'apprendra un jour... une cargaison de Monsieur Joseph, le ferrailleur milliardaire super-vicelard, Joinovici, le crac des cracs... le véritable libérateur de Paris! Tout se passe souterrain en Histoire... le pognon arrive par courrier secret, les armements... ça se trame, se tisse... se tresse en dessous... tout en lousdoc... des complots qui s'emboîtent, s'emmanchent comme des poupées russes... des puzzles... labyrinthes... casse-tête chinetoque... qu'il faut bien faire gaffe, chaque seconde, pour s'y retrouver entre les intérêts, les passions, les petites et grandes lâchetés, les négligences volontaires, les chausse-trapes, les coups fourrés au plastic! Vous êtes là, vous, combattant du petit bonheur... faraud, bravache avec votre pétoire, derrière vos sacs de sable... le doigt sur la détente. Vous jouissez de la guerre, du beau temps qu'il fait. C'est la griserie, merde! la foiridon... alors les manœuvres de ceux qui veulent prendre le pouvoir à l'Hôtel de Ville... ceux qui jouent au poker menteur en coulisses... aux échecs, à je ne sais quel jeu... on s'en cogne la crosse. Binesco, tout de même, il retire sa veste. Il a un flingue, un Mas 36. On est tous là... tous au créneau! Musique, tout fier de sa Sten... Milo avec un Mauser récupéré ce matin. Fernand Neunœil, lui, il attend encore pour avoir un flingue que les Chleus se fassent allumer sur la place. Il sera le premier à sprinter pour piquer une arme. Il a quand même plusieurs grenades autour du bide... des à manche... de celles qui étaient dans la valoche à Binesco. Y a que Marcel sans armes, lui, il n'est pas si belliqueux. Il reste à l'ombre dans le couloir de l'hôtel à côté. Il fume... il s'est mis en quête de ravitaillement... il nous a ramené des crèmes de gruyère... tout un pain et un litron de rouge. Il est devenu notre cantinière.

Je suis harnaché, moi, toujours avec mon vieux false de golf vert... une grande pièce au cul... nu-pieds dans des sandalettes racornies. J'ai ressorti de ma cave un gros ceinturon de l'armée qui date de l'époque où nous mettions à sac le bastion des Sénégalais. Mon calibre, il est passé dedans... sans étui... Je le sors brusque. Une fusillade éclate enfin vers le pont. On ne sait pas comment ça a commencé. Les balles sifflent de toutes parts. On entend le fracas d'une vitrine brisée... Un camion allemand dérape sur la place. Il venait de traverser le pont... Il stoppe devant la fontaine. Une clameur... la ruée! Des Fritz sortent en levant les bras. On y est tous... Fernand se dispute un Mauser avec un étudiant... un zazou. Il finit par enlever le morceau à coups de poing dans la gueule. On leur arrache tout aux Boches, les ceinturons, les bottes, les casques. Ça va tourner pugilat... lynchage... Binesco glapit des ordres. Un officier en tenue genre Saumur... bottes de cheval, le toutime... finit par rétablir le calme.

— Retournez à vos postes, nom de Dieu!

Je l'ai aperçu tout à l'heure celui-là... au P.C. au-dessus du cinéma. C'est un capitaine. Il empêche qu'on fasse un vilain parti aux prisonniers. Des flics arrivent, casqués... armés... ils vont les emmener, mains sur la nuque, les protéger jusqu'au quai des

Orfèvres en face. Nous retournons à notre fortin avec nos trophées. Ça commence à prendre tournure notre guérilla des rues. Milo est en maillot de corps, un chapeau mou sur la tête, avec son fusil à la bretelle, il fait révolutionnaire 1936 du Frente Popular. Dans l'hôtel rue Saint-Séverin, on a plus ou moins installé nos pénates pour le repos. Binesco, il y a transporté ses bagages... tout un fourbi, sa grande valdingue, celle sous le lit... et puis des sacoches, une serviette en cuir genre ministre. Làdedans il transporte ses fringues de rechange, des chemises... des chaussettes. Il finira par nous apprendre qu'il est représentant de commerce dans le civil et justement dans la lingerie. Depuis quatre piges ça ne marche pas fort en apparence, mais il a survécu tout de même grâce au marché noir. « Vu que je sais me démerder comme pas un ! » Il cligne de l'œil et toujours son rictus de la lèvre supérieure qui lui découvre deux dents en or. Il a des tics de langage cézig... vu que... vu que... il explique toujours tout en détail... il n'en finit plus. Musique ça l'énerve... il trouve qu'on aurait bien pu se passer de chef. En tout cas, lui, on ne peut pas l'accuser de se déballonner comme Clovis... ça serait plutôt le contraire ! Il bondit dès qu'il entend un coup de flingue... Il se rue sous la mitraille sans conscience du tout du danger. « En avant ! » il braille. Il nous subjugue... je lui file le train... je veux pas être en reste d'héroïsme !

On n'a pas tant le loisir de ronfler derrière nos sacs de sable... à nouveau des coups de sifflet... Une voiture amphibie descend le boulevard Saint-Michel... On la voit arriver quasiment sur nous et Binesco ordonne le tir. « Feu à volonté ! » On s'est tous planqués, couchés à terre. Lui seul il est resté debout, le torse hors du fortin, en véritable chef. La voiture touchée rentre dans une vitrine... Les Allemands tentent de s'échapper en nous ripostant. On les déquille... l'image exacte... on les allume de toutes parts. La même séquence que tout à l'heure... dès qu'ils ne bougent plus... les clameurs, la foule qui se précipite à la curée! Plus ça allait plus on était nombreux. Tout le monde s'enrôlait F.F.I. Au coin de la rue de la Huchette, dans un bistrot, on distribuait les brassards... n'importe qui maintenant s'amenait... un nom... un coup de tampon sur le brassard. Ça expliquera sans doute la suite... tous les abus, la pléthore de héros dans les jours qui viennent... les étranges lascars qui se glissent dans nos rangs. Ça va devenir coton d'organiser, contrôler, discipliner une telle armée. Nos chefs se sont installés au-dessus du cinéma *Le Saint-Michel*. J'y étais monté le matin même avec Binesco à notre arrivée... voir Laurence pour lui demander ses directives. Ils étaient nombreux là-dedans... des uniformes divers... kaki... bleus... galonnés, brassardés! Devant les fenêtres, entre les grosses lettres de l'enseigne du cinéma, ils avaient entassé des sacs de sable eux aussi, installé un fusil mitrailleur qui va tenir toute la place sous son feu. Ça téléphonait, braillait... sortait, rentrait... une agitation intense, fiévreuse! Dès qu'une voiture allemande s'annonçait, tous couraient aux fenêtres participer à l'escarmouche... le colonel Cévennes, les commandants, les capitaines... chacun son flingue, ses grenades. On pourra toujours me raconter toute la répulsion que les hommes éprouvent pour la guerre, je n'y crois pas lerche. J'ai tout de même bien vu, de mes yeux vu, je ne rêvais pas... des combattants tout à fait heureux de l'être... qui se disputaient plutôt les places aux créneaux. On va me rétorquer que nous étions des insurgés contre la tyrannie, que ça ce n'est pas du tout au même. Ce qui reste, c'est le risque de se retrouver froid, de vraiment tout perdre... de se faire estropier aussi, d'en rester cul-de-jatte, aveugle ou manchot. Il existe donc un plaisir de se battre, de tout risquer... un vice bien plus redoutable que d'aller porter sa menue monnaie aux courtines à Longchamp ou à Auteuil.

A la fin de cette première journée, cette première glorieuse, nous avions tous... notre groupe... des flingues, des munitions, des grenades dans notre blockhaus de sable ! On était tous harnachés guerriers révolutionnaires... tout ce qu'on trouvait faisait l'affaire... casques, bottes, ceinturons, musettes. Binesco s'était coiffé d'un casque français de 39, petit à petit il abandonnait tout de même ses allures de danseur de tango... que sa tronche qui ne pouvait pas changer, même sous le heaume guerrier... son regard d'oiseau... son rictus ! Il revenait du P.C. nous communiquer les instructions du colonel Rol... tenir nos positions... attaquer l'ennemi partout, le harceler sans trêve... Si on est bien d'accord ! Volontaires pour tout, partout ! On va dormir un peu dans l'hôtel à côté, organiser un tour de garde dans notre fortin. Tous les coins de rues alentour c'est le même traquenard, des hommes en armes derrière un petit parapet en sable... des jeunes surtout. Ça braille, s'engueule... tout le monde veut commander, en faire à sa guise, déclencher le tir lorsque bon lui botte. Nous au moins, avec cézig Binesco, on est bêtes et disciplinés... on tient notre rang, on sait que la force principale des insurrections, etc. Nous sommes sur la brèche depuis les aurores.

Ça a commencé par Milo qui est venu me siffler dans la rue, me réveiller... j'ai ouvert ma fenêtre. « Descends vite ! Magne-toi ! Viens vite voir ! » Ma grand-mère a renoncé à me convaincre de rester tranquille à la maison. Elle se fait, bien sûr, un mouron d'encre mais je n'en ai cure. Je suis dans mon égoïsme sacré de combattant pour la bonne Cause. Ces Boches tout de même il faut les bouter hors du royaume. On est tous des petites Jeanne d'Arc... Elle, elle s'en foutait de ses chers parents qui restaient sans personne pour garder les moutons.

Ce qu'il a vu, Milo, en passant sur le pont du chemin de fer de la Petite Ceinture rue Gandon... en bas, sur la voie... un corps! Un cadavre... la tête recouverte d'un morceau de toile, une espèce de sac à patates. « Il a peut-être une arme », suggère Milo. Ça m'épaterait... enfin, pour en avoir l'esprit net, on est descendus en s'agrippant, s'aidant aux branches d'un arbre le long du mur. C'est pas le spectacle à regarder pour les cœurs sensibles... on a soulevé un peu le bout de la toile de jute... vite rabaissé! La tronche du macchabée est en bouillie, tailladée comme à coups de serpe, de hache. Ça nous avance à rien d'être descendus sur les rails inspecter ce corps. On se demande pourquoi il aurait eu une arme sur lui et pourquoi ses assassins la lui auraient laissée! Faut plutôt nous éloigner rapide... qu'on aille pas nous accuser de je ne sais quoi! Jamais pu savoir qui était ce type dont on avait rendu la tête méconnaissable. La victime sans doute d'un de ces innombrables règlements de comptes de la Libé. Ça se multiplie, multipliera dans les jours, les mois qui viennent... pour des raisons de toutes sortes... les plus sombres comme les plus évidentes.

Nous remontons sur le pont. A l'est le soleil commence à incendier le ciel matinal. Il va faire aussi beau qu'en juin 40 quand ils sont arrivés, pimpants casqués haydi haydo! ces enfoirés de Chleus!

Maintenant je peux vous préciser la date... nous sommes le 19 août... un samedi. Depuis hier tout est en grève, les postiers, les flics, les cheminots. On a rendez-vous avec Dubreuil, la môme Laurence, rue des Beaux-Arts dans un foyer d'étudiants que la

Milice vient d'évacuer. A neuf heures avec nos armes. La consigne que j'ai reçue, hier soir, de Binesco. On y est à l'heure tapant au rencart... tous... Musique avec sa Sten... toujours dans la musette. Un branle-bas là-dedans... une agitation de jeunots, barbus braillards... des artistes en mal de révolte. On nous distribue des brassards... et puis Dubreuil vient spécial nous désigner notre position place Saint-Michel. Ça nous fait un peu de dépit de ne pas combattre dans notre quartier... se montrer aux nanas du coin en pleine action... couverts de poussière, de poudre... de gloire! A Saint-Michel je m'y sens pas tant à l'aise. Les quelques fois où j'y ai traîné mes savates, les années précédentes... chez Capoulade, au Dupont... je me trouvais plutôt chien bâtard parmi les caniches zazous avec leur houppette frisottée au sommet de la tête. Pour draguer là-dedans une mignonne, je n'avais pas les harnais adéquats, le style swing... le bon rythme dans les guibolles.

L'ordre d'insurrection du colonel Rol est maintenant placardé partout. Notre mission nette imprimée « *Ouvrir la voie de Paris aux armées alliées victorieuses et les y accueillir.* »

La nuit est venue. Le ciel est à l'orage... Dormir, ça ne me dit pas grand-chose. Binesco voudrait qu'on se repose... la journée de lendemain sera dure, nous affirme-t-il. Il pense que les Allemands ne vont pas nous laisser attaquer leurs convois sans riposter. Il entrevoit, lui, des SS en colonnes... des ravageurs armés de lance-flammes. Ça l'épouvante pas d'évoquer Paris en ruines... tous les immeubles calcinés... « Vu qu'on ne fait pas d'omelette sans casser les œufs! » Sa conclusion tout à fait originale. Seul Marcel y trouve vraiment à redire... que ça nous avancerait pas tant. Enfin, lui, il est fataliste... tout de même il a ramassé un vieux flingue... un Lebel de la guerre 14. Ça devient le musée des Invalides, les armes qu'on voit aux mains des insurgés. L'armurerie derrière notre château fort, à l'angle de la rue, a été mise à sac avant même notre arrivée ce matin, les pilleurs ont emporté des pièces de collection, des fusils de chasse hors d'usage. On va voir de curieuses pétoires aux barricades... jusqu'à un chassepot modèle 1866 tout à fait inutilisable.

L'orage éclate... les hallebardes. On quitte tous nos positions. Les Boches peuvent passer, on s'en fout... on veut pas se mouiller, le cas de le dire! Mais eux non plus... et puis ils ne se risquent pas de nuit dans nos rues. Ça nous fait du bien cette pluie... ça lave les trottoirs. Demain le soleil va liquider les derniers nuages... petit à petit, dans la matinée, se remettre avec nous... Certain que sans lui la Libération se serait déroulée autrement. Sous un ciel gris... pluvieux, les réactions des uns et des autres auraient pu être différentes. Les Allemands plus hargneux... nous moins combatifs... savoir?

Dans les petites rues entre Saint-Michel et Saint-Jacques c'est devenu l'atmosphère de révolution dès le matin de très bonne heure. Les drapeaux apparaissent aux fenêtres... des tricolores, des anglais... des rouges aussi, ceux de notre vaillante alliée, la patrie des travailleurs et des lendemains qui chantent. Dans une boutique désaffectée, rue de la Huchette, des boy-scouts ont installé un poste de secours. Les commerçants deviennent généreux... nous offrent à boire, à becter gratis. Au milieu de tout ça, on voit des bigotes qui vont à la messe à Saint-Séverin. Une mégère coiffée d'un casque allemand brandit un fusil au coin de la rue. Elle braille des slogans de sa bouche édentée. « Pétain au poteau! » Cette fois c'est bien fini les amours du Maréchal avec ses populations. On glaviote son effigie sur la chaussée... on la piétine... « Pétain à mort ! » C'est pas si loin le mois d'avril, les acclamations place de l'Hôtel-de-Ville. Pour peu qu'on n'ait pas la mémoire si courte, ça vous donne à gamberger sur la fragilité du pouvoir, la versatilité des masses. Elles vont, elles courent à la victoire... au plus fort ! C'est comme un instinct. Je regarde tout de même un peu gêné ces gens qui crachent sur le portrait du vieux. Ils ne le haïssaient pas tous comme ça naguère. Y en a bien dans le lot qui l'ont applaudi. Je vais en voir d'autres, de plus sévères, de plus choquantes, ceci n'est qu'une amusette. Ça commence d'ailleurs... On entend des conversations au milieu de la rue... des mémères, des locataires, des quidams, des passants, des inconnus. On parle d'une Solange, vous savez bien la fille du bouquiniste, cette petite putain ! On l'a vue avec des Allemands... des SS, ça précise pour lui noircir son papelard à la Solange ! Elle va pas s'en tirer avec tous ses tifs, la salope ! Elle a de jolies boucles blondes... ça fait des jalouses, les boucles blondes... et puis ses mignons petits seins qui furent palpés par des paluches teutonnes. D'imaginer ça, les envieux, les rancuniers, ils vont sortir leurs ciseaux, leurs tondeuses ! J'anticipe, nous n'en sommes qu'au deuxième jour... ce dimanche... la messe... les chrétiens qui s'y dirigent... les dames avec leur chapeau... leur missel... les fillettes en robe légère... des hommes graves, cravatés soigneux. Ils vont prier en latin pour le salut de la Patrie catholique et française toujours.

Toute une activité fébrile commence sur la place... le pont... vers la maison poulaga... le Palais de Justice... des tractions passent barbouillées en lettres blanches F.F.I. sur le capot, le toit, les portières... des farouches à Sten juchés sur les ailes. Des ambulances, camionnettes, des voitures de pompiers... Sur les murs les affiches se multiplient... « *Français, debout, tous au combat!* »... « *En avant Paris! Sus aux Boches! Pas de quartier jusqu'à la victoire!* » « *Le Peuple de Paris veut se battre*! » C'est signé de tous ces noms nouveaux, d'organisations qui sortent de partout... M.L.N... M.U.R... C.D.L.R... on s'y reconnaît difficile. Sauf, bien sûr, avec le P.C... un manifeste signé Cachin, Duclos, Marty... de vieilles connaissances, surtout pour nous autres du XIIIe, un fief du Parti avant-guerre. Tatahouine, maintenant, il doit regretter de s'être fait bordurer de sa cellule. « Il doit bien être quelque part à faire le con », dit Musique... il ne l'a pas vu depuis plusieurs jours. D'ici qu'il apparaisse dans le secteur avec des galons de colonel, y a pas des bornes. De ce côté-là, on risque pas de manquer de commandement... il en pousse de plus en plus des officiers à brassard... des gros, des petits, jeunes ou vieux, bedonnants quadragénaires... imberbes minous fluets. En face de nous, l'autre angle de la rue Saint-Séverin, c'est un chef de gare du métro qui drive une équipe de gamins... des étudiants la plupart. Une trogne, il a, de boit-sans-soif. Il s'est harnaché capitaine... un mélange... ses fringues de la compagnie... quelques défroques de 39-40... un képi... un gros ceinturon avec un étui à flingue... des leggings! S'il s'agite, cézig, infernal... il braille, ordonne... « Garde à vous! » Il inspecte, il toise, il bombe sa tunique. On respire qu'il voudrait bien nous chapeauter, superviser notre ligne fortifiée. Il a des velléités... nous lance quelques injonctions! Binesco le rembarre sec... D'où sort-il ce capitaine à la mords-moi? Quel réseau? Quelle armée clandestine?... La question? Elle devrait se poser partout. On s'encombre déjà de galonnés qui rallègent de toutes les rues, tous les immeubles... qui conservaient précieux leur uniforme dans la naphtaline.

Question fusillade, c'est le calme depuis hier soir.

On commence à se croire tout à fait libres déjà, la paix revenue. Mais brusque un long coup de sifflet nous arrache à nos bavasseries. Si ça s'égaille les badauds... toute vibure dans les couloirs! Je suis surpris avec Neunœil, hors de notre fortin. On n'a que le temps de s'aplatir, s'allonger sur le trottoir. Un camion allemand arrive du boulevard Saint-Germain et fonce sur nous. La fusillade se déclenche... le camion, sous l'avalanche de bastos, titube... se plante dans un arbre. On a bien cru une demi-seconde qu'il allait nous écraser, nous passer dessus. Je tire avec mon barillet... ça ressemble à quoi... contre ce camion? Je m'amuse, c'est l'essentiel. Le conducteur, touché à la tête, a perdu le contrôle de son volant. A l'arrière, des troufions de la Wehrmacht qui s'entassaient... sautent, s'éparpillent, tentent de se défendre. Ils sont pris de tous les côtés... un feu nourri... ceux qui le peuvent se réfugient sous le porche des immeubles. Juste devant nous, deux d'entre eux se sont précipités dans un couloir. Fernand bondit à leur poursuite. Autour du camion c'est fini... les rescapés lèvent les bras. Déjà les brancardiers accourent pour ramasser les blessés... et puis la curée comme hier. L'espace de trois secondes tout le monde est là... ça se dispute jusqu'aux bottes des morts qu'on arrache parfois toutes sanglantes. Je rejoins Fernand dans le couloir de l'immeuble. Des femmes sont là... nous indiquent... les deux Fritz ont foncé par ici... dans la cave! On ne peut pas s'y engager comme ça. On se bloque le courage devant la lourde... l'escalier sombre, humide... on hésite, comprenez-vous... Voici Binesco qui rapplique, derrière lui les copains... le capitaine Métro... des flics, des brassardés de toutes sortes... gueulards... gesticulants! Binesco, lui, il chique pas... dégoupille séance une grenade quadrillée... fonce seul dans le trou noir... on n'a pas le temps de le retenir. « Il est fou, celui-là ! » dit une voix... Vraoum ! la déflagration sourde... suivie de coups de feu. Binesco réapparaît, l'œil triomphant.

— Ils sont en bas... mais j'ai dû la lancer du mauvais côté.

Il est calme comme s'il venait de faire sauter une crêpe de la Chandeleur. Il se marre. Il nous parle d'attaquer en masse... tous ensemble... Y aura des pertes mais on les baisera.

— Ça va plus la tête, non ?

Un gros flicard qui le questionne. Se faire tuer aussi stupide, ça lui paraît de la démence pure. Ils vont se rendre ces Boches... qu'est-ce qu'ils peuvent faire d'autre ? Quelqu'un se propose pour leur parler, un interprète... un colosse blond, les cheveux en brosse. On l'a vu la veille toute la journée au coin de la fontaine Saint-Michel. Binesco est jusque boutiste, il préfère les enfumer et les descendre au moment où ils sortiront de leur tanière. « Deux Boches tués, c'est toujours ça de moins ! » Il a sans cesse une joyeuse formule de la sorte... suivie de son rictus... son petit rire. Le colosse blond s'engage... quelques marches dans la cave. Il commence à leur jacter. Savoir ce qu'il leur dit au juste ? Ça n'a pas l'air de les convaincre puisqu'ils se mettent à tirer dans l'escalier... les balles sifflent ! Le balaise interprète, il a juste le temps de regrimper. Là, c'est le tollé. « Salauds ! Fumiers ! Les ordures ! » Binesco triomphe... il n'attend pas plus. Encore une grenade, il en a plusieurs à sa ceinture... Il fonce, dégoupille... on entend le fracas ! Il remonte poussiéreux, hilare ! Le silence... il a dû faire mouche notre chef... ça se met à gémir en bas... une plainte, on dirait de clebs. On écoute... Cette fois, ils daignent s'expliquer ces messieurs les Allemands. On entend quelque chose comme *Kamerad !...* une voix faible... *Ja ! Ja !* Le balaise blond leur répond, engage les pourparlers...

nous traduit fur à mesure. Ils veulent se rendre, ils sont blessés. Binesco a encore des doutes, ils ont toutes les ruses, ces tantes! ils font peut-être semblant d'être blessés pour mieux nous feinter. Ils sont capables de nous tirer dedans dès qu'on s'approchera. Le blond continue ses tractations... il nous fait signe de nous écarter un peu... Des pas lourds montent l'escalier... tous on a nos armes braquées vers la lourde, le doigt sur la détente. Apparaît un Chleu... un immense, le crâne rasé... Il lève le bras gauche, le droit est tout ensanglanté. Je n'arrive pas bien à me rendre compte de sa blessure. Il est hagard... couvert de plâtras, de charbon. Aussitôt entouré, il est assailli... tiré sans ménagement dans le couloir. Ça fait comme un début de bagarre entre les flics, les brancardiers, les curieux, les F.F.I... « Laissez-le! Vous voyez bien qu'il est blessé! » Il disparaît, entraîné vers la rue... On se méfie tout de même pour descendre chercher l'autre. D'après l'interprète, il serait blessé au ventre et il ne peut pas bouger. Ça n'exclut pas de sa part une réaction fanatique... suicidaire. On s'engage avec Fernand dans le colimaçon. Il est au pied de l'escalier, le Fritz. Quelqu'un l'éclaire avec une torche électrique. C'est bien dans le bide, le bas-ventre qu'il a morflé... Toute sa vareuse, sa braguette sont rouges de sang. Je ramasse son flingue... déjà les Croix-Rouge sont là. Une femme qui nous écarte... « Vite un brancard! »... Je remonte... toujours la cohue, l'agitation dans le couloir, devant le portail, la loge de la concepige! Les brancardiers remontent le blessé... Un type très jeune... le même âge que moi, ça paraît... il a des lunettes cassées sur le nez. Il gémit toujours... le raisiné dégouline sous la civière. Et maintenant une femme s'avance... slaf! elle lui glaviote à la face... l'injurie « Sale Boche! » Les infirmiers la repoussent. On la tire... elle crie « Salaud!

Assassin ! » On l'écarte. Je l'entends brailler. Ça m'a fait comme un coup au foie, ce crachat... un choc ! J'ai du mal à en réaliser l'ignominie. Ça me semble pire que si elle l'avait achevé d'un coup de flingue. Je sors à mon tour sur le Boul'Mich'... je me glisse dans la foule... Les brancardiers foncent vers le poste de secours. La cracheuse est sur le trottoir, toujours vociférante. Elle me paraît ni vieille, ni laide... une femme quelconque. Peut-être a-t-elle eu quelqu'un de sa famille déporté, fusillé ? Même pas... non, elle n'aurait pas fait ça ! Les grandes douleurs nous rehaussent, il me semble. Ça me débecte ce que je viens de voir... depuis j'ai encore plus la trouille des cracheurs que des tueurs.

Ça va aller comme ça de désillusions en déboires, en petites secousses, des coups au cœur, au ventre... jusqu'au désenchantement... et aujourd'hui une sorte de sérénité devant les hommes, les événements. On n'apprend plus grand-chose passé un certain âge sur la mécanique humaine. On sait que tout est toujours possible, le meilleur rarement, le pire plus souvent.

Mais alors qu'est-ce que j'attendais de tout ça ? Difficile à dire... quelque chose qui me transporterait un peu au-dessus de la tristesse des jours. Enfin ce que je croyais être la tristesse des jours. On n'apprécie vraiment l'existence que lorsqu'on l'attaque d'un pas plus lent, lorsqu'on s'essouffle à filer le train à la mignonne dont le cul est toujours sublime puisqu'on en a encore envie. On devrait, les parents, l'école, nous apprendre surtout ça, les bonnes recettes au jour le jour... apprécier les plaisirs à la petite semaine... l'art d'accommoder même les restes.

Ce qui se passe ensuite... ce qui nous arrive ?... Une auto noire de la P.P... elle débouche du pont... elle vient du quai du Marché-Neuf... elle doit sortir directos de la *Maison j't'argougne*. Elle est tricolorée... un drapeau français sur le côté et puis surtout un haut-parleur à l'avant du toit. Au milieu de la place Saint-Michel, elle s'arrête. Il en fait un bol, à présent, une chaleur de four, au soleil. On est tous rentrés dans nos coquilles... dans les couloirs des maisons, derrière nos fortifications de sable, allongés la tête à l'ombre... tout de même le flingot à portée de paluche... nos grenades par terre, alignées comme des boules de pétanque. La place est déserte. C'est la sieste de l'insurrection.

— Attention! Attention!

Le haut-parleur déraille... quelque chose qui fonctionne mal, le micro... un mauvais contact. N'empêche qu'on se redresse de toutes parts. On sort nos têtes, le tronc, le cul de nos créneaux... on les enjambe. « Attention! Attention! » On dirait un ventriloque... La voix par le haut-parleur finit par nous lire un message d'une extrême importance.

— « *Parisiens! En raison des promesses faites par le Commandement allemand de ne pas attaquer les édifices publics occupés par les troupes françaises et de traiter tous les prisonniers conformément aux lois de la guerre, le Gouvernement Provisoire de la République Française et le Comité National de la Résistance vous demandent de suspendre le feu contre l'occupant jusqu'à l'évacuation totale de Paris. Le plus grand calme est recommandé à la population. On est prié de ne pas stationner dans les rues.* »

Ça jette un froid sur la place... la consternation parmi les petits brassardés. Merde! Le Gouvernement Provisoire, ça doit être de Gaulle. Il est peut-être là... On ne sait plus grand-chose de l'avance alliée depuis deux jours. Il s'entend alors avec les Chleus? On ne pige plus... On a l'impression pourtant de bien tenir la situasse. La voiture à haut-parleur repart par la place Saint-André-des-Arts... la rue Danton. Les gens sortent de tous les immeubles. Ça provoque, comme on dit dans les assemblées, des réactions les plus diverses. Ça commente... « Les Boches foutent le camp ! On a gagné ! Les Américains sont à la porte de Versailles ! » On se précipite, nous, notre groupe, derrière Binesco au P.C. Ça nous semble énorme... à peine ça commence, on n'est pas encore tout à fait échauffés qu'il faut déjà baisser les Sten. Dans les escaliers, le couloir de l'immeuble du cinéma, c'est plutôt le vent de la révolte contre l'ordre du Gouvernement Provisoire... Les F.F.I., F.T.P., les étudiants braillant... à la trahison !... le coup fourré de première ! Je parviens jusqu'au bureau du colonel Cévennes. Dubreuil est là avec Laurence. Elle a un casque sur la tronche... une mitraillette allemande en bandoulière. Cévennes n'arrive pas à obtenir le silence pour s'entendre au téléphone. Tout le monde accourt aux renseignements... le Colosse blond interprète en maillot de corps, le capitaine chef de gare du métro... des Espagnols, des patibulaires, des pépères... des gamins... des gonzesses furieuses. Ça se récrie que c'est une manœuvre des collabos... qu'on nous a vendus, fourgués à Choltitz... Les flics qui ont touché du pognon, ces enfoirés ! On prétend que ça vient encore de Laval qui est resté à Paris pour mieux saborder la Libération ! C'est pas possible, on ne peut pas nous avoir fait ça, nous escroquer notre victoire... l'honneur de libérer nous-mêmes Paris ! Cévennes a réussi finalement à téléphoner... à entendre malgré le brouhaha, toutes les vociférations ! Il grimpe sur une table, réclame le silence. C'est un type sec... un brun... la tronche adéquate énergique... taillée à la serpe... Plus tard il sera député communiste et il se fera virer après une demande d'autocritique sincère et résolue, comme beaucoup d'anciens combattants de la Résistance devenus indésirables une fois la guerre finie. C'est dans la logique, le bon ordre des choses. Lorsqu'il est en place le dictateur ou le Parti... ce qu'il a le plus à redouter, ceux qui l'on aidé... ceux sans lesquels il n'aurait pas pris le pouvoir! Ils sont là, témoins gênants de certains points mal éclaircis dans la longue marche... et puis ils ont pris de mauvaises manières avec leurs pétoires... plus prudent de les mettre hors d'état de parler trop, de nuire! Ça vous explique tous les *Aveux*... Slansky, London, Rajk... j'en passe et des pas meilleurs. Nous n'en sommes pas encore à ces dénouements prévisibles pour peu qu'on ait le sens politique pas trop atrophié par le sectarisme. Ce qu'il explique, ce Cévennes, le responsable en chef de la Résistance sur la place... qu'il a eu confirmation du colonel Rol... oui, il faut cesser le feu. Seulement il pense, lui, que c'est tout à fait provisoire, qu'il y a lieu de rester à nos postes, nos armes prêtes... de patienter. On ne piétine que pour mieux sauter à la gorge de l'occupant.

Tout de même on est consternés... Nous regagnons nos positions dans les commentaires acerbes. Sur le trottoir, on s'entretient avec un groupe de F.T.P... des types en bleu... le même uniforme que les miliciens. Eux ils en déduisent... que les Boches et les collabos ont compris que c'était rousti pour leurs uniformes... le peuple de Paris est bien décidé à leur en faire voir de toutes les couleurs et du rouge en particulier avant qu'ils déménagent... alors, la trêve, c'est encore un moyen de s'en tirer à bon compte. Ils évoquent des précédents... Munich, Pétain... l'esprit de Vichy toujours vivace. La réaction qui poignarde dans le dos les plus purs patriotes! On s'échauffe, se stimule les uns les autres d'arguments chocs. Binesco il n'arrive pas à étouffer son indignation. Il nous prédit que les Boches vont profiter de l'armistice pour nous prendre en traîtres. « Nous tirer dans la gueule par-derrière, vu que c'est bien dans leurs méthodes dégueulasses ! » Nous sommes un peu comme des gosses coupés en plein jeu par le coup de sifflet de la fin de la récréation. De nouveaux bruits inquiétants se mettent à circuler... qu'il va falloir rendre nos armes... que les Américains encerclent Paris... que les Boches vont tout faire sauter avant de partir... qu'ils dynamitent les égouts, les ponts, le Sénat ! On dit aussi que les détenus politiques de la Santé sont échangés contre des prisonniers allemands.

On est dans l'attente à nouveau. C'est ça la guerre, l'attente... cinq minutes de combat, six mois de pied de grue. Les flics viennent disperser un peu les rassemblements sur le boulevard. Ils repoussent tous les curieux, les bavards du trottoir, dans les immeubles, les petites rues avoisinantes. Seuls les combattants ont le droit de rester sur leurs positions. Quelques excités s'agitent encore un moment et puis le soleil vient nous mettre tous d'accord... On s'avachit peu à peu... on va se mettre à l'ombre dans la fontaine Saint-Michel... à même le bassin asséché. Musique démonte sa Sten... Milo se roule une cigarette avec un petit appareil de poche. Binesco est triste, on dirait... difficile de se rendre compte, ses yeux expriment toujours une sorte de courroux, de conviction farouche. Passent des boy-scouts avec des civières vides toutes tachées de sang. D'une rue voisine nous arrive par petites bouffées une *Marseillaise*. Ça devient, la chaleur aidant, vraiment la trêve. Difficile à croire qu'elle puisse durer... que c'est déjà fini notre petit ballet patriotique... qu'on va rentrer chez nous comme ça, reprendre le boulot... la queue, pourquoi pas, devant les boutiques ! La place Saint-Michel somnole. On entendrait, comme on dit dans les vieux romans, voler une mouche. Presque ça... un lourd silence juste troublé de bruits minuscules à nos oreilles... une allumette qu'on frotte, un nez qui renifle, un soupir, un crachat de Musique en direction de la chaussée... des doigts qui craquent ! Et... tout à coup... des pas... des bruits de bottes que nous connaissons bien... qui martèlent le pavé sur la gauche... qui grossissent, grossissent... s'arrêtent enfin... Et une paire de bottes se détache... continue... s'amplifie. Un Allemand apparaît devant la Rôtisserie Périgourdine, à l'angle du quai des Grands-Augustins. On se redresse presque tous ensemble comme à un commandement. Il a sa mitraillette au cou, cet Allemand, en pendentif... il respecte la trêve. Il avance encore. Je suppose que de partout, de toutes les rues qui aboutissent sur la place, de toutes les fenêtres où sont installés des postes de combat, les autres comme nous se sont dressés, le doigt sur la détente de leur flingue. Ça devient comme irréel... tout à fait insolite cet Allemand qui continue d'avancer tout seul sur la place vide. Est-il inconscient du danger, de toutes ces armes braquées sur lui ? Il se dirige vers nous, vers la fontaine. On n'entend que le fer de ses bottes sur le bitume. Il est calme. Il s'arrête à quelques mètres du trottoir. C'est un feldgendarme avec sa chaîne, sa plaque d'huissier sur la poitrine. Celui-là alors il est gonflé ! Qu'est-ce qu'il nous veut ? Il nous provoque ou alors quoi ? On se sent les tigres et lui le dompteur dans la cage. Il nous regarde sans que ses yeux trahissent la moindre crainte. Et il parle... sa voix est rauque, ferme. J'ai le sentiment que s'il se mettait à bafouiller, à faire le moindre geste maladroit, toutes les armes se mettraient à lui cracher sa mort subite. Contre la fontaine, à gauche... de derrière un rempart de sacs de sable, apparaît ce colosse blond à cheveux en brosse, l'interprète de ce matin dans la cave. Il se met à dialoguer avec le feldgendarme... il nous traduit...

— Il nous demande le libre passage sur le pont pour sa section.

Puisque c'est la trêve il ne devrait même pas nous demander l'autorisation... Enfin, il se méfie peut-être... il est comme nous, la trêve il n'y croit qu'à moitié. Tellement vrai que Binesco propose qu'on lui dise oui... et puis qu'on défouraille dans le tas dès qu'ils seront sur la place. La discussion alors s'engage... les pour, les contre! On va pas se conduire pire qu'eux! L'avis des plus sages. Le feldgendarme attend, les jambes légèrement écartées. Il me fascine comme le méchant du western. Son visage se rembrunit en nous écoutant palabrer. Binesco me glisse qu'il faut se méfier... qu'il a deux grenades à la ceinture... il pourrait bien brusquement les dégoupiller pour nos gueules. Un officier à képi, bottes de cheval, sort du P.C... court vers nous. On lui explique la situation. L'officier est d'accord, il faut les laisser passer puisque nous respectons encore la trêve. L'interprète traduit... l'Allemand hoche la tête en signe d'acquiescement et puis il fait demi-tour... il s'offre de dos en cible... On le regarde s'éloigner vers le quai.

— Décidément, dit une voix derrière, ils se permettront tout jusqu'au bout, ces fumiers-là!

Dans les rues de la Huchette, de la Harpe, Xavier-Privas... autour de l'église Saint-Séverin, c'est de plus en plus l'ambiance des grandes journées patriotardes. Ça discute, s'engueule, s'enflamme, se réconcilie! On est tous Français, nom de Dieu! A propos, bien sûr, de cette vacherie de trêve. Ceux qui sont pour... les contre, les modérés, les jusqu'au boutistes, les délirants, les trouillards! On parle de de Gaulle, du parti communiste. Les rumeurs les plus folles circulent. On nous assure que les Américains sont déjà à Longjumeau, à L'Haÿ-les-Roses, à

Cachan... et puis après qu'ils ne sont qu'à Chartres, qu'à Orléans, qu'à Tours! Avec eux, il y a, paraît-il, une division blindée entière de Franchouillards... les vieux de la vieille de Londres, les héros de la France Libre! On murmure aussi que les communistes s'installent partout dans les mairies, les casernes, les ministères, qu'ils sont en majorité à l'Hôtel de Ville et qu'ils sont prêts à se colleter avec les flics. On dit des vérités, des bobards... des choses énormes qui sont vraies et des mensonges tout à fait plausibles qui nous font tant de bien! Avec les potes, on circule... on va de groupe en groupe. On se fait rincer dans les bistrots... au bord des fenêtres. Les bonnes bouteilles sortent des caves. Même le curé de Saint-Séverin rapplique avec du mousseux. On entonne aussi bien les chants patriotiques que *Le petit vin blanc! L'Amant de Saint-Jean* ou *Tiens voilà mon zob zob zob* en chœur avec les étudiants! Marcel profite du désordre, de l'euphorie pour aller chouraver quelques boutanches, quelques victuailles dans l'arrière-salle d'une épicerie. Binesco, juché sur l'appui d'une fenêtre, comme ça, sans raison bien apparente, se met à discourir, proclamer des Vive la France!... des appels à l'union de tous pour chasser l'envahisseur hitlérien! Il finit par une *Marseillaise*... les gens autour reprennent... *le jour de gloire est tarrivé!* Je ne reverrai ce genre de spectacle... retrouverai ce climat qu'un quart de siècle plus tard, en mai 68, autour de la Sorbonne et de l'Odéon... ces groupes de gens qui palabrent, braillent, s'enflamment... se défoulent... savourent l'ineffable plaisir de rompre avec leurs habitudes! Tout le monde veut y aller de sa chansonnette, de sa proclamation. A ce moment-là, c'est dans le patriotisme que ça divague frénétique... On a été en manque pendant quatre ans... on se rattrape... Déroulède va fleurir à tous les carrefours... Éluard, Aragon prennent le relais. Petit à petit la trêve se métamorphose en victoire. On entend dire que c'est fini tout à fait, que Hitler a capitulé... que des pourparlers sont engagés entre des plénipotentiaires allemands et américains.

Je retourne au P.C. pour en savoir davantage. Toujours le climat, là, de guerre d'Espagne... enfin l'idée que je m'en suis fait à travers les photos, les films. Plus le même genre d'opérette ici. Le combat va reprendre incessamment. On parle au contraire d'attaque de chars... que les Allemands profitent, eux, de cet armistice providentiel pour préparer leurs représailles. Un certain colonel Lizé, commandant en chef pour le département de la Seine, nous demande lui d'attaquer l'ennemi à outrance partout où il se trouve. Les voitures de flics ont diffusé l'ordre de cesser le feu sans son consentement. C'est donc la fameuse manœuvre de la bourgeoisie pour empêcher le peuple de libérer Paris lui-même. Si une voiture à haut-parleur revient sur la place, on va la prendre à l'abordage.

Un petit lieutenant en short et en bras de chemise est en train de faire un exposé sur la confection des cocktails Molotov. Un moyen très efficace, tout nouveau pour nous, de défense antichar. Il tient une bouteille à la main... un litre... trois quarts d'essence... un quart d'acide sulfurique... une étiquette enduite de chlorate de potasse! Ça s'enflamme lorsque la bouteille se brise sur la tourelle du blindé. Il suffit donc d'être assez rapproché, d'un premier étage par exemple... pour qu'un homme seul puisse mettre hors de combat un *Tigre,* une *Panthère.* C'est une arme des partisans soviétiques... d'où son blase qui fleure bon la lutte finale. Cévennes arrive, revient de je ne sais où... Il nous confirme que la bagarre va reprendre. Il a l'air soucieux tout de même. Hier, n'est-ce pas, nous avons joui de l'effet de surprise... maintenant l'ennemi va réagir! Il ne veut pas nous cacher que nous allons, certain, avoir des combats pénibles à livrer.

Beaucoup plus tard, par la lecture, je serai plus à même de comprendre son mouron, au colonel. Les Chleus avaient de quoi nous liquider presto... avec leurs blindés, leur artillerie... toute une aviation au Bourget capable d'anéantir la Préfecture et l'Hôtel de Ville. Qu'ils ne l'aient pas fait, ça reste aujourd'hui encore une énigme... par bonté pure, humanitarisme, souci de préserver les beautés architecturales de la capitale... ça semble paradoxal après les fusillades d'otages, les déportations massives!... Crainte pour le commandant du Gross Paris de se retrouver ensuite pendu dans quelque Nuremberg... possible? Incurie de sa part... manque de réaction... ce qui me paraît le plus probable! Les raisons parfois sont toutes simples... idiotes... on a oublié de fermer le gaz... ses clefs dans la poche du manteau... on n'a plus pensé à ce petit détail qui devient l'essentiel. En tout cas, von Choltitz, je ne sais pas si Hitler lui avait vraiment ordonné de brûler Paris et s'il lui a désobéi sciemment, toujours est-il qu'il a pu revenir quelques années plus tard chez Maxim's gueuletonner... *Ach so! Prosit!* Toujours gaillard! Tout le monde s'en est bien trouvé en fin de compte. Sur le moment, moi, dans le P.C., je voyais pas les choses du même. J'étais plutôt de l'avis du colonel Rol... qu'on pouvait bien réduire la capitale en Stalingrad... qu'il fallait se battre... mériter je ne sais quoi... je ne sais quel honneur... mais se battre... que nous étions là pour ça.

La castagne a repris, bien sûr, vous êtes au courant. Comment? Où?... Je me souviens plus tout à fait. Ça s'est remis à tirer au loin... et puis plus près... rue Saint-Jacques, si j'ai bonne mémoire. Binesco est venu nous raconter que deux SS s'étaient présentés au Petit-Pont, les bras en l'air, dans un side-car. Des F.F.I., bonnes pommes, sincères et loyaux, se sont approchés et les SS leur ont tiré dessus à bout portant. D'où tient-il cette histoire... mystère?... Il affirme, lui... ne se justifie jamais... il ne daigne! Enfin on retrouve la joie du carnage, du tir au jugé... des pétarades que je vous passe. Le fastidieux de la guerre vient aussi vite que celui du métro quotidien, à bien réfléchir. Place Saint-André-des-Arts, un autobus bourré d'Allemands se fait prendre sous la mitraille... en enfilade, en feux croisés, tout en même temps! Il se retourne à l'entrée de la rue Danton... il va servir d'amorce à une barricade... Le mot va venir... s'approche... il est déjà dans l'air. Il nous transporte dans Victor Hugo... on va se sentir bientôt tous Gavroche. Je revis ces moments... sans doute en les analysant sérieux, dans l'ensemble de la guerre qui embrasait alors l'Europe, c'était une piètre pantomime... une anachronique révolte... une vaste rigolade. Nous n'avions pas, nous autres Français, tellement de belles victoires à nous cloquer au palmarès depuis le début de la guerre. On s'était fait rosser sévère... on avait tous plus ou moins ciré les bottes du vainqueur, fallait tout de même effacer ça. Tout l'art du général de Gaulle fut de monter le blanc en neige, de nous faire croire qu'on était des lions alors que nous étions de pauvres clebs calamiteux.

On est à nouveau à notre poste, notre camp retranché... tout entouré de volontaires. Binesco, il doit les chasser, on serait trop nombreux dans le réduit. Il les vire sec... On n'a pas besoin de zazous... il fallait qu'ils s'y prennent plus tôt au lieu de se trémousser dans les surprises-parties! Ils vont s'enrôler en face où le chef de gare du métro, lui, est moins vétilleux pourvu qu'il puisse exercer son commandement. Il les fait mettre au garde-à-vous... bientôt ils seront embrassardés, il leur suffira de bondir dès qu'un convoi fritz sera ratatiné pour être armés.

Près de la fontaine, un groupe s'affaire autour d'une mitrailleuse Hotchkiss, le lourd modèle de la guerre 14. Il paraît qu'elle s'enraye facile. D'où vient-elle?... Ils l'ont installée pendant la trêve. Le Colosse blond, l'interprète d'allemand, fait le professeur... il explique aux jeunes le bon fonctionnement de l'engin. Il a l'air techniquement tout à fait au point question militaire. Il ne bavarde pas mais il agit... il est à son poste quand il faut. Avec lui à la mitrailleuse la place Saint-Michel sera bien balayée. Le prochain convoi chleu n'a aucune chance de passer.

Sur le soir, la chaleur un peu tombée, il fait moite tout de même, les gens redescendent dans les rues, sur le boulevard. Ça se remet aux palabres, aux chansonnettes. Nous, on joue notre rôle... on roule... on est les héros de la fête. On plaisante avec les nanas... on raconte des histoires de Résistance homériques, de maquis, de coups de main sanglants. Ça paye, à ce moment-là, dans la panoplie séductrice... le guerrier poudreux, poussiéreux. On n'arrive pas à aller se reposer malgré notre fatigue. On traînasse. Binesco a organisé nos tours de garde.

— Ils ne viendront plus, dit-il, c'est juste par sécurité. La nuit, les Boches sont moins courageux que le jour.

Et de rire... montrer ses quenottes en or! Il est content de lui. C'est tout de même un drôle de zèbre. Dès que le tir se déclenche, il est toujours debout, face à l'adversaire, je vous ai dit. Il prend le maximum de risques. Il quitte le poste, court s'allonger derrière un platane. Il lance des grenades, il tire... il paye d'exemple! J'ai beau, moi, être comme les autres flambant neuf, courir au combat avec mon flingue et mon enthousiasme!... je le trouve tout de même d'une témérité, Binesco, qui frise le délire, l'irresponsabilité. Le courage, bien marle qui peut le définir précis... le motiver... le décortiquer... élucider le mystère! On dirait qu'il se croit invulnérable, notre chef, comme un héros des bandes dessinées... Tarzan, Guy l'Éclair... Mandrake! A me demander, rétrospectif, s'il n'était pas un peu dingue carrément... ou d'une intelligence si rudimentaire qu'elle avait mis au rancart une grande partie de son instinct de conservation. Ça me rend circonspect pour apprécier les gens couverts de médailles, de décorations... je repense à Binesco qui méritait bien chaque jour une Légion d'Honneur. Il récupérait très vite après l'escarmouche, tirait une sorte de morale de l'action qu'il venait d'accomplir... « Vu que... » Ça ponctuait ses phrases toujours toutes faites. Il arrivait à une sorte de quintessence dans les lieux communs, les banalités. Nous autres, ses petits soldats, nous n'étions pourtant pas des aigles question culture, instruction, finesse d'esprit... on se rendait tout de même compte de sa stupidité à cézig. On lui obéissait bien sûr, sa hardiesse au baroud nous en imposait... seulement il aurait pas fallu qu'il commente ses exploits. On se marrait derrière son dos, on l'imitait... Marcel s'enhardissait, ricanait devant lui. Je redoutais l'incident... qu'il s'en aperçoive et se vexe... ses réactions... difficiles à prévoir!

A propos de chef, le rival de Binesco, l'employé du métro, justement ce soir-là il a terminé sa carrière de capitaine. On a entendu, tout à coup, une gueulante du côté de son tas de sable. Une matrone était là... un fort morceau de femme malgré les restrictions. C'était d'ailleurs bien mystérieux à cette époque... certaines mémères avaient conservé toute la grande largeur de leurs fesses... leurs tétons charnus... leur embonpoint rabelaisien... toutes leurs bouffissures! Cependant pas des épouses de trafiquants du marché noir!... A vous décourager définitif de tous les régimes amaigrissants. Celle-là, qui glapissait, nous parvenait telle quelle d'avant-guerre... elle n'avait pas perdu un gramme depuis le premier discours du Maréchal à la patrie vaincue repentante. Ce qu'elle voulait... réclamait... on a vite compris... son homme, son époux, précisément ce capitaine du métro. Il avait perdu sa superbe devant sa moitié... son trois quarts! Il bafouillait. On l'entendait mal mais, rien qu'à le voir, on entravait le sens de ses bredouilleries. Il s'excusait... enfin tentait-il... il n'y arrivait pas. Médème ne lui en laissait pas le loisir. « Quoi capitaine? Toi capitaine? Tu veux rire, Armand! » Il se foutait d'elle! de ses enfants! Elle nous prenait à témoin! Comment ça la France? la liberté? Elle en avait rien à foutre, la grosse, de la France! Elle s'en tapait le postérieur de la France... voilà, nous le montrait des fois que nous n'eussions pas bien compris. Le résumé de sa diatribe... que depuis la grève du métro son Armand avait disparu... Cinq mômes à la crèche qui claquent du bec, qui pleurent jour et nuit. Il n'en avait cure, ce père indigne... il pavanait guignol capitaine! Là, elle éclatait... capitaine! Elle va lui démolir sa mirifique cabane devant tous ses hommes, tous les zazous, les étudiants, les apprentis! Elle nous éclate ses quatre vérités à la gueule... qu'il a même pas fait son service, Armand, à cause de ses pieds plats! Il n'arrive pas à la faire taire... esquiver l'esclandre, toute la honte bue en public! Elle lui a arraché son fusil... son Lebel. « Tu vas me laisser ça tout de suite! » Elle le jette. Bing! une bastos part... se loge dans la corniche du premier étage. C'est la marrade à présent! Il essaie de se rebiffer, le capitaine aux pieds plats... Elle lui en retourne une... vlaf! une mandale... une splendide va-te-laver! Elle l'alpague, l'agrafe au col de son uniforme... le dépiaute, son brassard, ses galons tout neufs... son kébour! Elle l'entraîne, le ramène vers son véritable devoir de père de famille. Binesco s'il exulte... biche de voir ainsi son concurrent, pour ainsi dire, se faire pareil humilier. Il risque plus demain de se repointer, donner des ordres, jouer les protecteurs avec les jeunots. Il s'éloigne, le malheureux, avec sa gravosse... sous nos rires féroces.

Ça va s'alterner ensuite les choses drôles et puis les tristes... les rigolades et les sanguignolades! On est là, heureux de la guerre. C'est le bonheur, croirait-on, de s'entre-tuer. Ça me paraît, jusque-là, tout à fait une activité admirable. On se caille plus d'aucune contingence. Tout nous arrive... les sandwiches, les cigarettes... des fruits venus d'on ne sait où... la limonade à la saccharine, la bière sans alcool... jusqu'à de la vinasse. On aimerait aussi enjamber quelques mignonnes. Ça, ça semble moins réalisable dans l'immédiat. On ne désespère pas... une fois les Boches virés définitif... on peut tout de même s'imaginer la reconnaissance pipeuse des jeunes Françaises libérées. Je ne ressens pas alors le mauvais côté de la guerre... maintenant c'est les Fritz qui se la dégustent. Jusqu'ici la mort dans le secteur c'est plutôt pour eux. On a eu juste des badauds qui se sont fait étendre pour s'être trouvés sur la trajectoire des balles... quelques blessés des nôtres... deux trois flics tués, mais eux on aurait tendance à ne pas les compter pour de grosses pertes! Je serai plus à même de comprendre la guerre lorsque j'en goûterai un autre aspect plus boueux, le mois prochain en Lorraine. Je m'amuse, là... je recommencerais presque aujourd'hui... Et colonel, cette fois, moi aussi... dans le P.C. au-dessus du cinoche. Les risques y étaient moindres qu'à nos week-ends de Pâques sur l'autoroute du soleil.

Le troisième jour se lève... le lundi. J'ai dormi très peu dans l'hôtel à même le tapis d'un couloir, enchevêtré avec d'autres volontaires du brassard... des gros, des petits... des ronfleurs. Il va faire beau encore toute la journée... c'est un avantage du ciel... une fleur qu'il nous fait. Il a lâché l'armée allemande, aucun doute. Je prends mon tour de garde, le dernier au petit matin. J'ai un casque à présent sur la tronche. La seule photo personnelle que je possède de ces événements historiques... tout notre groupe à la barricade rue Danton, je suis coiffé de ce casque gris. Un genre anglais, mais c'est un casque de mineur avec le petit trou à l'avant pour fixer la lampe. D'où sortait-il ? On me l'avait donné au poste de secours... un étudiant en médecine. « Ça te protégera toujours ! » Ils ont l'air, eux, les gens qui ramassent les éclopés, de nous prendre pour des rigolos... ça se sent à leur façon de nous parler.

Me voici avec mon colt à la ceinture, mon fusil, le canon appuyé sur les sacs de sable. Les Allemands n'ont pas bougé depuis hier soir. On raconte qu'ils se concentrent au Sénat et qu'ils vont venir nous asticoter tout à l'heure. On dit aussi qu'ils flinguent, qu'ils torturent leurs prisonniers. Quelqu'un nous a rapporté la mésaventure d'un groupe de jeunes tombés dans un traquenard à la cascade du bois de Boulogne... massacrés en tas comme à la ferme des Trois-Chemins.

Sur le trottoir en face des femmes font la queue devant la boulangerie, à l'angle... déjà nombreuses. Nous, on ne se préoccupe plus du ravito, on est devenus des privilégiés mais, pour le reste de la population, il est devenu quasi inexistant depuis quelques jours. Les tickets d'alimentation ne sont même plus honorés. Les Américains approchent heureusement, on les attend avec leurs conserves, leur chocolat, leur nescafé... ça ne sera vraiment la fin de la guerre que lorsqu'ils seront là. On se berlure encore, qu'ils sont entrés dans le conflit... qu'ils ont débarqué en Normandie uniquement pour nous apporter des victuailles.

Je veille donc, l'arme à la main, casqué, brassardé, fier de l'être. Contre la fontaine il y a toujours cette vieille mitrailleuse Hotchkiss. Elle est gardée par deux lascars tout à fait sapés genre volontaires des Brigades Internationales avec leurs frocs trop larges, leurs espadrilles... leurs blousons de cuir... Passent des dames qui vont faire pisser leur chiens... un petit homme en col dur avec sa serviette. Des F.F.I. l'arrêtent... où va-t-il ? A son bureau... son travail, on est lundi. Des bureaux fonctionnent tout de même... des gens y vont comme si de rien n'était. Ça nous révolte... enfin, merde ! Paris se libère, ça vaut tout de même quelques jours d'arrêt du train-train quotidien à la gare de l'Histoire. Une fille s'approche... jupe plissée... un corsage clair... juchée sur ses semelles compensées... maquillée un peu outrageux... le sac en bandoulière comme c'est la mode. Je l'interpelle. Elle s'arrête, me jauge... je la fais marrer avec mon casque, elle n'en a jamais vu de pareil.

— C'est un casque de quoi ?

...si on vous le demande. Je badine... je me sens le tickson... Je m'efforce à la jactance séductrice... je recherche des mots pétillants... qui font des bulles... qui me font mousser. Tout à coup il y a comme une rumeur dans la file d'attente devant la boulangerie... d'abord sourde, puis ça s'amplifie... ça tourne gueulante. « Salaud ! Collabo ! Traître ! »... après qui en ont-elles comme ça, les queutardes ? Elles entourent on dirait... oui, c'est lui... le Colosse blond, l'interprète de la cave et de la fontaine... l'homme à la mitrailleuse Hotchkiss. Il fait de grands gestes... se débat. Une grande échevelée lui braille sous le nez... « Parfaitement de la L.V.F. ! On t'a vu en uniforme allemand, ordure ! » La voix du grand blond est couverte par les cris. Elles s'y mettent toutes... elles le glaviotent. Il en rapplique d'autres... des femmes et puis des hommes... des F.F.I... les deux qui gardent sa mitrailleuse. Ils le connaissent, le Colosse, c'est leur mitrailleur, leur chef. Ça discute, dispute ferme autour. J'en oublie ma mignonne à jupe plissée. Je sors de mon fortin. Il est malmené, le balaise... beau se débattre... elles sont maintenant douze quinze harpies à le tirer par les fringues... déjà le frapper! Ses deux hommes ont bien de la peine à le dégager un peu. Je l'entends crier « Je suis Alsacien! »... Les deux F.F.I. essaient de l'entraîner... d'autres accourent... des brassardés. Ça va tourner pugilat... « Je suis prête à témoigner! » braille l'échevelée. Maintenant ça hurle dans la queue... « Arrêtez-le! Arrêtez-le! » Un nouvel F.F.I. s'approche... il tient celui-là un pistolet à la main... un P.38, ça paraît. Il ordonne à l'interprète de lever les bras. Celui-ci s'exécute et ça redouble le tollé des mémères... elles s'égosillent, vocifèrent... « Gestapo! L.V.F.! Milicien! » Il est traité de tout à la fois... elles font pas le détail. « C'est une erreur, je vous assure! » Il proteste, le grand... « Avance, lui ordonne le F.F.I. au P.38... tu t'expliqueras tout à l'heure! » Voilà, ils s'engagent sur la chaussée et maintenant tout va se dérouler très vite... à la façon d'un film qui s'accélère, on dirait. Ça se met alors à hurler « A mort! A mort le traître! » Toutes les femmes de la queue et puis aussi les gens qui passent, ceux qui sortent des immeubles... Ils braillent « A mort! Tuez-le! Tirez donc! » sans trop savoir... ils sont poussés par une force irrésistible. Que se passe-t-il alors dans la tête du F.F.I. au P.38? Il se laisse littéral porter par les hurlements à la mort. Il est peut-être pris dans une sorte de tourbillon... les cris... son flingue... l'ambiance? Une demi-seconde... il est juste derrière l'interprète... il lève son flingue! Un claquement sec, il a appuyé, ce con! sur la détente... Je m'étais rapproché... je suis très près de lui au moment où il tire... La balle dans la nuque, je peux voir ce que ça fait exactement... Un jet de sang qui asperge l'exécuteur s'il ne se méfie pas. Le Colosse blond est tombé d'un seul coup, la tête en avant... abattu, le mot adéquat... et toujours le sang qui sort en geyser de sa nuque ! Les cris alors ont cessé immédiat... Une sorte de han !... qui sort des gorges... Les gens hurlaient tous, mais ne s'attendaient pas à la réalisation sur-le-champ de leur désir ! Ils se reculent, effarés... Le flingueur reste avec son calibre pendu à bout de bras, l'air idiot. Il ne pige pas très bien qu'il vient de commettre l'irréparable... Un de ses copains bondit, le secoue « T'es dingue, Robert ? Mais qu'est-ce qui t'a pris ? » Des flicards arrivent enfin... fendent la foule. On désarme le F.F.I. tueur. C'est un petit homme... la trentaine... visage quelconque, maigre sous un casque de la Défense Passive. Il se met à trembler, il remue les lèvres pour dire quelque chose, mais ça ne veut pas sortir... il est comme en panne de son.

L'accusatrice principale, l'échevelée gonzesse, revient à la charge, la surprise passée. « Tant pis pour lui ! C'était un Boche ! Je l'ai vu en Boche, ce salaud ! Je peux témoigner ! »... Les flics vont l'emmener avec le flingueur. Les brancardiers déjà sont là... chargent le mort à plat ventre sur leur civière. Le raisiné dégouline partout... ça fait une flaque sur le bitume. Je n'arrive pas bien à croire à la réalité de cette scène. La balle dans la nuque... le sang qui jaillit... et puis ce type, ce blond, il avait une gueule sympathique. Les ménagères reprennent leur place, reforment leur file d'attente devant la boulangerie. Je regarde les flics s'éloigner avec le F.F.I. et la femme. On commente autour l'événement. Était-il ou non L.V.F. ? Milicien ? J'entends dire qu'il n'y a pas de fumée sans feu pour justifier cette exécution sommaire... et puis ça paraissait suspect qu'il parle si bien l'allemand... Ceux qui étaient avec lui autour de la mitrailleuse disent qu'ils ne l'avaient jamais vu auparavant. Bien sûr, n'importe qui s'amène, du moment qu'il sait se servir d'un flingue il est enrôlé... normal alors qu'il y ait des gens de toute sorte dans nos rangs. Avec tout ça, j'en ai oublié mon tickson... ma môme à la jupe plissée avec son sac en bandoulière. Elle a disparu... probable qu'elle a eu peur... mon potentiel séducteur n'était pas suffisant pour la retenir.

Jamais su au juste ce qu'il en était de ce drame... cet assassinat?... Je suis retourné plus tard sur les lieux, près de la fontaine... Toujours est-il qu'il n'y a, sur la plaque commémorative, que des noms de gardiens de la paix morts pour la Libération... Peut-être était-ce vrai, alors, que ce type en avait croqué avec les Boches! Ce qui ressortait de cet incident tout de même... que ça devenait de plus en plus facile de tuer... ça allait en s'amplifiant... toute la fête libératrice ponctuée de coups de flingue vengeurs, fous, hasardeux. La fièvre montait... toutes les tronches fêlées, fragiles, allaient s'en donner, se rattraper des jours d'abstinence. Ça me reste encore en travers de la mémoire cette balle dans la nuque... l'abomination de ce geste.

Binesco prononce quelque sentence à sa façon pour clore l'incident... et la guerre nous réharponne tout de suite. Des chars qui descendent le Boul'Mich'. On nous les annonce à coups de sifflet... On les entend, je n'ai plus le loisir de gamberger, de me branler les états d'âme. *Sie kommen! Die Tiger!* On crie « C'est des *Tigres!* » Ça ajoute au trouillomètre... il descend bien au-dessous de zéro! Depuis hier soir on a des bouteilles d'essence, des Molotov alignés derrière nos sacs de sable. Binesco nous ordonne d'agir... monter dans les premiers étages et, des fenêtres, canarder les *Tigres,* les *Panthères,* tout ce qui passe à notre portée. A la bonne vôtre! Sur l'élan, l'ordre aboyé de Binesco, on fonce notre cocktail à la main. Avec Marcel, on fait irruption dans une famille qui vient de se sortir du plumard... un papa, une maman, deux lardons. On les bouscule. On fonce à la fenêtre de leur salle à manger Lévitan qui donne sur le boulevard. Le père veut protester... que c'est pas des façons ! mais à la fenêtre il aperçoit les Panzers qui s'approchent, arrivent au niveau du boulevard Saint-Germain. Du coup, il rebrousse chemin, il entraîne sa smala dans le vestibule. Je me penche... le premier *Tigre* est au plein milieu du carrefour. Il tergiverse, on dirait... son canon mufle de 88 mm nous hume. On entend le bruit de ses chenillettes. Marcel me regarde, il fait la moue... il tient son cocktail étiqueté *Javel La Croix* à la pogne.

— On est de vrais cons, il me murmure.

Ce char... il me fait penser à un insecte monstrueux plutôt qu'à un tigre. Il vire lentement sur sa gauche... interminable, ça me paraît. Il va vers le carrefour de l'Odéon. Ça nous soulage, on ne va pas se l'avouer mais on préfère...

— Il a eu peur, dit Marcel... Il a dû apercevoir Binesco.

Le second *Tigre* suit le même itinéraire. On attend que le troisième et dernier ait fait lui aussi son quart de tour pour abandonner notre poste de combat... s'excuser auprès du locataire. Ça lui suffit pas... il trouve excessif qu'on s'introduise comme ça chez les gens pour y faire notre guerre. Il blablate encore sur le palier, récrimine... tandis que nous sommes déjà dehors !

« *Toute tractation avec l'ennemi sera considérée comme un acte de haute trahison et comme tel puni de mort.* » Elle est bien finie la trêve, mortibus... plus de question. C'est affiché noir et blanc, signé du colonel F.F.I. commandant le département de la Seine.

Même les lardus ont repris le combat. Ils sont partout, eux, on dirait qu'ils ont pour mission de nous surveiller, de contrôler nos faits et gestes. Ça crée parfois des incidents, des engueulades. Surtout Milo, dans notre groupe, qui est misoflic... qui ne loupe jamais une occasion de leur balancer des paquets de vannes. Il en trouve toujours d'inédits... des insultes sournoises... des ironiques allusions. La bataille va s'intensifier, on nous avertit du P.C. Les Américains auraient déjà traversé la Seine à Mantes-la-Jolie. Ça semble qu'ils foncent vers le nord... ils vont sans doute faire un mouvement d'encerclement... prendre dans une tenaille toutes les armées allemandes de la région parisienne. Notre action de guérilla va leur faciliter la tâche. Voilà ce qu'on nous dit... Dubreuil qui est venu spécial de l'état-major du colonel Rol pour nous donner des directives. On ne le voit plus, lui, que par intermittence. Il arrive en traction-avant... deux lascars en armes sur les ailes. Il repart... il fait office d'agent de liaison. Ici, on ne sait pas au juste ce qui se passe ailleurs. Il nous arrive des renseignements difficiles à contrôler... que dans notre XIIIe les F.T.P. du colonel Fabien se battent comme des lions. Milo trouve que ce n'est pas normal qu'on ne soit pas avec eux puisqu'on est des natifs... il se sent dépaysé lui aussi au Quartier latin. Un peu partout les mairies, les ministères, les édifices publics sont occupés par nos troupes loqueteuses à brassard. Ça se castagne dans tous les coins... à l'Opéra, la Porte d'Orléans, place Clichy. On prévoit des combats de rues acharnés. « Comme à Stalingrad ! » redit la Môme Camarade. On approuve, ça nous transporte l'idée de se battre dans des ruines, maison par maison, étage par étage... mansarde par mansarde ! On n'en est qu'à la belle musique des mots... Ça n'ira pas beaucoup plus loin heureusement.

La nouvelle consigne, à présent, c'est de quitter nos petits fortins de sacs de sable trop vulnérables aux attaques de chars pour installer nos batteries dans les étages des immeubles. Au cours d'une escarmouche dans l'après-midi, Binesco a récupéré un magnifique fusil mitrailleur 24-29. Ça nous vaut l'honneur d'être désignés par le colonel pour tenir une position de choix... à l'angle de la rue Danton et de la rue Suger. Au P.C. on nous donne un ordre de réquisition... une belle bafouille ornée du cachet des Forces Françaises de l'Intérieur. Nous allons occuper l'appartement d'un Juif. Un monsieur Zauberman, négociant, qui s'est fait la malle en 40... peu soucieux de se retrouver dans les Himmler's Folies. C'est au cinquième sa crèche... De l'extérieur on peut en admirer le balcon qui fait tout l'angle de l'immeuble.

Avec notre papelard donc, notre ordre de réquisition, on se pointe chez la bignole... il paraît qu'elle a les clefs. Ce qui sort des profondeurs de la loge... une sorte de larve, un gros ver blanc... l'époux, le concierge chauve, moite, les yeux globuleux. Il entrave mal ce qu'on lui raconte... il n'arrive pas à lire notre ordre de mission... y a plus d'électricité et il n'a pas de bougie à user pour nous. Il s'extirpe, sort dans le couloir... sa femelle apparaît à son tour... une forme grisâtre... sorte de rat-mulot à voix glapisseuse. « La Kommandantur a mis les scellés ! »... elle répète... « Mais la Kommandantur a mis les scellés ! » Binesco, il s'en fout de la Kommandantur, des scellés... il veut qu'on nous ouvre sinon il défoncera la lourde. Le Ver blanc, il a mis des lorgnons pour lire notre ordre de réquisition. C'est pas légal, il nous bafouille... n'importe qui peut mettre un cachet sur n'importe quoi. Il nous gonfle les joyeuses, cézig... on va le faire obtempérer fissa. Milo lui met sa pétoire sous les trous de nez. Qu'il se magne, on n'a plus le temps de tergiverser! Nous on travaille pour la France, elle en a rudement besoin! On s'engage dans l'escalier. Il nous suit en gémissant le cloporte... sa triste mémère derrière qui traîne la guibolle.

— Si les Allemands reviennent... Vous n'y pensez pas! Si les Allemands reviennent!

— Ils te fusilleront. On ne meurt qu'une fois.

La réplique facétieuse de Milo. Mais ça n'a pas l'air de lui botter au grigou cette perspective... il se voit pas héros... plaque de marbre sur la façade de l'immeuble. Nous voici devant la porte de m'sieur Samuel Zauberman. Les scellés, ça ne fait pas une protection bien efficace. La concepige, elle a mieux compris que son mari qu'on est devenus, provisoire, les patrons... qu'il vaut mieux pas nous contrarier. C'est elle-même qui va nous ouvrir. Elle nous recommande surtout d'être bien soigneux, de ne pas faire de dégâts dans l'appartement. M'sieur Zauberman est aux États-Unis. Il reviendra sûrement puisque les Boches vont perdre la guerre... alors il ne faut pas lui casser sa vaisselle, emporter ses petites cuillères. Ils vivent, ces pipelets, entre deux trois trouilles contradictoires... la Kommandantur, nous autres et puis le locataire juif. De toute façon, ils sentent bien qu'ils se retrouveront un peu marron quoi qu'il arrive... qu'on leur reprochera quelque chose. Ils sont de la race merde-au-cul qui ne survit que dans la crainte... de se faire tancer par le supérieur!... de perdre son maigre gagne-pain!... son grabat!... de manquer du moindre!... de se faire pendre, cambrioler, riffauder les paturons! Ils bloblotent du râtelier... cognent des genoux. Les Allemands rallègent, les collent au mur... le Juif leur file un procès au cul... nous, on leur fout la panique avec nos Sten. Le daron, il a une idée tout à coup... nous enquillons dans l'appartement... il va appeler monsieur Legaret, un locataire du premier... Il est juge, ce monsieur Legaret... juge d'instruction près le Parquet de la Seine. Il va constater ce qui se passe. On lui fera signer une déposition. Il descend aussi sec, le Ver blanc... qu'on attende deux minutes monsieur Legaret ! Ça renifle le moisi là-dedans... la naphtaline. On va ouvrir les volets métalliques. Ce qui nous intéresse en priorité... ce balcon... notre position pour le F.M. Binesco, il se préoccupe plus du tout de la concepige qui s'agite dans le salon, nous recommande encore de surtout faire bien attention aux meubles, au linge de maison dans les placards, aux bibelots ! « Ah ! m'sieur Zauberman qu'est-ce qu'il dirait ! » Déjà on prend place... On va monter des sacs de sable sur le balcon. Je descends chercher Marcel et Fernand Neunœil qui sont encore au coin de la rue Saint-Séverin dans l'ancienne position. Dans l'escalier je croise le Ver blanc... Ce n'est pas monsieur Legaret qui l'accompagne... il n'est pas chez lui, mais sa femme qui accepte de le remplacer.

– V'là le F.F.I...

Il ne me présente pas, il me désigne un peu comme un malfaiteur. La dame du juge, dans la pénombre de l'escalier, je l'entrevois. Une grande femme encore assez jeune... genre strict, bourgeoise. Elle est plutôt aimable... elle me félicite... « Vous êtes si jeune ! »... de participer ainsi à la libération de notre cher pays ! Lorsque je vais revenir tout à l'heure avec les copains, je vais pouvoir mieux la savourer visuel madame Legaret... une quadragénaire svelte, les cheveux relevés... la poitrine assez ferme, on dirait... de beaux yeux noirs qui jettent le feu. Elle discute avec Binesco... voilà, elle témoignera qu'on est entrés chez monsieur Zauberman par la force des choses... par obligation patriotique pour ainsi dire.

– D'ailleurs, dit-elle, il serait mal venu de se plaindre...

— Vu qu'on va le débarrasser des nazis, ajoute notre chef.

Musique et Milo n'ont pas perdu de temps. Déjà ils dégagent la pièce principale... le salon... qu'on puisse y évoluer à l'aise. Avant la nuit on sera, ici, tout à fait chez nous... Dans la crèche, les Allemands n'avaient rien touché, rien emporté. Juste foutu leurs scellés il y a deux ans et puis ils ont dû l'oublier cet appartement. Ça ne s'explique que comme ça... la négligence d'un bureaucrate. A quatre jours près, m'sieur Zauberman il retrouvait ses draps, ses statuettes, ses livres, son mobilier, toutes ses petites affaires comme il les avait quittées. Maintenant, ça semble compromis avec nous autres là, conquérants, à l'intérieur. Madame Legaret nous offre son téléphone. On peut descendre quand on veut, même la nuit en cas d'urgence. On ne la dérangera jamais. Elle est ravie de participer, ne serait-ce qu'avec son appareil téléphonique, à cette bataille pour la libération de Paris. Elle regrette de ne pas être un homme, elle nous aiderait à monter les sacs de sable. En attendant, dès qu'on le voudra, on peut chez elle se désaltérer... elle nous prépare des boissons fraîches avec sa fille qui sera enchantée elle aussi... etc. Sitôt rebarrée, redescendue... on commente le châssis de la dame... on glose sur ses miches. On la trouve tous pinoculmettable... Milo fait des gestes... qu'il se la calcerait bien en levrette! Ça ne lui coûte rien de supposer... de se faire encore un doux cinoche. On en disserte tout en installant notre F.M. On s'égare en de merveilleuses obscénités! L'appartement, une fois toutes les fenêtres ouvertes... chassé les odeurs de moisi... viré les housses sur les meubles... on se l'apprécie dans sa splendeur! C'est le confort bourgeois moelleux. Les pageots, fauteuils, canapés, tapis! Du Louis XVI... peut-être des copies... je ne suis pas à même d'expertiser... mais enfin on va pouvoir se reposer entre deux fusillades... dormir peinards là-dedans, nababs. Marcel je le borgnote, qui fouille un peu dans les tiroirs... l'argenterie ça l'intéresse. Il doit gamberger déjà une combine pour l'estoufarès, la balluchonner une fois les combats finis. Binesco ne risque pas de se perdre dans des projets de cet acabit... trop absorbé par sa mission. Il a trouvé des jumelles dans une penderie. Il inspecte les alentours... admire en connaisseur toutes les possibilités stratégiques de notre haute situation. Au F.M. j'y suis déjà. Je vais l'essayer pour la première fois dans un court instant... un camion allemand qui débouche juste par le quai des Grands-Augustins. Le déluge de balles pour sa pomme... Je me suis allongé, j'y vais de ma rafale... le plaisir d'envoyer la sauce! Il zigzague, le bahut... disparaît de mon champ de tir. Il n'a pas dû aller bien loin. La fusillade cesse. On entend crier. C'est l'entrée en scène maintenant des brancardiers... la ruée pour récupérer les armes et bagages de l'ennemi. On voit passer des prisonniers, mains sur la tête, entourés de flics. Ils les rassemblent au Dépôt, paraît-il...

Je suis tout heureux de mon tir au F.M. On se sent une sorte de puissance invicible avec un pareil engin. Il vibre... il est noir, luisant... on se prend parfois à le caresser. Musique demande à me remplacer, Fernand aussi. « Chacun son tour », tranche Binesco. On est tous encore à la communale! Ce F.M., il nous émerveille comme un mécano, un jouet cher qu'on a longtemps convoité dans la vitrine d'un magasin et qu'on possède enfin. Mais il faut nous organiser! Trois hommes suffiront dans l'appartement... Les autres vont rester près de l'autobus renversé qui barre la rue... on va se relayer. En bas il y a déjà du monde... des volontaires de partout... des gens qui entassent des objets, des sacs, des pavetons. Ça va devenir une barricade comme dans nos livres d'écoliers... dans *Les Misérables*... le film avec Harry Baur. Lorsque l'ordre va être donné, affiché, signé du colonel Rol, ça commencera déjà à s'édifier partout dans Paris. Une sorte d'instinct... tout le monde va s'arracher un moment de ses obsessions de boustiffe pour porter sa pierre sur l'autel de la révolte... les gravosses, les grands papas... les mouflets... les jeunes filles pas toutes en fleurs... les zazous, les ouvriers, même des clodos... des tantouses!

On veille d'armes, à la bougie, dans les meubles de monsieur Samuel Zauberman. Je ne sais pas s'il serait si joisse, aux U.S.A., s'il pouvait nous voir avec une télévision. La concepige a eu beau nous supplier d'être propres et de ne rien casser surtout, on a sorti toute la vaisselle... toutes les nappes, les serviettes... c'est la nouba. On se prélasse après avoir vidé quelques kilbus... les bouteilles que Marcel nous ramène. Lui, il ne combat pas souvent, il drague à droite à gauche dans les rues... il s'approprie les bonnes occases. Binesco ne lui fait plus de remarques sur ses tendances chouraveuses... après tout on a bien le droit de voler un peu puisqu'on libère la France. Sur le balcon, il reste assis près du F.M. notre chef... vigilant de tous les instants... vu que s'il arrivait des Boches, faudrait leur tirer tout de même sur leurs sales gueules! On est là pour ça. Il constate qu'on n'a pas eu de pertes. Ça l'étonne... le chagrine, on dirait. Il a le genre à aimer dire avec fierté... mon groupe a été décimé! Il parle, il parle... il aligne des mots... des sentences. Ça ne risque pas qu'il égaye ses tirades de locutions coquines. Il vendait pourtant, il nous avoue, des dessous féminins... des petites culottes bordées de dentelle, des soutiens-gorge, des porte-jarretelles... de ces choses qui inspirent une poésie hautement gaillarde. Les nouvelles générations, avec leurs dames libérées, ont perdu les porte-jarretelles... les bas à résille... les guêpières et les longs jupons. Ça tringle de plus en plus danois, hygiénique, déculpabilisant, relax et super-cool... Le progrès est là, bien sûr... vive le progrès ! C'est pas moi, rescapé des bacilles de Koch, qui vais glavioter sur le dieu progrès... Mais enfin... les porte-jarretelles, rien ne m'empêchera de les regretter jusqu'au bord de la tombe... Toujours, l'autre... notre cador chef Binesco, il racontait rien de savoureux sur son petit commerce. Pourtant il fournissait les maisons closes, spécialement... sa meilleure clientèle. Il démarchait tous les bordels de France avec sa valoche... Il y avait de quoi, pour un observateur ironique et attentif, écrire une étude précieuse de l'histoire des mœurs. Mais Louis Binesco, s'il était attentif à des choses souvent sans intérêt, question esprit, causticité, humour, c'était pas du tout son rayon. De ses pérégrinations bordelières, il ne lui restait que des comptes, des numéros de rues, des dates... des noms d'établissements... *Le Château des Fleurs,* rue des Patriotes à Saint-Quentin... *La Belle Lune,* rue des Galions au Havre... *La Féria... Le Flamboyant... Les Camélias !* de quoi faire rêver encore dans sa sépulture mon pote le poète Hardellet. Le drame toujours, que les voyages ne forment que ceux qui le sont déjà, jeunes ou vieux. Certains, vous pouvez les transporter au Pérou dans les cités Incas, ils n'y voient pas plus qu'au Perreux... ils ne se souviennent que d'un parapluie qu'ils y ont acheté avec 10 % de ristourne.

Enfin, je descends... il me donne de l'urticaire notre chef et si on n'a pas l'air de l'écouter, il n'est pas content... il vous foudroie de ses yeux de coq. Je veux profiter du bigophone de la dame du premier étage... donner de mes nouvelles un peu à ma grand-mère... Anatole me fera la commission. Ce qui m'attend là, chez ce magistrat... une nana qui m'ouvre...

le coup au cœur ! La fille du juge... dans la pénombre ses ondes de charme m'atteignent déjà. Elle annonce... « C'est le monsieur F.F.I, maman ! » Ils sont au salon ses dabes... Monsieur Legaret, juge d'instruction près le Parquet de la Seine. C'eût été suprême cocasse que, plus tard, un de mes dossiers aboutisse chez cézig. A ce moment, je me goure de rien... je manque de pif, de pressentiment... lui aussi, sans doute... Il est grave, m'sieur Legaret, mince et cinquante ans et la chevelure argentée. Il m'accueille aimable, comme sa femme... me félicite de combattre ainsi spontanément pour mon pays. C'est la môme, moi, qui retient mon attention. Elle reste dans l'ombre... mais elle me zyeute, je sens. Elle me jauge, me calibre, me dissèque comme toutes les gonzesses le font dès qu'elles friment un lascar possible à se glisser dans les toiles. J'ai mon Colt maintenant dans un étui... il pend sur ma cuisse comme celui des cow-boys. Je roule, forcé... je bombe un peu le torse. Je m'efforce d'être le plus avantageux possible... surmâle... guerrier légèrement las de combattre ! Elle a un frère, on me le présente, un boutonneux, effacé, maigrichon. Je vais pouvoir briller par comparaison. Il est dans mes âges, il pourrait être avec nous. Sa mère nous expliquera demain... Marc n'a pas le temps, il prépare l'École Centrale. Il bûche acharné. Il serait ravi d'être des nôtres... mais ses études passent avant tout. Ça va nous faire doucement glousser, nous tapoter sur le menton... Milo, ça le débecte carrément... « Il a les foies, il ferait mieux de le dire ! » On l'affuble de lâcheté... lui prête des mœurs douteuses... qu'il est de la jaquette, de la pédale qui craque ! N'empêche qu'aujourd'hui, jaquette ou non, ce boutonneux Marc, fils du juge, il doit être dans les grasses sphères... les hautes fonctions... tout à fait le gratin de la Ve... il a pas, lui, perdu son temps à la mitraillette avec Binesco et la folingue môme Camarade. On préparait tous deux Centrale... c'était pas la même, voilà tout.

Fini mon coup de tube... l'électricité s'allume... pour une heure sans doute, c'est la ration depuis quinze jours. Monsieur Legaret, il se précipite sur sa T.S.F. Il va essayer d'avoir Londres... qu'on sache enfin où sont nos Alliés libérateurs. Il ne doute pas de notre vaillance, notre bonne volonté guerrière, seulement je subodore qu'il ne sera vraiment rasséréné que lorsqu'il apercevra les tanks anglo-américains. Londres, ça m'intéresse moins que les yeux en amande de sa fille. Je fais semblant de me passionner pour les toutes dernières nouvelles. Un poste de radio française libérée fonctionne déjà à Paris mais il ne dit rien de l'avance des Alliés... ses sources d'information sont maigres. En dehors de proclamations patriotiques, on y passe des disques de Ravel et de Debussy. Madame Legaret m'explique qu'ils écoutent en famille radio-Londres depuis le début de l'Occupation. Tous ils ont le cœur acquis au général de Gaulle. « Mon mari a toujours pensé que les Allemands perdraient la guerre! » Elle a une voix un peu flûtée... elle me charme cependant moins que Marie-Claude... c'est le blase de sa fillette. Maintenant, à la lumière électrique, je peux me la caresser du regard... la déguster... m'éblouir. Était-elle si choucarde, je me pose la question, là, trente-trois ans après? La jeunesse, le désir tendu, ça vous transfigure l'objet de votre convoitise. Il faut qu'il soit resplendissant, admirable, ça vous justifie de tirer la langue, d'aligner des phrases idiotes. Comment est-elle aujourd'hui... quinquagénaire?... peut-être ventrue ou desséchée ou morte déjà! Préférable que je ne la revoie pas... ça vous ouvre la tombe sous les panards de se retrouver nez à nez avec une beauté qui s'est pris trente-trois piges dans les naseaux, les hanches, la poitrine, le prosinard! Vaudrait mieux que je rencontre sa fille, si elle en a une... étudiante de gauche, délurée suceuse... sans porte-jarretelles, hélas! mais enfin... Je m'égare sur une piste redoutable... revenons à notre août glorieux 44. On écoute donc radio-Londres avec le juge, la jugesse... le boutonneux Marc et la jolie Marie-Claude... La cinquième symphonie de Ludwig van... pom pom pom! Les parasites brouilleurs... Qui parle ce soir-là... peut être Maurice Schumann de sa voix nasillarde? Il dit que Paris se bat héroïque... sans ironie, il décrit la place Saint-Michel carrefour de la mort... ses termes exacts! Si je n'y étais, ça me ferait frémir. Il ne nous précise pas cependant où sont les Américains... Chartres!... C'est encore loin Chartres. Papa juge il est soucieux. Elle a un regard de gazelle Marie-Claude... quel âge? Peut-être dix-sept, dix-huit! Les troupes soviétiques en Pologne... si je m'en tamponne le chibre! C'est cette môme qui me fascine... et il faut que je donne le change... que sa maman n'aille pas se figurer que je vais essayer, dès que possible, de lui démontrer ma roide affection. Je fais semblant de m'intéresser aux nouvelles. Sur les côtes de Provence, le général de je ne sais quoi établit sa tête de pont. Pétain à Belfort qui va former un gouvernement en exil à son tour. Marie-Claude... j'aimerais toucher ses petits roberts qui pointent sous son corsage... les palper... Si je pouvais, là, sur-le-champ, lui rouler une tendre galoche... Il me pose des questions, monsieur Legaret. Les informations *of London* sont terminées. Mon organisation de Résistance? Il veut des détails... En lousdoc, il essaie de se rendre compte si je ne suis pas communiste. Je le rassure, je sens qu'il vaut mieux. Je ne suis rien qu'un petit patriote. Elle est derrière le fauteuil où son dab s'est assis. Il va m'offrir un petit Calva... mais si! mais si! Et merde! Binesco vient me casser ma fragile cabane. Il veut téléphoner au P.C. Il a l'air grave, bien sûr... imbu, important de son rôle. Lui, le juge, ça le complexe pas le moins. Il raccroche son bigophone. Rien à signaler. Il suffit qu'on reste tous vigilants... le doigt sur la détente de nos armes.

— Demain, je crois que la journée sera rude.

Il en profite pour me déhotter... que je le suive, il faut que je ronfle. Il prend soin de ses hommes, en chef consciencieux... qu'ils soient en forme pour le combat. J'échange un regard qui me paraît de connivence avec Marie-Claude. Les nanas, c'est avec les châsses qu'elles vous gringuent, vous allument. Elles ont pas besoin de se fendre l'imagination à trouver des jolies formules... Je me dis que je lui ai tapé dans le mille à cette biche. Sûr certain que je l'ai séduite avec mon Colt, mon allure martiale. Je suis tout de même un peu plus laubiche attractif que son triste frère... qui est déjà parti, ce nave, faire ses devoirs... étudier ses mathématiques, sa géométrie dans l'espace.

On se serre la louche sur le pas de la porte. Je monte derrière Binesco. Je ne peux pas m'empêcher de me retourner... elle est encore dans l'encadrement de sa lourde... dans la lumière... elle m'adresse un gracieux sourire.

Bien besoin de ce coup de foudre au moment où je me dois tout à mon brassard, à mon F.M... à ma patrie sans reconnaissance! Sur le lit de monsieur Zauberman, à même le matelas, je gambergeaille dans les roses trémières... les barcarolles vénitiennes! Je m'exerce au luth... à la mandoline! Si je la coince quelque part, cette ravissante, il faut que je lui dise des choses à la fois douces et gaies... que je ne sois pas trivial, pince-miches comme avec la grande Marcelle... C'est une petite-bourgeoise, une fille de magistrat... Je me figure encore, belle pomme, que ça se manie plus délicat que les mômes loquedues de mon quartier... Marguerite Grenouillard... Gaby la tapineuse... Marthe, la fille à ma concepige ! En bout de parcours, ou presque, je pense à présent qu'il faut se conduire toujours en homme du monde avec les putes et souvent en julot avec les bourgeoises... la plus élémentaire équité.

Fernand Neunœil ronfle près de moi... on se partage le matelas. Il est sur le dos... tout habillé... juste il a retiré ses pompes... dégrafé un peu son froc. Il renifle, la vache ! Ça fait combien... trois jours maintenant qu'on ne s'est pas lavés, pour mieux servir le général de Gaulle qui s'approche à grands pas de sa capitale. Ça cognote dans la chambre de monsieur Zauberman. On est trois à roupiller pour le moment. L'autre c'est Marcel... lui non plus question douche, propreté de son cul, de ses panards, c'est pas le dandy zazou soigné de sa personne ! Il pionce sur un divan... il s'est retiré le false, la limace... il est en calebard... une sorte de short comme c'était la mode... d'une couleur très incertaine. J'arrive pas, malgré la fatigue, à m'endormir... elle me trotte, cette conne, dans le chignon... ses yeux, ses cheveux épais, longs... son sourire... sa bouche. Je voudrais la mordre. Je vais me branler si ça continue !... Mais là, près de cézig, Neunœil qui transpire... ronfle... pète... ça me coupe l'érotisme. Je me lève... je vais sur le balcon rejoindre Musique qui est de garde auprès du F.M. Il est content Musique... Il fume... il trouve que la vie est belle, lui. Il apprécie le ciel étoilé au-dessus de Paris. C'est en définitive, pour nous, une guerre à la bonne franquette qu'on s'offre. On est entre copains, sans uniforme. On a vingt ans. On se rit de la mort parce qu'on ne veut pas y penser. On est un peu braillards, débraillés, gueulards, déconnants. On se fout du lendemain. On enjolive hier ! Le jour va venir. La rue va transpirer ses fusillades, ses bobards, ses Marseillaise, ses cris de douleur et de détresse. Tout va donc pour le mieux dans le meilleur des mondes pas possibles.

Dans sa tombe au Panthéon Victor doit se pogner, se faire une gâterie entre les os. « *Tous aux barricades!* » le mot d'ordre. Paris se farde révolutionnaire. Depuis la Commune, il ne s'était plus payé une pareille fiesta! Nul besoin de nous le répéter deux fois... Tous on va y être aux barricades! Les pavés s'entassent avec les voitures renversées, les lits-cages, les vieux meubles, les matelas, les arbres abattus, les tonneaux, les lampadaires, les fusains des bistrots, les vieux sommiers, les carrioles de quatre saisons... tous les objets les plus invraisemblables, les plus extravagants... ceux que les chiftirs n'acceptent que si on leur paye le déplacement! On se débarrasse, patriotique, de ce qui encombrait la cave, la piaule de grand-mère! Un coup de baguette et la ville a retrouvé son visage du siècle passé. Chacun se fend de sa petite pierre pour édifier la barricade de son cœur. Rien ne manque au tableau... chants révolutionnaires, insurgés en casquette, les femmes qui brandissent leurs lardons pour avoir Gavroche en photo souvenir. Des cyclistes surviennent avec des piles de journaux. Ceux qu'on distribuait clandestins le mois dernier. *Libération! Combat! Front-National!* « *Aux armes citoyens!* » ils titrent. « *L'insurrection fait triompher la République...* » « *Parisiens levez-vous! Battez-vous comme des lions!* » On se les arrache place Saint-Michel. Des groupes se forment autour des lecteurs qui déploient le canard pour que tous puissent en profiter. Et voici la dernière affiche toute fraîche du Comité Parisien de Libération. « *Une première grande victoire est remportée... La lutte continue... Plus que jamais tous au combat! Abattez les arbres, creusez des fossés anti-*

chars, dressez des barricades!... C'est un peuple vainqueur qui recevra les Alliés! »

On dépave les rues. Les Arabes du secteur sont réquisitionnés par la Résistance pour se taper le pénible de la besogne. Les F.F.I., arme à la bretelle, les regardent travailler rue Danton comme les gardes-chiourme surveillent les bagnards. Les Biques, ils s'en foutent de nos salades barricadières... ce qu'ils veulent, eux, un peu de bectance et puis quelques piécettes... que ce soit les Fritz ou les Frankaouis qui casquent. Ils retiendront tout de même nos leçons de résistance, de terrorisme un peu plus tard... On leur a montré l'exemple... s'en plaindre ensuite me paraît d'une ingénuité qui frise les moustaches de la connerie.

Notre barricade, en bas de l'immeuble, avec l'autobus elle était déjà toute faite. On la consolide de sacs de sable, de pavetons jusqu'à un mètre cinquante du sol. On plante un drapeau tricolore! Maintenant les Panzers de Choltitz peuvent se pointer... une Marianne en loques, les seins nus, va surgir des pavés pour les mettre en fuite.

Un petit bonhomme à mine triste, déconfite, passe sur la place entre deux insurgés en armes. Un collabo, dit-on. Ça court derrière pour l'insulter... lui botter les fesses... le gifler! Ses gardes repoussent les assaillants... essayent... ils deviennent de plus en plus nombreux. « Fasciste! Boche! Salaud! » Il ne proteste pas le petit pépère, il courbe l'échine... se protège comme il peut le visage avec les mains, les avant-bras. Je suis assis sur le moteur de l'autobus avec ma Sten entre les jambes. Je l'ai troquée contre un Mauser celle-là... je ne me trouve pas assez bon tireur au fusil. Que faire? Ça me débecte de regarder cette scène. Elle tourne maintenant carrément au lynchage. Qu'a-t-il fait ce type? Un dénonciateur, on m'affirme... une dame avec un cabas vide. Un agent de la Gestapo! Pas de quartier! Il lui arrive le pire dans ces cas-là... il glisse! Dès qu'il est à terre les coups pleuvent de toutes parts. On ne le voit plus... il disparaît sous les cogneurs. Enfin, des flics s'amènent en courant... fendent la foule... dégagent l'homme... l'entraînent... repoussent les lyncheurs. C'est au Dépôt qu'on parque les suspects... le tri se fera plus tard. Ils ont du mal à l'embarquer celui-là... la foule est là comme un fauve... elle a vu le sang couler et le sang l'excite.

J'aurais dû, je me dis, faire quelque chose pour protéger cet homme... précéder les flics... lâche, je me suis déballonné. Je pense bien sûr que c'était pas mon rôle. Binesco, derrière moi, décrète « Un fumier pareil, on devrait même pas l'emmener au Dépôt! » Il dit ça comme ça, sans savoir de quoi il retourne. Il est net, lui au moins, il suffit de lui désigner quelqu'un comme collabo, il est tout prêt à le déchiqueter... sans chercher à comprendre. Il me fout tout de même un peu les chocottes, par moments, mon chef. Il me fait penser à une sorte de robot avec ses yeux qui vous scrutent aigus... sa façon de trancher de tout au rasoir bien affûté.

Ce que je cherche... un prétexte pour remonter au premier chez le juge. Marie-Claude, je ne l'ai pas vue ce matin. J'ai été téléphoner chez moi exprès. C'est la maman qui m'a ouvert toujours pimpante affable! N'était sa fillette, elle ferait bien mes rêveries nocturnes! Elle a mieux que de beaux restes... les mêmes châsses en amande que Marie-Claude... teinte biche... le même sourire... juste elle a quelques pattes d'oie aux yeux qu'on découvre lorsqu'elle sourit. Je rêvasse, me figure, gamin, qu'on m'attend dans des lits bourgeois profonds. Elles sont fauteuses de paix, les gonzesses. Elles jettent le trouble chez les soldats. Les Fritz à chasser m'intéressent moins depuis que j'ai vu cette Marie-Claude. Même

Binesco, j'ai eu l'impression que madame la juge ne le laisse pas indifférent. Depuis ce matin, on parle de la mère, de la fille... leurs mérites comparatifs. On blague... on force la note... on les détaille en petits morceaux comme des louchébems... les miches, les cuisses, les guibolles, les doudounes. On se les partage. Binesco, on lui paraît dans ce domaine plutôt mal polis, embouchés zonards, cochons, grossiers... vu que, lui, il serait du genre romantique avec les personnes du sexe. Il a été fiancé, autrefois, avec une comtesse... il sait ce que c'est que le beau monde et l'éducation.

On est remontés lorsqu'il nous raconte ça, Milo et moi au F.M. sur le balcon. Lui, tel un amiral sur la passerelle de son contre-torpilleur, avec ses jumelles, il inspecte de temps en temps les lointains... au-delà de la Seine... tout en nous narrant sa vie amoureuse.

— T'as rompu pourquoi avec ta comtesse?

Un peu mythomane, il doit inventer... il reste un instant sans réponse, l'œil aux aguets... puis il ajuste ses jumelles « Attendez deux secondes! » Non... il n'y a rien... il avait cru apercevoir la tourelle d'un char du côté de Notre-Dame! Ça a cassé son beau mariage en perspective... vu qu'elle a appris, la comtesse, qu'il avait une liaison avec une commerçante... Une femme aussi très distinguée... dans la bonneterie... elle avait bien sûr sa boutique... c'est dans son travail qu'ils avaient fait connaissance. Mais alors une beauté celle-là... une véritable Vénus de Milo mais qui aurait eu des bras... « Vous voyez ce que je veux dire! »... Si on voit... On ne saura jamais la suite vu qu'un camion de la Wehrmacht débouche dans notre champ de tir... On n'a pas bien le temps de se rendre compte si c'est un transport de troupes ou quoi!... Les rafales partent... s'entrecroisent! Je lâche la mienne... le camion fonce sur la place... Ça se passe toujours tout ça ultra rapide. Il frôle la fontaine... Vraoum! Une formidable explosion... une gerbe de flammes. On se rend compte alors qu'il s'agit d'un camion-citerne plein d'essence... Une fumée noire et épaisse se répand sur la place. On sent la chaleur de l'incendie jusqu'ici.

— Ces Boches-là, ils sont cuits... ricane Binesco. Il nous affirme qu'il en a vu deux avec ses jumelles dans la cabine, le chauffeur et un autre avec un casque. L'explosion a dû s'entendre jusqu'au Luxembourg. L'avantage pour moi de cette affaire... que Madame Legaret rapplique avec sa fille afin d'assister au spectacle de plus haut. Elles ont eu peur ces petites chéries... elles croyaient que l'immeuble sautait.

— C'est vous qui avez fait cela?

Marie-Claude me questionne. Je me fais modeste... j'ai tiré comme les copains. Milo pense qu'un type posté dans la fontaine a dû leur balancer une grenade, que c'est ça qui a provoqué l'explosion immédiate. L'odeur de caoutchouc et de goudron brûlé nous suffoque... les flammes montent plus haut qu'un premier étage... On est obligés de se reculer. Marie-Claude me regarde, me dévisage plutôt... Elles ont des façons de vous scruter, ces pucelles, qui vous gênent. Heureux que Binesco déblatère... il donne le change. Je ne sais pas exact ce qu'il profère, cézig, mais la gazelle ça la fait rire. Elle le zyeute comme un curieux zèbre... un animal dont elle n'a pas l'habitude dans son zoo personnel. Je suis hypnotisé par son corsage. Ses roberts là-dessous sont tendus... je devine les bretelles de son soutien-gorge. Elle ne doit pas en avoir besoin mais, en ce temps-là, les jeunes personnes bien élevées ne sortaient pas sans. Là, les choses, les mœurs, elles ont évolué pas croyable! Les monokinis sur les plages!... bientôt les bonnes sœurs en streaking qui désacralisent l'archétype de la religieuse par une nouvelle approche du problème de la foi chrétienne ! Bref... je me figurais en train de le faire sauter ce soutien-doudounes. L'ironie qu'elle a dans l'œil à propos de mon chef Binesco... je lui renvoie la balle ! Ça nous fait une coquine complicité... un petit début. Le camion chleu peut bien cramer avec ses occupants... il me sert de prétexte. Elle supporte mon regard sans ciller pendant que sa dabuche jaspine à cor, à cri... s'esclaffe... puis elle baisse les paupières, elle fait saintenitouche tout à coup. Je la trouve encore plus excitante. J'arrive tout de même à m'autocritiquer un peu... me trouver nave extrême de m'embarquer ainsi... m'éprendre de cette greluche. Elle m'allume bien sûr... son instinct femelle ! Savoir si ça ira jusqu'aux sublimes trouducuteries... les transports de lubricité ! Musique, il pense que je me berlure, une gonzesse comme ça, fille d'un curieux, c'est pas de la semoule pour mon couscous. La maman nous trouve tous très « sympa », de charmants garçons, pleins d'allant... très drôles dans nos reparties, notre naturel... de joviaux titis parisiens ! On l'amuse beaucoup mais de là à nous offrir le berlingue de sa progéniture... ça ne doit même pas lui effleurer son bel esprit. Dans ce domaine du sexe... les barrières sociales si elles sont solides, hautes... trois fois le mur de Fresnes et des tessons de bouteilles au sommet pris dans le béton... qui s'y risque,... y parvient... s'y meurtrit les pognes tout de même !

Les pompiers arrivent éteindre le camion. De notre balcon, on peut admirer une troupe alors organisée sérieux... la précision des ordres, des mouvements... la célérité ! On est obligés de fermer nos fenêtres. Ma gazelle, hélas, est redescendue avec sa maman. Je quitte mon poste, je vais faire un petit tour en bas. Parmi les badauds je m'approche du camion calciné. Le sol autour est brûlant. Les sapeurs-pompiers ramassent avec de grosses pelles les débris humains qu'on peut apercevoir au milieu des cendres fumantes. De quoi aller au refile! Cette petite boule calcinée était une tête d'homme bien vivant il n'y a pas une heure. *To be or not to be!* Elle se fend en deux en tombant dans une boîte métallique... une sorte de poubelle-cercueil que les pompiers ont posée sur le trottoir pour y rassembler les restes humains qu'ils découvrent. Un bout de cervelle cuite se répand... les gens ont un mouvement de recul... de dégoût. On écarte une femme enceinte. C'est de la cervelle de Boche, certes, mais nous n'en sommes pas encore revenus aux mœurs guerrières des temps anthropophagiques. Nous manquons de simplicité.

Maintenant les barricades s'élèvent partout. Chaque rue veut la sienne, ça finit par gêner nos chefs eux-mêmes dans leur déplacement. Le colonel Rol va ordonner qu'on en supprime quelques-unes. Tous les hommes à peu près valides sont descendus à présent aux barricades. Le bistrot ouvert à côté... toujours là que les choses sérieuses se traitent à Paris... l'insurgé au zinc devant le coup de rouge, son flingue posé contre le comptoir... entre deux fusillades, l'homme se désaltère, c'est normal et il jacte le verre à la main. Je me baguenaude un peu dans le secteur... rue Séguier, jusqu'à la rue Dauphine... Aux rades, on raconte que ce matin une compagnie de SS a attaqué la mairie du Ve. Après avoir investi la place du Panthéon, ils ont tenté de nettoyer le quartier de la Maub... en vain... ils ont dû renoncer... se sont repliés dans le Sénat. Ça s'est passé tout près de nous sans qu'on le sache. Chaque quartier fait de plus en plus sa petite guerre... son insurrection particulière sans trop se préoccuper des autres. On dit que Choltitz, avant de mettre les bouts, va faire sûrement sauter presque tout Paris. Au palais du Luxembourg les Allemands ont des réserves d'explosifs, de quoi dynamiter toute la rive gauche... des armes automatiques, des canons... des lance-flammes! Sûr que s'ils mettaient la gomme, on serait vite à bout de munitions. Nous les utilisons sans discernement aucun. Chacun éprouve une jouissance infinie dès qu'il appuie sur la détente de son flingue. Le moindre cycliste allemand qui s'égare dans nos rues reçoit dans la paillasse plus de balles qu'il n'en faudrait pour liquider toute une section... Justement je reviens de ma petite promenade au moment où ça défouraille à tout va. Je débouche de la rue Saint-André-des-Arts en même temps qu'un side-car allemand qui a réussi à forcer nos barrages. Pour éviter la place Saint-Michel, où ça tire avant même qu'il soit en vue, il vire sur la gauche... la portion de la rue Saint-Séverin qui s'appelle aujourd'hui rue Francisque-Gay — un héros barbichu de la Résistance démocrate-chrétienne. J'entends les rafales... ses pneus qui crissent. Le conducteur a été touché, il perd le contrôle de sa machine! Elle s'écrase contre la façade de la boutique du naturaliste. On y voyait toujours des animaux dans la vitrine. Aujourd'hui, à la place, il y a une banque... moins attrayante certes aux yeux du promeneur. Il a baissé, prudent, son rideau de fer, le naturaliste... crainte qu'on vienne lui démolir, lui secouer ses renards, putois, hiboux... ses cigognes, ses cormorans empaillés!... Bang! Le side se retourne... l'Allemand qui est dans le car réussit à s'arracher... il fait un bond de côté prodigieux sous la mitraille... Il s'engouffre dans le couloir de l'immeuble devant lui... mitraillette à la pogne... il défouraille sur un flic qui se trouve sur sa trajectoire. Il a sa plaque aujourd'hui... gardien de la paix Joseph Lahnec mort pour la Libération de Paris... je suis retourné sur les lieux pour vérifier! Sans hésiter, jeune clebs, je me suis lancé à la poursuite du Fritz... sauté par-dessus le corps de ce Joseph qui vient de tomber... Je réfléchis pas, je fonce dans l'escalier. Je suis juste armé de mon colt... je grimpe quatre à quatre, j'ai mes poumons entiers en ce temps-là... tout mon souffle de jeune homme maigre. Prudent, je ralentis au quatrième... et me voici tout seul, je constate, personne ne m'a suivi. J'entends les lourdes bottes du Boche qui grimpe. Je me colle contre le mur. Ça se met à crier en dessous. Je progresse maintenant avec circonspection. L'escalier tourne à quarante-cinq degrés... Deux bonds, j'arrive sur le palier du cinquième... Tac! tac! tac! une courte rafale m'a frôlé les miches... le fracas d'une vitre brisée... celle d'une fenêtre dans l'escalier! Je me précipite dans un recoin sur la droite pour me mettre à l'abri. Derrière, quelqu'un maintenant me file le train... un F.F.I. qui veut me rejoindre. Il se méfie pas, cette patate! Je lui gueule « Attention! » mais trop tard... une demi-seconde! La petite rafale ne l'a pas loupé. Il dégringole lourdement les marches sans pousser un cri. D'autres sont arrivés au quatrième... ils tirent le blessé, m'interpellent, me demandent combien je suis... Tout à fait seulâbre, hélas!... avec l'autre, le féroce soldat juste au-dessus, armé de sa Schmeitzer. Si je remue une esgourde, maintenant, il va me souhaiter ma libération définitive des maux de cette vallée de larmes. De ma planque j'aperçois la moitié de l'escalier qui me sépare de lui. Toutes les rumeurs des étages inférieurs montent en brouhaha, en gueulantes... je n'arrive pas à entendre ce qu'il peut trafiquer, s'il tente d'entrer dans un appartement... d'atteindre le toit? Le blessé du quatrième a été touché aux jambes, me crie-t-on... pas trop grave, ça leur semble à mes compagnons. « Ne bouge pas! » ils me recommandent. Je n'en ai pas tellement le désir. J'ai bondi, n'écoutant que mon courage et puis, là, je flageole soudain... je me sens moins d'attaque! J'entrave mieux la situasse absurde dans laquelle je me suis cloqué. Derrière moi, une porte s'ouvre, timide... le museau d'une femme effarouchée se pointe. Une bien curieuse dame... environ la soixantaine, le visage lisse, un nez de belette... quelque chose de bizarre en elle. Ah oui, ses cheveux, d'un drôle de roux... c'est une moumoute... pour ça que j'ai cette curieuse impression! Elle est vêtue d'une robe d'organdi à ramages bleus, verts, orange... genre perroquet. Je lui chuchote qu'il y a un Allemand là-haut... un méchant qui tire. Elle est plutôt dure de la feuille en outre... elle ne comprend pas ce que je lui raconte. Je peux pas me mettre à lui hurler mes explications... je la repousse, je lui dis par signes qu'il est préférable de rester chez elle... bien au fond de son appartement. Elle m'obéit à regret. Elle est toute maquillée, je remarque, poudrée, du rose aux joues, les lèvres bien rouges, des faux cils. Ça lui donne l'air d'une femme en cire du musée Grévin.

Au quatrième, mes co-F.F.I. discutent âpre. Ils ne trouvent pas très prudent de venir me rejoindre... Le Boche du palier du sixième leur barre la route. Il a un bel angle de tir pour son palmarès. Ils vont me laisser seul, ces fumiers! Maintenant je me l'avoue carrément, j'ai les flubes. D'autant que je l'entends, l'autre... ses bottes à l'étage au-dessus! Je reste en quart, mon colt braqué dans sa direction. L'immeuble est silencieux tout d'un coup... juste ces petits craquements qui m'inquiètent tout de même. Je me demande s'il y a quelqu'un en face, la porte vis-à-vis de la viocque musée Grévin. En vitesse je traverse le palier... toc! toc! je frappe... Je retoctoque... et toujours je reste mon flingue en position de tir, tout en écoutant, collant l'esgourde à la porte. Ça répond enfin, une vieille voix éraillée, rogommeuse... « Foutez le camp ! » C'est un bonhomme, il ne veut pas m'ouvrir... J'insiste pourtant... « Ouvrez-moi, je suis un Français ! »... Sec, il me rétorque... « Les Français, c'est tous des cons ! » Au moins, lui, il est net, pas patriote... il récite pas le même catéchisme que tout le monde depuis quelques jours. Il entrouvre tout de même sa lourde... je veux passer le panard pour la bloquer. Il se marre... il a un crochet de sûreté... une petite chaîne entrebâilleuse ! Je distingue des moustaches, des blanches à la gauloise comme le Maréchal bientôt ex... Sur son crâne qui me paraît chauve, une petite calotte genre bedeau. Il est en robe de chambre, ce dab... un fumet m'arrive aux naseaux, de crasse, de pipi de chat. Il y en a un à ses pieds... un énorme matou pacha tigré. Hop ! il se glisse entre les paturons de son maître. Il file... « Nicodème ! » Le dab l'appelle... Nicodème, il fonce vers le dessus... vers le Fritz avec sa titine cracheuse de mort. Le viocque a ouvert, décroché sa chaîne. Il veut rattraper son greffier... Je le tire, le repousse. « Faites attention, monsieur, il y a un Allemand au-dessus ! » Il se débat... « Nicodème ! Ici, Nicodème ! » Il doit être maintenant avec le Chleu, Nicodème... Il collabore... se laisse caresser ce salaud !

— Qu'est-ce que vous voulez qu'il me fasse votre Allemand ? Je l'emmerde, moi ! Je ne suis pas F.F.I. !

Hargneux, il est, ce chnoque... crasseux en plus ! Ça serait trop long de lui expliquer que ce Fridolin c'est pas tellement le genre à nuances non plus ! Si ce vieillard avance dans l'escalier, il va l'accueillir en rafale. Son Nicodème, il reviendra... j'essaie de le convaincre. Les chats reviennent toujours sur les lieux de leur bouffe. Heureux qu'il tient mal sur ses jambes, je l'agrippe ferme et en même temps faut que je fasse gaffe à ce qui peut descendre du cinquième. Pour tout arranger, l'autre porte se rouvre... la dame du musée Grévin repointe son museau, sa perruque... sa robe d'organdi. Magique son apparition... l'effet immédiat sur le dab... une volée d'insultes. « Saloperie ! Hystérique ! Punaise ! Qu'est-ce que tu viens nous faire chier ! » Elle fait front, la viocque... d'un doigt sur le bord de sa moumoute, elle me signale vers la tempe... me fait comprendre qu'il est foldingue son voisin. Ça me paraît superflu de me le préciser. « Faut pas faire attention à ce qu'il dit ! Il devrait être à Sainte-Anne. » Je lui crie de rentrer chez elle... Ça devient joyeux, ma situasse... Ces deux cinglés qui s'agonisent... le Teuton flingueur au-dessus... Nicodème en cavale ! Et puis maintenant en dessous la voix de Binesco qui m'appelle « C'est toi, Alphonse ? » Je ne veux surtout pas qu'il vienne me rejoindre ! Avec cézig je risque le pire... il voudra passer à l'attaque, foncer sur l'ennemi... « En avant ! », je connais son style ! Ça discute ferme... de ce qu'ils vont ou ne vont pas faire... Le vieux est retourné dans son antre en laissant sa porte ouverte... Ce que j'entrevois, ça m'engage pas à y aller batifoler... des oripeaux, des ordures... des meubles style nouille... la suspension... le papier mural mauve... tout à fait *kitsch,* on dirait aujourd'hui. La viocque, elle, elle monologue... si c'est pas malheureux de laisser cet être en liberté... qu'il est dangereux, capable à son âge de violenter les écolières... un vieux satyre, elle m'affranchit ! Elle ne craint pas de me révéler qu'il a montré ses parties génitales à une dame de la poste... une mère de famille. Pépère, cette évocation, ça le réjouit... Il ricane, ressort de sa piaule... s'avance... ça y est !... il écarte les pans de sa roupane, sa robe de chambre élimée ! De la façon dont je suis placé à cet instant, je ne peux pas jouir (façon de dire) du spectacle ! En tout cas, la vieille pousse un gloussement... un cri de perruche et bat en retraite... claque sa lourde ! Tout s'accumule... ses singeries au daron ont provoqué le

Chleu qui, bien sûr, ne peut pas imaginer toutes ces bouffonneries. Tac! tac!... une rafale qui s'écrase sur le palier... Du coup, il bat en retraite le satyre! s'enferme... me laisse seul avec ma guerre! Une seconde rafale dans la cage de l'escalier... Binesco qui n'a pas pu se retenir de riposter, de bravacher de la sulfateuse!... Ses balles s'écrasent, inutiles, dans le plafond. Je suis vraiment dans une position critique... coincé entre deux dingues de la gâchette! L'autre, au sixième, c'est peut-être la réplique de Binesco en uniforme vert... ça doit bien exister!

— On va l'avoir... attends... les flics arrivent avec leurs boucliers.

Ce qu'on me prévient d'en dessous. Ça parle de gaz lacrymogène... Bien bel mais, moi, je vais déguster par la même occase. Ça va m'apprendre à courir sus au Boche sans réfléchir. Enfin, ils ont une idée moins radicale. Ils ont fait monter un interprète avec eux. Il va demander au Fritz de se rendre... lui promettre qu'on va bien le traiter... Un silence suit sa tirade. On attend... le fugitif nous répond... sans doute qu'on aille se faire tâter. Il conclut « *Schewerein!...* » ça je pige, il nous traite de cochons! L'interprète nous traduit tout de même... et qu'il invoque les lois de la guerre... ne veut pas se rendre à des terroristes! Parfait... s'il ne veut pas entendre raison, s'il le prend comme ça... on va lui donner l'assaut. La brigade des gaz de la Préfecture est alertée. Je suis inutile, là, sur ce palier avec mon .45. Il faut absolument que je rentre, jusqu'à ce qu'ils arrivent, chez la dame en organdi. Elle ne répond pas à mes appels. C'est le satyre qui ouvre de son côté.

— Promettez-lui de la baiser! Elle vous ouvrira peut-être, cette vieille salope!

Je n'ai pas le choix. Je me précipite mais, lui, il a mis sa chaîne entrebâilleuse. « Pas de ça Lisette! » Il ricane, ce sale con, dans ses moustagaches. J'essaie de jouer l'autoritaire. C'est un ordre. Nous sommes en guerre.

— En guerre? Qui est en guerre? Moi, j'ai rien déclaré à l'Allemagne... alors foutez-moi la paix! Je ne vous ai pas demandé de venir chez moi!

Assez juste dans un sens... aujourd'hui je serais peut-être comme lui. Plus soucieux de récupérer mon Nicodème matou que de libérer la France. Il se marre de ma mine déconfite.

— Amusez-vous bien!

Et il me claque la lourde au pif. J'en ai ma galtouse d'être lào coinçaresse dans le no man's land... L'énervement, l'impatience, ça doit parfois vous coûter la vie. Plutôt que d'attendre sagement la brigade des gaz, l'assaut des flics à bouclier... je vais tenter le tout... descendre au risque de me faire rectifier! Ma décision... Je tire par deux fois vers le sixième, ça va faire reculer ce Boche, je suppose... faut que j'en profite sur-le-champ pour m'élancer. Je respire un grand coup, je serre les dents... hop! je fonce... je dévale... tac! tac! tac! La rafale me loupe... impossible de dire si c'est au-dessus de ma tête... sous mes panards... à combien de centimètres? J'arrive entier dans les bras de Binesco. Je l'embrasserais si je me retenais pas... la pudeur! D'ailleurs, lui, d'autor il me refroidit... m'attaque aux reproches... que j'avais rien à foutre ici! Tout de suite les grands mots... abandon de poste! Désobéissance au feu! Autour, ils sont une demi-douzaine... des flics, des brassardés. Ils me posent des questions. On l'aura... ça conclut. « On va lui faire bouffer du lacrymogène à cet enfoiré! » Celui-ci pourtant... il avait décidé de toute façon qu'on ne l'aurait pas. Il a tenu sur son palier avec sa mitraillette jusqu'à la nuit... le moment où les poulagas, après avoir lancé leurs fumigènes, sont montés à l'assaut avec leurs boucliers. Ils l'ont trouvé mort, ce Fritz... un très jeune d'après ceux qui l'ont vu... peut-être même pas dix-sept ans. Il s'était collé une balle dans la tronche quand il a compris qu'on allait le prendre. Je n'ai pas assisté à l'assaut, j'étais remonté à mon balcon... à mon poste avec mon chef en petit soldat insurgé discipliné. On m'a raconté le lendemain... Ça devait être, tout le monde a conclu, un nazi... un fanatique... pas une grosse perte!

— Je voudrais téléphoner, s'il vous plaît mademoiselle.

C'est elle qui m'a ouvert, Marie-Claude... mon cœur bat plus fort que tout à l'heure sur le palier du cinquième avec le Boche armé au-dessus... enfin il bat autrement... c'est pas la même qualité l'émotion. Elle me sourit, me recommande de ne pas faire trop de bruit... ses parents sont couchés... dorment! L'aubaine! Qu'ils ronflent, le juge et la jugesse... je leur souhaite un sommeil profond comme un tombeau! Marie-Claude me drive vers la petite table du téléphone dans le salon en m'éclairant avec une bougie fixée sur un candélabre en argent. Elle est en robe de chambre bleu ciel... Le tableau tout à fait romantique... la belle aux cheveux défaits... son candélabre... le halo... mon ombre sur la tapisserie avec mon colt à la ceinture. Tout l'attirail... et la guerre des rues à l'extérieur... des rafales de temps en temps... l'ambiance des grandes nuits de sédition. Elle me chuchote... que c'en est une véritable promesse. Lorsque je compose mon numéro, elle s'apprête à me laisser seul... se dirige vers la porte du couloir.

— Vous ne me dérangez pas, mademoiselle... Vous pouvez rester.

Elle reste, elle me zyeute sans aucune gêne. Tout s'embrouille dans ma tronche. J'avais gambergé, préparé un baratin... des jolies phrases pour le cas où je me trouverais seul avec elle... et puis je paume ma superbe, je m'emmêle les pédales... J'obtiens Henriette, la bistrote, la dame d'Anatole... Oui, elle fera la commission chez moi... que je vais très bien, qu'il n'y a aucun souci à se faire... Je la remercie... je raccroche. Marie-Claude me regarde toujours en souriant. Elle a bien compris, la vache, elle se marre de mon embarras. Faut pourtant que je lui dise qu'elle est belle, qu'elle me plaît infiniment... que j'aimerais beaucoup la revoir après la bataille... placer ma canzonette, merde! C'est elle qui m'accommode un peu, qui me facilite mon casino. Elle me parle de nos exploits... si j'ai eu peur tout à l'heure dans l'immeuble lorsque je poursuivais cet Allemand? On se jacte à voix basse près de la fenêtre ouverte. En bas, ça s'active... Les F.F.I... les poulagas. Ils préparent leur assaut contre mon Boche du cinquième, l'immeuble presque en face. Je fais semblant de m'y intéresser. Elle me parle des Américains, ils encerclent Paris... ce qu'elle a entendu tout à l'heure à la radio.

— Ça serait bête maintenant de vous faire tuer.

On peut dire... Elle est tout près de moi, appuyée contre la rambarde de la fenêtre. Il me suffit de faire un geste pour la prendre... je ne sais pas au juste... par les épaules, la taille? Je reste con, paralysé... Pourtant avec Marcelle, Gaby... j'ai su m'y prendre. Ça doit venir de sa condition... le cadre... ses parents. Elle me fait un peu le même effet que Caroline... pourtant elle, elle est là, palpable... elle me parle très gentiment. Je me reproche de manquer de toc. Nous sommes rue Danton, merde, il devrait m'inspirer le grand ancêtre... de l'audace! encore de l'audace!... Je lui prends le bras. Je m'attends à ce qu'elle me bêche... le retire, fasse des magnes... et puis, non, elle ne bronche... sourit de quoi... de mon trouble... de plaisir? Ce que je lui susurre ensuite... débagoule...

une phrase qui m'arrive... sans doute une banalité de clair de lune. Quelque chose entendu dans un film, lu dans un feuilleton. Elle ne me répond pas, me dévisage toujours tranquille... un peu de malice dans le coin de l'œil. Il faut que je l'embrasse sinon je vais remonter tout à l'heure complètement désespéré. Je lui dis tout de même qu'elle est belle... que je pense à elle depuis que je l'ai vue pour la première fois... quelque chose comme. « Ça ne fait pas si longtemps », elle me rétorque. Je finis par m'enhardir... un quart de tour, hop! le patin couffin, la galoche royale, subite... l'assaut! Elle se laisse faire avec un abandon que j'aurais pas cru... elle est souple et douce. Je n'arrive plus à me détacher... je la colle contre moi. C'est, il me semble, dans les bonnes manières de faire sentir aux jolies mômes la dureté de son affection, toute son ardeur bandative! Je reste persuadé que s'il n'y avait pas eu ses vieux à côté dans une chambre... son frangin bigleux... c'était in the quéquette mon affaire! Je me la basculais sur un fauteuil... la tringlaresse à même le tapis. Aux mœurs d'aujourd'hui, ça se serait réglé deux coups de cuillère dans le pot, si j'ose dire... peut-être en partouze avec les parents! Mais nous étions, n'oubliez pas, encore au XIXe siècle... Jules Vallès, en bas, son fantôme sur nos barricades... le candélabre... la robe de chambre bleue... tous ces préjugés qui nous coûtent de nous faire des pognes au lieu de s'ébattre en de joyeuses parties de jambes en l'air. Je lui ai caressé un peu les seins... la douceur dans ma paluche. Là, elle s'est dégagée gentiment.

— Il faut remonter, monsieur le F.F.I... être sage!

Elle avait pivoté... elle tenait, elle aussi, sa bougie droite pour m'accompagner à la porte. Elle m'a chuchoté que son père avait le sommeil ultra-léger.

— Faut faire attention.

Sur le palier je l'ai embrassée encore une fois. Elle

a écourté l'effusion... toujours des chut!... papa-maman qui peuvent ralléger. Je lui glisse tout de même, avant qu'elle referme sa lourde, une petite phrase tendre assez bien tournée, je crois? Je reste un instant dans le noir... dans l'escalier. Je devrais être tout à fait heureux et puis... je sais pas... le triste pressentiment m'arrive que c'est déjà fini... que ça n'aura pas de suite... que ce n'est rien... un bout de flirt... un peu de badinage!

Le lendemain, alors, c'est la tempête... la pagaille pétaudière. L'appartement de m'sieur Zauberman est envahi d'insurgés. Binesco a beau gronder, menacer, prendre des attitudes de duce, il est débordé par le tourbillon! Il ne commande plus rien. Il ne sait plus l'effectif de son groupe... d'où viennent tous ces enthousiastes à brassard, tous ces casqués, ces galonnés? Il en arrive en trombe dans le salon avec leur sulfateuse, ils vont tirer au balcon... et ils se rebarrent... Ils lancent des grenades lorsque les véhicules allemands sont passés depuis une paye. On les revoit plus, certains... d'autres reviennent, s'installent... bouffent, rotent, pètent, se grattent, ronflent... Un pompier avec son casque doré, armé d'un Lebel, s'installe sur le balcon devant le F.M... il nous gêne, ce con! On lui en fait la remarque. Il nous rétorque qu'il a pas d'ordres à recevoir de nous. Il ne dépend, lui, que de son propre colonel, celui des sapeurs. Tellement à présent y a de colonels qu'on s'y retrouve plus... sur les affiches, dans les rues... bottés... false d'équitation... kébour... cinq galons... certains iront jusqu'à six... super-colonel F.F.I... le nouveau grade! On le repousse tout de même ce pompier... il est carrément devant le canon du fusil mitrailleur... il renaude, on en vient presque à la castagne! Mais ça serait la tâche impossible de canaliser tous ces volontaires, ces tireurs! Par moments la piaule en est pleine... ça radine de partout, des jeunes, des vieux... ouvriers, étudiants... des crados et des gandins... des minables, des ivrognes, des péroreurs armés de toutes les armes possibles. Un nègre gigantesque fait une apparition... torse nu, les dents éclatantes dans sa grosse bouille noire, le bide garni de grenades à manche. Il gesticule... rit aux éclats. « C'est la libération, mes frères! »... Il pousse des cris sur le balcon, gesticule comme un grand singe. Il a aperçu un congénère, un autre Pahouin en bas sur la place... Ils se braillent des choses dans leur langue. Ils n'arrêtent plus de rigoler. Enfin, il rebarre aussi subit qu'il est venu. Il nous crie « Vive la France! » sur le pas de la porte. Faudrait en plus surveiller tout... le mobilier de monsieur Zauberman auquel la concierge nous a demandé de faire tellement attention! Fernand Neunœil a alpagué un petit pépère qui sortait avec un fauteuil Louis XVI... qui s'est justifié en nous affirmant qu'il voulait le descendre sur la barricade... que c'était sa façon à lui de participer à la libération de la France.

— Vous auriez dû le fusiller, dit Binesco... vu qu'à la guerre on fusille toujours les pillards!

Ça nous ferait vraiment un surcroît de travail... en plus du F.M., de la barricade, de surveiller l'appartement... s'il fallait en plus faire des pelotons d'exécution! Un bossu se glisse dans le couloir en lousdoc... presque un nain, chauve, édenté. Il va se boucler dans les gogues... trois quarts d'heure il y reste. On lui tambourine pour qu'il sorte. Au moment d'une fusillade il surgit enfin... court vers le balcon, bouscule tout le monde pour lancer une grenade qu'il n'a même pas dégoupillée. On l'argougne pour le virer... le propulser dans l'escalier. Il glapit « J'ai bien le droit de tuer des Boches moi aussi! » Il nous arrive des paquets de zazous qui font du swing avec leur bouche, qui battent la mesure sur les meubles... qui chantent les trucs de Raymond Legrand, Johnny Hess... qui se trémoussent entre les séances de tir au balcon ! Une grosse fille, enfin, en tenue de tandémiste... culottes de golf, chemise à carreaux... chaussettes écossaises ! Elle a un flingue, un mousqueton 86. Elle n'a pas de balles... elle vient nous en quémander comme on demande un morceau de pain. Elle veut faire la guerre absolument. C'est une précurseuse, prophétesse de la libération féminine. Elle s'estime égale à nous... Elle nous explique... qu'il n'y a aucune raison pour que les hommes seuls aient le droit de tirer les Boches. Elle ne m'enthousiasme pas fébrile, cette recrue... son physique... ses épaules de déménageur... ses mastardes mamelles... son froc de golf tendu par son énorme prosinard. Binesco, il se méfie qu'elle nous file pas la zizanie dans notre unité. Déjà Fernand Neunœil il la plaisante, la lutine... je respire que cézig il bêche pas tant sur son gabarit. La tandémiste, il s'en ferait bien un morceau de joie. Elle s'appelle Clotilde, comme la reine des Francs elle nous précise, la femme à Clovis. Elle nous raconte tout très vite... qu'elle a été formée dans les Faucons Rouges, les jeunesses de la S.F.I.O. avant la guerre. C'est une militante-née... elle en a le style... J'ai remarqué déjà avec Laurence. Une race à part les militants... militantes. On peut interchanger le parti... ils fonctionnent kif... à la cellule, le clan, les réunions... débats... votes à main levée... dialogues... motions de synthèse... cours du Grand Soir... du petit matin ! Enfin, celle-là, on lui dégotte des bastos pour son mousqueton. Fernand se fait professeur... pendant qu'elle manœuvre la culasse il lui fait une paluche tombée... juste au niveau du valseur... comme par mégarde... l'air anodin. C'est pas le genre non plus à faire des cérémonies pour prendre un coup de chopotte dans son golf... Elle est à tout le monde en de pareilles circonstances... il suffit d'avoir un brassard et un braquemart. J'anticipe... c'est pour ce soir les messalineries! Moi, forcé, je pense à l'autre... je descends la voir... tous les prétextes me sont possibles. J'appelle au bigophone des gens qui ne peuvent pas être là... des inconnus. Entre deux coups de flingue... deux alertes... Seulement pour les mots doux, les cajoleries... les patins d'happy end... tintin! Les parents sont là, Papa le curieux, Maman la charmeuse. Elle nous sert de la limonade à la saccharine. Elle participe à l'événement historique... ça lui fera des anecdotes à raconter entre deux parties de bridge, plus tard, à la veillée des living-rooms!

Au P.C., le colonel Cévennes il est débordé lui aussi. Il a maintenant trop d'hommes et pas assez de munitions... plus de vivres! Il n'arrive plus à contrôler son corps de bataille. On ne sait plus du tout qui est qui... qui obéit à quoi. Laurence n'est plus là... je ne la vois plus à la fenêtre avec son fusil. Elle est, me dit-on, avec Dubreuil, mutée à l'état-major régional, quelque chose de ce genre. Je la reverrai plus la Môme Camarade... disparue presque sans que je m'en aperçoive... Sans doute est-elle encore au Parti communiste. Parfois, j'ai scruté aux actualités, à la petite lucarne... les défilés... Bastille-Nation... les processions de la C.G.T... voir si je ne la retapissais pas derrière une banderole... derrière le gros Séguy... un 1er Mai... à l'enterrement de Jacques Duclos. Elle a dû chanstiquer... de tronche, je veux dire. Elle doit être blanche, ses cheveux... ridée... je me l'imagine pas devenue gravosse. Elle était du type révolutionnaire maigre... les plus sérieux... Savonarole et Robespierre! On rencontre des êtres, comme ça. On vit un moment dans la même aventure... et puis ils s'évaporent au coin d'une rue... au bord d'une départementale... un beau matin... un vilain soir!

Les Allemands n'arrivent plus souvent jusqu'à nous. Ils se terrent au Sénat, à la Chambre des Députés, à l'hôtel Continental, la caserne Prince-Eugène, place de la République! Ils attendent, tout nous laisse supposer, l'arrivée des Américains pour se rendre... leurs unités qui battent en retraite se détournent de Paris. Ça n'empêche qu'on tire... on ne sait plus au juste sur quoi. Les uns sur les autres dans une pagaille incroyable... le tohu-bohu... l'incohérence la plus totale! Sur le soir, le salon de monsieur Zauberman se vide peu à peu... nos renforts impromptus s'en vont... ils n'ont plus de munitions. Ils en ont marre de faire la guerre... ils vont se pieuter. Il ne reste plus bientôt que deux zazous, la môme Clotilde qui s'est enfermée dans une chambre avec Neunœil et puis un vieux boy-scout en uniforme avec son chapeau. Un homme d'au moins quarante-cinq ans en culottes courtes avec des pompons, des badges, des croix partout! Il nous affranchit qu'il est l'Aigle Farouche, son blase de chef. Binesco ça l'inquiète un instant, ce lascar... des fois qu'il ait des velléités de lui piquer sa place. Non, il reste sage dans le rang avec un Mas 36. Il sait s'en servir, il a été rappelé en 40, fait prisonnier... les Allemands l'ont rapatrié sanitaire à cause d'une hernie. Il a toujours un bandage, il nous le montre, mais ça ne l'empêche pas de reprendre du service. Il a rien de farouche, ni d'aigle... plutôt serviable, il s'occupe de nous faire à manger... il s'active à la cuisine. L'appartement de m'sieur Zauberman est méconnaissable au soir de ce jour... une tornade s'est abattue dans le salon, la salle à manger, les chambres. Tout sens dessus dessous... tables, chaises, guéridons, vaisselle... le capharnaüm! Des papiers gras, des douilles de balles jonchent le plancher... des clopes... une bergère défoncée, les coussins éventrés! On a décroché les tableaux, la suspension... sans raison apparente... On ne sait qui?... Un dégueulasse a même cagué dans le couloir... A quel moment? Dans un pareil maelström, on ne sait plus qui chie ni où! Madame Legaret qui vient nous rendre une petite visite amicale... son mouvement de surprise en constatant l'étendue du désastre! Elle imagine aisé qu'une pareille catastrophe patriotique aurait pu s'abattre sur son intérieur bourgeois. Toujours affable certes mais, je remarque, son sourire se coince. Ce qui m'obsède, moi, toujours Marie-Claude. Pas pu être seul avec elle de la journée. J'ai l'impression qu'elle me fuit... qu'elle regrette nos effusions de la veille. La dabuche, il me semble, me zyeute d'une drôle de façon. Elle se goure sans doute de quelque chose... l'intuition fameuse des femmes. Je me promets de descendre tout à l'heure quand il fera nuit... j'espère bien retrouver ma belle en robe de chambre bleue, le candélabre à la main. Je l'ai pas rêvée, merde! Ce fantôme était bien palpable... je l'ai tenu dans mes bras... j'ai encore le goût de ses lèvres à la bouche. Ce n'était pas au cinoche.

Elle n'est pas là lorsque je me pointe quelques heures plus tard sous le prétexte de téléphoner... c'est son triste frangin qui m'ouvre.

« Elle est sortie prendre l'air, faire un tour avec maman! »

Ma déception doit se lire sur ma frime, il a un sourire, ce Marc, qui me déplaît... Je bigophone, bien sûr, chez Anatole... Une voix me répond, inconnue, qu'on n'a plus le temps de faire les commissions... que l'heure est grave... et ça raccroche. Ça va devenir à présent duraille de s'expliquer, se faire entendre... un vent de dinguerie souffle sur le vide laissé par l'occupant. Je savourerai plus tard la surprise de découvrir Anatole, mon cher bistrot, métamorphosé combattant de l'ombre... galonné... épurateur. Marc, il me parle un peu... choses et autres. C'est peut-être lui au fond le stoïque, à résister comme ça dans sa chambre au courant qui nous emporte tous dans la rue. Le véritable courage, c'est quoi au juste? En faut-il vraiment pour galoper comme je l'ai fait derrière ce Fritz jusqu'au cinquième de l'immeuble en face?... Dans certaines circonstances, le courage ça va être de dire « Oui, je connais cet homme » lorsque tout sera contre lui... la foule, la morale, les événements. Ça va venir, dès demain d'ailleurs, et les courageux, alors, ne seront pas beaucoup plus nombreux que dans la police à l'époque de la grande rafle des Juifs... en 42... au Vel' d'Hiv'.

« *A chaque Parisien son Boche!* » titre *L'Humanité* le lendemain. Seulement, les Boches, on n'en voit plus le casque d'un... Les barricades, c'est bien beau dans le paysage mais ça les empêche de venir jusqu'à nous! On se bat, paraît-il ailleurs... à la porte Clignancourt, à Levallois, à Vanves, à Champigny-sur-Marne, à Courbevoie! Une littérature sortie des ouvrages de l'après-guerre 70 donne libre cours à son lyrisme déroulédien. « *Sus aux Boches!* »... « *Écrasez les Boches!* »... « *La barbarie boche! Punissons les traîtres au service des Boches!* » Les journaux d'avant guerre *Ce soir, Le Populaire, Le Figaro* rivalisent de tirades patriotardes avec les nouveaux venus... *Franc-Tireur, Libération, Combat.* La guerre est gagnée puisque nos petits gars de Belleville et de Ménilmuche chassent tout seuls l'envahisseur boche. On les a, on les a eus! C'est mieux que Verdun! Le Chemin des Dames! Plus grandiose que Napoléon à Iéna! Tremblez collabos! Adolf, descendez au cercueil!

Binesco s'il se farcit les canards!... s'en repaît, s'en gave la mémoire afin de pouvoir en répéter les meilleurs morceaux choisis... les formules retentissantes. Il se sent encore plus héros en lisant toutes ces belles choses... émule des soldats de l'An II, des Communards, des Poilus de la grande dernière. « C'est bien vrai, dit-il, tout ça. » Les pages deux sont consacrées aux atrocités allemandes... ceux qu'ils ont encore fusillés avant de partir, torturés un peu partout... les chiffres parlent, nous excitent à la vengeance! Trente-cinq étudiants à la cascade du bois de Boulogne! Six ouvriers à Ivry! Cinq F.T.P. à Montreuil! Trois brancardiers aux yeux crevés ici! Quatre F.F.I. enterrés vifs là! Et des passants, des innocents tout à fait, collés au mur d'une école, d'une mairie... d'un hôpital... des enfants mitraillés... des dames violentées! Savoir dans tout ça le vrai du faux? les exagérations? le produit du délire collectif?

J'ai pu apercevoir Marie-Claude ce matin en allant bigophoner. Devant sa mère... le hic! qu'on n'a pas pu se dire des choses tendres... Avec les châsses j'ai fait de mon mieux, en lousdoc, pour lui parler. Elle ne m'a pas répondu, je trouve, avec autant de passion dans l'œil. Plutôt, j'ai l'air de l'amuser. Il faut absolument que je me la coince en seul à seule... que je l'embrasse encore... qu'on tire des plans pour se revoir après l'insurrection. Justement ça va bientôt finir. L'apothéose! De Gaulle arrive. Madame Legaret, à la radio, a entendu des nouvelles rafraîchissantes. Une division française est en route pour nous délivrer définitif... Elle se bat dans la région d'Arpajon. C'est officiel. Le général qui la commande s'appelle... comment donc... Leclerc... c'est ça... Leclerc! On n'a jamais entendu parler de lui ici... Il va se rattraper au *hit-parade,* défoncer en quarante-huit heures tous les records de popularité.

C'est l'ennui au balcon, en bas à la barricade... Faute de Boches on va se chercher d'autres adversaires. Les Viets, qu'on appelait alors les Indochinois, nombreux dans ce quartier, sont devenus pour les besoins de notre soif guerrière tous plus ou moins Japonais. Comme le Japon est allié de l'Allemagne, il devient urgent de les éliminer. On les traque dans les hôtels miteux autour de l'église Saint-Séverin. Ils n'échappent souvent au pire qu'en se mettant sous la protection de la police. On parle aussi de tireurs des toits... de collabos, de miliciens qui nous flinguent traîtreusement par-derrière. Des anecdotes se colportent là-dessus, des histoires propres à nous survolter! Parmi ces salauds, ces ordures, il y aurait des Algériens, des Bicots... ça déclenche une nouvelle chasse. On les fait sortir de leurs tanières, leurs bistrots... rue de la Harpe, rue de la Huchette, les bras en l'air... coups de pied au cul. On les fouille... les flics vérifient leurs faffes. Fatalistes, doucement ahuris, habitués à être traités en parias, ils se laissent faire sans trop renauder... ils ne cherchent pas à comprendre... Ça tourne court encore une fois. Ça s'explique mal pourquoi ils seraient tireurs des toits... Ils n'en sont pas encore à leur guerre d'indépendance.

Ce soir-là, on se gourait tous que ça serait le dernier... l'intuition... les nouvelles qui nous parvenaient. Il ne nous restait plus qu'à festoyer dans l'appartement de monsieur Zauberman pour finir l'insurrection en beauté... notre groupe de combat du début grossi de quelques nouvelles têtes... Cet Aigle boy-scout farouche, deux trois étudiants et puis la grosse Clotilde, la tandémiste de charme. On avait dégauchi, récupéré, réquisitionné, je ne sais plus au juste, volé des victuailles de toute sorte, des boutanches... des raretés de marché noir! Même de la barbaque... une espèce de rôti, rosbif que Marcel nous avait ramené...

Milo, bien sûr, prétend que c'est du clébard... lui, c'est son habitude de tout chiner, déprécier... voir de l'arsenic où il n'y a que de la saccharine. En tout cas, avec Fernand, ils se sont partagé Clotilde cette nuit... dans la chambre du fond. Ils l'ont régalée sévère. Ça s'est entendu jusque sur le balcon... des ouah! ouah!... ululements, miaulements, beuglements, hennissements... tout un concert! On aurait cru une imitation de cris d'animaux. Certes, si ça nous avait dit d'en croquer, Musique et moi... comme elle était partie, elle aurait dit... oui! oui! oui! encore! encore! Même Binesco...

— T'as été con, lui glisse Milo en lousdoc, elle t'aurait laissé tremper ta petite quéquette de balayeur dans son greffier.

Ça ne lui plaît pas, à notre chef, qu'on parle comme ça des choses de l'amour. Et puis il barre dans tout un discours... que question biroute, il voit pas pourquoi on fait des catégories. « Les balayeurs sont aussi bien montés que les employés de banque. » Ainsi de suite... nos badinages-bavardages. Il fait toujours dehors aussi chaud... le ciel étoilé. Je me remémore, fouille les choses, le décor ce soir-là. J'oublie bien des détails, des croustilleux sans doute. On s'émèche, s'arsouille peu à peu... on s'asperge la meule avec un mousseux tiédasse... une gnôle genre alcool à brûler... un sec pousse-au-crime... tout est bonnard à nos gosiers... la délicatesse du palais, on ne nous l'a pas encore éduquée. Il nous arrive, ça me semble, du renfort pour l'éclusade... des amateurs à brassard, des voisins... Ça a tout de même lichaillé dur pendant cette insurrection. A l'appellation contrôlée... au petit verre sur le zinc... au goulot... les boutanches s'arrachaient des caves, des planques soigneuses!... la dive et le rouquin... le jinjin, le juju! La France, là, vraiment éternelle!

Et tout à coup une rumeur sur la place... « Ils sont là! » On ne voit rien... On se penche tous. Arrive

Marie-Claude avec sa maman... tout essoufflées... La grande nouvelle, elles viennent de l'entendre à la radio. Bel et bien, ils sont à l'Hôtel de Ville ! Des Français, des hommes de De Gaulle, de cette division blindée. Tout le monde se congratule, s'embrasse. Je bondis, moi, sur la fille du juge... elle seule m'intéresse à vrai dire. Si je m'en cogne, des Français à l'Hôtel de Ville ! Je la serre dans mes bras. Il faut tout de même que je lui rappelle que j'en dévore pour sa reinette, pour ses yeux de biche... son corps menu... que je me morfonds, ronge d'amûr ! Je ne peux pas prolonger mes effusions au-delà des limites de la bienséance, hélas ! Les libérateurs sont arrivés, mais les bonnes manières nous restent... nous gardent de nos folles impulsions. Je bécote aussi la daronne, puis Clotilde... et même Binesco. Il nous arrive encore des gens de je ne sais où... qui viennent nous complimenter... on est tout de même nous aussi un peu les vainqueurs. En bas, la place Saint-André-des-Arts se noircit de monde... Ça sort de partout... en chemise, en maillot de corps, en pyjama, en bigoudis ! Ça crie « Vive la France ! » *La Marseillaise* éclate d'un coin de rue... reprise partout... ballottée... époumonée... fausse... hoquetée... hachée ! Même les plus trouillards timorés comme les concierges de l'immeuble, sortent des drapeaux, des guirlandes. Je m'arrange pour ne pas décoller de ma mignonne... je voudrais l'entraîner à la faveur de cette joie collective, de ce tohu-bohu... me glisser avec elle dans une piaule pour lui rouler encore une sublime galoche ! J'envisage même un rapt... seulement elle est duraille à isoler. Les autres aussi veulent en croquer ! On l'embrasse comme si elle était Marianne en personne. Elle éblouit tout de son rire. Elle boit, trinque avec Binesco, Milo, Musique ! Elle me glisse un regard viceloque, je trouve. Elle le fait exprès, la garce ! elle s'amuse de mon impatience. Il n'y a qu'elle qui me passionne à présent... je fais semblant du reste... Vive la France! oui! oui! Vive de Gaulle! Quel bonheur d'être libre! Mais Marie-Claude, merde! elle se retourne, se détourne alors!... Et bing! là, en plein dans mon roman sentimental... l'imprévisible! Une détonation! L'accident! Une bastos est partie... Fernand s'effondre. Il était, son verre à la main, tout près du balcon... la grosse Clotilde à côté de lui. Elle a poussé un cri, elle! On ne pige pas tout de suite. On reste saisis. J'aperçois Marcel, un flingue à la main... un Parabellum 9 mm... l'arme d'un officier allemand fait prisonnier avant-hier. Oui, on l'a tous admiré ce calibre. Que s'est-il passé? Il est figé, Marcel, hagard. On essaie de soutenir Fernand qui s'effondre, touché au ventre... on l'allonge sur un canapé. Qu'est-ce qui lui a pris à Marcel? Rien... il s'explique pas. Il faisait jouer la culasse du Parabellum... il le tripotait quoi!... il ne s'est pas rendu compte qu'une balle était engagée dans le canon. Il a picolé aussi, faut bien dire! Binesco se met à l'engueuler, à glapir... que ça ne nous avance pas lerche! Il faut conduire Neunœil à l'hosto... Il perd son sang... Quelqu'un nous recommande d'appuyer sur la plaie... juste au-dessus de la braguette, de la ceinture... ça coule d'abondance... il s'en va aux pommes... on se demande s'il ne va pas canner là... nous mourir entre les bras! Je fonce avec Milo pour chercher les brancardiers, qu'on puisse l'emmener à l'Hôtel-Dieu. La scoumoune alors! Tout s'était passé formidable pour nous... ni mort ni blessé... une insurrection pépère, pour ainsi dire... et puis, au moment où tout se termine, ce pépin inattendu, imbécile! Ça nous gâche tout... et moi mes amours, mon flirt... quelle déveine!

En bas, c'est coton de traverser la foule qui a envahi les trottoirs, la chaussée... qui se dirige vers la Seine... Notre-Dame, l'Hôtel de Ville. « Ils sont là ! Vive de Gaulle ! » Pour atteindre le poste de secours, rue de la Huchette... il nous a fallu jouer des coudes, presque nous battre. Les cloches se sont mises à sonner... de toutes les églises de Paris... tout à coup... à toute volée... un carillon comme on n'en avait jamais entendu !

Fernand, je l'ai reconnu tout de suite en entrant dans ce café-restaurant... sa tronche... sa coquetterie dans le neunœil. Quelle année... 70... 71 ? Il était accoudé au rade devant un pastaga. Bien vivant de ses peut-être cent dix kilos!... sa bedaine qui débordait du futal. Ce préambule pour vous rassurer qu'il s'en est sorti de sa blessure au Parabellum... un mauvais souvenir. Ça lui avait tout de même permis de se faire pensionner. On avait tous déclaré que c'était un Boche qui l'avait blessé... un fumier de Boche!

Ce que je fabriquais là... aux nouvelles Halles de Rungis?... Une saucissonnade littéraire organisée en vue de promouvoir la culture dans toute cette surface de béton. Ils en raffolent tous de Culture... Culturel... nos ministres, nos ministresses, hauts fonctionnaires, nos énarques, nos grands hommes de Gauche, nos petits hommes de Droite et du Centre Démocrate... nos syndicalistes éthérés, nos P.D.G. aéronautiques... ils brûlent tous que le prolétaire, le bureaucrate... les crémières, les loubards... même les travailleurs immigrés accèdent, eux aussi, à Proust et Platon et Michel-Ange et Jean-Sébastien Bach et pourquoi pas... le fin du fin... les œuvres complètes de Marguerite Duras. Enfin là, j'étais de jugulaire culturelle, en mission, pour ainsi dire, au service de la pensée universelle... les belles lettres... le grand style! Humaniste et érudit, je prêchais d'exemple! Fernand Neunœil, je vous l'ai mis en page, en action guerrière... ça m'aurait tout de même étonné qu'il ait évolué depuis dans les Grandes Odes de Paul Claudel. C'était pas dans ses tendances de se remplir la tronche d'inutilités signifiantes ou signifiées... infra-langage, etc. On s'est congratulés... on peut dire, heureux de se revoir! Il est dans les légumes, Neunœil... les primeurs... « Y a de la perte, tu peux pas savoir! » On s'est mis à parler, alors, du vieux temps... de nos barricades que c'était autre chose que leurs conneries de Mai 68! Milo, Musique, Binesco... ce qu'ils étaient devenus? Tous plus gras, tassés... l'enthousiasme mis à feu doux après moult guerres... des aventures africaines, extrême-orientales, franchouillardes, maritimes ou carcérales! Musique, héros de Nam Dinh... Dalat... la Plaine des Joncs! Milo devenu chauffeur routier... Binesco, en tout dernier, c'était moi qui l'avais rencontré... adjudant-chef de l'Infanterie de Marine... 9e R.I.M.A.... couvert de bananes... de palmes sur sa Croix de Guerre! Ça remontait à très longtemps... les années 50... Il avait toujours sa petite bacchante... son rictus. Tous les deux on était en perm, moi d'un sana, lui de son régiment. Il repartait le lendemain pour Djibouti. Ce qu'il m'avait paru... une banalité bien de chez nous... devenu alcoolique! Marcel, j'osais pas trop lui en parler à Neunœil, lui raconter nos aventures malfrates de *La Cerise*. Ils ne s'étaient plus revus depuis ce 24 août 1944. Cette bastos dans les entrailles, ça lui avait tout de même pas fait plaisir... failli clamser... une moche blessure... l'hémorragie... les transfusions... l'opération à chaud... le temps passé ensuite à l'hôpital! On l'avait emmené à l'Hôtel-Dieu... une ambulance qui s'était frayé difficile un chemin parmi la foule en délire.

Ça nous remontait dans le temps de nos terrains vagues. A présent, notre XIIIe... on n'y retrouve le passé que par lambeaux épars... des morceaux au milieu des buildings... des Euro-Marchés nouvelle race de magasins agressifs ! Notre enfance, c'était encore la civilisation des concierges. Elles nettoyaient les crottes clébardines sur les trottoirs, veillaient à tout, sur tout... la minuterie, la cuvette des gogues, nos bonnes vies et mœurs. Elles ont presque toutes disparu nos bignoles à chignon, nos concepiges fières de leur balai, nos pipelettes ragoteuses, nos cloportes attentives ! Dans nos tours de béton, elles sont métamorphosées régisseuses, préposées... bronzées, désodorisées du troufe, encrémées, réhydratées à double action, émancipées, lessivées, ammoniaquées, enculturées au Bertold, Theilhard du Hallier, à la bressonnade cinéphile ! Allez donc ensuite leur demander de s'occuper des étrons de chien ! La rançon du progrès social. Vous macérez le gendarme en séminaire dialogueux philosophique, ça lui retire le goût bien sûr des verbalisations routières... l'anarchie s'installe.

Fernand, lui, le peu qu'il s'exprime... il s'explique tout par le carbure... le pognon... les pépètes. Ça lui semble qu'ils en veulent tous... se gaver... que tout le reste c'est des mots pour couvrir les cupidités ! Enfin je crois comprendre, je vous résume l'essentiel de ses spéculations métaphysiques. Son problème aujourd'hui... surtout qu'il fasse gaffe à son taux de cholestérol ! On risquait rien de ce côté-là... août 44... je vous y retourne... que je termine tout de même mon fier ouvrage. Neunœil était donc embarqué... enfourné dans l'ambulance. Les cloches toujours, partout les cloches... Badadam ! ding ! toutes les églises et les chapelles... les bourdons... sonnaient, carillonnaient, tintaient... les matines libératrices ! La nuit fantastique commençait dans nos rues. L'explosion de joie! Je vous passe... les descriptions, on en a fait, nombreuses, glorieuses, croustilleuses ou honteuses selon les narrateurs. Ce qui m'intéressait, après Neunœil à l'Hôtel-Dieu, toujours cette môme, cette fille du juge... Marie-Claude, ma belle au candélabre... ma mésange, ma grâce... mes yeux doux! ma promesse de bonheur! Le temps que je fasse quelques démarches au P.C. à propos de l'accident, elle avait disparu avec sa dabuche... absorbée par la foule, la houle qui montait vers l'Hôtel de Ville. Ils étaient là... les hommes de Leclerc, la 2e D.B.... le capitaine Dronne avec ses half-tracks, ses Sherman. C'était bien fini l'Occupe... on tournait la page. Seulement, sans Marie-Claude, tout me paraissait dépeuplé, n'est-ce pas... un seul être vous manque! La salope, elle m'oubliait... elle aurait pu, je me disais, s'arranger pour m'attendre... faire patienter sa maman. Ça m'a filé le coup de bourdon. Tous les potes se sont perdus dans la nature... ou plutôt dans la masse compacte... la folie sur les trottoirs... les *Marseillaise... Chant du départ... Internationale!* Je l'ai cherchée un moment dans la cohue... au milieu du peuple en liesse. J'aurais pu en embrasser, en peloter des gonzesses ce soir-là! On n'avait qu'à tendre la pogne pour trouver des miches, des moules, des roberts... des gros zobs aussi sans doute pour les lopes! L'impression que tout à coup tout était permis... bêtement j'en ai pas profité... à cause d'une seule... mon obsession... Vacherie! Je me suis laissé aller au spleen, au désespoir que c'est pas tellement dans mes habitudes. Et puis la fatigue m'a envahi brusque... Depuis cinq nuits... j'avais dormi quoi?... quelques heures en tout! Je me suis effondré, voilà... remonté dans l'appartement désert de monsieur Zauberman... sur un page, englouti alors dans un sommeil de dix-neuf ans... que ça risque plus aujourd'hui de me reprendre même si je retournais sur les barricades.

Cette fois vraiment *ils étaient là !* Pas que les petits hussards bleus, les spahis, les légionnaires, les dragons de la 2e D.B. !... tous les G.I's... leur armada qui submergeait lentement Paris. Juste, ils étaient gênés dans leurs mouvements par nos barricades et les femmes qui étouffaient de baisers leurs chars, leurs command-cars, leurs jeeps, leurs Dodges... leurs bulldozers ! Ce qu'ils nous déployaient sous les yeux... une force monstrueuse, tranquille, invincible... l'impression que rien ne pouvait arrêter une semblable puissance mécanique. L'orgueilleuse Wehrmacht de juin 40 à côté faisait figure de quincaille désuète... Leurs grivetons à eux, au milieu de cette sorte d'usine en marche, étaient conformes... des sortes de mécanos, tondus, hilares, poussiéreux... décontracts... décomplexés, nourris frais roses, sapés confortables... super cool ! Ils nous adressaient des V de la victoire, nonchalants... la mâchoire rythmée chewing-gum !... Ils nous lançaient leurs cigarettes, leur chocolat, leurs boîtes de *beans*. Ça les amusait de nous voir nous les disputer comme des clebs, comme des bougnoules affamés !...

Marie-Claude, Milo est venu me raconter qu'elle s'en était donné toute la nuit avec les soldats de Leclerc près de l'Hôtel de Ville... patins... couffins... toute la gamme ! Sa daronne aussi, il prétendait. A plein corsage ils se servaient les vainqueurs... les vrais... nous autres, on s'apercevait tout d'un coup qu'on n'était plus que dalle... miteux à brassard aux idées subversives ! Je sortais, ce matin-là, d'une espèce de rêve... ces six jours à la fois si denses et qui s'étaient déroulés si vite. Fallait que je retrouve mes esprits. La tentation m'est venue de rester avec Binesco qui commençait à s'exciter sur les toits à la chasse à de prétendus tireurs miliciens... d'attendre aussi qu'elle se réveille, Marie-Claude... pour aller retenter ma chance... lui débiter des fadasseries amoureuses. Qu'elle m'ait largué comme ça, la veille, pour aller se faire tripoter par les Leclerc, ça m'avait refroidi la passion. C'était pas mon genre d'insister... d'attendre en pleurant sur le paillasson... de me faire des poèmes à l'encre mouillée de larmes... Perdican... Sigisbée... Tristan! ce n'était pas dans mes emplois. En général, je ne vais pas me répandre en pleurnicheuses confidences pour une ridicule déception sentimentale. Dire d'ailleurs que je m'étais mis à aimer cette fille? On ne devrait pouvoir aimer que ce qu'on connaît bien. Il s'agissait, là, de prurit, de caleçonnade contrariée! On est toujours un peu victime de l'ambiance... une sorte d'atavisme qui nous vient, nous reste... des vieux romans de chevalerie. Enfin, à ce moment-là, j'étais encore un peu dupe de tout un tas de vocables, d'idées toutes faites. Je me suis purgé de tout ça par la suite... Déjà j'en pressentais un peu le grotesque, l'inutilité... les catastrophes que ça provoque.

Mais je n'avais plus envie de rien... d'aller brailler avec les autres dans les rues, me livrer à la joie patriotique collective. Instinctif, je me méfiais de la foule... j'allais vite apprendre qu'on peut toujours en redouter le pire. Au fond, tout bien pesé, gambergé... ça m'était plutôt bénéfique cette minuscule entourloupe du sort... ça m'aidait à franchir encore un cap... à évoluer plus rapidos. Un peu comme au flambe, au champ de courses... si vous vous faites essorer sec la première fois, ça vous rend prudent pour l'avenir.

Je suis rentré seulâbre avec ma Sten et mon Colt vers le quartier, rassurer enfin ma grand-mère, lui faire constater que j'étais bien en vie. Ma daronne, je n'arrive plus à me souvenir où elle était pendant cette période... ça me préoccupait pas lerche, j'avoue... A pinces, donc, je suis remonté à travers le populo qui se massait sur le passage des Amerloques. Jamais revu pareilles réjouissances publiques... l'enthousiasme s'élevait de la ville... les ovations! les fanfares! les drapeaux! les fleurs! les embrassades sur les chars! et les litrons, bien sûr, pour désaltérer les libérateurs! Tout le monde vraiment était dehors... Ç'aurait pu être la fête la plus extraordinaire, la plus grandiose sans conteste... la victoire des Alliés était totale sur l'ennemi et dans nos cœurs... l'évidence! Seulement, à cette extase, cette explosion de bonheur... cette euphorie... se mêlaient tout de même des choses moins radieuses, moins folichonnes! La grande chasse aux traîtres, aux collabos était ouverte. Tout un secteur noir de vilenies, de reniements, de délations, d'atrocités. On a tout dit, tout écrit aussi là-dessus. C'est devenu très vite immonde, impitoyable... injuste très souvent... sans rapport avec les actes reprochés. Les plus mouillés, les plus marles n'avaient pas attendu qu'on vienne les chercher à domicile au petit jour. Restaient alors les imbéciles, les gogos, le menu fretin! La France avait tout de même besoin d'exorciser ses gros péchés maréchalistes, de se les laver dans le sang si possible. Il lui fallait des victimes expiatoires. Les premières, les plus faciles, on le sait... ce furent les femmes, les collaboratrices du lit de l'occupant, les horizontales... celles qui s'étaient tapées du Hans, de l'Ernst, de l'Helmut, du Wilhelm, du Heinrich... toutes prêtes sans doute à s'envoyer du Bob, du William, du Johnny... de l'Ivan, s'il en arrivait un jusqu'à nous. Les imprudentes, on allait s'offrir leur chevelure. Ça commençait avenue des Gobelins.

Une vraie bagarre pour assister au spectacle... Tout le monde veut voir la traîtresse se faire châtier. Elle n'a rien d'une vamp susceptible d'avoir perverti les galonnés à monocle de la Wehrmacht. Une grosse fille fadasse aux seins mous. Elle est dénudée jusqu'à la ceinture. Elle pleure... elle a honte, elle a la trouille... ils lui font mal les tondeurs... deux types qui s'activent aux ciseaux... ça hurle.... « Salope! Putain! Boche! » Les brassardés finalement la protègent du pire... ils tondent mais ils empêchent les mégères de la piétiner. Je me suis approché... je regarde, je ne peux pas m'en empêcher. Parmi les tondeurs je reconnais Riton... un copain du certif... un bon élève, lui... jamais puni. Je l'imaginais pas devenu tortionnaire. Il se retourne, hilare, il brandit le scalp, une grosse touffe de cheveux rouquemoute. On l'applaudit. La fille, quelqu'un lui relève la tête, qu'elle contemple bien son châtiment.

— Celle-là, dit une voix derrière moi... elle a couché avec tous les Boches qui sont venus dans le quartier!

Ça faisait beaucoup, certes, pour une seule chagatte! Autour, il y avait, parmi les hurleurs, les bourreaux... d'affreux petits mâles complexés, déçus... bien des rancœurs de calcif... des instincts sadiques qui se réveillaient... se donnaient libre cours... des choses qui remontaient du fond de l'égout. On tondait aussi les filles, pas tant parce qu'elles avaient pagé avec des Chleus, mais souvent parce qu'elles avaient ainsi bravé de gentils préjugés bien rances. Ça faisait tache dans la grande fête, tout ça... par moments les cris de joie se métamorphosaient en hurlements de haine. On ne savait trop comment ça partait... Quelqu'un montrait du doigt la future victime... la désignait à la vindicte... comme cette femme échevelée, devant la boulangerie boulevard Saint-Michel... « C'est une collabo!... Elle a couché avec un Boche! » Hop! la cause était entendue... les insultes... les glaviots et puis les coups, le passage à tabac... la bastonnade... la tonte, selon...

Avenue d'Italie, là où se trouve aujourd'hui une succursale du *Printemps*... une esplanade de béton... des lettres énormes... *Manufrance*... *Champion* que sais-je... c'était, avant, une suite d'immeubles lépreux. De l'un d'eux on avait, paraît-il, tiré sur les Alliés... sur les F.F.I. au milieu de la foule. C'est au moment juste où j'arrive... On m'interpelle à cause de mon casque, mon brassard, ma sulfateuse. « Là-haut !... Un tireur ! Montez vite ! » On me désigne le dernier étage... le quatrième. Le tireur est là, dit-on... que j'aille le déloger ce salaud !... un milicien ! un traître ! Dans l'escalier il y a déjà des amateurs... des mecs à brassard, casqués, armés de fusil, mitraillette... Ils se bousculent pour monter à l'assaut dans l'escalier... sombre, étroit... le mur cloqué de moisissures. Ça hurle tout d'un coup tandis que je grimpe, me fraye un passage... Ils l'ont pris le félon, le collabo flingueur... Ils le propulsent entre les étages... comme un ballon... les coups pleuvent... les vociférations. Il m'arrive sur l'alpague lorsque j'atteins le troisième. Pas le temps de le détailler ce lascar, me faire une idée... On l'attrape... ça part de partout... le sang gicle ! Il rebarre, descend en voltige vers le deuxième... Simplement, il ne me semble pas tout jeunot pour un milicien... des cheveux blancs... Ça serait le Maréchal en personne, j'en serais pas plus étonné. Je monte encore un étage... pourquoi ? Duraille d'expliquer... la curiosité peut-être. Ça s'agite au quatrième... les gens se bousculent devant la porte... l'appartement d'où tirait soi-disant cet homme... Ça respire pas la richesse en tout cas sa piaule... deux petites pièces... du linoléum par terre... le godin... une pauvreté à l'encaustique... à la chandelle refondue ! Pas tellement le temps de vous dépeindre... déjà ça fouille autour, retourne tout... le lit, les placards... des F.F.I., des voisins... n'importe qui rentre. Dehors on crie à mort... une tempête... je me faufile jusqu'à la fenêtre. J'y parviens au moment où on le précipite sous un Sherman, ce prétendu tireur... milicien... collabo! Il est porté à bout de bras par la multitude hurlante... On le jette littéralement comme un sac, comme un paquet... la foule pousse une sorte de beuglement... L'homme, on ne l'entend même pas... il ne doit pas avoir le temps de se rendre compte de ce qu'il lui arrive... je le lui souhaite... j'ai mal pour lui! Tout ça encore se déroule si vite! Après le passage du char... les gens font cercle... regardent la bouillie humaine sur le bitume... l'horreur! Je me recule, me heurte à des pillards qui déménagent déjà la canfouine... Fébriles, ils sont... ils déblatèrent tout en faisant main basse, se disputant quelques provisions dans le buffet... du sucre, des nouilles... des pommes de terre! « Il se gavait, l'ordure! » Ça commente... ils se justifient les justiciers chouraveurs! Je suis pris d'un immense dégoût devant ce spectacle... un recul soudain! Plus du tout je me sens dans la course. Déjà à cause de cette nana, cette Marie-Claude que je n'arrive pas bien à cisailler de mon esprit, je me suis mis un peu à l'écart des festivités libératrices... A regarder tous ces cupides qui sortent d'où... qui profitent de l'occase pour rogner n'importe quoi comme des rats... ça m'achève! Je me tire... je décambute... ça me suffit, j'ai envie de rentrer, de m'enfermer... je ne sais pas au juste.

En bas, autour de la loge de la concierge... une mêlée... ça braille, vitupère... une femme éructe, bave, se convulse. On l'emporte dans le bistrot à côté. C'est la fille du pépère qu'on vient de lyncher, de laminer sous le char. Pas possible qu'il ait tiré de sa fenêtre! On n'a pas trouvé de fusil chez lui... Et puis ce n'était pas dans ses opinions. Avant la guerre, il était socialiste S.F.I.O... il militait! Ça ne prouve rien... on rétorque... dans le brouhaha, la confusion...

une masse de gens qui s'agglutinent devant le troquet. Doriot était bien communiste, ça ne l'a pas empêché de se déguiser en Boche ! On dit que personne n'a tiré... que c'est des F.F.I. entre eux qui se sont pris pour des miliciens.

Sur l'avenue, les tanks américains poursuivent leur avance... continuent de réduire les restes du bonhomme... de le mixer avec la poussière, les crachats... la poudre. C'était une erreur, alors... une monstrueuse erreur... Il s'en produira d'autres, bien sûr... un peu partout...

Avec Neunœil, on s'égrenait les souvenirs, comme on avait entendu le faire par nos vieux à nous, nos adultes, qui se racontaient les Dardanelles, la guerre du Rif... les braves soldats du 17ᵉ ! On prend du flacon et puis on déconne comme les autres ont déconné, radoté avant nous. Sans bien s'en rendre compte, on ressemble à ceux qu'on trouvait tristouillards, vinasseux, bavacheux, surannés, séniles ! Fernand, il s'égayait un peu la tronche au *Ricard... le soleil dans le fond de votre verre !* Fallait tout de même que je le quitte après une seconde tournée... J'avais mon devoir, mes obligations artistiques à remplir. Il savait, Neunœil, ce que c'était que la culture depuis belles burnes. Il avait pas attendu, lui, qu'on la lui serve en maison. Il m'a rappelé... ensemble, on avait vu *La Traviata* en 1942. Des biffetons gratuits qu'on lui avait donnés chez Panhard pour le palais de Chaillot.

– Tu te souviens ?

Certes... c'était pas si souvent qu'on sortait de notre quartier à cette époque. On s'était fringués... nos costards du dimanche. Ce qui le retenait, Fernand... qu'il faut toujours se saper, se cravater, se raser le soir... son trente et un. Et puis surtout il trouve que c'est pas gai, la culture.

— C'est peut-être beau, je dis pas, mais c'est triste...

On s'était bien promis de se revoir, se bigophoner... Se faire une gamelle et puis le temps passe, les jours et les nuits se déroulent. J'ai eu mes metteurs en scène de septième art à me farcir... leur mégalomanie galopante à circonvenir, détourner... un labeur qu'on imagine mal... les non-initiés. Ça vous bouffe la sève... vous ramollit la décision... on n'a plus le temps de penser aux petits potes de la mitraillette et du brassard! Peut-être que ça valait mieux... juste ce pastis dans un bistrot. Les revoyures souvent, j'ai pu remarquer, ça vous gâche les bons souvenirs. On n'avait plus rien à s'échanger avec Fernand Neunœil... on s'était déjà tout dit en 1944.

Quelque chose finissait avec l'Occupation... les fifres et les tambours plats des Boches. Je veux dire pour moi aussi... dans ma petite vie à la con. Indéfinissable, mais j'en avais eu presque conscience sur le moment... Là, avenue d'Italie, dans la cohue, la masse, la meute... poussé, bousculé, ballotté! C'était comme une rupture... peut-être avec mon enfance. J'avais cette envie, qui me prend surtout lorsqu'il y a beaucoup de monde autour de moi, d'être seul...

Au bout de ma rue, je suis arrivé au moment où l'on pendait Hitler... un mannequin en papiers chiffons avec un masque... la moustagache au fusain... sous la potence, on allumait un feu de paille. Une farandole se formait autour du monstre en effigie. J'ai aperçu Caroline dans la ronde... C'était vraiment un grand jour pour que ses dabes l'aient laissée sortir. L'occase peut-être de me consoler de mes déboires avec Marie-Claude... d'aller me mêler à la joyeuse mise à mort du Führer... mais à quoi bon! J'en avais mon compte des pucelles aux yeux de biche... du moins je le croyais. Ce qui aurait plutôt fait ma botte... une forte pute bien maquillée... en porte-jarretelles... ouverte, accueillante et consolatrice.

Plus loin on tondait encore... une grande bécasse, la fille d'un employé de la mairie. Le père, qui n'avait pas compris qu'il ne fallait plus porter la francisque du Maréchal à la boutonnière, était déjà emplacardé depuis les aurores... à l'Institut dentaire du square de l'avenue de Choisy où on allait, durant un mois ou deux, jouer les émules de la Gestapo... ceux qui se réclamaient du bon droit... des meilleurs principes. Ça me laisse penser qu'il doit bien y avoir un plaisir à punir, rouer, torturer, empaler, fusiller ou pendre... une sacrée jouissance pour qu'on en arrive toujours là.

Anatole, mon troquet, je vous ai affranchis plus haut, se pavanait héros de l'ombre... pitaine... va de la gueule, en bel uniforme avec le baudrier, les bananes sur la poitrine... le revolver d'ordonnance à la ceinture. Le bruit a couru que des dames collabos ou présumées telles, à peu près culbutables, il leur arrangeait l'ardoise, la situation, pourvu qu'elles veuillent bien lui faire quelques gâteries buccales dans son arrière-salle... des pipes amnistiantes. Enfin, lui, il ne torturait pas, c'était en somme un gentleman.

J'aurais pu... dû peut-être en rester là... rentrer dans le quotidien, la recherche du biftèque... me remettre à l'apprentissage à l'imprimerie... Ce qui m'a pris? Binesco est venu me relancer le lendemain. A la pointe du jour... avec son air grave... la patrie avait encore besoin de moi! Par faiblesse, je me suis laissé entraîner... on a été faire un peu les équilibristes sur les toits, à la chasse aux tireurs fantômes. On jouait les prolongations mais ça n'avait plus la même saveur enivrante qu'aux barricades.

Je me fuyais sans doute... un instinct me poussait à aller le plus loin possible... le plus près sans doute de la mort... m'y brûler un peu les ailes. Il a dégotté un corps franc, Binesco... une unité au blase farouche, les Trompe-la-mort... le commandant était un ami à lui.... un fraternel de la clandestinité. Kerloch, il s'appelait. Le programme, c'était de partir le plus rapide possible à la poursuite de la Wehrmacht... aller la traquer, la salope, jusque dans sa tanière d'outre-Rhin.

Une drôle d'engeance, les volontaires Trompe-la-mort... toutes sortes de tronches, séditieuses, marloupines, traîne-lattes. On se cantonnait dans deux hôtels derrière la place de la République... rue de Malte... sur le quai de Jemmapes. Je me suis incorporé là-dedans sans trop savoir où ça me mènerait. J'ai recommencé mes rêvasseries... j'allais engrosser l'Allemagne de mes espoirs. Je reviendrais riche, glorieux, honoré... toutes les placardes, les filles pour moi. Marie-Claude enfin consentante...

Mes autres potes, Milo, Marcel, Musique, chacun était parti de son côté. Notre petite équipe, c'était fini... mieux valait, en somme, qu'elle n'ait duré qu'un seul été. On n'avait pas eu le temps de se scinder, se créer des conflits, finir à couteaux tirés... l'évolution inéluctable dans tous les groupements humains.

On s'est retrouvés les uns les autres, plus tard, après la tourmente... au hasard... au petit bonheur, comme avec Fernand dans ce bistrot. On se rencontre encore parfois. J'ai beau les retrouver vieillis, mes petits potes... ventrus, valoches sous les yeux... déplumés, poussifs... blanchouillards de la crête, je n'arrive pas à les voir autrement qu'à leurs vingt ans. Ils sont restés tels que sur cette photo prise à la barricade rue Danton. Cloc! On y est tous... Binesco, Fernand avec son Mauser... Musique et sa Sten...

Marcel dans un coin... Milo, assis par terre, et moi sous mon casque étrange. Une photo mal prise... on est troubles... dans le blanchâtre... le brouillard des choses mortes. Je me suis efforcé de les faire revivre de mon mieux... de les prolonger un peu... difficile de tenir plus longtemps que prévu. On écrit pour ça... on se fait encore quelques illuses malgré tout... malgré le temps qui est venu vous refroidir le cœur peut-être.

Mais voici qu'un matin quelqu'un se pointe... un nouveau lascar... il arrive là... il s'impose dans ma page... Un capitaine de Saumur... je veux dire la tenue... les bottes, le képi, le stick... la paire de gants couleur beurre frais. Il nous passe en revue... le corps franc Trompe-la-mort, rue de Malte... plein milieu de la chaussée! Au Grand Hôtel, c'est rempli d'Amerloques, avec leurs odeurs de chewing-gum, de pétrole et de tabac blond. L'avantage pour les gonzesses... ceux-là, elles peuvent se les appliquer sur le ventre sans que les patriotes s'en ressentent outragés... du moins pour l'instant. Ce capitaine, sapé Saumur, il est très bien avec les Américains du Grand Hôtel. Il obtient d'eux des tas de victuailles... des cigarettes, du chocolat... des rations de toutes sortes... mirifiques pour nos estomacs disciplinés J3 aux tickets du Maréchal. Il porte beau, on peut dire... l'allure. Gueule d'amour... l'homme aux bonnes fortunes tout à fait. Il s'approche de moi dans son inspection... J'ai un uniforme maintenant... une tenue de toile kaki... trop grande... flasque... mais toujours mes sandalettes. Pourquoi me repère-t-il ce capitaine? Le destin. Pile, il s'arrête devant moi. « Repos! » Il m'interroge comme ça... si je veux bien lui servir en quelque sorte d'ordonnance. C'est pas tellement mon inclinaison de larbiner... mes tendances... mais il m'annonce qu'on va partir. *Mission spéciale*. Il me dit ça d'une façon, d'un ton... que ça m'allèche... Demain le départ... en traction avant, si je suis volontaire.

... je le suis!... Je n'en louperai jamais une! Mon premier travail, c'est d'établir une liste, un état de tout ce qu'on emporte dans la guimbarde au fur à mesure que je l'entasse. Si je suis sérieux pour tout noter, les armes, les munitions... les victuailles! J'y passe une partie de la nuit... dans le garage, quai de Jemmapes. C'est Coulommiers notre première étape... où se trouve notre régiment... celui du colonel Fabien, le héros des barricades.

Au petit jour, pour le départ, il y a quelqu'un d'autre avec nous... à l'avant, à côté du capitaine qui conduit... Un adjudant, lui alors tout à fait patibulaire... le peu que je l'aperçois en m'embarquant à l'arrière de la 11 CV parmi les paquets, les grenades, les vivres! Une tronche de fouine... de rat d'égout. Il me jette un œil distrait sans répondre à mon bonjour. Il se farfouille dans la bouche avec un couteau... un cran d'arrêt de malfrat... il se cherche des petits résidus entre les dents.

Comme ça, tout à coup, j'éprouve une sorte de malaise... le sentiment que je devrais m'arracher de la bagnole... que je suis encore barré dans une drôle de galère. On fonce vers la porte de Vincennes... le château. Ça s'est mis à pleuvoir sur Paris... y a plus tellement de drapeaux aux fenêtres...

— T'as bien rangé toutes les grenades... soigneusement?...

Herlier, le capitaine, s'inquiète à son volant...

...mais je m'aperçois que j'entre dans *Bleubite*, un autre ouvrage... que le parcours des *Combattants du petit bonheur* est déjà terminé.

29 avril 1977.

DU MÊME AUTEUR

Aux Éditions de la Table Ronde

L'HÔPITAL.
LA CERISE. (Prix Sainte-Beuve 1963.)
CINOCHE.
BLEUBITE.
LES COMBATTANTS DU PETIT BONHEUR. (Prix Renaudot 1977.)
LE CORBILLARD DE JULES.
LE BANQUET DES LÉOPARDS.
LA MÉTAMORPHOSE DES CLOPORTES.
LE CAFÉ DU PAUVRE.
LES SALES MÔMES. (Théâtre.)

Aux Éditions Flammarion

LES ENFANTS DE CHŒUR.

La Jeune Parque

L'ARGOT SANS PEINE OU LA MÉTHODE À MIMILE.
(En collaboration avec Luc Étienne.)

Aux Éditions Robert Laffont

LA FERMETURE.

Collection « Le Livre de Poche »

L'ARGOT SANS PEINE OU LA MÉTHODE À MIMILE.
(En collaboration avec Luc Étienne.)
LE CAFÉ DU PAUVRE.
L'HÔPITAL.
CINOCHE.
LA MÉTAMORPHOSE DES CLOPORTES.
LA FERMETURE.
LA CERISE.

Collection « Folio »

BLEUBITE.
LES COMBATTANTS DU PETIT BONHEUR.
LE CORBILLARD DE JULES.
LE BANQUET DES LÉOPARDS.

Le Livre de Poche Biblio

Extrait du catalogue

Sherwood ANDERSON
Pauvre Blanc

Guillaume APOLLINAIRE
L'Hérésiarque et Cie

Miguel Angel ASTURIAS
Le Pape vert

James BALDWIN
Harlem Quartet

Adolfo BIOY CASARES
Journal de la guerre au cochon

Karen BLIXEN
Sept contes gothiques

Mikhail BOULGAKOV
La Garde Blanche
Le Maître et Marguerite

André BRETON
Anthologie de l'humour noir

Erskine CALDWELL
Les Braves Gens du Tennessee

Italo CALVINO
Le Vicomte pourfendu

Elias CANETTI
Histoire d'une jeunesse - *La langue sauvée*
Histoire d'une vie - *Le flambeau dans l'oreille*
Les Voix de Marrakech
Le Témoin auriculaire

Blaise CENDRARS
Rhum

Jacques CHARDONNE
Les Destinées sentimentales
L'Amour c'est beaucoup plus que l'amour

Joseph CONRAD et Ford MADOX FORD
L'Aventure

René CREVEL
La Mort difficile

Alfred DÖBLIN
Le Tigre bleu

Iouri DOMBROVSKI
La Faculté de l'inutile

Lawrence DURRELL
Cefalù

Friedrich DURRENMATT
La Panne
La Visite de la vieille dame

Jean GIONO
Mort d'un personnage
Le Serpent d'étoiles

Jean GUÉHENNO
Carnets du vieil écrivain

Lars GUSTAFSSON
La Mort d'un apiculteur

Henry JAMES
Roderick Hudson
La Coupe d'Or
Le Tour d'écrou

Ernst JÜNGER
Jardins et routes *(Journal I, 1939-1940)*
Premier journal parisien *(Journal II, 1941-1943)*
Second journal parisien *(Journal III, 1943-1945)*
La Cabane dans la vigne *(Journal IV, 1945-1948)*
Héliopolis
Abeilles de verre
Orages d'acier

Ismaïl KADARÉ
Avril brisé
Qui a ramené Doruntine ?

Franz KAFKA
Journal

Yasunari KAWABATA
Les Belles Endormies
Pays de neige
La Danseuse d'Izu
Le Lac
Kyôto
Le Grondement de la montagne
Tristesse et Beauté
Le Maître ou le tournoi de go

Andrzeij KUSNIEWICZ
L'État d'apesanteur

Pär LAGERKVIST
Barabbas

D.H. LAWRENCE
L'Amazone fugitive
Le Serpent à plumes

Sinclair LEWIS
Babbitt

Carson McCULLERS
Le Cœur est un chasseur solitaire
Reflets dans un œil d'or
La Ballade du café triste
L'Horloge sans aiguilles

Thomas MANN
Le Docteur Faustus

Henry MILLER
Un diable au paradis
Le Colosse de Maroussi
Max et les phagocytes

Vladimir NABOKOV
Ada ou l'ardeur

Anaïs NIN
Journal 1 - *1931-1934*
Journal 2 - *1934-1939*
Journal 3 - *1939-1944*

Joyce Carol OATES
Le Pays des merveilles

Edna O'BRIEN
Un cœur fanatique
Une rose dans le cœur

Liam O'FLAHERTY
Famine

Mervyn PEAKE
Titus d'Enfer

Augusto ROA BASTOS
Moi, le Suprême

Joseph ROTH
Le Poids de la grâce

Raymond ROUSSEL
Impressions d'Afrique

Arthur SCHNITZLER
Vienne au crépuscule
Une jeunesse viennoise

Isaac Bashevis SINGER
Shosha
Le Blasphémateur
Le Manoir
Le Domaine

Robert Penn WARREN
Les Fous du roi

Virginia WOOLF
Orlando
Les Vagues
Mrs. Dalloway
La Promenade au phare
La Chambre de Jacob
Années
Entre les actes
Flush
Instants de vie

Composition réalisée par EUROCOMPOSITION

IMPRIMÉ EN FRANCE PAR BRODARD ET TAUPIN
Usine de La Flèche (Sarthe).
LIBRAIRIE GÉNÉRALE FRANÇAISE - 6, rue Pierre-Sarrazin - 75006 Paris.

ISBN : 2 - 253 - 05218 - 3

30/6718/8